Kinderkorn: Die rätselhaften Todesfälle einer Reihe kleiner Mädchen rufen Bella Block auf den Plan, obwohl sie eigentlich dem detektivischen Dasein abgeschworen hat. Schnell stößt sie auf dunkle Machenschaften türkischer Jugendbanden, die Drogenhandel und Kinderprostitution organisieren.
Ein Fall mit Liebe: Seit ein paar Monaten ist Christa Böhmer verschwunden. Ihr letztes Lebenszeichen: ein Brief an ihre alte Mutter aus einer Stadt in Vorpommern. Unter Einsatz ihres Lebens muss Bella feststellen, wie skrupellos manch einer sich dort den Traum vom schnellen Erfolg und dem großen Geld zu erfüllen versucht …

Doris Gercke wurde im Februar 1937 in Greifswald geboren und lebt in Hamburg. Sie ist eine der bekanntesten Krimi-Autorinnen Deutschlands. Auf der Criminale 2000 erhielt sie den »Ehrenglauser« für ihr Gesamtwerk.

Unsere Adresse im Internet: www.fischerverlage.de

DORIS GERCKE

KINDERKORN
EIN FALL MIT LIEBE

Zwei Bella-Block-Krimis

Fischer Taschenbuch Verlag

Veröffentlicht im Fischer Taschenbuch Verlag,
einem Unternehmen der S. Fischer Verlag GmbH,
Frankfurt am Main, Januar 2010

Satz: Pinkuin Satz und Datentechnik, Berlin
Druck und Bindung: Druckerei C. H. Beck, Nördlingen
Printed in Germany
ISBN 978-3-596-18008-0

KINDERKORN

Und über Plätze, unbekannte,
Ging's durch die Stadt aufs freie Feld
Zum Friedhof, der sich »Freiheit« nannte.

Alexander Block

SIE BRAUCHTE nur einen sehr kleinen Augenblick, und es war nicht nötig, die Augen zu öffnen. Sie wusste beinahe sofort, wie es um sie herum aussah. Aber sie wusste nie, ob sie von selbst aufgewacht war oder von der Stimme ihrer Mutter. Um das herauszufinden, brauchte man bloß liegen zu bleiben.

Mit geschlossenen Augen stellte sie sich das Zimmer vor, in dem sie lag. Ihr Bett an der Wand. Zwei Meter vom Fußende des Bettes entfernt das Fenster. Sie wohnten im sechsten Stock, und der Blick aus dem Fenster zeigte die Straße, den Parkplatz, die Büsche um den Parkplatz und vor dem Nachbarhaus und das achtstöckige, hellrote Nachbarhaus, das aussah, wie das Haus, in dem sie selbst wohnten.

Auf dem Parkplatz war Betrieb. Sie hörte die anfahrenden Autos und den Kerl, der jeden Morgen zehn Minuten brauchte, um seine alte Karre in Gang zu kriegen. Einmal hatte sie geträumt, sie säße in der Karre. Sie hatte laut nun mach schon gesagt, als ihre Mutter sie weckte.

Rechts neben dem Fenster der Tisch und zwei Stühle. An der gegenüberliegenden Wand das Bett ihres Bruders. Der schlief noch. Komisch, dass Jüngere länger schliefen. Oder tat er nur so? Bestimmt nicht, dazu war er zu naiv. Zwischen den beiden Betten der Läufer. Neben den Kopfenden je ein kleiner Tisch mit einer Lampe.

Die Tür ging auf. Bevor sie die Stimme hörte, spürte sie den Luftzug, der ihr über das Gesicht strich.

Seid ihr immer noch im Bett?! Raus jetzt. Es wird höchste Zeit.

Also war sie schon mal da gewesen. Plötzlich, sie hätte nicht sagen können, weshalb, wusste Manuela, dass sie heute nicht in die Schule gehen würde. Sie musste nur aufpassen, dass sie nicht

gesehen wurde. Und den Bruder loswerden, ohne dass es auffiel. Am besten, sie telefonierte jetzt gleich.
Während ihre Geschwister im Bad waren, ging sie ins Wohnzimmer. Die Mutter saß am Küchentisch und wartete darauf, dass sie fertig wurden. Dabei rauchte sie ihre zweite Zigarette; die erste hatte sie geraucht, nachdem der Mann aus der Wohnung gegangen war. Neben der aufgeklappten Schlafcouch lag ein Deckbett auf dem Fußboden. Irgendwann, hatte ihre Mutter gesagt, würden sie eine größere Wohnung bekommen. Bis dahin musste der kleinere Bruder auf der Couch im Wohnzimmer schlafen.
Manuela wählte und wartete. Es dauerte eine Weile, bis abgenommen wurde. Sie hatte Zeit genug, sich zu überlegen, was sie sagen würde, wenn ihre Mutter plötzlich den Kopf zur Tür hereinsteckte. War aber unwahrscheinlich.
Kurz nach acht am Einkaufszentrum, sagte sie. Beim Bäcker. Und einen Augenblick später sagte sie: Na, Manuela. Sie legte den Hörer auf. Es erschien ihr seltsam, dass er gefragt hatte, wer dran sei. Hatte ziemlich verschlafen geklungen.
In der Küche saßen die anderen schon beim Frühstück.

DER WACHMANN sah auf die Uhr. Es war erst zwanzig nach sieben. Er gähnte, während er langsam eine der Rolltreppen hinunterfuhr. Auch die Läden hier unten waren noch geschlossen. Vor acht machte niemand auf. Bis auf den Bäcker am Eingang. Langsam ging er auf die Glastür zu. Dabei hörte er auf das Geräusch, das seine harten Absätze auf dem gefliesten Fußboden machten.
Vorn standen zwei ältere Männer an hohen Tischen und tranken Kaffee. Auf dem gegenüberliegenden Bürgersteig trödelte ein Mädchen herum. Wahrscheinlich hatte es keine Lust, in die Schule zu gehen. Vor dem Stück grauen Himmels, das durch den Eingang zu sehen war, wirkten die Männer an den Tischen älter,

als sie waren. Konnte aber auch daran liegen, dass sie die Nacht auf den Bänken vor der Kirche verbracht hatten. Auf jeden Fall sahen sie so aus, als hätten sie jetzt lieber Bier getrunken. Aber der City-Treff war noch geschlossen.
Weshalb gehen sie nicht in die Bahnhofskneipe, dachte der Wachmann träge. Die stören hier den Anblick.
Er ging an ihnen vorbei auf die Glastür zu. Der kräftige Duft der frischen Brötchen verursachte ihm Übelkeit. Absichtlich stieß er mit dem Fuß gegen eine der Tüten, die neben den beiden Männern auf dem Boden standen. Keiner der beiden reagierte darauf, obwohl die Tüte einen Meter weiter gerutscht war. Sie wussten, dass er sie nicht an die Luft setzen konnte, solange sie sich ruhig verhielten. Nach der langen Nacht im Freien – gegen Morgen hatte die Wirkung des Rotweins nachgelassen, und die kalte, feuchte Frühlingsluft war ihnen in die Kleider gekrochen – genossen sie die Wärme des Kaffees, die Wärme, die aus dem Schnellbackofen kam, und den Duft der Brötchen – obwohl ihnen Bier lieber gewesen wäre.
Der Wachmann hatte den Ausgang erreicht. Er trat hinaus auf den Bürgersteig, um dem Geruch der Brötchen zu entgehen, und atmete tief. Hier draußen roch es nach Frühling und Hundescheiße. Die Kleine trödelte immer noch herum. Ganz vorn in der Straße, winzig klein neben den Reihen der rechts und links geparkten Autos und den achtstöckigen Wohnblocks auf beiden Seiten, ging sein Kollege. Die Brötchentüte, die er wie jeden Morgen in der Hand hielt, war nicht mehr zu erkennen. Jetzt verschwand er hinter den Büschen. Der Wachmann stellte sich vor, wie sein Kollege den Hauseingang erreichte, die Tür aufschob, die so demoliert war, dass sie sich nicht mehr abschließen ließ, und auf den Knopf drückte, um den Fahrstuhl herunterzuholen. Oben im fünften Stock, sozusagen am anderen Ende des Fahrstuhls, saß die Frau des Kollegen in der Küche. Sie und das Kind konnten den Fahrstuhl hören. Sie würde aufstehen und dem Mann die Tür öffnen, ihm die Tüte aus der Hand nehmen

und zurück in die Küche gehen. Das Kind aß morgens nichts. Die Frau würde zwei Brötchen mit dunkelbraunem Schokoladenzeug bestreichen, während das Kind die Jacke überzog, die am Drücker der Küchentür hing. Die Brötchen würden in die Jackentasche gestopft werden, und das Kind würde die Schultasche nehmen und die Wohnung verlassen. So jedenfalls war es gewesen, als er seinen Kollegen damals nach Hause begleitet hatte.

Der Wachmann sah eine Weile zu, wie die Parklücken auf der Straße sich vermehrten, bevor er sich umwandte und seinen letzten Rundgang begann. Dieser letzte Rundgang war eigentlich überflüssig, denn inzwischen waren die meisten Geschäftsinhaber in den Läden angekommen und damit beschäftigt, die Ladenkassen zu öffnen und das Wechselgeld einzusortieren. Viertel vor acht. Das war hier die ruhigste Zeit.

Er ging nicht gern nach Hause, bevor seine Frau die Wohnung verlassen hatte. Sie mochte die Filme nicht, die er mitbrachte und die er sich, ausgestreckt auf seiner Hälfte des Doppelbetts im Schlafzimmer liegend, ansah, bevor er einschlief. Er lächelte bei dem Gedanken an die Kassette, die oben im Raum hinter der Treppe in seiner Aktentasche steckte.

Die beiden Männer, die an einem der Tischchen vor dem Bäckerladen gestanden hatten, waren verschwunden. Der Wachmann sah auf seine Armbanduhr. In einer Minute würde der City-Treff öffnen. Wahrscheinlich standen die Penner dort schon vor der Tür. Er würde jetzt nach oben fahren, den Sicherheitsschlüssel deponieren und ebenfalls verschwinden. Er betrat die Rolltreppe und fuhr nach oben.

Die ältere der beiden Verkäuferinnen im Bäckerladen sah ihm nach. Ein komischer Kauz war das. Hatte noch nie etwas bei ihnen gekauft oder ein Wort mit ihnen gewechselt. Sein Kollege war netter.

Die Verkäuferin reagierte, ohne dass sie darüber nachdachte, auf die Klingel, die anzeigte, dass eine neue Lage Brötchen fertig war. Sie öffnete die Tür, zog dicke Handschuhe an und holte

das Blech aus dem Ofen. Mit trockenem Schurren rutschten die Brötchen vom Blech in den Korb auf dem Ladentisch. Der Backgeruch wurde wieder stärker.
Die ersten Mütter mit Kinderwagen tauchten auf. Das waren die, deren Kinder morgens um sieben wach wurden und sich nicht anders beruhigen ließen, als dass man sie in den Wagen legte und mit ihnen durch die Gegend schob. Immer sah man den Müttern an, dass sie gern noch liegen geblieben wären. Sie rauchten, während sie die Kinderwagen vor sich her schoben, und sahen ernst und gelangweilt zum hundersten Mal in die Auslagen der Schaufenster. Von einem bestimmten Intelligenzgrad an hätten sie, wären sie gefragt worden, beinahe jeden einzelnen Preis der ausgestellten Waren in den einhundertundvier Schaufenstern auswendig angeben können.
Manchmal, dachte die Verkäuferin, während sie in einem unbeschäftigten Augenblick über den Ladentisch sah und eine junge Frau beobachtete, die auf der gegenüberliegenden Seite in die Auslagen eines Jeansladens starrte, manchmal erfährt man von einer neuen Schaufensterdekoration im oberen Stockwerk dadurch, dass sie alle den Kinderwagen als Erstes nach oben schieben.
Gestern hatte oben offenbar niemand nach Feierabend neu dekoriert.
Ohne dass die Verkäuferin sie hatte kommen sehen, stand plötzlich eine zierliche, schwarzhaarige Frau in einem schwarzen Kleid und einer weißen Schürze vor ihr. Die Frauen lächelten einander freundlich zu, während die Verkäuferin eine große Tüte mit Brötchen über den Ladentisch reichte, die fertig gepackt neben dem Brötchenkorb gelegen hatte.
Tschüss, sagte die in dem schwarzen Kleid freundlich, verließ den Laden und fuhr auf der Rolltreppe nach oben. Lange, gewellte, dunkle Haare hingen über die weißen Schürzenbänder auf ihrem Rücken. Die Frau mit der Brötchentüte war Kellnerin im Café NEW YORK in der oberen Etage. Während sie auf den mit ein

paar Blumenkübeln abgeteilten und mit Teppich ausgelegten Teil der oberen Passage zuging, in dessen Hintergrund über einem schwarz gestrichenen Bartresen in grüner Neonschrift das Wort NEW YORK neben einer Freiheitsstatue leuchtete, hielt sie die Brötchentüte in beiden Händen. Sie spürte die Wärme in ihren Handflächen. Auf den dunklen, rotbraun gepolsterten Stühlen hatten inzwischen drei Personen Platz genommen. Sie saßen weit voneinander entfernt, rauchten und sahen in die Frühstückskarten. Die Putzfrau, eine krummbeinige, ältere Ausländerin, bewegte den heulenden Staubsauger langsam an den Blumenkübeln entlang. Die Kellnerin ging zu ihr hinüber und bedeutete ihr, sie solle aufhören. Sie mochte es nicht, wenn im Café noch geputzt wurde, wenn schon Gäste da waren. Ohne weitere Reaktion stellte die Putzfrau den Staubsauger ab und verschwand hinter einer Tür zwischen zwei Läden. Es war wieder still. Bis auf das gleichmäßige, tiefe Summen der Belüftungsanlage, das Tag und Nacht anhielt und von niemandem mehr bemerkt wurde, weil es dazugehörte wie die Rolltreppe und der Wachdienst und die Frauen mit den Kinderwagen.
Vielleicht deshalb sahen die drei voneinander entfernt sitzenden Personen an den kleinen Tischen und die Kellnerin an der Kaffeemaschine zur gleichen Zeit hoch, als die Automatenstimme zu schreien begann.

Sie wollen wissen, wie der Tag heute wird? Sie möchten wissen, was die Zukunft für Sie bereithält? Sie haben ein Recht darauf. Auch Ihnen zeigt das Leben seine glitzernde Seite. Greifen Sie zu! Investieren Sie eine Mark. Holen Sie sich Ihr Glitzerhoroskop. Nicht nur für die Stars aus Kino und Fernsehen, nein, auch für Sie glitzert das Leben. Tausend glückliche Stunden funkeln Ihnen aus dem Horoskop entgegen. Wenn Sie Ihr Leben in einen glitzernden, funkelnden Sternenhimmel des Glücks verwandeln wollen, dann kaufen Sie ein Glitzerhoroskop!

Der Automat hörte auf zu brüllen und sandte stattdessen ein Geräusch aus, das an Feuerwerkskörper erinnerte. Rot und silbern stand er vor der Tür eines Spielwarenladens. Die drei an den Tischen und die Kellnerin sahen einen Moment aufmerksam in seine Richtung, bevor die Kellnerin sich wieder der Kaffeemaschine zuwandte und die Gäste die Frühstückskarte studierten. Sie hatten den Automaten gemustert, weil er neu war auf dieser Etage. Zwei- oder dreimal würden sie noch zusammenfahren, wenn er zu schreien begann. Dann würde er ein Stück Einrichtung geworden sein, das niemand mehr wahrnahm. Bis er, nach etwa vier Monaten, während der Sommerferien von Kindern mit einer selbst hergestellten Sprengladung aus Zucker und Zelluloid zerstört werden würde. Im Augenblick allerdings brüllte er zum zweiten Mal seinen Glitzervers. Die Treppe hinauf, den Kinderwagen auf zwei Rädern in der Balance haltend, rollte die Frau, die unten vor dem Jeansladen gestanden hatte. Die Stimme des Automaten musste bis nach unten gedrungen sein, denn die Frau fingerte, noch während sie sich mit dem Kinderwagen in Richtung Spielwarenladen in Bewegung setzte, in ihrer Anoraktasche nach einem Geldstück.

Bis vor zwei Minuten hatte sie genau gewusst, wie der Tag ablaufen würde. Bis zehn wäre sie im Einkaufszentrum von Schaufenster zu Schaufenster gezogen. Gleich nach zehn wäre sie auf den Spielplatz gefahren. Dort hätte sie bis zwölf auf der Bank gesessen und mit den anderen Müttern geredet. Um zwölf wäre sie nach Hause gegangen, um das Kind zu füttern, trockenzulegen und ins Bett zu bringen. Von eins bis drei hätte sie in der Wohnung herumgesessen, ferngesehen und ein Glas Kellergeister getrunken, dann hätte sie begonnen, das Mittagessen zuzubereiten. Um zehn nach fünf wäre ihr Mann gekommen, und sie hätten zusammen gegessen. Er hätte sich anschließend eine Stunde aufs Ohr gelegt, während sie das Kind gefüttert und ins Bett gebracht hätte. Dann war es Zeit für die Tagesschau und den Film. Anschließend legte er sich schlafen. Sie hätte noch ein Glas Kellergeister getrunken

und wäre dann auch ins Schlafzimmer gegangen. So war es bisher gewesen. Außer am Wochenende natürlich.
Die junge Frau hatte den Glitzerautomaten erreicht und den Schlitz gefunden, in den das Markstück gesteckt werden musste. Still stand sie neben dem Automaten und wartete.

BEIM LETZTEN MAL hatte er gesagt, sie könne zu jeder Zeit anrufen. Morgens wäre es sogar besonders günstig. Und jetzt stand sie hier auf der Straße, und er kam nicht. Beinahe hätte die alte Ziege von nebenan sie gesehen. Die hätte bestimmt nichts Besseres zu tun gehabt, als auf dem Rückweg bei ihrer Mutter zu klingeln. Und dieser dämliche Wachmann vorhin. Dem hätte sie was erzählt. Aber er war vorher verschwunden und nicht wieder aufgetaucht. Wenn er nicht kam, musste sie sich etwas ausdenken. Sie konnte nicht den ganzen Vormittag hier im Wohngebiet herumlungern. Zurück in die Schule, oder was? Das fehlte noch. Schlimm genug, dass sie noch zwei Jahre vor sich hatte. Dann war sie fünfzehn, hatte einen Haufen Geld und würde in eine andere Stadt gehen. Wenn die wüssten! Mit fünfzehn konnte man heute schon ganz gut durchkommen. Nur wenn man Geld hatte, allerdings. Aber das würde sie haben. Da kam er.
Manuela wandte sich um und ging langsam die Straße hinunter, wartend, dass der Wagen neben ihr anhielte. Als die Tür an ihrer Seite geöffnet wurde, stieg sie schnell ein, rutschte auf dem Beifahrersitz ein wenig tiefer und wartete darauf, dass der Wagen anfuhr. Der Wagen fuhr nicht an. Sie wandte den Kopf nach links und blickte den Mann an, der hinter dem Steuer saß und auf sie heruntersah.
Hi, Jem, was ist, fahren wir nicht?
Doch, sagte der Mann langsam. Wir fahren. Ich dachte nur: Wenn du meine Schwester wärst.
Kanaken denken da anders. Ich weiß. Fahr los, sonst erwischt

mich meine Mutter. Und dein Geschäft ist hin. Der junge Mann, der unausgeschlafen aussah und einen schmuddeligen Jogginganzug trug, fuhr los. Manuela setzte sich erst auf, als sie die Häuserblocks hinter sich hatten. Sie sah interessiert nach rechts und links, einmal auch über die Lehne des Sitzes nach hinten. Da lagen die Handtücher. Zufrieden schaute sie wieder auf die Straße.

Das Autofahren war eigentlich das Beste daran. Wie sie die Autofahrten mit ihren Eltern gehasst hatte. Nie hatte sie vorn sitzen dürfen. Die Kinder hinten, die Alten vorn. Und das Geld, natürlich. Dafür machte sie es ja. Der Gedanke an das, was sie für das Geld zu tun hatte, war ihr unangenehm.

Hast du 'ne Kassette da, fragte sie.

Der Mann neben ihr zeigte auf das Handschuhfach. Wir sind gleich da, sagte er. Lohnt sich nicht mehr.

Das Mädchen öffnete das Handschuhfach, nahm eine der ihm entgegenfallenden Kassetten, stopfte die anderen zurück und schloss das Fach, bevor ihm der Inhalt erneut entgegenfallen konnte.

Könntest du auch mal aufräumen, sagte es.

Der junge Mann neben ihm lachte. Er wirkte jetzt nicht mehr so unausgeschlafen. Mit einer langsamen, ein wenig eitlen Bewegung, die das Mädchen nicht sah, weil es damit beschäftigt war, den Text auf der Kassette zu entziffern, legte er die lockigen, schwarzen Haare auf der Stirn zurecht. Seine Hände waren braun und schlank. Wahrscheinlich ging er jede Woche einmal ins Sonnenstudio.

Der Wagen bog von der Straße ab, fuhr ein paar Meter über einen Betonweg und hielt auf einem betonierten Platz. Manuela sah durch die Frontscheibe auf ein Haus, das neu zu sein schien. Eigentlich ein ganz hübsches Haus mit blau gestrichenen Fensterrahmen, nicht so sehr groß, vielleicht für zwanzig Familien.

Nee, Familien wohl nicht, dachte sie, während sie ausstieg. Der

Mann nahm die Handtücher vom Rücksitz und schloss das Auto ab, kein besonderes Auto, eher ein bisschen älter und ramponiert, aber das Mädchen wusste, dass es noch ein anderes Auto gab. Einmal, abends, war es damit gefahren. War ein großer, amerikanischer Wagen gewesen.

Der Mann ging voran. Als sie den Hausflur betraten, schlug ihnen verbrauchte Luft entgegen. Es roch nach Bratkartoffeln, alten Polstermöbeln, Alkohol, ungewaschenen Kleidern.

Schlimmer als bei uns im Treppenhaus, dachte das Mädchen. Wieso machen sie das Fenster nicht auf.

Der Hausflur war lang und hatte am Ende ein großes Fenster, acht blaue Türen auf jeder Seite und in der Mitte eine Treppe, die nach oben und in den Keller führte. Ein Mann kam ihnen vom Ende des Flurs her entgegen. Die Treppe herauf aus dem Keller kam ein anderer, dessen Haare nass waren und der ein nasses Handtuch in der Hand hielt.

Ihr könnt gleich nach oben gehen, sagte der Mann, der ihnen entgegengekommen war.

Er musterte das Mädchen einen Augenblick.

Sie macht es nicht zum ersten Mal, sagte Jem. Offenbar fürchtete er Einwände. Aber der Mann, der Manuela gemustert hatte, war schon unterwegs. Er stieg vor ihnen die Treppe hinauf, ging durch einen Flur, der dem unten zum Verwechseln ähnlich sah, und öffnete weiter hinten eine der blauen Türen. Das Zimmer war offenbar eine Art Aufenthaltsraum für die Männer, die in dem Haus wohnten. Es gab einen Fernseher, ein Sofa und zwei Sessel, verschiedene blaue Kunststoffstühle und ein Tischfußballspiel. Auf der Fensterbank stand ein Gummibaum. Die Aschenbecher waren ausgeleert, aber nicht ausgewaschen worden. Es stank nach Zigarettenasche. An der Wand über dem Fernseher hing ein Plakat, auf dem weiße Häuser an einem kleinen Hafen zu sehen waren. Das Wasser im Hafenbecken und der Himmel über den Häusern waren von gleichem, tiefem Blau.

Der Mann, der die beiden nach oben geführt hatte, blieb an

der Tür stehen und sah zu, wie das Mädchen sich auf das Sofa setzte.
Du kannst mit runterkommen, in die Küche.
Er hatte den Mann im Jogginganzug gemeint, der zum Fenster gegangen war, neben dem Gummibaum stand und hinaussah, als erwarte er jemanden. Aber er erwartete niemanden. Er hatte nur sehen wollen, wie hoch über der Erde sich das Fenster befand. Jetzt wandte er sich um und blickte dem Mann an der Tür ins Gesicht.
Ich bleibe.
Der Mann an der Tür zuckte die Achseln, streifte das Mädchen mit einem kurzen Blick und verließ das Zimmer. Das Mädchen stand auf und begann sich auszuziehen, während der Mann, der es hergebracht hatte, ein Handtuch über das Sofa breitete. Das Handtuch war braun und zeigte in der Mitte eine große, orangefarbene Sonne, deren Strahlen die Ränder berührten.
Jemand klopfte an die Tür, die sich gleich darauf, ohne dass eine Antwort abgewartet worden war, öffnete. Der Mann mit den nassen Haaren, der aus dem Keller gekommen war, betrat das Zimmer. Bevor er die Tür schloss, warf das Mädchen einen kurzen Blick auf die kleine Gruppe von Männern, die sich vor der Tür versammelt hatte.
Könnten mehr sein, dachte es, bevor es die Arme kreuzte, um den Pullover über den Kopf zu ziehen.
Lass den an, sagte der Mann vom Fenster her.
Er durchquerte das Zimmer, nahm einen der blauen Stühle und setzte sich neben die Tür.
Erst die Kohle.
Der Mann mit den nassen Haaren hielt das Geld schon in der Hand. Er reichte dem neben der Tür fünf zerknitterte Zehner, bevor er zum Sofa ging.
Gut, dass die Männer es brauchen, dachte das Mädchen. Wie sollte ich sonst in meinem Alter zu Geld kommen. Dreißig für mich, zwanzig für ihn. Bei zehn sind das schon dreihundert.

Als der, der es gebraucht hatte, von ihm abließ, hob es ein wenig den Kopf, um zu sehen, ob die Gruppe vor der Tür größer geworden war. Viel mehr als vorhin waren es nicht. Aber zehn, dachte es, zehn werden es bestimmt.
Als die Tür geöffnet wurde, legte es den Kopf zurück und versuchte, einen festen Punkt für seine Augen zu finden. Nie ansehen, hatte es sich vorgenommen, ein Vorsatz, den es unbedingt einzuhalten galt. Wenn man sie ansah, konnte einem leicht übel werden. Auch wenn sie geduscht hatten. Sein Blick blieb auf dem Plakat hängen.
Meistens stand drauf, welches Land abgebildet war. Aber da stand gar nichts. Sah so ähnlich aus wie das Plakat beim Griechen. Zum Griechen würde es sich fahren lassen, wenn das hier vorbei war.
Nach dem dritten, der es gebraucht hatte, blieb es ruhig liegen und sah nicht mehr zur Tür. Irgendwann hatte der Mann auf dem blauen Stuhl eine kleine Auseinandersetzung mit einem, der ihm nur vier Zehner hingehalten hatte.
Schmeiß ihn raus, sagte das Mädchen vom Sofa her und dachte: Wieso ist meine Stimme so klein.
Du hörst, was sie sagt. Verschwinde.
Er stand auf und ging, die Arme vor der Brust verschränkt, auf den Mann zu. Aber das war eine überflüssige Pose. Als habe der Freier verstanden, dass das Mädchen nichts mit ihm zu tun haben wollte, oder als habe er sich erschrocken, als er die Stimme vom Sofa vernahm, wandte er sich schnell zur Tür. Er blieb dort stehen und sah einen Augenblick zu dem Mädchen hinüber, bevor er das Zimmer endgültig verließ.
Körner, fragte der Bewacher, während er sich zurück auf seinen Stuhl begab, willst du ein paar Körner?
Das Mädchen schüttelte den Kopf. Wenn sie das Zeug nahm, würde sie nicht zum Griechen gehen können. Man kam damit kaum die Treppe rauf.
Es waren dreizehn, dreizehn weiße Häuser auf dem Plakat. Sie

hatten dicke Mauern und kleine Fenster. Keine Türen. Ich hätte zählen sollen. Dann wüsste ich, wie lange es noch dauert. Das obere Haus hat nicht mal ein Fenster.
Dreihundert. Dreihundert. Dreihundert.
Meinetwegen müsste er nicht drinbleiben. Passiert doch nichts. Beim Griechen haben die Häuser Fenster und Türen. Oder nicht? Kann ich nachher nachsehen.
Der Rücken, das ist das Schlimmste. Mir tut der Rücken weh. Dreihundert. Wenigstens dreihundert.
Als niemand mehr an die Tür klopfte, stand der Mann auf und sah nach. Der Gang vor dem Aufenthaltsraum war leer. Im Haus war es sehr ruhig.
Das war's, sagte er ins Zimmer hinein und schloss die Tür.
Er kam zurück, nahm den Stuhl, auf dem er die ganze Zeit über gesessen und vor sich hin gestarrt hatte, brachte ihn zurück an den Tisch und griff, bevor er sich setzte, mit beiden Händen in die ausgebeulten Taschen seines Jogginganzugs. Er häufte die Scheine vor sich auf und begann zu zählen. Das Mädchen sah ihm zu.
Dreihundertsechzig für dich, sagte er. Soll ich es dir zusammenpacken?
Als er keine Antwort bekam, stopfte er den kleineren Haufen Scheine zurück in seine Hosentasche und begann die übrigen zu glätten und sorgfältig übereinanderzulegen.
Du kannst hier duschen, willst du?
Langsam wandte Manuela den Kopf zu ihm hin. Er sah, dass sie geweint hatte.
Es ist nur, weil mir der Rücken so wehtut. Hilfst du mir? Er stand auf, ging hinüber zum Sofa und half ihr beim Aufstehen. Er wickelte ihr das Handtuch, das bis auf ihre Knöchel reichte, um den Leib, nahm, nachdem er ihr das Geld in die Jackentasche gesteckt hatte, ihre Sachen unter den Arm und führte sie aus dem Zimmer. Sie gingen langsam die Treppe hinunter. Niemand begegnete ihnen. Auch der Raum vor den Duschen im Keller war leer. Es war ein ziemlich großer Raum mit Bänken an den Wän-

den und einer Tischtennisplatte, von der eine Ecke abgebrochen worden war, im Hintergrund. Vor den Türen der Duschen war der Zementfußboden dunkel. Die Luft war feucht und warm.
Sie blieben vor einer der Duschen stehen. Das Mädchen ließ das Handtuch los. Als es keine Anstalten machte, den Pullover auszuziehen, ging der Mann in die Dusche und stellte das Wasser an. Mit ausgestrecktem Arm prüfte er einen Augenblick die Wassertemperatur. Dann wandte er sich um, zog dem Mädchen den Pullover über den Kopf und schob es unter die Dusche. Er setzte sich auf die Bank, die der Dusche gegenüberlag, und beobachtete durch die geöffnete Tür das Mädchen beim Duschen. Er sah, dass sie einen Moment reglos unter dem Wasserstrahl stand und dann nach der Seife griff. Er sah ihr zu, wie sie sich langsam und sorgfältig zu waschen begann. Noch immer war es still im Haus. Der Mann blickte hinüber zur Kellertreppe. Niemand kam. Er würde einfach sitzen bleiben. Wenn sie fertig war, würde sie kommen, um das Handtuch zu holen. Aufmerksam beobachtete er die Bewegungen des Mädchens unter der Dusche, die lebhafter geworden waren. Sie sah zu ihm hinüber.
Na gut, dachte sie, während sie ging, um das Handtuch zu holen, dafür zahlt er beim Griechen.
Als sie zusammen das Wohnheim verließen – niemand hatte sich gezeigt, aber hinter ein paar Türen waren Radio- oder Fernsehstimmen zu hören gewesen –, war es zehn Uhr morgens. Der Wagen, mit dem sie gekommen waren, stand noch immer als einziger vor dem Haus. Der Mann öffnete dem Mädchen die Tür und ging erst dann auf die Fahrerseite.
Zum Griechen, sagte sie, während er auf dem freien Platz vor dem Wohnheim wendete. Fahren wir zum Griechen?
Hast Glück, dass ich Hunger hab, sagte er. Du machst wohl nie was umsonst, was?
Nee, dachte sie, aber sie sagte nichts.
Sie hatte keine Lust, mit dem Kanaken zu reden. Jetzt nicht. Sie wollte die Autofahrt genießen. Reichte wirklich, wenn man

zweimal die Woche zur Schule ging. Für das, was sie einem da beibrachten. Um im Leben zurechtzukommen, musste man schon ein paar andere Sachen draufhaben.
Der Rücken tat ihr immer noch weh, und sie änderte ihre Haltung, um die Schmerzen zu mildern. Als sie den Hoffnungsberg erreichten, hielt neben ihnen an der Ampel ein Streifenwagen. Die Insassen, ein jüngerer und ein älterer Mann, sahen kurz zu ihnen herüber, bevor sie weiterfuhren.
Die können uns doch mal, sagte Jem und klopfte mit der flachen Hand auf die ausgebeulte Tasche seines Jogginganzugs. Er hatte auch geduscht und sah frisch und ausgeschlafen aus. Er verlangsamte die Fahrt, fuhr hinter dem Polizeiwagen her und bog dann von der Straße ab. Der Grieche hatte sein Lokal am Ende des Einkaufszentrums, und sie fuhren die Straße entlang, an der das Einkaufszentrum lag. Zur Straße hin war es eine endlose, graue Betonmauer, unterbrochen von rot und gelb umrandeten Fenstern. Um diese Zeit war es leicht, einen Parkplatz zu finden. Er stellte den Wagen in der Nähe eines Tunnels ab, der durch die Betonmauer in den Innenhof des Einkaufszentrums führte. In den Büschen, an denen sie vorbeikamen, nachdem sie den Wagen verlassen hatten, hingen ein hellblauer Strampelanzug mit abgerissenem Bein, eine Zeitung, die aussah, als sei sie gerade eben durchgeblättert und dann beiseitegeworfen worden, zwei oder drei ältere Papierfetzen und der Henkel eines Einkaufsnetzes. Zwei Spatzen badeten sich am Boden in hellgrauem Staub.
Der Innenhof war leer bis auf zwei ältere Frauen, die redend beieinanderstanden, und einen von der Stadt bezahlten Aktionskünstler, der damit beschäftigt war, ein Gestell aufzubauen, nach dessen Bedeutung er, wenn er mit dem Aufbau fertig war, die Vorübergehenden fragen würde. Die Tätigkeit des Künstlers war unter dem Decknamen *Phantasie gegen Beton* eine Politikform der Regierung, bei der sich Kunst und Künstler in seltener Übereinstimmung prostituierten.

Unmöglich, das kann ich mir nicht vorstellen.
Ich bin da ganz sicher. Erst haben sie die Wohnung präpariert. Dann sind sie weggefahren. Die Sachen hatten sie schon vorher beiseitegeschafft. Wozu haben sie die Laube. Und dann sind sie spät zurückgekommen und haben den Einbruch gemeldet.
Und Sie meinen, jetzt rennt sie mit der neuen Pelzjacke rum?
Sie mit der Pelzjacke, er mit der Kamera. Von der neuen Wohnzimmergarnitur will ich gar nicht reden. Man muss ja nicht selber …
Die letzten beiden Worte hörte Manuela nicht mehr. Jem war weitergegangen. Er hatte sich eine Zigarette angezündet.
Der Grieche stand vor der Tür seines Lokals. Die beiden gingen an ihm vorbei, und er sagte: Hi, Manuela, und schüttelte missbilligend den Kopf, als Jem an ihm vorübergegangen war. Das sollte heißen: Musst du dich denn mit dem abgeben.
Manuela nahm es nicht zur Kenntnis.
Der Wirt nahm ihre Bestellung auf und stellte zwei Ouzo auf den Tisch. Die beiden tranken den Schnaps.
He, bring noch zwei, rief Jem.
Manuela lehnte sich an die gepolsterte Rückenlehne der Holzbank und sah sich im Lokal um. Niemand da, den sie kannte. Bloß zwei Ischen. Und der Sohn vom Wirt. Wieso war der nicht in der Schule. Wurde wohl im Laden gebraucht. Vielleicht müssen sie dann nicht.
Der Wirt brachte die zweiten Schnäpse.
Essen ist gleich fertig, sagte er.
Manuela trank den zweiten Schnaps langsam.
Wie aufgelöster Lolly, sagte sie und sah Jem an. Die Schmerzen waren schon fast weg.
Schlafen, dachte sie, jetzt müsste man schlafen. Aber wie?
Gib mir ’n Zug.
Jem beobachtete die Veränderung in ihrem Gesicht mit Misstrauen. Sollte sie sich ohne ihn besaufen. Sonst hatte er sie noch am Hals.

Du kriegst nichts. Dir wird schlecht. Jetzt gibt's Essen.
Sie wollte nicht essen, nur schlafen.
Ich geh dann.
Unvermittelt stand sie auf und glitt leicht schwankend aus der Lücke zwischen Bank und Tisch.
Was? Und dein Essen?
Friss es selber. Sie hatte das Ende der Bank erreicht und stand unsicher neben dem Tisch. Ich muss jetzt nach Hause, verstehst du. Es geht mir nicht gut.
Hau ab. Und halt die Klappe.
Worauf du dich verlassen kannst, dachte sie und ging zwischen den Bänken hindurch auf den Ausgang zu, die Schulmappe und die Jacke mit dem Geld in der Tasche über die linke Schulter gehängt, die rechte Hand vorgestreckt, so, wie ein Blinder sie vorstrecken würde, um unvorhergesehene Zusammenstöße zu vermeiden. Sie tat es, um die Balance nicht zu verlieren. Die beiden Frauen, die am Fenster saßen, sahen ihr missbilligend nach.
Es kam ihr vor, als sei es draußen wärmer geworden.
Langsam gehen. Tief Luft holen. Ich erzähl ihr, dass mir schlecht geworden ist. Stimmt ja auch. Warum …
Sie war nicht mehr fähig, den Gedanken zu Ende zu denken, stellte sich an die Mauer im Tunnel und erbrach sich. Die Blicke der Vorübergehenden in ihrem Rücken spürte sie nicht.
Im Fahrstuhl merkte sie, dass ihr Magen sich erneut verkrampfte; sie stürzte sich auf den Klingelknopf an der Wohnungstür und ließ ihn nicht los, bis die Tür aufgemacht wurde und ihre Mutter, angezogen zum Einkaufen und mit einem Korb über dem Arm, ihr gegenüberstand. Sie fiel fast an der Mutter vorbei, lief ins Bad und erbrach sich noch einmal.
Sie ging in die Küche, ohne sich das schweißbedeckte Gesicht zu waschen. Die Mutter saß jetzt am Tisch und rauchte, und Manuela erklärte, ihr sei in der Schule übel geworden. Die Lehrerin habe sie nach Hause geschickt.
Ich geh jetzt einkaufen, sagte die Mutter, drückte die Zigarette

aus und stand auf. Kannst dich ja noch mal hinlegen. So was kommt vor in deinem Alter.
Sie verließ die Küche. Manuela ging noch einmal ins Bad, wusch sich Gesicht und Hände und vermied es, beim Abtrocknen auf die sich drehende Trommel der Waschmaschine zu sehen. Ihr war kalt, und die Waschmaschine war laut. Aber man konnte die Badezimmertür zumachen und ins Bett kriechen, die Decke über die Ohren ziehen und schlafen. Jedenfalls bis die anderen nach Hause kamen. Das war erst in zwei Stunden. Für das Geld würde sie ein anderes Versteck suchen müssen. Nicht mehr hier in der Wohnung. Vielleicht vergraben.

BEVOR DAS KIND mit diesem widerlichen, gleichzeitig krachenden und klatschenden Geräusch vor ihnen auf dem Garagendach aufgeschlagen war, hatten die Insassen des Streifenwagens schon eine lange und anstrengende Schicht hinter sich gebracht. Der Klatscher war nur noch der Schlusspunkt hinter eine Anhäufung von Übeln, durch die sie sich die ganze Nacht hindurchgekämpft hatten. Dabei hatte die Schicht ganz friedlich angefangen.
Eva Bentrupp hatte sich mit dem Kollegen vorher noch zu einem Kaffee zusammengesetzt. Dabei hatten sie nach Wochen wieder einmal ein persönliches Wort gewechselt. In der letzten Zeit war das kaum möglich gewesen. Sie hatten ein neues Gebiet übernommen, das sie nicht kannten und in dem es vom ersten Tag an nur Ärger gegeben hatte. Inzwischen war sie so weit, dass sie dem Vorschlag, Alkohol in bestimmten Gebieten zu rationieren und arbeitslose Männer beim Straßenbau zu beschäftigen, ohne weiteres zugestimmt hätte, obwohl sie sich eigentlich für liberal hielt. Das Schlimmste aber waren die Kinder. Sie hatte selbst zwei aufgezogen und war erst später wieder in ihren Beruf eingestiegen. Sie verstand was von Kindern. Und um die hier stand es schlecht, das war klar. Sie hatte, während sie neben dem Kolle-

gen saß, wohl zum hundertsten Mal darüber nachgedacht, wer eigentlich die Schuld hatte an dieser Situation.
Der Wagen fuhr langsam an Hochhäusern vorbei. An den roten Fensterscheiben im siebten und achten Stockwerk war zu erkennen, dass die Sonne aufging. Vor ihrem Wagen auf der Straße tobte ein verliebtes Drosselpaar. Der Kollege fuhr langsamer, aber die Vögel ließen sich nicht stören. Deshalb standen sie fast, als das Fenster im Wohnblock links von ihnen geöffnet wurde und sie den Lärm hörten.
Halt mal, sagte die Bentrupp.
Sie hatten die Scheiben heruntergekurbelt. Deutlich hörten sie verschiedene grölende Stimmen, Gelächter und Schreie, die danach klangen, als riefe ein Kind, das verprügelt wurde, um Hilfe.
Das Auto hielt. Sie konnten das Fenster, das geöffnet worden sein musste, jetzt nicht mehr sehen. Auch die Geräusche waren plötzlich verstummt. Nur das erregte Glucksen der Drosseln war zu hören. Und dann sahen sie den stürzenden Schatten und hörten das widerliche Geräusch des auf das Garagendach aufschlagenden Körpers. Im Fallen verlor das Kind einen Schuh, der an der Garage vorbei auf die Straße fiel und die Drosseln vertrieb. Danach war es einen Augenblick lang absolut still.
Sie sprangen sofort aus dem Auto und sahen an der Hauswand hoch. Natürlich waren alle Fenster geschlossen. Noch nie, so dachte die Polizistin Eva Bentrupp, bevor sie versuchte, durch die Büsche bis zur Garagenwand vorzudringen, noch nie habe ich eine so tote Hauswand gesehen.
Die Garage stellte sich bei näherem Hinsehen als Waschbetonverschlag für die Müllcontainer des Wohnblocks heraus. Es gelang ihnen, an der offenen Seite über die Container zu klettern und das Dach zu erreichen. Mit einem Blick konnten sie erkennen, dass das Kind tot war. Neben allen möglichen anderen Verletzungen war das Genick gebrochen. Der Polizist Vogel sprang vom Dach, um über Funk Verstärkung und, wider besseres Wis-

sen, einen Krankenwagen zu rufen. Die Bentrupp blieb auf dem Dach knien.

Sie sah auf die Uhr. Es war kurz nach fünf Uhr morgens und durchaus denkbar, dass in den hundertzwanzig Küchen, die hinter den der Straße zugewandten Fenstern lagen, irgendjemand dabei war, Frühstück zu machen. Aber die Fenster blieben verschlossen. Aufmerksam betrachtete sie den vor ihr liegenden Körper. Ein Mädchen, vielleicht zwölf Jahre alt, lange, blonde Haare, Jeans und T-Shirt, in der linken Hand so etwas wie eine Strickjacke. Ein ganz normales, unauffällig aussehendes Mädchen, bis auf den Schuh vielleicht.

Die Bentrupp erhob sich. Die runden Steine des Waschbetons hatten Abdrücke in der Haut auf ihren Knien hinterlassen. Sie ging an den Rand des Daches und sah auf die Straße. Dort lag noch immer der andere Schuh. Eine goldglänzende Sandale mit sehr hohem Absatz, den eine Reihe von Strasssteinen schmückte.

Nicht billig, dachte die Polizistin.

Sie sind unterwegs, rief Vogel. Er stand neben dem Streifenwagen und wirkte selbst von hier oben noch blass.

Die Bentrupp ging zurück und setzte sich wieder neben das tote Mädchen. Drei Mädchen in einem Jahr, genau genommen in dreizehn Monaten. So lange war sie jetzt in dieser Gegend. Die beiden anderen hatten sich umgebracht. Die erste hatte sie selbst entdeckt bei der Routineüberprüfung eines Heizungskellers, der angeblich ein Treffpunkt von Skins war. Skins oder auch nur Spuren von ihnen hatte sie nicht gefunden, aber den Anblick des toten Mädchens würde sie nicht mehr vergessen. Die zweite hatte eine Gasexplosion ausgelöst, bei der sämtliche Scheiben der umliegenden Wohnblöcke geborsten waren. Und nun die hier.

Sie sah aufmerksam auf den unnatürlich verrenkt daliegenden Körper. Wie ein Putzlappen, dachte sie, als hätte jemand seinen Putzlappen aus dem Fenster geworfen.

Am Ende der Straße tauchte ein Krankenwagen auf. Sie erhob

sich und winkte, damit der Fahrer sie sähe, als könnte sie damit dem Mädchen noch helfen. Gleich darauf kam auch die angeforderte Verstärkung, und sie kletterte vom Dach und ging hinüber zu ihrem Kollegen. Sie ergänzte dessen Antworten, die sehr einsilbig waren, so gut sie konnte, aber viel zu sagen gab es nicht; und selbst wenn sie gesehen hätten, aus welchem Fenster das Mädchen gefallen und was vorher mit ihm geschehen war, hätten sie die herablassende Haltung der Kollegen von der Kripo nicht ändern können.
Ja, dann müssen wir wohl anfangen, sagten die und taten so, als seien die mageren Auskünfte, die sie erhalten hatten, schuld daran, dass sie jetzt, morgens um sechs, mit der Klingelei an den Haustüren beginnen mussten. Nach den Verletzungen zu urteilen, waren der erste und der zweite Stock wohl auszuschließen. Die Leute dort konnten später befragt werden, ob ihnen im Haus etwas Besonderes aufgefallen war.
Also los, sagten die Kripobeamten. Sie fangen bei Drei an und nehmen die ungeraden, wir nehmen die geraden.
Sie hatte was getrunken, bemerkte der Arzt, der an ihnen vorüberging. Vielleicht ist das wichtig für euch.
Wir suchen eine Wohnung, in der sich mehrere Personen aufhalten oder bis vor Kurzem aufgehalten haben. Mindestens zwei Männer. Und es ist wohl gefeiert worden.
Wieso fordert er uns nicht auf, an den Schlüssellöchern nach Alkoholdunst zu schnüffeln, dachte die Bentrupp. Ohne etwas zu sagen, wandte sie sich um und ging auf die Haustür zu. Ihr Kollege folgte ihr.
Und sagen Sie den Leuten, dass bis acht niemand das Haus verlassen darf. Wir stellen jemanden neben die Tür.
Na klar doch, sagte Vogel neben ihr. Am besten, ihr geht für die Leute arbeiten.
Spinner, sagte sie halblaut, während Vogel an ihr vorbei in den Hausflur trat und sie aufmerksam ansah. Vielleicht wäre es besser gewesen, er hätte stattdessen seinen Blick auf den Fußboden ge-

richtet, dann wäre es ihm erspart geblieben, über das aus einem Mofa ausgebaute Vorderrad zu stolpern, das vor den Treppenstufen lag. So aber verstauchte er sich den Knöchel, und das trug nicht dazu bei, die Befragung der Hausbewohner, so weit sie überhaupt die Tür öffneten, in einer freundlichen Atmosphäre verlaufen zu lassen.

Das Ergebnis der Befragung eröffnete einige interessante Einblicke in das Konzept des sozialen Wohnungsbaus und dessen Auswirkungen auf einen nicht geringen Teil der Bevölkerung. Auch für die Ursachen, weshalb Menschen in unwürdigen Wohnverhältnissen keine Kraft zur Gegenwehr aufbrachten und nicht in der Lage waren, ihre Kinder so zu erziehen, dass sie sich eines Tages auflehnen würden gegen die Verachtung, mit der ihnen begegnet worden war, hätten sich anschließend genügend Beispiele finden lassen. Und hätten die Polizisten ausreichend Zeit und Muße und eine entsprechende Vorbildung gehabt, dann wäre ihnen, nachdem sie den chaotischen Verhältnissen, die hinter vielen Wohnungstüren herrschten, entronnen waren, vielleicht sogar eingefallen, dass solche Zustände nicht von selbst entstehen, sondern geplant sind und bewusst nicht verändert werden. Und, größte aller Unwahrscheinlichkeiten, vielleicht wären sie dann in die bei den Abgeordneten beiderlei Geschlechts so beliebten Wohnviertel gegangen, hätten an sorgfältig restaurierten Altbauwohnungstüren geklingelt und den freundlich öffnenden Herren und Damen ein paar Fotos hingehalten von Kindern mit Hautausschlag, von betrunkenen Vätern, von Kindern vor Bildschirmen mit Horrorfilmen, Fotos von Badezimmerschränken, die vor Tabletten überquollen, und von vollgeschissenen Fahrstühlen. So aber, da den Polizisten die Einsicht in die Zusammenhänge fehlte, beließen sie es dabei, am Ende der Befragung festzustellen, dass von neunzig Wohnungstüren nur dreiundsechzig geöffnet worden waren und dass keine der befragten Personen einen Hinweis auf ein gerade erst beendetes Gelage oder einen besonderen Streit hatte geben können. Mehrere Wohnungstüren waren ihnen von Kindern geöffnet worden, die ihre gerade von der Nachtschicht zurückkommenden Väter oder Mütter erwarteten. Es waren sehr verständige Kinder darunter gewesen, unter anderem ein etwa acht Jahre altes Mädchen, das, auch das konnten die Polizisten selbstverständlich nicht wissen, ein halbes Jahr später erdrosselt in einem Koffer zwischen Gerümpel im Keller seines *Elternhauses* gefunden werden würde.

ICH, dachte Bella Block, ehemals Kriminalkommissarin, ehemals Privatdetektivin, ich bin vermutlich die glücklichste Frau der Welt.

Sie erhob sich von ihrem Lieblingsplatz, einem Sessel am Fenster mit Blick über die Elbe, und schritt so beschwingt, wie es ihre hundertfünfzig Pfund nach dem morgendlichen Lauftraining zuließen, in den Hausflur, um sich im Spiegel zu betrachten. Was sie sah, verführte sie dazu, ein großes Wort gelassen abzuwandeln.

Welch eine Schlampe, sagte sie. Sie sah sich bewundernd an. Ihre Haare, vor Zeiten sehr kurz und sehr grau, waren so lange nicht geschnitten worden, dass sie jetzt genau die Länge erreicht hatten, bei der nichts mehr mit ihnen anzufangen war. Dem Bademantel, den sie trug (überhaupt: Bademantel! So ungefähr das uneleganteste Kleidungsstück, das sie kannte), fehlte rechts die Schlaufe für den Gürtel. Das heißt, sie fehlte nicht. Sie war nur an einem Ende abgerissen und hing als Verzierung über dem schiefgebundenen Strick, den sie in Ermangelung des passenden zum Gürtel erklärt hatte. Der rechten Socke – anstelle von Hausschuhen trug sie dicke Socken, eins von den beiden Paaren, die ihr toter Freund Beyer vor undenklichen Zeiten bei ihr vergessen hatte – fehlte ein Teil der Spitze. Es war nicht zu übersehen, dass zumindest der rechte große Zehennagel eine Erneuerung der Lackschicht oder zumindest die Entfernung der Überreste der alten hätte vertragen können.

Bella musterte sich einen Augenblick ernst und wohlwollend.
Willy, rief sie laut. Willy! Wir tendieren nach rechts!
Es blieb so still, dass Bella sich erstaunt umsah. Sie hatte, während sie im Sessel saß, auf die Elbe sah und sich von ihrem morgendlichen Training erholte, gehört, dass Willy gekommen und in die Küche gegangen war. In der Küchentür erschien sie jetzt auch, das Tablett mit dem Frühstück in den Händen.
Denken Sie daran, dass Sie vorhatten, Ihre Mutter heute Nachmittag zu besuchen? Für den Fall, dass wir nach rechts tendieren, sollten wir vielleicht erst anschließend damit beginnen. Es würde uns eine Menge Auseinandersetzungen ersparen.
Ist Ihnen schon einmal aufgefallen, sagte Bella, während sie Willy entgegensah, ist Ihnen schon einmal aufgefallen, dass Sie, seit Sie bei mir arbeiten, fürchterlich vernünftig geworden sind? Fühlen Sie sich wirklich wohl bei dieser Arbeit? Wilhelmina von Laaken, genannt Willy, arbeitete für Bella. Sie tippte hin und wieder einen Brief und hatte ihr bis vor Kurzem bei Ermittlungsaufträgen geholfen.
Jetzt hatte sie einen kleinen Tisch vor den Sessel gerückt, sich einen Stuhl herangeholt und das Frühstück vor Bella hingestellt.
Entschuldigung, sagte sie, stand auf, verschwand und kam gleich darauf mit ein paar Zeitungen und zwei Briefen zurück, die sie neben Bella auf den Fußboden legte. Sie setzte sich und begann zu frühstücken.
Bella beobachtete sie aufmerksam.
Na ja, sagte sie schließlich, ist ja vielleicht ganz gut, wenn wenigstens eine von uns dem Briefträger in vorschriftsmäßiger Kleidung die Tür öffnen kann. Aber Sie müssen zugeben, dass die Möglichkeit, nicht mehr mit der Raffgier, den unausgegorenen Gefühlen oder der Gemeinheit der Leute sein Brot verdienen zu müssen, durchaus erfreuliche Seiten hat. Stellen Sie sich vor, Sie würden jetzt in einem von diesen umgebauten Wohnzimmern sitzen, die in der Branchensprache üblicherweise Anwaltskanzlei genannt werden. Womit wären Sie beschäftigt?

Mit der Eigentumsfrage. Mit irgendeinem lächerlichen Aspekt dieses theoretisch längst gelösten Problems. Sie wären sozusagen jeden Tag von neun bis fünf mit den Problemen des achtzehnten und neunzehnten Jahrhunderts befasst. Würde Ihnen das Spaß machen? Mit *diesen* Problemen, meine ich? Selbstverständlich haben diese Jahrhunderte auch ihre angenehmen Seiten gehabt. Erinnern Sie sich?
Bella lehnte sich im Sessel zurück und schloss die Augen.

> Kaiserkron und Päonien rot,
> Die müssen verzaubert sein,
> Denn Vater und Mutter sind lange tot,
> Was blühn sie hier so allein?

Bella schwieg. Willy sah sie an. Sie sah eine ältere Frau mit unordentlichen Haaren. Das Stück Haut, das von dem spitzen Ausschnitt des Bademantels freigelassen wurde, war bräunlich und faltete sich zwischen den Brüsten zu einer scharfen Kerbe. Rechts und links der Nasenwurzel begannen braune Schatten, die sich unterhalb der Augen ausbreiteten. Bei genauerem Hinsehen wurde deutlich, dass die Mundwinkel nicht nach unten gezogen waren. Aber sie hätten es sein können.

> Der Springbrunnen plaudert noch immerfort
> Von der schönen alten Zeit,
> Eine Frau sitzt eingeschlafen dort,
> Ihre Locken bedecken ihr Kleid.

Sagte Willy sanft und biss so krachend in ihr Brötchen, dass Bella lachend die Augen öffnete.
Müssen wir heute unser Geld zählen, fragte Willy, als sie den Mund wieder frei hatte. Weshalb hat er das eigentlich getan?
Bella begann ebenfalls zu frühstücken. Einer ihrer letzten Kunden war ein sehr reicher junger Mann gewesen, der ihr, bevor er an Aids gestorben war, ein Viertel seines Vermögens geschenkt hatte. Sie waren einander sympathisch gewesen. Bella hatte ihm

geholfen, ein paar wertvolle Bilder zurückzubekommen, die er auf ihren Rat hin anschließend einem Museum vermacht hatte. Nur einer seiner vielen Freunde war bis zuletzt bei ihm geblieben. Bella und dieser Freund, der ein weiteres Viertel des Vermögens erbte, hatten bei ihm gesessen, als er starb. Beide hatten sie von der Erbschaft erst ein paar Wochen später erfahren. Bella erinnerte sich an den Tod des jungen Mannes wie an etwas Ernstes und gleichzeitig Selbstverständliches. Es war einfach zu sterben, wenn man sein Leben richtig gelebt hatte. Auch, wenn man jung war.

Daneben, Bella Block, dachte sie, als ihr Blick auf die Zeitungen fiel, die auf dem Fußboden lagen. Es gibt kein richtiges Leben im falschen. Und der junge Mann ist auch nicht *einfach* gestorben. Er hat nur genügend Medikamente bekommen. Einfach ist nur, sich etwas vorzumachen über die Wirklichkeit. Einfacher jedenfalls, als sie auszuhalten.

Ich weiß nicht, sagte sie.

Sie hatte Willy vorgeschlagen, das Jurastudium so schnell wie möglich hinter sich zu bringen, um sich dann anderen, interessanteren Studiengängen zuzuwenden. Willy hatte sich für Astrophysik entschieden und hörte nebenbei hin und wieder bei den Germanisten zu. Hinterher gab es jedes Mal heftige Auseinandersetzungen, denn Bella war der Meinung, dass durch das Studium der Germanistik ein fruchtbares Verhältnis zur Literatur, insbesondere zur Lyrik, zerstört werde.

Im Gegensatz zu Bella, die den unerwarteten Geldsegen mit größter Selbstverständlichkeit entgegengenommen und ihr Leben neu organisiert hatte, war Willy das neue Leben fremd und nicht ganz geheuer. Im Grunde erwartete sie jeden Tag ein Unglück, und Bella hatte große Mühe, ihr nahezubringen, dass diese Haltung nichts weiter war als das Resultat christlich-abendländischer, kleinbürgerlicher Erziehung; ein Argument, dem Willy nichts wirklich Entscheidendes entgegenzusetzen hatte, so dass sich ihrer beider Leben im Grunde durchaus angenehm gestaltete.

Willy kam morgens zum Frühstück, ging danach in irgendwelche Vorlesungen, kam einmal in der Woche zum Putzen und nach Bedarf, wenn Bella ihr die Ergebnisse ihrer Arbeit vortragen, ein Buch mit ihr besprechen oder einfach nur Gesellschaft haben wollte. Bella stand früh auf, lief vor dem Frühstück einmal die Elbe rauf und runter, las die Zeitungen und sammelte Material zu einer Arbeit über eine neue Interpretation der Bedeutung des Pergamon-Altars. Willy, die Bellas Forschungen mit großem Interesse verfolgte, war der Auffassung, dass die Ergebnisse der Arbeit unbedingt in Buchform veröffentlicht werden müssten. Bella teilte diese Ansicht nicht.
Heute ist Dienstag, sagte Willy. Ich würde gern mitkommen. Haben Sie etwas dagegen?
Dienstag war der Tag, an dem Bella regelmäßig nachmittags ihre Mutter besuchte.
Natürlich nicht. Wir treffen uns um sechzehn Uhr bei ihr.
Bella griff nach den Briefen auf dem Fußboden, während Willy das Frühstücksgeschirr in die Küche trug. Gleich darauf knallte die Haustür ins Schloss. Bella war allein.
Dienstag, dachte sie und zog einen Stuhl näher heran. Um sich von den anstrengenden Besuchen bei ihrer Mutter zu erholen, hatte sie sich angewöhnt, anschließend bei Eddy vorbeizuschauen. Sie hatte ihn ziemlich schnell dazu gebracht, dienstags seinen Laden etwas früher zu schließen. Danach tranken sie ein Glas zusammen, schliefen miteinander, auf dem großen Tisch im Hinterzimmer oder wo es ihnen sonst gerade einfiel, tranken noch ein Glas zusammen und sprachen über dies und das, bis das Taxi kam. Das Taxi kam morgens gegen fünf und brachte Bella nach Hause. Früher waren bei den Gesprächen mit Eddy oft nützliche Informationen für ihre Arbeit abgefallen. Die Informationen brauchte sie nun nicht mehr, aber sie sprach trotzdem gern mit ihm darüber, was in der Szene geschah. Viele der kleinen und großen Ganoven kannte sie, und sie beobachtete mit Vergnügen, dass einige darunter waren, die durchaus geeignet gewesen wä-

ren, Minister oder Abgeordnete zu ersetzen. Den Einwohnern der Stadt wäre es dabei sicherlich nicht schlechter gegangen. Eddy nahm eine Weile noch an, dass sie noch immer als Privatdetektivin arbeitete, und gab sich große Mühe, ihr zu beweisen, was für einen lächerlichen, überflüssigen Beruf sie hatte.

Jede Puffmutter macht eine sinnvollere Arbeit als du, pflegte er zu sagen. Das Argument, dass sie sich nicht kennengelernt hätten, wenn Bella nicht aus Ermittlungsgründen in seinem Lokal aufgetaucht wäre, ließ er nicht gelten.

Du hättest wirklich eine prima Puffmutter abgegeben, wiederholte er grinsend, und Bella hatte Gelegenheit, den Satz anzubringen, den sie gerade in Peter Weiss' Tagebüchern gefunden und der ihr sehr imponiert hatte.

Wenn die ganze Welt kopfsteht, sagte sie kühl, dann muss man sich nicht wundern, wenn man hin und wieder einem Arsch begegnet.

Kurz und gut, das Verhältnis zu Eddy war durchaus zu den positiven Entwicklungen ihres Lebens zu rechnen.

Sie nahm auch die Zeitungen vom Fußboden auf und las flüchtig die Rückseiten der Briefumschläge, bevor sie sie ungeöffnet auf den Tisch legte. An manchen Tagen, daran hatte sie sich gewöhnt, war sie nicht in der Lage, die Briefe zu öffnen, die sie bekam. Genauso, wie sie nicht in der Lage war, das Geschwafel in den Zeitungen zu ertragen. Bellas Abneigung gegen Journalisten hatte allerdings in einem Umfang zugenommen, der über das normale Maß hinausging. In diesem, und wahrscheinlich nur in diesem Punkt stimmte sie vollkommen mit ihrer Mutter überein, die, als sich in der intellektuellen Öffentlichkeit eine gewisse Unruhe auszubreiten begann angesichts der freiwilligen Unterordnung der deutschen Journalisten unter die Zensur des US-amerikanischen Geheimdienstes während des Golfkrieges, kühl zu sagen pflegte: Wenn sie gelesen hätten, was bei Lenin über bürgerlichen Journalismus steht, und, noch besser, wenn sie es rechtzeitig begriffen hätten, würden sie sich jetzt nicht aufregen.

Wenige Tage nachdem Olga auf diese Weise zum ersten Mal in der Diskussion ein paar intellektuelle Spießbürger mattgesetzt hatte, war sie auf die Idee gekommen, sich einen Stapel Kopien einer besonders eindrucksvollen Lenin-Passage anzufertigen, den sie mit sich herumtrug und von dem sie, wenn das Gespräch auf die Fernsehzensur kam, wortlos Blätter verteilte. Die Wirkung war, zumindest bei einigen, geringer, als wenn sie laut zitiert hätte; was vermutlich damit zusammenhing, dass das schriftliche Zitat die Herrschaften peinlich berührte. Das Schriftbild erinnerte sie an einen Teil ihrer Vergangenheit, den sie gern vergessen hätten.

Also keine Briefe, keine Zeitungen heute.

Seufzend stand Bella auf, raffte den Bademantel, dessen Halt durch den locker geschlossenen Ersatzgürtel nicht gesichert war, mit einer entschlossenen Handbewegung über dem Bauch zusammen und ging hinüber zum Schreibtisch, um zwischen den Büchern zu kramen, die dort lagen.

> … du lachst und weinst und gehst an dir zugrund, was soll dir noch geschehen …

Sie nahm, nachdem sie Block und Bleistift in die Taschen des Bademantels gesteckt hatte, den Stapel Bücher auf beide Arme, stieg die Treppe hinauf, legte die Bücher auf die Decke, zog den Bademantel aus und kroch zurück ins Bett.

Der Himmel war von durchsichtigem Blau. Die Wolken davor zogen ruhig über die Elbe. Hin und wieder kreuzte eine Barkasse den Fluss, und einmal segelte eine Möwe so nahe an Bellas Fenster vorbei, dass sie die feinen schwarzen Teerklumpen auf den Schwimmhäuten der Füße deutlich sehen konnte. Der Tag versprach, so angenehm zu werden, wie es unter solchen Umständen möglich war.

Gegen Mittag – Bella hatte sich zurückgelegt, um ein wenig zu schlafen, wurde aber daran gehindert, weil ihr einige Zeilen nicht aus dem Kopf gingen, die sie gerade gelesen hatte – begann irgendjemand an ihrer Haustür zu klingeln. Vergeblich versuchte sie eine Weile, die Klingel zu überhören.

O wer denn dachte dran
Dass das Herz altern kann.

Merkwürdig beunruhigende Worte.
Das Klingeln hörte nicht auf. Schließlich stand sie auf, zog den Bademantel über und lief hinunter, um nachzusehen, wer so hartnäckig vor der Tür stehen blieb, obwohl doch eigentlich deutlich geworden sein musste, dass sie keine Lust hatte zu öffnen.
Vor der Tür stand eine Frau in Jeans und schwarzer Lederjacke.
Ach, sagte Bella, nachdem sie die Frau kurz und prüfend angesehen hatte, zu meiner Zeit galten Stoffblousons als unauffällig. Wie schön, dass auch die Ordnungsmacht sich dem allgemeinen Trend zum Luxus anpasst. Geht sicher auch gar nicht anders. Wie soll denn das Volk Respekt haben, wenn die Gesetzeshüter…
Frau Block, die Polizistin sprach leise, und obwohl ihre Stimme fest war, hörte Bella einen unsicheren Unterton heraus, der sie ihr forsches Gerede bedauern ließ, Frau Block? Ein Kollege, den Sie kennen, hat mir geraten, Sie aufzusuchen. Kranz, erinnern Sie sich?
Natürlich erinnerte sich Bella. Sie hatte zweimal in den letzten Jahren als Privatdetektivin mit Kranz zu tun gehabt. Er hatte versucht, sie zu trösten, als ihr Freund Beyer gestorben war. Und er war auf der Insel gewesen, als sie, anstatt Urlaub zu machen, den unfreiwilligen und ergebnislosen Versuch gemacht hatte, einen Teil der internationalen Drogenmafia zu beeindrucken. Kranz gehörte zu einem Abschnitt ihres Lebens, den sie als abgeschlossen betrachtet hatte, was ihr plötzlich, während sie immer noch in der Tür stand und die Polizistin musterte, zumindest nur als ein Teil der Wahrheit vorkam. Sie war über die Entdeckung beunruhigt, ja fast verärgert, und ihre Neigung, die Frau herein-

zubitten, die von Anfang an nicht besonders groß gewesen war, nahm noch weiter ab.

Kommen Sie herein, sagte sie freundlich, sich rechtzeitig an ihren Grundsatz erinnernd, dass man unangenehmen Sachen am besten dadurch begegnet, dass man sie so schnell wie möglich erledigt. Sie zeigte der Frau den Weg in den Wohnraum, lief nach oben, um den Bademantel loszuwerden, und erschien drei Minuten später, einigermaßen angezogen, mit der Thermoskanne, die Willy mit Kaffee gefüllt hatte, zwei Bechern, zwei Gläsern und einer Flasche Grappa ebenfalls dort. Die Frau stand zwischen Stapeln von Büchern – es waren tatsächlich alle Stühle belegt, und sie hatte sich nicht getraut, Bücher herunterzunehmen – und heulte. Heulende Frauen waren Bella ein Gräuel. Schweigend stellte sie das Tablett auf den Schreibtisch, räumte zwei Sitzgelegenheiten frei, schenkte Grappa und Kaffee ein und wartete. Schließlich setzte sich die Polizistin und trank den Grappa. Bella fand den Zeitpunkt gekommen, zu sagen, was sie zu sagen hatte.

Irgendwelche Affären innerhalb der Polizei interessieren mich nicht, sagte sie. Ebenso wenig der Kriminalitätsanstieg in den neuen Bundesländern und die dadurch ausgelöste Arbeitsbelastung für die Polizei. Sollten Sie oder ein Kollege von Ihnen Probleme damit haben, dass vor ein paar Tagen durch den gezielten Todesschuss eines Ihrer Kollegen ein vierzehnjähriger Junge umgebracht wurde – die Beteiligung des Psychologen Kranz könnte ja an ein Problem dieser Art denken lassen –, so sollten Sie wissen, dass zumindest die Mehrheit der Bürger in den so genannten alten Bundesländern hinter Ihnen steht. Sind Sie aber – Bella warf einen prüfenden Blick auf die Frau, die sie aus verheulten Augen erstaunt ansah –, was ich übrigens nicht glaube, zufällig mit einem der zurzeit üblichen Fälle von Wirtschaftskriminalität befasst, so möchte ich Sie mit einer Erkenntnis des Humanisten Erasmus von Rotterdam bekannt machen.

Sie nahm ein kleines rotes Heft, das unter einem Bücherstapel gelegen hatte, vom Schreibtisch, blätterte kurz und las:

> Stiehlt einer ein Geldstück, dann hängt man ihn. Wer öffentlich Gelder unterschlägt, wer durch Monopole, Wucher und tausenderlei Machenschaften noch so viel zusammenstiehlt, wird unter die vornehmen Leute gerechnet.

Sie legte das Heft zur Seite und sah die Polizistin erwartungsvoll an.
Sie haben doch nicht etwa einen dieser vornehmen Kunden, einen Treuhand-Mitarbeiter vielleicht, der Ihnen durch die Finger glitscht wie der Köchin der Aal?
Ich heiße Eva Bentrupp, sagte die Polizistin.
Sie nahm widerspruchslos den zweiten Grappa, trank aber diesmal Kaffee hinterher.
Ich bin gekommen, weil ich Sie um Unterstützung bitten möchte. Ich finde, die Kollegen von der Kripo kommen nicht weiter. Kranz meinte, Sie seien die Richtige dafür. Ich bin Streifenpolizistin. Zu meinem Revier gehört der Hoffnungsberg.
Vor Bellas innerem Auge entstanden Betonwände, verdreckte Spielplätze und Schäferhunde in Zweieinhalbzimmerwohnungen.
Drei Mädchen sind dort in der letzten Zeit umgekommen. Und ich denke ständig darüber nach, ob dabei nachgeholfen wurde. Aus irgendeinem Grund arbeitet die Kripo anders als früher. Jedenfalls kommt es mir so vor. Kranz meint das nicht. Aber ich kann mir nicht erklären, weshalb es dann nicht möglich sein soll, die Sache aufzuklären. Das letzte Mal ist meinem Kollegen und mir ein Mädchen fast auf das Auto gefallen. Ich habe eine solche Abneigung gegen diesen Teil des Reviers entwickelt, dass ich Schwierigkeiten hatte, meine Arbeit dort ordentlich zu machen. Ich möchte aber gern dabeibleiben. Ich war früher schon mal bei der Polizei. Bevor die Kinder da waren. Deshalb habe ich mit Kranz zu tun. Er hat mir geraten, Sie zu fragen, ob Sie dort die Augen offen halten könnten. Geheult habe ich, weil mir, während ich hier stand, klar wurde, dass Sie es nicht tun würden.

Das ist richtig, sagte Bella.
Sie und die Polizistin Eva Bentrupp saßen sich einen Augenblick gegenüber und sahen einander an. Sie erhoben sich gleichzeitig. Bella folgte der Bentrupp zur Haustür. Ihr Danke-für-den-Grappa klang durchaus gefasst. Bella blieb an der Haustür stehen und sah ihr nach, bis sie unten an der Straße in einen Streifenwagen einstieg, der sich gleich darauf in Bewegung setzte. Sie sah auf die Uhr. Es blieb ihr nicht mehr viel Zeit, wenn sie die zusammengesuchten Sachen, die sie trug, gegen irgendetwas eintauschen wollte, das vielleicht in den Augen ihrer Mutter Gnade finden würde.

NA, FRAGTE BENTRUPPS Kollege Vogel, was hat sie gesagt, deine berühmte Bella Block? Will sie? Sie will nicht. Vogel blieb eine Weile still. Bentrupp sah ihn von der Seite an. Sie hätte gern gewusst, weshalb er so einen zufriedenen Eindruck machte.
Privatdetektive sind das Letzte, sagte er endlich. Es klang, als atme er auf. Du kennst diese Heinis doch. Oder hast du schon mal einen gesehen, der etwas taugt? Ich hab das sowieso nicht verstanden. Und dann noch 'ne Frau. Auch wenn sie bei uns gewesen sein soll. So viel kann doch mit ihr nicht los gewesen sein. Wer geht denn für so einen miesen Job von der Polizei weg? Da war was nicht in Ordnung. Darauf würde ich wetten. Wie sah sie überhaupt aus?
Eva Bentrupp hatte nur noch mit halbem Ohr zugehört, als sie merkte, dass Vogel ihr eine Zusammenfassung des Vortrags lieferte, den er ihr schon auf dem Hinweg gehalten hatte.
Wohin fährst du, fragte sie.
Was, wohin? Wir fahren, weil wir Dienst haben. Ist dir das entgangen?
Sie antwortete nicht. Es war kurz vor vier, und der Feierabendverkehr verstopfte die Straßen. Anscheinend hatte Vogel es

ebenso wenig eilig wie sie, zum Hoffnungsberg zu kommen. Er blieb auf der rechten Spur, hinter einem LKW. Es dauerte eine halbe Stunde, bis sie ihr Revier erreichten.
Ich werd allein die Augen offen halten, dachte sie. Natürlich hat er recht. Diese Niederlage hätte ich mir ersparen können. Dem Kranz werd ich bei Gelegenheit erzählen, was aus seiner bewunderten Bella Block geworden ist. Eine fette, überhebliche, schlampige Alte. Mit der hätte ich sowieso nicht zusammenarbeiten können. Erasmus von Rotterdam. Und wenn sie schon so schlau ist, dann hätte sie auch wissen können, dass der Bundesgerichtshof in einer ähnlichen Situation einen Kollegen freigesprochen hat, dem ein längeres Abwägen oder eine Rücksprache mit erfahrenen Kollegen nicht möglich war, weil nur ein sofortiger Schuss Erfolg versprach. Da braucht sie gar nicht die Mehrheit der Bevölkerung zu bemühen. Als ob Polizisten wie Killer durch die Gegend liefen. Sie kannte Kollegen, die am liebsten gar keine Waffe getragen hätten.
Auf diese Weise entlastete die Polizistin Eva Bentrupp ihr Gewissen von den Wahrheiten, die Bella ihr gesagt hatte; denn den meisten Menschen ist es nicht möglich, mit der Wahrheit zu leben. Weshalb sie alle möglichen Auswege suchen, Sekten, die ihnen die Wiedergeburt versprechen, anhängen, weil sie den Gedanken an den Tod nicht ertragen können, oder an Gott glauben, weil sie es nicht aushalten, der Leere um sie herum keinen Namen zu geben. Selbstverständlich aber sind alle Mühen, der Wahrheit eine Welt von Illusionen entgegenzusetzen, nur dazu angetan, die als unerträglich empfundenen Verhältnisse zu festigen. Diese Tatsache mochte der tiefere Grund dafür sein, dass Bella der Polizistin Eva Bentrupp von Anfang an so ablehnend gegenüberstand. Bella, die seit vielen Jahren in der Überzeugung lebte, nur dadurch vor sich selbst bestehen zu können, dass sie sich möglichst wenig Illusionen machte, weder über sich selbst noch über die Verhältnisse, mit denen sie zu tun hatte, hatte die Bentrupp sofort für eine typische Vertreterin der Illusions-Mafia

gehalten. So nannte sie bei sich Menschen, die bemüht waren, gesellschaftliche Verhältnisse so lange zu verkleistern, bis sie eine erträgliche Pampe abgaben.

Hätte die Frau, konfrontiert mit dem alltäglichen Elend, nicht andere Wege beschreiten müssen als sie, Bella Block, dazu anzuheuern, irgendwelche Täter zu finden? Jeder Täter, den die Polizei fand, war ein Steinchen in der Mauer, die die Sicht auf die Wirklichkeit versperrte. Hätte diese Block, wenn sie wirklich die engagierte Frau gewesen wäre, als die Kranz sie geschildert hatte, nicht ihr bei der Suche nach Zusammenhängen und Schuldigen helfen müssen, anstatt sie mit Bosheiten über das Innenleben der Polizei und von der Presse aufgebauschten Todesschuss-Meldungen zu überfallen?

Ja, so stand es um die Beziehung oder besser Nicht-Beziehung der beiden Frauen, als der Streifenwagen mit dem Polizisten Vogel am Steuer und Eva Bentrupp auf dem Beifahrersitz den Hoffnungsberg erreichte und vor einem der Hochhäuser in der Nähe des Einkaufszentrums hielt, vor dem sich ein kleiner Menschenauflauf angesammelt hatte.

Sieht aus, als wäre mal wieder einer vom Dach gefallen, murmelte Vogel, während die Leute vor ihnen zurückwichen. Sie waren ausgestiegen, um den Auflauf in Augenschein zu nehmen. Aber es lag nur eine halb tote Katze auf der Straße, die von Balkon zu Balkon gefallen und zum Schluss kurz auf einer Wäscheleine hängen geblieben war, bevor sie auf die Straße fiel. Den beiden blieb nichts anderes übrig, als das Tier zu erschießen.

WAS IST LOS, fragte Bella, als ihre Mutter die Tür öffnete. Sie hatte schon eine ganze Weile auf den mit hellgrüner Ölfarbe gestrichenen Putz gestarrt und überlegt, ob sie dem Fladen, der sich neben der Klingel gelöst hatte, einen Stubs geben und ihn damit aus seiner unsicheren Position befreien sollte, als Olga endlich die Tür öffnete. Sie hatte kleine rote Flecke auf den Wangen, ihre Bluse, zu deren Beschreibung Bella bis zu diesem Zeitpunkt nie etwas anderes als das Wort *adrett* eingefallen wäre, hing halb aus dem Rockbündchen. Und sie trug Hausschuhe. Olga in Hausschuhen, nachmittags um sechzehn Uhr, in Erwartung des Besuchs von Bella und Willy!

Aus dem Wohnzimmer, dessen Tür geschlossen war, hörte Bella deutlich die Stimme eines Mannes und einer Frau. Komm in die Küche, sagte Olga.

Sie zog Bella, die auf die Wohnzimmertür zugegangen war, in die Küche und schloss die Tür. Sie lehnte sich mit dem Rücken an den Herd. Als sie an sich heruntergesehen hatte, begann sie, die Bluse in den Rock zu stopfen, ließ es aber gleich darauf wieder sein.

Bella lehnte sich ans Fenster. Sie spürte das Holz der Fensterbank in ihrem Rücken, während sie dachte: Klein ist sie geworden. Weshalb ist mir das bisher nicht aufgefallen. Sie ist ja winzig.

Also, was ist los?, fragte sie noch einmal.

Olga! kommst du?

Bella kannte die Stimme nicht. Es war eine Frauenstimme, kräftig genug, um durch die geschlossenen Türen zu dringen.

Wer ist das?

Sie sah ihre Mutter an und wartete. Die stand da, suchte nach Worten – Olga suchte nach Worten –, bis ihr endlich ach was zu sagen einfiel und sie entschlossen die Tür öffnete.

Wir kommen, rief sie laut in Richtung Wohnzimmer, und zu Bella gewandt sagte sie: Du wirst schon sehen.

Dann ging sie voran.

Bitte entschuldige meinen Aufzug, aber wir waren, mir tun einfach die Füße weh, wir waren den ganzen Tag unterwegs und sind gerade erst zurückgekommen. Wir waren …

Bella hörte nicht mehr zu. Sie sah den Mann und die Frau auf dem Sofa an, die ihr aufmerksam, fast ein wenig feindselig entgegenblickten, so, als könne von ihr eine Störung ausgehen, die

hinzunehmen sie nicht bereit waren. Sie hatten ihre Schuhe neben das Sofa gestellt. Der Mann trug strahlendweiße Socken.
Guten Tag, sagte Bella. Ich geh dann mal in die Küche und koch uns einen Kaffee.
Es klingelte. Sie verließ das Wohnzimmer und öffnete im Vorübergehen die Haustür für Willy.
Willy hatte, seit sie Bellas Mutter kannte, offen ihre Bewunderung für sie gezeigt. Sie kam nie ohne einen Rosenstrauß, nachdem Olga sich beim ersten Mal für die roten Nelken bedankt und gesagt hatte, Rosen seien ihr lieber. Und noch niemals hatte sie, wenn sie zusammen mit Bella nach einem Nachmittag an Olgas Kaffeetisch wieder gegangen war, darauf verzichtet festzustellen, dass sie die Kommunistin Olga für ein *Stück lebendiger Geschichte* hielt. Sie haben es gut. Solche Mutter hätte ich auch gern gehabt, pflegte sie zu sagen, und Bella lächelte ihr freundlich zu. Dabei dachte sie an die vielen kleinen Zettel, die sie als Kind geschrieben und auf den Küchentisch gelegt hatte, während ihre Mutter Abend für Abend unterwegs gewesen war, um Geschichte zu machen.
Schreib es auf, Bella, mein Kind.
Wie gut sie sich an diesen Satz erinnerte. Natürlich war keine Frage unbeantwortet geblieben, wenn sie auch häufig nur einen kurzen Hinweis erhalten hatte: Nachlesen bei Lenin, ungefähr Band dreißig, oder: In der alten Block-Ausgabe findest du einen Brief, in dem dein Großvater seine Haltung zu dieser Frage skizziert hat.
Eine dieser Antworten des Großvaters war ihr wörtlich im Gedächtnis geblieben. Damals hatten alle Mädchen in ihrer Klasse eine besondere Art von Pullover getragen, und sie hätte sehr gern auch so einen Pullover gehabt. Natürlich war ihr klar gewesen, dass sie sehr wenig Geld hatten. Und trotzdem hatte sie ihren Wunsch auf einen Zettel geschrieben. Vielleicht – jedenfalls hatte ihr die Mutter eine konkrete Stelle bei Block angegeben. Und dann hatte sie gelesen:

Versteh doch endlich diese höchst einfache Sache: ... dass alle moderne Produktion von Sachen trivial ist und keinen zerbrochenen Heller wert und man deshalb nur Bücher und die allernotwendigsten Dinge kaufen kann.
Sie hatte, wie über alle Antworten, die sie bekam, lange darüber nachgedacht und war endlich zu dem Schluss gekommen, dass ihr Großvater im Recht war. Und dennoch war ein kleiner Schmerz zurückgeblieben, den sie jetzt – am Herd stehend und Kaffee kochend für zwei schuhlose Mitbürger aus den neuen Bundesländern, ihre halbaufgelöste Mutter und Willy mit dem Rosenstrauß – so deutlich spürte wie vor mehr als vierzig Jahren.
Würden Sie die Tassen mit hineinnehmen, fragte sie Willy. Es kann übrigens sein, dass das Gespräch da drinnen heftigere Formen annimmt. Könnten Sie sich bemühen, sich möglichst wenig einzumischen?
Willy, fünf Tassen balancierend und den Rosenstrauß unter dem Arm, antwortete nicht. Sie verließ die Küche, und Bella folgte ihr wenig später mit der heißen Kaffeekanne.
Ach, Sie sind Studentin, sagte der Mann gerade, als sie das Zimmer betrat. Ja, Studenten hatten wir auch.
Bella schenkte Kaffee ein und sah verstohlen zu ihrer Mutter hinüber, die winzig und kerzengerade im Sessel saß und ihren Gast mit großen Augen ansah. In seiner Stimme hatte ein Ton mitgeschwungen, der am ehesten als eine Mischung aus Bedauern darüber, dass es in der DDR Studenten gegeben hatte und er sich nicht wegen des Fehlens eines solchen Bevölkerungsteils bemitleiden lassen konnte, und einer gewissen Verachtung, die zum Ausdruck bringen sollte, dass DDR-Studenten selbstverständlich nicht mit Weststudenten zu vergleichen waren, zu beschreiben war.
Ja, und?, fragte Olga.
Na ja, sagte der Mann. Sie waren natürlich nicht frei.
Möchtest du mich deinen Gästen nicht vorstellen?
Bella strahlte ihre Mutter an. Sie wusste, was jetzt kam, und ver-

suchte, den Augenblick hinauszuzögern. Auch Willy sah den Mann auf dem Sofa erstaunt an. Olga holte tief Luft. In der Sekunde, bevor das Gewitter losbrach, hatte Bella den rettenden Einfall. Sie stellte die Kaffeekanne ab, legte die Handflächen aneinander und sah einen Augenblick hingebungsvoll zur Decke auf. Dann nahm sie, als sei nichts geschehen, und es war ja auch nichts geschehen, die Kanne vom Tisch und füllte langsam und sorgfältig die restlichen leeren Tassen.

Oh, entschuldigt, darf ich euch meine Tochter vorstellen, hörte Willy erstaunt. Bella, das sind Herr und Frau Schmidt, ehemalige Genossen aus der DDR. Wir waren heute den ganzen Tag in der Stadt. Nur beim Michel hab ich gestreikt. Aber die Reeperbahn haben sie gesehen.

Später, als sie wieder auf der Straße waren, wollte Willy wissen, wie Bella es fertiggebracht hatte, ihre Mutter so schnell zu besänftigen. Bella erklärte, ihr sei plötzlich eingefallen, dass ihre Mutter und sie früher ein Zeichen gehabt hatten, um sich zu verständigen, wenn jemand etwas so offensichtlich Dummes gesagt hatte, dass eine Antwort darauf nichts weiter als Zeitverschwendung gewesen wäre.

Man legt die Handflächen aneinander, sieht zum Himmel und tut dann so, als sei nichts gewesen, sagte sie. Ich weiß nicht, weshalb mir das ausgerechnet vorhin wieder eingefallen ist.

Ach, deshalb hat Olga vorhin so schön gelächelt, als sie Bella den beiden vorstellte. Sie hat sich erinnert, dachte Willy. Längere Zeit gingen die beiden schweigend nebeneinander her. Sie erreichten die Außenalster. Willy blieb stehen und sah auf die ruhige Wasserfläche und die sanften Arme der Trauerweiden, die sich weigerten, das Wasser zu berühren, so, als wollten sie sich die Fingerspitzen, mit denen sie, wenn es dunkel geworden war, die Rücken der schlafenden Schwäne berühren würden, nicht nass machen.

Wie schön, hörte Bella Willy sagen.

Sie legte ihre Hand auf Willys Arm und wies auf die gegen-

überliegende Straßenseite. In der beginnenden Dämmerung betraten junge Leute eine alte Villa. Sie waren elegant gekleidet, in schwarzes Leinen und schwarzen Kaschmir, die Mädchen mit weißen Gesichtern und großen, schwarz umrandeten Augen; Ohrgehänge von riesigen Ausmaßen fielen auf ihre schmalen Schultern herab.
Sehen Sie da drüben das Haus? Da drinnen sitzt jetzt ein Dichter, kann auch eine Dichterin sein, und liefert den literarischen Vorwand dafür, dass Hamburgs feine Jugend mit einem Glas Sekt in der Hand abends in angenehmer Atmosphäre unter sich bleibt. Wo anders hätte dieses Haus liegen können als hier? Können Sie sich vorstellen, wie es ist, wenn man, angeregt durch klingende Worte, leichten Wein und Entenbrustfilets auf Salaten der Saison, gegen Mitternacht an der Alster nach Hause wandert? Wunderbare Zeilen hat die Dichterin gerade zitiert:

Sieh dich nicht um.
Schnür deinen Schuh.
Jag die Hunde zurück.
Wirf die Fische ins Meer.
Lösch die Lupinen!

Es kommen härtere Tage.

Wie recht sie hat, denkt da der junge Mann im ungebügelten Leinenjackett. Es kommen wirklich härtere Tage. Ein Jahr New York und anschließend gleich in die Firma.
Was ist los, fragte Willy. Ich hab Sie schon lange nicht mehr mit so schlechter Laune erlebt.
Ich bin im Begriff, eine Dummheit zu machen.
Bella ging weiter, ohne noch einen Blick auf die Villa zu werfen.
Kann ich mich beteiligen?
Ja, Sie können mir die Sache ausreden.
Dann wäre es besser, Sie erzählten mir, worum es geht.

Ja, natürlich. Entschuldigen Sie, Willy. Nur weiß ich fast ebenso wenig wie Sie. Aber das Wenige… Also, am Hoffnungsberg sind drei Mädchen ums Leben gekommen.
Stand in der Zeitung, glaube ich, sagte Willy.
Höchstwahrscheinlich Unfälle, Selbstmorde oder sonst etwas Unverfängliches. Die Kripo kommt mit den Ermittlungen nur sehr langsam voran. Eine Streifenpolizistin hat den Betonkoller und musste sich zu Kranz in Behandlung begeben. Das ist alles.
Eine Weile schwieg Willy. Kies knirschte unter ihren Füßen.
Sie wollen gar nicht, dass ich es Ihnen ausrede. Und dass Sie so schlechte Laune haben, liegt daran, dass Sie noch nicht wissen, wie Sie die Sache anpacken sollen. Ich sag's Ihnen, wie es ist. Und was den Einstieg betrifft, so ist es auf jeden Fall das Beste, wenn Sie mich von Anfang an beteiligen. Ich könnte …
Willy.
Willy sprach nicht weiter. Sie erreichten Bellas Wagen und stiegen ein. Als Bella startete, hielt ein Streifenwagen neben dem alten Porsche. Er hielt so, dass sie den Parkstreifen nicht verlassen konnte. Bella stellte den Motor wieder ab.
Dürfte ich mal Ihre Papiere sehen?
Der Polizist, der den Wagen verlassen hatte – sein Kollege war hinter dem Steuer sitzen geblieben –, stand breitbeinig da. Er hatte seine Pistolentasche geöffnet, aber die Waffe steckte noch darin.
Schweigend reichte Bella ihm Ausweis, Führerschein, Fahrzeugpapiere. Es war zu dunkel, als dass der Mann sie hätte lesen können.
Moment, sagte er und ging zurück an seinen Wagen.
Gleich darauf kam er mit einer Taschenlampe wieder, baute sich breitbeinig auf und begann betont langsam, die Papiere im Schein der Taschenlampe zu studieren. Bella und Willy beobachteten ihn gespannt. Schließlich beugte er sich vor, leuchtete in den Wagen und betrachtete die Gesichter der beiden Frauen eingehend.

Und wer ist das, fragte er dann und deutete mit der Lampe auf Willy.
Die sah, wie die Knöchel von Bellas Hand am Lenkrad heller wurden.
Sie antwortete nicht, und auch Willy sagte nichts.
Ist ja auch egal, sagte der Polizist. Wenn wir euch kriegen wollen, dann kriegen wir euch schon.
Er ließ Bella die Papiere in den Schoß fallen und wandte sich ab. Sein Kollege, der die ganze Zeit nicht zu ihnen herüber, sondern konsequent geradeaus gesehen hatte, setzte den Wagen langsam in Bewegung. Er fuhr rückwärts, wendete gleich darauf und verschwand in die Richtung, aus der er gekommen war. Bella steckte die Papiere in ihre Jackentasche und fuhr an.
Kannten Sie die?
Bella schüttelte den Kopf. Sie hatte keinen der beiden jemals vorher gesehen.
Was …
Ich nehme an, sie fahnden nach irgendwelchen Staatsfeinden.
Diesmal blieb Willy stumm. Sie hatte einen ganz anderen Eindruck gehabt. Und sie konnte sich nicht vorstellen, dass Bella die Drohung nicht bemerkt hatte, die von den Polizisten ausgegangen war.
Lassen Sie uns ein anderes Mal weiterreden, sagte Bella.
Willy sah ihr nach, als sie davonfuhr, während sie abwesend in der Manteltasche nach dem Haustürschlüssel suchte. Vielleicht bemerkte sie deshalb nicht, dass die Haustür nur angelehnt worden war und sie den Schlüssel gar nicht gebraucht hätte.

EDDYS LADEN war um diese Zeit noch leer. Der Andrang begann gegen Morgen, wenn die Frauen ihren Schlaftrunk nahmen und die Nachtschwärmer auf die erste Bahn warteten. Eddy stand

hinter der Theke, hatte sich vorgebeugt und schrieb etwas in ein schwarzes Heft, das vor ihm lag. Er trug eine Brille und sah beinahe bieder aus.
Aber eben nur beinahe, dachte Bella. Man muss nur etwas genauer hinsehen.
Sie standen allein am Tresen. Der Kellner würde erst später kommen, wenn der Betrieb richtig losging. Am Tisch neben der Eingangstür schlief eine Frau, den Kopf auf die Arme gelegt, neben sich die beiden Tüten, die ihren Besitz enthielten.
So früh?
Eddy grinste Bella an. Du weißt doch, dass es jetzt nicht geht.
Eines Tages, mein Lieber, nehme ich mir einen jungen Mann. Dann wird es dir leidtun, dass du dich mir gegenüber jemals schlecht benommen hast.
Kann ich mir nicht vorstellen. Du, eine Frau von Geschmack.
Eddy schob das Heft beiseite und griff nach der Wodkaflasche.
Kaffee, sagte Bella, keinen Schnaps. Ich hab keine Lust, der Zwergenbande in die Hände zu geraten.
Zwergenbande nannte Eddy die Polizei, weil dem Innenminister, dem sie unterstellt war, etwa dreißig Zentimeter Körperlänge, vierzig Pfund Lebendgewicht und einige andere, nicht so leicht messbare Eigenschaften fehlten, um eine in Eddys Augen imposante Figur abzugeben.
Seit wann fürchtest du dich vor denen?
Eddy ließ die Flasche stehen und goss Kaffee in einen Becher.
Seit sie beschlossen haben, mich zu fürchten, antwortete sie großspurig.
Eddy sah sie aufmerksam an. Ich denke, du liest langweilige Bücher, schreibst Leserbriefe, trinkst Schnaps und siehst auf die Elbe. Bist du rückfällig geworden?
Noch nicht.
Bella setzte den Becher ab und sah zur Tür. Ein Mann auf Krücken kam herein, blieb stehen und sah sich um. Gleich würde er

an den Tresen kommen. Sie wandte sich Eddy zu, der den Mann ebenfalls beobachtet hatte.

Ihre Blicke trafen sich.

Womit beschäftigen sie sich, wenn sie Feierabend haben. Ist Geld im Spiel. Irgendwelche Spielcasinos. Geben einer oder mehrere mehr Geld aus, als sie eigentlich sollten. Gilt einer als besonders anständig. Rivalitäten. Wichtigtuereien. Alles in dieser Preislage. Bald.

Das ist 'ne Menge, sagte Eddy. Er sprach langsam und ließ Bellas Blick nicht los. Heißes Ding?

Keine Ahnung. Vielleicht auch falscher Alarm. Bis wann kannst du etwas herausbekommen?

Ein paar Tage wird's schon brauchen. Drei oder vier. Aber komm nicht wieder so früh. Du schuldest mir eine Partie Billard.

Er grinste auf eine Art, die er für verführerisch hielt und die merkwürdigerweise auf Bella auch so ähnlich wirkte.

Ist gut, sagte sie.

Der Mann auf Krücken hatte den Tresen erreicht. Sein rechtes Hosenbein war umgeschlagen und mit einer großen Sicherheitsnadel unter dem Gürtel befestigt worden.

Scheißzeiten, sagte er. Ein Bier. Flasche.

Beschwer dich bloß nicht.

Eddy öffnete die Bierflasche und gab sie dem Mann, der seine Krücken an den Tresen gelehnt hatte. Bist doch freiwillig hingegangen.

Der Einbeinige trank mit zurückgelegtem Kopf. Er ließ das Bier in den Mund laufen, ohne zu schlucken, und es floss schneller aus der Flasche als die Kehle hinunter, so dass ihm, als der Mund voll war, ein dünnes Rinnsal aus dem Mundwinkel über das Kinn zu laufen begann. Er setzte die Flasche ab, richtete den Kopf auf, schluckte das Bier herunter und wischte sich mit dem Handrücken über das Kinn.

Leck mich am Arsch, sagte er, als er wieder sprechen konnte.

Eddy hielt ihm eine Zigarette hin. Bella wandte sich um und

stieß dabei eine der Krücken um. Bevor sie sich bewegte, beugte der Mann sich blitzschnell hinunter, nahm die Krücke auf und stellte sie zurück an den Tresen.
Das hätte ich doch machen können, sagte Bella.
Scheißweiber, sagte er.
Eddy, gib ihm einen Schnaps, bevor er dir den Laden ansteckt, rief sie. Sie hörte Eddy auf deine Kosten antworten, als sie die Kneipe verließ.

DIE TÜR GING auf, und sie kamen herein. Und sie waren genauso schön wie im Film. Größer waren sie und zarter, so, als wären sie durchsichtig, als schmückten ihre Kleider Figuren aus weichem Glas. Aber die Kleider waren dieselben. Sie trug das weiße Ballkleid mit den grünen Streublümchen, und um ihre schmale Taille trug sie die rote Schärpe, die so gut zu ihrem dunklen Haar passte. Sie war so schön, dass Manuela den Atem anhielt und nicht wagte, sie anzusprechen. Und er – er ging einen Schritt hinter ihr und hielt die weiße Blume, die er ihr gleich überreichen würde, in der Hand. Sein brauner Teint hob sich vorteilhaft ab von dem weißen, seidenen Schal, den er locker um den Hals geschlungen hatte und dessen eines Ende auf seiner Schulter lag. Sie sah deutlich die weißen Fransen. Sie sprachen nicht miteinander. Sie kannten sich ja noch nicht. Aber gleich würde er sie ansprechen und ihr diese Blume – wie hieß diese Blume –, diese weiße Blume, von der er sagen würde, dass sie sich mit ihrer Schönheit nicht messen könne, geben – sie gingen langsam an ihr vorbei, und ihr weiter Rock begann, das Zimmer auszufüllen. Sie wurden größer …
Manuela! Willst du den ganzen Tag im Bett liegen? Los, raus. Und beeil dich!
Die Tür wurde aufgerissen – die Tür war offen gewesen, und SIE waren hereingekommen –, und die Mutter stand vor ihrem Bett.

Manuela sah ihre Beine, die Jeans und den Saum der kurzen Schürze.
Ich kann hier nicht weg. Irgendwer muss ja das Essen machen. Du holst den Kleinen ab. Los jetzt.
Die Frau verschwand und ließ die Zimmertür offen. Manuela hörte ihre Stimme und eine Männerstimme aus der Küche. Na klar, wenn der da war, konnte sie natürlich nicht weg.
Sie kroch aus dem Bett und ging schlaftrunken und vergeblich nach den Resten des Traums suchend ins Bad. Sie drehte den Wasserhahn auf, begann, im Spiegelschrank über dem Waschbecken nach Kopfschmerztabletten zu suchen, fand endlich eine angebrochene Schachtel und löste eine der großen, weißen, flachen Tabletten mit dem Daumen aus der Verpackung. Mit der Linken griff sie wahllos nach einem der Zahnbecher, ließ die Zahnbürste und die Zahnpasta ins Waschbecken rutschen und hielt den Becher unter den laufenden Wasserhahn. Halb voll, die Tablette hinein, nur einen kleinen Augenblick warten. Auf ihrem Handrücken fühlte sie winzige Tropfen, während die Tablette sich sprudelnd auflöste. Die Mischung aus Staub, angeweichter Zahnpasta, Kunststoff und körnigem, säuerlichem Medikament schmeckte scheußlich.
Sie ging in die Küche. Ohne die Mutter oder den Mann anzusehen, die einander am Küchentisch gegenübersaßen und ihr entgegenblickten, ging sie zum Kühlschrank, um nach etwas Trinkbarem zu suchen.
Du siehst ja toll aus, sagte der Mann.
Leck mich, dachte sie. Wasch du dir erst mal die Haare, bevor du mich dumm von der Seite anquatschst.
Soll ich noch was mitbringen, fragte sie laut.
Nicht nötig, sagte der Mann. Während du im Bett lagst, hat deine Mutter sich abgeschleppt.
Die Frau sagte nichts. Sie saß am Tisch und rauchte. Vor dem Mann stand eine geöffnete Bierflasche. Neben dem Kühlschrank stand ein Korb mit weiteren Bierflaschen, einer Flasche Korn und

zwei Flaschen gelber Limonade. Manuela sah die Mutter an, die ausdruckslos zurücksah.
Kannst euch ein Eis kaufen, sagte sie. Geld liegt da auf dem Küchenschrank.
Auch ihre Stimme war ausdruckslos. Um sechs wird gegessen.
Manuela nahm das Geld und warf, während sie hinausging, einen Blick auf die Uhr über der Küchentür. Es war kurz nach fünf. Bis fünf hatte der Kindergarten geöffnet. In ihrem Rücken hörte sie den Mann sagen: Beeil dich bloß nicht. Und zu der Frau gewandt: Weshalb latscht sie eigentlich immer so langsam. Du solltest ihr… aber den Rest des Satzes hörte sie nicht mehr. Die Haustür war mit müdem Knall hinter ihr zugefallen.
ELLEN LIEBT FRED!, las sie an der Wand, während sie auf den Fahrstuhl wartete. Gleich daneben stand:
WEIL ER GUT FIKT.
Lass sie in Ruhe, sagte die Frau oben am Küchentisch. Sie haben sie von der Schule nach Hause geschickt. Ihr war schlecht.
Wovon der wohl schlecht wird, antwortete der Mann.
Er hatte halblange, fettige Haare und ein eingefallenes Gesicht. Er sah älter aus, als er war; einer von der Sorte, die als Kind nicht genug zu essen bekommen hatte, zu enge Wohnung, zu viele Geschwister, vielleicht der Fünfte von sechsen. Er trank, aber er vertrug nicht viel.
Die Frau stand auf und begann, sich am Herd zu schaffen zu machen.
Überhaupt, sagte sie, es wäre mir lieber, du würdest für eine Weile verschwinden.
Was heißt das, sagte er, für eine Weile verschwinden.
Ich nehm den Job an. Im Supermarkt. Dann kann ich dich hier zu Hause nicht brauchen. Reicht mir, dass ich die drei nebenbei versorgen muss. Wo du dich sowieso nicht mit ihnen verträgst.
Der Mann antwortete nicht. Die Tischdecke vor ihm war grün und braun kariert. Er nahm die Bierflasche auf und setzte sie sorgfältig von einem grünen auf ein braunes Karo. Die Frau

wandte sich ihm zu. Sie fand, dass er aussah, als sei er kleiner geworden.

Es geht einfach nicht, sagte sie und bemühte sich, ihrer Stimme einen endgültigen Klang zu geben.

Noch während sie sprach, wurde ihr klar, dass es wirklich nicht anders ging. Sie hatte keinen Nutzen von ihm gehabt, solange sie sich kannten. Er hatte hier am Tisch gesessen und Bier getrunken. Manchmal waren sie zusammen ins Bett gegangen. Das letzte Mal war über drei Wochen her. Sie hätte keinen Grund gewusst, weshalb sie das vermissen sollte. Und dauernd das Gemecker mit den Kindern. Wozu soll so einer gut sein. Höchstens für die Leute. Damit man einen vorweisen kann. Er war ja nicht mal fähig, in die Schule zu gehen und mit den Scheißlehrern zu reden.

Einen kurzen Augenblick war sie in Versuchung, ihrem Lieblingsgedanken nachzuhängen.

Dieser Mann, der nachmittags nach Hause kam, ihr etwas mitbrachte, die Kinder auf den Schoß nahm, nach dem Essen mit ihnen runterging und ihnen zeigte, wie man Drachen baut und Fahrrad fährt, während sie den Tisch abräumte, abwusch und die Betten aufschlug, damit die Kinder, wenn sie müde vom Spielen wieder heraufgekommen waren, frisch gebadet von ihnen beiden ins Bett gebracht werden konnten. Der in die Schule ging und dort auf den Tisch schlug …

Das wird mir zu viel, sagte sie.

Der Mann sprach immer noch nicht. Die Frau hatte zwei Dosen weiße Bohnen geöffnet und den Inhalt in einen Kochtopf geschüttet. Sie schnitt ein paar Kochwürste in Scheiben und schabte sie mit dem Messer vom Brett in den Topf.

Du kannst noch mitessen, sagte sie.

Ihre Stimme erreichte ihn nicht wirklich. Nach einer Weile stand er auf – die Frau hatte fünf tiefe Teller auf den Tisch gestellt und damit begonnen, Kartoffeln zu schälen – und ging auf den Flur hinaus. Sie hörte ihn zwischen den Schuhen herumkramen und den Spiegelschrank im Bad öffnen und wieder schließen. Er

kam zurück in die Küche, nahm aus der untersten Schublade des Küchenschranks eine Plastiktüte und ging damit zurück in den Flur.
Sie hörte die Haustür ins Schloss fallen.
Einen Augenblick legte sie ihre Handgelenke auf den Rand des Metalltopfs, in der linken die halbgeschälte Kartoffel, in der rechten das Messer. Dann klapperte der Metalldeckel des Briefschlitzes in der Haustür, und innen fiel der Wohnungsschlüssel auf den Boden.
Die Frau ließ das Messer und die Kartoffel in den Topf fallen, stand auf und ging in den Flur. Der Schlüssel lag gleich hinter der Tür. Sie nahm ihn auf und hängte ihn an das schmiedeeiserne Schlüsselbrett. Ihr Blick fiel auf den Haufen durcheinander liegender Schuhe. Sie hockte sich daneben und stellte die Schuhe ordentlich nebeneinander an die Wand. Dann kehrte sie in die Küche zurück, nahm den fünften Teller vom Tisch und stellte ihn zurück in den Schrank. Sie zündete sich eine Zigarette an, bevor sie ihre Arbeit wieder aufnahm.
Ich hätte ihr sagen sollen, dass er hier verschwindet, dachte sie. Die beiden mögen sich nicht. Gut, dass er kein Theater gemacht hat. Nicht mal das kann er.
Als es klingelte, schüttete sie gerade das Wasser von den fertigen Kartoffeln ab. Sie stellte den Topf auf den Herd und öffnete.
Du kannst deinen Schlüssel wiederhaben, Manuela, sagte sie. Das Essen ist fertig.

DER LKW FUHR langsam an die Laderampe heran. Es begann hell zu werden. Vielleicht hatte der Fahrer deshalb die Scheinwerfer nicht eingeschaltet. Er hatte das Fenster der Fahrertür langsam heruntergelassen und hing mit der linken Hälfte des Oberkörpers heraus. Es fehlte ein zweiter Mann, der ihn in die enge Einfahrt zur Laderampe hätte einweisen können.

Der Wagen hielt. Er war so dicht an die Rampe herangefahren, dass der Mann, der aus dem Lager des Ladens kam und an die Laderampe trat, vom Fahrerhaus aus nicht gesehen werden konnte. Der Fahrer öffnete die Tür, stieg aus und ging nach hinten. Ohne zu rufen oder ein Wort zu sagen, stieg er auf die Rampe und schlug die Plane an der Rückseite des LKWs nach oben.
Nicht so weit! Bist du verrückt!?
Mein Gott, hab dich doch nicht so.
Der Fahrer sprach halblaut. Er hatte einen durchgekauten Zigarettenstummel zwischen den Lippen. Der Mann, der aus dem Laden gekommen war, ein junger Mensch mit künstlichen, blonden Locken und turbobrauner Haut, verschwand in den Lagerraum. Gleich darauf kam er mit einem beladenen Einkaufswagen auf die Rampe zurück. Schweigend luden die Männer die Pakete auf den LKW. Sie bewegten sich vorsichtig. Vielleicht war der Inhalt nicht bruchsicher.
Ist das alles?
Warte, einmal noch. Schlag die Plane runter.
Der Blonde verschwand. Den Einkaufswagen nahm er mit. Der Fahrer spuckte die Reste des Zigarettenstummels auf die Betonrampe und zündete sich eine neue Zigarette an. Er schlug die Plane herunter, bis auf eine Ecke, setzte sich auf die Ladefläche und wartete. Auf der Laderampe standen rote und blaue Bierkästen aus Kunststoff. Ihm fiel ein, dass Bierkästen früher aus Holz gewesen waren. Er wunderte sich über diesen Gedanken.
Der Blonde kam zurück. Er trug einen Karton auf den Armen, der sehr schwer zu sein schien. Der Fahrer stand auf. Gemeinsam schoben sie den Karton an der Stelle auf die Ladefläche, an der der Fahrer gesessen hatte.
Das war's, sagte der Blonde und schlug die letzte Ecke der Plane nach unten.
Ich geh was trinken, sagte der Fahrer. Kommst du mit?
Er sah den Blonden fragend an. Er hatte sich schon zum Gehen gewandt und blickte über die Schulter zurück.

Wir beide zusammen? Nee, mein Lieber. Ich hau mich noch mal hin.
Mach's gut.
Der Fahrer spuckte den nächsten Zigarettenstummel auf die Erde, sprang hinterher und ging, ohne etwas zu sagen, nach vorn. Als er anfuhr, sah er flüchtig in den Rückspiegel. Die Rampe lag verlassen da. Der Blonde war verschwunden. Vorsichtig bugsierte er den LKW aus der schmalen Einfahrt. Dann hielt er an und sah nach rechts und links. Die Straße war frei. Rechts, am Ende des Betons, ging die Sonne auf.

MORGENS, es war kurz vor neun, war die U-Bahn in Richtung Hoffnungsberg leer. Für einen normalen Menschen gab es keinen Grund, den Stadtteil um diese Zeit aufzusuchen.
Hoffnungsberg – Bella erinnerte sich, während sie im Zug saß und den Müll sah, der sich entlang der Bahnstrecke angesammelt hatte. Hin und wieder fuhr der Zug für kurze Strecken durch einen Tunnel. Das Licht ging an. Die Lampen spiegelten sich in den neuen lila Kunststoffbänken. Durch die Fenster am Ende der Waggons konnte sie bis ans Ende der glitzernden, sich windenden Bahnschlange sehen. Verließ der Zug einen Tunnel, so tauchte er ein in einen tief hängenden grauen Himmel, braun-gelbes Gestrüpp und müllbedecktes Land zu beiden Seiten.
Hoffnungsberg, hatte Olga gesagt, als die Bewohner – von der Stadt über eine Zeitungskampagne dazu aufgefordert, nach einem Namen für das Gebiet zu suchen – sich für diesen Namen entschieden hatten, Hoffnungsberg ist eine sozialdemokratische Variante, das Elend, das sich da entwickeln wird, zu beschönigen. Bella hatte damals nur mit halbem Ohr zugehört. Sie interessierte sich nicht für die politischen Ambitionen ihrer Mutter. Inzwischen nahm sie an, dass diese Behauptung eine derjenigen gewesen war, mit denen ihre Mutter recht behalten hatte. Sie

war sicher, dass eine Zeit kommen würde, in der abends die Tore vor den U-Bahn-Eingängen dieses und ähnlicher Stadtteile geschlossen werden würden. Wer von den Bewohnern des Hoffnungsbergs hatte spätabends oder nachts etwas in der Innenstadt zu suchen? Die, die auf öffentliche Verkehrsmittel angewiesen waren, jedenfalls nicht. Stattdessen würde es im Interesse der öffentlichen Ordnung und Sicherheit dringend erforderlich sein, die U-Bahnhöfe an den Endstationen vor Leuten zu schützen, die dort zu schlafen versuchten. Schließlich war es niemandem zuzumuten, morgens auf dem Weg zur Arbeit über betrunkene, verschlafene oder verkaterte Gestalten zu stolpern. Und außerdem, schlagendes Argument, fuhren ja morgens auch Frauen zur Arbeit in die Stadt.

Sollen unsere Frauen und Töchter von irgendwelchem Gesindel belästigt werden?

Der Zug hielt, und ein Mann und eine Frau stiegen ein. Sie setzten sich auf die Bank Bella gegenüber, ohne sie zu beachten. Die beiden sahen einander ähnlich. Müde Gesichter, eher klein, Turnschuhe, blonde, halblange Haare – die Haare der Frau durch zu viele und mit zu viel Chemie verabreichte Dauerwellen zerstört –, Windjacken in verwaschenem Rot.

Es ist nicht nur die Müdigkeit, auch nicht das Zeug, das sie tragen, dachte Bella. Es verbindet sie noch etwas anderes.

Interessiert und ungeniert musterte sie das Paar, das sie noch immer nicht wahrnahm.

Das war richtig, sagte die Frau.

Der Mann antwortete nicht. Er sah auf seine Knie. Bella bemerkte, dass seine rechte Hand zitterte, als er in der Jackentasche nach Zigaretten suchte. Als er die Schachtel gefunden hatte, behielt er sie in der Hand und legte die zitternde Hand auf sein rechtes Knie.

Du hättest gar nichts anderes machen können, sagte die Frau.

Ihre Stimme sollte beruhigend klingen. Bella hörte die Unsicherheit heraus, und der Mann hörte sie auch.

Sie haben alles mitgeschrieben, sagte der Mann und steckte die Hand mit der Schachtel wieder in die Jackentasche.
Das müssen sie auch. Das machen sie immer so, antwortete die Frau.
Diesmal klang ihre Stimme fester.
Es war nicht deine Schuld. Außerdem waren sie bei den anderen zuerst. Weißt du denn, was die gesagt haben? Du kannst sie gar nicht reinreißen.
Ich hab sie nicht reingerissen, sagte der Mann. Er versuchte, seiner Stimme einen energischen Klang zu geben. Es gelang ihm nicht ganz.
Die Frau rückte näher an ihn heran und legte eine Hand auf sein Knie. Sie trug einen goldfarbenen Ring mit einem Stein, der aussah wie ein Aquamarin. Bella sah, dass auch das Knie des Mannes zu zittern begann.
Sie haben die falschen Sachen gefragt, sagte er so leise, dass sie ihn kaum noch verstand.
Sie stand auf und stellte sich an die Tür, den Rücken dem Paar auf der Bank zugekehrt. Es fiel ihr leicht, sich vorzustellen, wie die beiden heute früh zur Wache gefahren waren; gut vorbereitet, wie sie dachten, denn sie hatten den hinter ihnen liegenden Abend damit verbracht, die Sache zu bereden und seine Aussage zu üben. Natürlich wäre es klüger gewesen, nichts zu sagen. Dazu hätte der Mann ein Recht gehabt. Es wäre ihm nichts geschehen, hätte er es wahrgenommen. Vielleicht hatte er nichts darüber gewusst. So aber waren selbstverständlich die Vernehmungsbeamten Sieger geblieben in dem ungleichen Gespräch. Alle sorgfältig vorbereiteten Sätze waren mit einem Mal aus dem Kopf des Mannes verschwunden gewesen. Er hatte sich an nichts mehr erinnern können. Ein schwarzes Loch hatte er im Schädel gehabt, da, wo eigentlich die Antworten hätten sein sollen. Und schließlich war er beinahe dankbar gewesen für die einfachen Fragen, die ihm der Bulle gestellt hatte, und er war etwas ruhiger geworden. Das Gespräch hatte dann nicht lange gedauert. Erst als der Mann das

Zimmer verließ und die Frau sah, die im Flur auf einer Holzbank saß und auf ihn wartete, erst als er ihr erwartungsvolles, ernstes Gesicht sah, war ihm klar geworden, dass alles ganz anders gelaufen war, als sie es sich vorgestellt hatten. Sie hatte es gleich begriffen, als sie ihn in der Tür stehen sah.

Bella blieb an der Tür stehen, bis der Zug an der Endstation hielt. Der Mann und die Frau standen zuletzt neben ihr. Sie stiegen vor ihr aus und gingen nebeneinander über den leeren Bahnsteig, ohne einander zu berühren. Sie waren fast gleich groß. Im Neonlicht wirkten ihre Jacken bräunlich und die gefärbten, brüchigen Haare der Frau gelb.

Bella folgte ihnen, ohne sich zu orientieren, und merkte erst auf der Rolltreppe, dass sie den falschen Ausgang gewählt hatte. Ein durchdringender Geruch nach Bratfett empfing sie. Sie befand sich auf dem direkten Weg in ein Einkaufszentrum. Frauen schoben Kinderwagen an ihr vorbei. Kinder, die eigentlich in der Schule hätten sein sollen, standen herum. Alte Männer und alte Frauen, übrig gebliebene Hälften eines langen Ehelebens, tratschten in Gruppen, die nach Geschlecht geschieden waren. Inmitten des Menschenstroms, der von den Türen des Einkaufszentrums angesogen zu werden schien, stand der Kleinbus eines privaten Sicherheitsdienstes. Zwei Burschen, deren unsaubere Vergangenheit, hätte man sie ihnen denn ansehen können, einigen Besuchern des Einkaufszentrums sicher den Respekt vor dem Sicherheitsdienst genommen hätte, saßen hinter offenen Wagenfenstern und beobachteten die Passanten. Sie warfen Bella einen abschätzenden Blick zu, während sie so taten, als würden sie in der nächsten Minute die Türen aufreißen und die Verfolgung von irgendjemandem aufnehmen, der ihnen aufgefallen war.

Bella kehrte den Wichtigtuern den Rücken und ging langsam weiter. Eigentlich war es gleich, wo sie sich zuerst umsah. Das Einkaufszentrum gehörte in diesen neuen Stadtteilen zum Leben der Bewohner wie früher in Arbeitervierteln die Kneipe an der

Ecke. Sie warf im Vorübergehen einen Blick über die in halber Höhe angebrachte Gardinenstange am Fenster einer Kneipe, die sich an der Rückseite des Bahnhofsgebäudes etabliert hatte. Am hufeisenförmigen Tresen hatte sich das Paar niedergelassen, das mit ihr zusammen in der Bahn gefahren war. Die Frau hielt einen Zettel in der Hand, vielleicht eine Getränkekarte, und las dem Mann etwas vor. Als Bella an der Kneipentür vorbeikam, verließ eine ältere Frau das Lokal. Durch die geöffnete Tür quoll die fette Plattenstimme eines Schnulzensängers, begleitet von einem Schwall Rauch und Bierdunst. Dann ließ sich Bella vom Schlund des Einkaufszentrums schlucken.

Innen fand sie sich erst zurecht, nachdem sie eine Weile stehen geblieben war und sich aufmerksam umgesehen hatte. Wenige Meter vor ihr stand mitten im Gang auf einem niedrigen Podest ein silberblauer Sportwagen. Männer studierten mit aufmerksamen Blicken die technischen Details, die auf angehefteten Zetteln notierten Preis- und Leistungsangaben und die chromglänzenden Zierleisten. Keiner von ihnen sah so aus, als würde er in seinem Leben jemals die Gelegenheit haben, so einen Wagen zu kaufen.

Im Hintergrund entdeckte sie eine Rolltreppe. Sie ging an einem dunkelroten und an einem weißen Wagen vorbei, die, ihren Ausmaßen nach zu urteilen, als Familienautos geplant worden waren. Um diese Autos hatte sich keine Traube von Bewunderern versammelt.

Oben wurde sie vom Dauergeräusch einer Entlüftungsanlage in Empfang genommen. Sie ging vorbei an funkelnden Schaufenstern, hinter denen Berge jenes überflüssigen Plunders lagen, der von der übergroßen Mehrheit der Bevölkerung für unverzichtbar und so erstrebenswert gehalten wird, dass seinetwegen Männer und Frauen übereinander herfallen und einander schlagen, treten und mit Messern stechen, dass Kinder Banden bilden und Erwachsene überfallen, dass Mädchen sich prostituieren und Jungen von Karrieren träumen, die sie nie machen werden. Die

wirklichen enden oft genug im Knast. Sie ging vorbei an schön dekorierten Haufen von Liebe, Nähe, Trost, Stolz und Phantasie, die auf undurchsichtige Weise aus den Körpern, in die sie hineingehörten, in die Schaufenster gelangt waren und sich auf dem Weg dahin in Söckchen, Blusen, Vasen, Videogeräte und Parfüm verwandelt hatten. Bella wurde übel.
Eine Ansammlung von Tischen und Stühlen war mit einem Seil umgeben worden. Bella setzte sich an einen der Tische. Über ihr hing ein Schild, das die innerhalb der Umgrenzung stehenden Möbel unter dem Begriff Café NEW YORK zusammenfasste. Während sie der Kellnerin zusah, die ihre Bestellung aufgenommen und sich dann wieder ihrem Kind zugewandt hatte, das in einer Ecke des Café NEW YORK vor Bauklötzen saß und sich weigerte, mit der Tätigkeit anzufangen, die seine Mutter Spielen nannte und die es noch etwa vier Stunden lang würde ausüben müssen, hatte Bella Zeit, ihre Umgebung auf sich wirken zu lassen. Vier Modeläden, zwei Drogerien, ein Laden für Haushaltsgeräte und Kitsch, ein Zeitungsladen, ein Laden für Schnaps und Wein. Eine Weile folgte sie zwei uniformierten Wachmännern mit dem Blick. Der Modeladen, der dem Café am nächsten lag, hieß SELEKTION.
Was für ein Volk, dachte Bella.
Die Serviererin brachte den Kaffee.
Bringen Sie mir einen doppelten Wodka, sagte Bella.
Die Kellnerin äußerte keinerlei Erstaunen. Hinter ihnen begann eine Automatenstimme zu schreien:

> Sie möchten wissen, wie der Tag heute wird? Sie möchten wissen, was die Zukunft für Sie bereithält? Sie haben ein Recht darauf. Auch Ihnen zeigt das Leben seine glitzernde Seite.

EINE WOCHE SPÄTER war sie morgens noch früher unterwegs. Um acht sind Sie hier, hatte er gesagt. Bella erinnerte sich an sein Gesicht, während sie die Treppe im U-Bahnhof hinaufstieg. Dummheit und Macht ergeben zusammen Stumpfsinn, dachte sie und wunderte sich.

Im Beobachtungswagen des Sicherheitsdienstes saß heute nur ein einzelner Mann. Er versuchte, gefährlich auszusehen, vielleicht für seinen Kollegen gleich mit. In der Bahnhofskneipe hockten drei oder vier Männer und eine Frau um den Tresen. Sie frühstückten ganz bestimmt nicht. Sie hockten da, unbeweglich und still. Offenbar war weder die Beschallung noch die Belüftungsanlage um diese Zeit schon angestellt worden.

Bella erreichte die Tür des Supermarkts, in dem sie sich hatte anstellen lassen. Die Tür war verschlossen. Während sie unschlüssig dastand und überlegte, ob sie eine Treppe höher fahren und dort frühstücken sollte, erschien eine dünne, ältere Frau, die sich neben sie stellte, ohne zu grüßen oder von ihr auf irgendeine andere Weise Notiz zu nehmen. Gleich darauf tauchte noch eine zweite Frau auf, jung und so eindrucksvoll angezogen, dass Bella sich zusammennehmen musste, um sie nicht anzustarren.

Das also ist die erste Schicht, dachte sie, während sie möglichst unauffällig auf die Beine der Jungen sah, die in weiße Spitzenstrümpfe gesteckt worden waren und kurz unterhalb der Ohren zu enden schienen. Der breite, schwarze Lederriemen irgendwo in der Mitte des Körpers war möglicherweise als Rock gedacht.

Es kamen noch zwei weitere Frauen. Alle blieben vor der Ladentür stehen und warteten. Also wartete Bella ebenfalls. Der Laden war hell erleuchtet. Vielleicht wurde nachts das Licht nicht ausgeschaltet. Niemand sprach. Zwischen den vollgestopften Regalen im Innern tauchte der Jüngling auf, der sie eingestellt hatte. Sie sah auf die Ladentür. Das Schild VERKÄUFERINNEN GESUCHT war inzwischen abgenommen worden. Der Jüngling schloss die Ladentür auf. Die Frauen sagten: Morgen, und trotteten an ihm vorbei. Bella hatte den Eindruck, dass er gerade erst gekommen war, und überlegte, während sie sich den Kolleginnen anschloss, wo der Liefereingang des Ladens sein mochte. In ihrem Rücken hörte sie den jungen Mann die Tür wieder abschließen und ihren kleinen Trupp in einem anderen Gang zwischen den Regalen überholen. Er trug Schuhe, deren Kreppsohlen beim Auftreten leise quietschten. Das Büro lag am Ende des Ladens. Er war vor ihnen da und schaltete das Licht an, bevor sie den Raum betraten.

Das ist Frau Block, eure neue Kollegin, sagte er.

Die Frauen gaben Bella die Hand, ohne sich vorzustellen. Es entstand eine kleine Stille, während sie ihre Einkaufstaschen abstellten und aus einer Art Kleiderschrank ihre Kittel hervorholten.

Sie arbeitet ganztags, sagte er. Heute Mittag kommt die andere Neue. Das ist Frau Koch, und das ist Rosi.

Er wies mit einer Kopfbewegung auf die beiden, die vor dem Schrank standen und die Kittel überzogen. Die beiden anderen Frauen stellte er nicht vor. Sie hatten das Büro schon verlassen. Er ging zum Kleiderschrank, zog einen Kittel heraus und hielt ihn Bella hin.

Wir öffnen um halb, sagte er. Sie räumen auf und packen die Regale wieder voll. Aber ein bisschen ordentlich, wenn ich bitten darf. Frau Koch zeigt Ihnen, wo die Ware liegt.

Er verschwand in einem Nebenraum, nicht ohne in einen kleinen Spiegel gesehen zu haben, der an der Rückseite der Bürotür klebte. Der Raum lag hinter der verspiegelten Rückwand der Brotabteilung. Die meiste Zeit des Tages verbrachte er damit, die Kundinnen und die Verkäuferinnen durch die getarnte Scheibe zu beobachten.

Als Bella den Ladenraum betrat, hatte Rosi hinter einer der drei Kassen Platz genommen. Sie saß da und wartete. Der Jüngling brachte einen Kasseneinsatz mit Wechselgeld und den Schlüssel für die Kassen. Bella beobachtete, wie er sich aufplusterte, während er mit Rosi sprach.

Die hat sich noch nie verrechnet, sagte neben ihr die kleine Frau Koch. Er spielt sich jeden Morgen so auf. Ich zeig Ihnen das Lager.
Bella folgte der Frau, bekam eine kurze, einleuchtend erklärte Übersicht über die Waren vermittelt und erhielt die Regale zugewiesen, für die sie verantwortlich sein sollte.
Fragen Sie mich ruhig, wenn Sie etwas nicht wissen, sagte die Frau. Morgens rede ich nicht viel. Es dauert immer eine Weile, bis ich in Gang komme.
Ohne eine Antwort abzuwarten, verschwand sie hinter einer Palette Ananasdosen.
Bella begann einen Kontrollgang vorbei an den ihr zugewiesenen Regalen, um festzustellen, welche Lücken sie aufzufüllen hätte. Die Idee, diesen Job als Ausgangspunkt für die Aufklärung der Todesfälle zu nutzen, kam ihr absurd vor. Sie beschloss, nicht länger als eine Woche – wieso eine Woche, dachte sie, weshalb gehst du nicht gleich – zu bleiben. Wenn sie nichts erreichte, so würde sie doch auf jeden Fall ein Stück Leben kennenlernen, das ihr fremd war.
Außerdem ist es eben nur beinahe absurd, der Sache von hier aus ein Stück näherzukommen, dachte sie und begann, Pakete mit Haferflocken zurechtzurücken. Bis heute konnte ich mich noch immer auf meinen Instinkt verlassen.
Also räumte sie Ware in die Regale, bemühte sich, die Fragen von Kundinnen zu beantworten, die fast alle Dinge betrafen, deren Lebensnotwendigkeit ihr vollkommen unklar war – weshalb ihre Antworten eher phantasievoll als präzise waren –, und beobachtete das Leben vor der Ladentür. Ihr fiel auf, dass den ganzen Vormittag über Kinder im Einkaufszentrum herumliefen, die nach ihren Berechnungen im schulpflichtigen Alter sein mussten.
Sind eigentlich Ferien, fragte sie Rosi in einer ruhigen Minute.
Rosi zuckte mit den Schultern, aber Frau Koch, die die Frage gehört hatte, sagte, es seien keine Ferien und die Kinder liefen hier

immer rum. Ihr eben beginnendes Gespräch wurde vom Filialleiter unterbrochen, der fragte, ob sie nichts zu tun hätten.
In der Mittagszeit erschien die vom Filialleiter – er hieß Beier, und Bella wunderte sich erst am dritten Tag darüber, dass ihr bei dem Namen nicht ein anderer Mann eingefallen war – angekündigte neue Kollegin. Die Frauen reagierten auf ihre Ankunft wesentlich gesprächiger als auf Bellas am Morgen. Die Neue, Frau Kowalski, bewegte sich unsicher zwischen den Regalen, achtete ängstlich auf den sich aufblasenden Beier und war so bemüht, alles richtig und alles auf einmal zu machen, dass Bella, die sich schon wie eine erfahrene Kraft vorkam, beruhigend auf sie einredete.
Die Frau lächelte sie dankbar an.
Ich hab dreizehn Jahre nicht gearbeitet, sagte sie. Seit Manuela da ist. Da weiß man nicht mehr so genau, wie es geht. Und ich möchte die Stelle gern behalten.
Zwei Stunden später, im Laden war jetzt Hochbetrieb, Rosi saß immer noch als einzige Kassiererin wie ein Fels in der Brandung – vor ihrer Kasse hatte sich eine Schlange gebildet, die etwa zwanzig Meter lang war –, tauchte ein Mann auf, der sich benahm wie ein Detektiv. Tatsächlich war er einer. Er war von mehreren Läden gemeinsam angestellt worden und beschäftigte sich damit, zwischen zehn und achtzehn Uhr das Einkaufszentrum sauber zu halten. So jedenfalls bezeichnete er seine Tätigkeit, und auch die Frauen bezeichneten sie so. Er schlenderte eine halbe Stunde zwischen den Regalen umher, schob dabei einen Einkaufswagen mit einem Stück Kernseife vor sich her und musterte die Kundinnen – es waren fast ausschließlich Frauen, die einkauften – so unauffällig, dass Bella lachen musste, sobald sie ihm begegnete. Sie beobachtete eine alte Frau, die lange vor einem Stück Butter stand und sich dann unsicher umsah. Bella stellte sich so, dass die Frau unbeobachtet die Butter in ihrer Manteltasche verschwinden lassen konnte, und grinste den Detektiv dabei freundlich an. Dann verwickelte sie ihn in ein Gespräch über die Vorzüge von

Kernseife im Vergleich zu Seifenflocken, was ihr die Frage eintrug, ob sie heute Abend frei sei. Sie zögerte die Antwort hinaus, bis die alte Frau den Laden verlassen hatte.

Als der Laden geschlossen wurde, war Bella erschöpft. Das Jüngelchen, das den Tag über seine Bedeutung als Filialleiter dadurch bewiesen hatte, dass es nichts angefasst hatte, was in irgendeiner Form als Arbeit hätte bezeichnet werden können, verschloss die Ladentür. Sie hatte sich vorgenommen, nach Ladenschluss einen Spaziergang zu machen. Es kostete sie große Mühe, an ihrem Vorsatz festzuhalten.

Alle Läden waren geschlossen, die Straßen leer. An einer Bushaltestelle saß eine ältere Frau, die so aussah, als hätte sie dort schon den ganzen Tag gesessen. Sie trug einen unmodernen Mantel. An ihrem linken Bein war der Strumpf nach unten gerutscht und hing über den Schuh. Ohne Bella zu beachten, die stehen geblieben war und auf dem Busfahrplan die Abfahrtszeiten zu erkennen suchte, kramte sie abwechselnd in ihrer Handtasche und in einem Stoffbeutel, der auf der Bank neben ihr stand. Dabei brabbelte sie vor sich hin.

Der Fahrplan war unlesbar. Irgendjemand hatte den Kunststoffschutz abgerissen, und Regen und Schmutz hatten die Farbe verschmiert.

Bella überquerte die Straße. Sie stand vor einem Wohnblock, der halbkreisförmig gebaut worden war, zwölf Eingänge hatte und acht Stockwerke. Zwischen den Büschen vor dem Haus war eine eiserne Stange an zwei Pfeilern befestigt worden. Es war unklar, ob die Stange zum Teppichklopfen gedacht war oder die Stelle kennzeichnete, die von der Hausverwaltung als Spielplatz bezeichnet wurde. Bella ging langsam an dem Haus entlang. Mehrere Türen waren so zerstört, dass sie sich nicht mehr schließen ließen. Sie betrat einen der Eingänge und sah sich um. Es gab nichts zu sehen, was sie von außen nicht hätte vermuten können. Zerstörte Briefkästen, zwei Kinderwagen und eine Kinderkarre, Reklamezettel auf dem Fußboden und eine angelehnte, zerkratzte Kellertür. Als sie sich zum Gehen wandte, kam ein etwa zehnjähriger Junge mit einem Karton unter dem Arm die Treppe heruntergestürzt, musterte sie kurz und misstrauisch und sauste dann an ihr vorbei in den Keller. Sie verließ den Hausflur. Auf dem Weg zur Straße lief noch einmal ein Junge an ihr vorbei, diesmal, ohne sie zu beachten. Er schleppte zwei Plastiktüten. Sie waren so schwer, dass er sie absetzen musste, um die Haustür aufzuschieben. Bella zögerte einen Augenblick. Sollte sie noch einmal umkehren? Aber sie hatte keine Lust, sich länger in dieser Öde aufzuhalten. Sehnsüchtig dachte sie an ihren Sessel vor dem Fenster, den Blick auf die Elbe und die Bücher, die auf sie warteten.

Entschlossen ging sie zur Bahnstation. Der Wagen mit den Sicherheitsmännern, die die Aufgänge bewachten, war verschwunden. Um diese Zeit benutzten nur noch wenige Menschen die Bahn. Unbeobachtet blieben die Anwohner deshalb trotzdem nicht. Auf ihrem kurzen Weg zum Bahnhof war Bella zweimal einem Streifenwagen begegnet. In dem ersten hatte die Polizistin gesessen, die bei ihr gewesen war.

DEN BRINGST DU nicht noch mal mit, sagte der Junge. Er war groß, größer als der Dunkelhaarige, der an der Tür stand und hin und wieder auf den Kellergang hinaussah. Nee, mach ich nicht.

Der Kleinere, ein dünnes Kerlchen, tat unbeeindruckt, schielte aber auf die Fliegenklatsche, die der Große in der Hand hielt.

Und wo ist er jetzt?

Vor der Glotze. Kinderkorn. Der schläft doch sofort ein, wenn sie ihm einen Schluck geben.

Wehe, er quatscht, sagte der Große.

Seine Stimme klang schon weniger aggressiv. Das Argument Kinderkorn schien ihm eingeleuchtet zu haben. Der Kleinere

wandte sich erleichtert den drei anderen, die in seinem Alter waren, zu, während der Große an die Tür ging und sich neben den Dunkelhaarigen stellte.
Alles in Ordnung?
Der an der Tür blickte ein letztes Mal auf den Kellergang hinaus, nickte und schloss die Kellertür. Er schob sorgfältig einen Riegel vor. Gleichzeitig traten die beiden Größeren an das gegenüberliegende Kellerfenster. Sie prüften, ob es sich leicht öffnen ließ, und waren mit dem Ergebnis zufrieden. Mit dem Rücken an die Kellerwand gelehnt, blieben sie stehen und sahen auf die Kleineren, die auf ein paar zerfledderten Pappkoffern hockten, herab.
Darf ich anfangen? Bitte, Nuri!
Der Junge sah erwartungsvoll zu den Großen hin. Er trug hellgrüne Trainingshosen und ein rotes T-Shirt, und er war zu dick. Der Dunkelhaarige nickte. Der Kleine sprang auf und begann, zwischen herumliegenden Kartons, Kisten, Brettern, alten Töpfen und Abfällen zu kramen. Nacheinander förderte er ein Kofferradio, ein Tischfeuerzeug aus grünem Glas, einen Fotoapparat und zwei in Kunststoff eingeschweißte Portionen Mettwurst zutage. Er legte die Sachen in die Mitte des Kellers auf den Fußboden; direkt neben einen vertrockneten Tannenbaum.
Die Scheißwurst kannst du selber fressen, sagte Nuri, der Rest ist in Ordnung.
Das klang wie ein Lob. Jedenfalls verstand es der Kleine so. Er lächelte seinen Kameraden zu, holte die Mettwurstpäckchen vom Fußboden an seinen Sitzplatz und begann, mit einem der vielen Werkzeuge seines Taschenmessers die Plastikhüllen aufzuschneiden.
Will einer was ab?
Er hatte die erste Wurstscheibe auf den Korkenzieher gespießt und hielt sie in die Höhe. Als niemand antwortete, schob er sie sich in den Mund.
Die beiden Großen lehnten immer noch an der Kellerwand. Sie

beobachteten, wie das gestohlene Zeug auf dem Fußboden ausgebreitet wurde. Hin und wieder sahen sie einander an. Sie waren mit der Ausbeute zufrieden. Natürlich sagten sie es nicht. Es schien ihnen besser, die Kleinen nicht mit Lob zu verwöhnen. Sie hätten auch nicht gewusst, wie sie ein Lob äußern sollten. Trotzdem verbreitete sich eine zufriedene Stimmung im Keller. Die Großen und die Kleinen hockten schließlich im Kreis um die Beute auf dem Boden, nahmen vorsichtig den einen oder anderen Gegenstand in die Hände, überprüften seine Funktionsfähigkeit und bedauerten, dass es im Keller keine Steckdose gab, an der sie das Radio und zwei elektrische Handrührgeräte hätten ausprobieren können. Als es dunkel wurde, zündeten sie eine Kerze an und stellten sie auf den Fußboden.

Wie Weihnachten, sagte der mit der grünen Trainingshose. Er zeigte auf die Wand, an der die Schatten des Tannenbaumgerippes zu sehen waren. Die Mettwurst hatte er inzwischen aufgegessen, aber auf dem Fußboden lagen noch zwei Tüten Gummibärchen und eine Dose Erdnüsse.

OB SIE WOHL früher die Filme in den Kästen gelassen hatten? Wahrscheinlich. Und dann waren so viele geklaut worden, dass sie jetzt nur noch die Hüllen hinstellten.

Die junge Frau, siebzehn vielleicht, sah gelangweilt auf die Regale mit Videofilmen. Sie saß an einem etwas erhöhten Pult, um den Überblick zu behalten.

Jetzt war nichts los. Wann war hier überhaupt mal wieder was los? Hin und wieder einer von diesen alten Wichsern. Na ja, besser als gar keine Kundschaft. Wenn die den Laden hier zumachten, würde sie sich einen anderen Job suchen müssen. Der hier war bequem. Gleich um die Ecke. Viel Zeit. Bloß keine Ablösung. Wenn man aufs Klo ging, musste man sich beeilen. Aber sonst …

Sie holte eine Schachtel unter dem Tisch hervor, in der Nagellack und einige andere zur Restaurierung der Fingernägel notwendige Utensilien beieinanderstanden.

Zeit hatte sie ja.

Sie öffnete die Flasche mit dem Nagellackentferner und begann, ihre Fingernägel von Lackresten zu säubern. Der scharfe Geruch des Entferners breitete sich im Laden aus. Ein älterer Mann, vielleicht Anfang vierzig, betrat den Laden. Er trug einen Korb am Arm.

Den kannte sie gut. Hatte immer denselben Rollkragenpullover an. War irgendwas bei der Gewerkschaft. Manchmal brachte er seine Frau mit. Dann suchten sie zusammen Filme aus. Die standen auf scharf. Sie vielleicht nicht so. Aber er auf jeden Fall.

Die junge Frau legte den mit rotem Lack beschmierten Wattebausch zur Seite. Sie sah dem Mann gelangweilt entgegen.

Hier, sagte er.

Er stellte den Korb auf das Pult und nahm nacheinander mehrere Videokassetten heraus. Die Frau sah auf die Bilder.

Klar. Alles Nackte.

Kann ich mal die Liste haben, sagte er. Die neue.

Die Frau griff unter das Pult, brachte einen Stapel bedruckter Blätter auf die Platte und begann, sie durchzusehen.

Gib her, sagte er, mach ich schon selber.

Er nahm der Verkäuferin den Stapel aus der Hand und setzte sich an ein Tischchen zwischen den Regalen. Sie sah seinen Rücken und hörte ihn rascheln. Sie nahm den beschmierten Wattebausch, drehte ihn um und setzte ihre Arbeit fort. Manchmal warf sie einen Blick auf den Rücken des Mannes, sah über die Regale hinweg nach draußen und seufzte. Nächsten Monat würde sie wieder die Tagschicht übernehmen. Jetzt war, wenn sie hier fertig war, nirgends mehr was los.

Der Mann kam mit den Listen in der Hand an das Pult zurück.

Nummer sieben und Nummer vierundzwanzig, sagte er. Doll ist

das ja nicht, was ihr an neuen Sachen da habt. Ohne zu antworten, suchte die Frau die Filme heraus und legte sie neben sich auf das Pult.

Schreib *Die Brücke* und *Faust I*, sagte er, als sie begann, die Quittung auszuschreiben. Das habt ihr doch, oder?

Die Frau zuckte die Schultern und begann, in den Listen nachzusehen.

Lass, das werdet ihr schon haben, sagte der Mann. Prüft sowieso keiner.

Die Frau schrieb die Quittung aus, nahm das Geld entgegen und hielt dem Mann die Kassetten hin. Dabei sah sie über ihn hinweg nach draußen. Zwei Männer gingen vorbei. Der Wohnblock drüben war nur an ein paar hellen Fenster-Rechtecken zu erkennen.

Der Mann hatte die beiden Kassetten in seinen Korb gelegt und den Laden verlassen.

Der Wattebausch war nicht mehr zu gebrauchen. Die Frau stand auf, überlegte einen Augenblick, wie sie ihn loswerden konnte, und ging an die Ladentür. Ein paar Meter neben dem Laden hing ein eiserner Papierkorb. Sie würde die Watte da hineintun. Dann hätte sie den Gestank nicht mehr in der Nase.

Der Mann lag an der Stelle, an der eigentlich der Papierkorb hätte sein müssen. Der Papierkorb lag ein paar Meter weg auf dem Fußweg. Der Mann versuchte aufzustehen. Er taumelte und hielt sich an der Hauswand fest. Die Frau sah, dass Blut in seinen ausgeleierten Rollkragen lief. Jetzt würde er den Pullover wohl wechseln müssen.

Ich ruf mal an, sagte sie und ging zurück in den Laden. Er kam langsam hinter ihr her. Am Schaufenster blieben ein paar blutige Abdrücke zurück.

Ist nicht nötig, sagte er. Seine Stimme klang ihm selbst wie von weit her. Sie sind schon da.

Er hatte das Polizeiauto gesehen, das langsam über den Bürgersteig gerollt kam. Auf der Ladenschwelle sackte er zusammen.

Die Frau ging nach draußen, um nach der Polizei zu sehen und nach den Filmen. Er hatte sie zusammen mit der Geldbörse in den Korb gelegt. Natürlich war der Korb weg.

SIE HATTEN den Verletzten in die Ambulanz des nächstgelegenen Krankenhauses gebracht. Natürlich hatte er keine Beschreibung der Täter liefern können. Es waren zwei gewesen – na und? In dieser Nacht waren im Stadtgebiet wahrscheinlich zweihundert mal zwei Männer unterwegs auf der Suche nach Geld. Manche hatten immer dasselbe Jagdrevier, andere wechselten. Die Chance, die beiden zu finden, war im Augenblick gleich null. Wenn sie so dämlich gewesen waren, den Korb mitzunehmen, würde man ihn eines Tages in ihrer Wohnung finden. In einer Bruchbude oder in irgendeinem Rattenloch von Wohnwagen. Früher oder später wurden sie immer erwischt. Aber heute Nacht auf keinen Fall.

Sie blieben bei dem Mann, bis er ins Behandlungszimmer gerufen wurde. Das wäre eigentlich nicht nötig gewesen, aber ihre Schicht war sowieso gleich zu Ende.

Dann gingen sie über den nächtlich toten Korridor des Krankenhauses zum Ausgang. In der Tür blieben sie stehen. Man hätte nicht sagen können, dass es begann, hell zu werden. Das neue Licht war noch nicht zu sehen. Man konnte es spüren und hören. Das heißt, jemand, der Interesse daran gehabt hätte. Die beiden Polizisten hatten keins. Sie blieben in der Tür stehen, um nach dem Wagen zu sehen. Er stand dort, wo sie ihn abgestellt hatten.

Allein der Geruch macht einen ja schon krank, sagte der Fahrer.

Der andere nickte. Sie hatten beide die beinahe allen Männern eigene Angst vor Krankheit und Krankenhaus; die übliche Unfähigkeit, über sich selbst nachzudenken und dabei das Gehäuse, in dem sie steckten, mit einzubeziehen. Wurden sie krank, dann war die Krankheit, egal, ob Schnupfen oder Krebs, gleichbedeutend mit Tod und Verderben. Ärzte waren Feinde mit Waffen in Form von Messern und Nadeln, gegen die man sich nicht wehren konnte. Die edlen Regeln des Kampfes Mann gegen Mann, die sie schon als Kinder gelernt hatten und die ihr Leben beherrschten, waren dann außer Kraft gesetzt. Ohne dass sie nach ihrem Einverständnis gefragt worden waren. Angst und Hilflosigkeit ließen sie ihr wahres, männliches Selbst verlieren. Nur die zarten Hände möglichst junger Krankenschwestern konnten das Unglück von Zeit zu Zeit mildern. Im Krankenhaus hielten sich die Männer nicht gern auf. Es war ein Ort der Niederlagen. Im Grunde waren beide nur so lange dort geblieben, weil sie zu dem, was ihnen nach dem Ende der Schicht bevorstand, keine Lust hatten.

Der Fahrer lebte allein. Bevor sie den Mann gefunden hatten, war er gerade damit beschäftigt gewesen, darüber nachzudenken, ob es sich noch lohnte, den Fernseher einzuschalten, wenn er nach Hause kam. Vielleicht erst mal duschen? Dann war ihm eingefallen, dass es neuerdings im Badezimmer so merkwürdig roch. Und dann hatten sie den Mann da liegen sehen, und er war weiteren Nachdenkens über die Gestaltung seines Feierabends enthoben gewesen.

Seinen Kollegen erwarteten zu Hause Weib und Kind. Natürlich warteten sie nicht wirklich, mitten in der Nacht. Aber allein das Bewusstsein, niemals mehr nach Hause kommen zu können und laut Musik anzumachen, während er bei geöffneter Tür auf dem Klo saß, oder mitten in der Nacht Spiegeleier zu braten – denn bei allen Verrichtungen dieser oder ähnlicher Art würde seine Frau irgendwann erscheinen, mit ihrem Muss-das-sein-Gesicht, das er nicht mehr ertragen konnte und das ihn schon dazu getrieben hatte, in die Spätschicht zu gehen, weil er sie dann am wenigsten sah –, allein dieses Bewusstsein ließ ihn jetzt zögern, bevor er weiterging.

Ich setz dich zu Hause ab, sagte der Fahrer.
Sie gingen nebeneinander her zum Wagen.
Vielleicht sind es doch nur die Handtücher, dachte der Fahrer. Er versuchte, sich zu erinnern, wann er sie das letzte Mal gewechselt hatte. Ostern, dachte er, als Mutter zwei Tage da war. Das ist vier Monate her. Vielleicht ist doch am Abfluss etwas nicht in Ordnung.
Er würde nicht in die Wohnung gehen. Jetzt noch nicht. Sah ganz so aus, als hätte der Kollege neben ihm auch keine Lust. Ich fang jedenfalls nicht davon an, dachte er.
Das ist jetzt zu riskant, sagte der Fahrer. Könnte sein, dass wir da jetzt Zivile rumlaufen haben.
Jetzt? Um diese Zeit? Kann ich mir nicht vorstellen. Der andere hatte angefangen, dachte er. Als ob das etwas zu bedeuten hätte. Wenn sie erwischt wurden, würde es Theater geben. Aber wer sollte sie erwischen? War doch keiner da.
Er nahm das Funkgerät.
Zentrale, sagte er, hier Wagen sechzehn. Wir verlängern unsere Schicht um eine Stunde. Vielleicht haben wir eine Chance, die Kerle doch noch zu erwischen. Wenn wir Hilfe brauchen, melden wir uns.
Allzu oft können wir das nicht machen, sagte der Fahrer.
Das Auto, sagte der Beifahrer, und beiden wurde gleichzeitig bewusst, dass sie eigentlich ohne Polizeiwagen und Uniform besser dran gewesen waren. Der Fahrer überlegte einen Augenblick.
Ganz offiziell, sagte er, wir machen das ganz offiziell.
Er fuhr langsam und gleichmäßig weiter.
Vielleicht ist ja gar kein Licht, dachte der Beifahrer. Er spürte flaue Enttäuschung in sich aufsteigen.
Der Fahrer antwortete nicht. Er dachte daran, wie es beim letzten Mal gewesen war. Wieso hat er eine Stunde gesagt? Ich hätte nichts dagegen, länger zu bleiben. Na ja, mit Familie …
Sie hielten vor einem Wohnblock. Gleichzeitig beugten sie sich vor und sahen durch die Frontscheibe nach oben. Natürlich war

Licht. Deutlich sahen sie über zugezogenen Vorhängen einen schmalen Lichtstreifen. Sie stellten den Streifenwagen fünfzig Meter weiter ab, zwischen anderen Wagen und durch Büsche abgeschirmt.

Eine alte Frau, die im Parterre neben dem Parkplatz wohnte, nicht geschlafen hatte und von dem Geräusch des Wagens ans Fenster gelockt worden war, beobachtete sie, wie sie im ersten Morgenlicht ausstiegen, die Straße überquerten und in einem Eingang des gegenüberliegenden Wohnblocks verschwanden.

Beruhigt kehrte sie an den Küchentisch zurück, wo sie gesessen und eine Patience gelegt hatte.

Jedenfalls kommen sie, wenn man sie ruft, dachte sie. Das kann ich denen im zweiten Stock mal zu verstehen geben. Sie kommen auch mitten in der Nacht oder im Morgengrauen.

Die Polizisten hatten ihre Mützen abgenommen, als sie den Fahrstuhl betraten. Sie waren beide nicht mehr jung, Anfang vierzig vielleicht, und zeigten die für dieses Alter typischen Mängel. Die Haare begannen auszufallen. Die Körper hatten Fett angesetzt, und sie hätten auch die für Männer in ihrem Alter typische schlaffe Haltung gehabt, wenn nicht der Polizeisport sie bis zu einem gewissen Grad davor bewahrt hätte. Wie fast alle Männer hatten sie kein Bewusstsein dafür, dass sie hässlich wurden. Sie hielten sich einfach für männlich, was, falls jemand auf die Idee gekommen wäre, ihnen ihr Äußeres zu erläutern, sie immer noch davor bewahrt hätte, irgendwelche Minderwertigkeitskomplexe zu entwickeln. Jetzt, während sie nach oben fuhren, musterten sie einander verstohlen. Für einen kurzen Augenblick entstand zwischen ihnen so etwas wie eine Konkurrenzsituation, die es ihnen ermöglichte, zumindest den jeweils anderen so zu sehen, wie er wirklich aussah. Zufrieden richteten beide anschließend den Blick wieder auf die Mütze, die sie vor ihrem Bauch hielten.

Der Fahrstuhl hielt, und sie stiegen aus. Auf dem Flur war es ruhig. Vier gleich aussehende Türen, grau gestrichen und rostrot eingerahmt, vier verschiedene Fußmatten, eine mit einem

Scheuertuch umwickelt, graue Wände, die in halber Höhe durch eine rostrote Zierleiste unterbrochen wurden. Vier kreisrunde, rostrot umrandete Spione, die Menschen mit etwas mehr Phantasie im schwachen Licht der Flurlampe vielleicht wie Krokodilaugen vorgekommen wären.

Die beiden klingelten an der Tür, die links neben dem Fahrstuhl lag. Sie klingelten zweimal kurz, warteten eine Weile und klingelten dann dreimal kurz. Sie konnten nicht sehen, ob sie durch den Spion beobachtet wurden. Aber sie nahmen es an, und es war ihnen gleichgültig. Jemand schloss die Tür auf.

Hallo, hoher Besuch, sagte Jem und lachte.

In dem Flur hinter ihm war die Glühbirne mit einem roten Tuch verhängt worden. Aus einer der offen stehenden Zimmertüren blickte ein fast nacktes Mädchen um die Ecke.

Wenn das meine Tochter wäre, dachte der Polizist, dessen Familie noch schlief. Die könnte was erleben.

Kommt rein, sagte Jem.

Die Männer betraten die Wohnung. Jem schloss die Tür hinter ihnen ab.

ACHTUNDVIERZIG, neunundvierzig, fünfzig.

Anstatt locker aufzuspringen, fiel der Detektiv auf den Boden und blieb liegen.

Schwache Leistung, dachte er. Hätte gestern Abend – das Pfeifen des Wasserkessels unterbrach seine Gedanken. Er rappelte sich auf, stand vor dem Gasherd und stellte die Flamme ab. Er hatte den Becher mit dem Pulverkaffee auf den Tisch unter dem Küchenfenster gestellt, bevor er mit seinen Übungen begann.

Im Becher entstand eine hellbraune Brühe, in der Küche ein schwacher Kaffeeduft. Der Detektiv verließ die Küche, um sich anzuziehen. Er war stolz auf seinen Tagesablauf. Ordnung, Disziplin, keine Zeitverschwendung – das waren die Grundsätze, nach denen er lebte. Das Wasser wurde heißgemacht, während er turnte. Der Kaffee kühlte ab, während er sich anzog. Gefrühstückt wurde während der Neun-Uhr-Nachrichten. Er arbeitete von zehn bis sechs abwechselnd in drei Einkaufszentren. Selbstverständlich arbeitete er nur theoretisch im Wechsel. Es war ihm freigestellt, wie er sich die Arbeit einteilte. Und er liebte es, seine Kunden, so nannte er die kleinen Diebe, hinter denen er Tag für Tag her war und in deren Beobachtung er es doch nur zu höchst mittelmäßigem Erfolg gebracht hatte, zu überraschen. So wäre, er warf einen Blick auf den im Korridor hängenden Einsatzplan, obwohl er ihn auswendig kannte, heute die Bachthaler Straße an der Reihe gewesen. Er würde stattdessen noch einmal zum Hoffnungsberg gehen.

Tja, damit rechneten sie nicht, die kleinen Mieslinge, die ihm das Leben schwermachten.

Unwillkürlich rieb er sich die Hände. Er hatte noch nie einen Gedanken daran verwendet, dass es gerade diese Mieslinge waren, die mit ihren unermüdlichen Aktivitäten seinen Lebensunterhalt garantierten. Auch der weiterführende Gedanke, dass unter Umständen der sicherste Lebensunterhalt für die Katz ist, wenn der Mensch, der ihn bezieht, nicht aus sich heraus genügend Selbstwertgefühl hat, um ihn zu genießen, war noch nie durch seinen Kopf gegangen. Er aber bezog sowohl seinen Lebensunterhalt als auch sein Selbstwertgefühl aus der Existenz von Kaufhausdieben. Er war eine gefährdete Existenz; oder hätte doch zumindest eine sein können, wenn die Zeiten und die Umstände zugelassen hätten, dass die Kaufhausdiebe, je nach Alter und Lebenssituation, ihren Schulunterricht spannend, ihre Geldbörse wohlgefüllt oder ihren Bedarf an Zuwendung gedeckt gefunden hätten. Nur die Tatsache, dass das nicht so war, sicherte seine ökonomische Existenz. Zumindest so lange, wie er in der Lage war, am Morgen seine fünfzig Liegestütze zu machen und pro Woche nicht mehr als ein Ei zu essen, um den ohnehin zu hohen Cholesterinspiegel seines Blutes nicht noch weiter in die Höhe zu treiben. Eine

Sache übrigens, die ihm Verdruss bereitete und über die er, am Küchentisch sitzend und vorsichtig den heißen Kaffee trinkend, zum wiederholten Mal nachdachte.
Das Leben eines Junggesellen, dachte er, wäre sehr viel einfacher, wenn es einem gestattet wäre, Eier in unbegrenzter Zahl zu essen. Billig, einfach zuzubereiten, mit Ketchup oder Speck abzuwandeln. Aber nein, unsereiner darf nicht, dachte er. Und neben seinem pedantischen Tagesplan und seiner mangelnden Selbsterkenntnis waren es Gedanken dieser Art, die ihn als einen Menschen kennzeichneten, der sich selbst zwar für außerordentlich gefährlich und schlau hielt, in Wirklichkeit aber ein äußerst einfältiges Exemplar seiner Gattung darstellte; sozusagen als einen Mann, der für den Job eines Kaufhausdetektivs wie geschaffen war.
An diesem Morgen lief alles nach Plan. Es war eine Minute vor zehn, als der Detektiv die Rolltreppe hinauffuhr. Schon als er das Einkaufszentrum betreten hatte, waren ihm Kinder aufgefallen, die um diese Zeit in die Schule gehört hätten. Daraufhin hatte er beschlossen, heute einen Kindertag einzulegen. Üblicherweise schenkte er seine Aufmerksamkeit allen Altersgruppen und beiden Geschlechtern. Aber hin und wieder, vielleicht aus einem ihm unbewussten Gefühl der Langeweile, beschloss er, sich auf eine bestimmte Personengruppe zu konzentrieren.
Er achtete allerdings streng darauf, dass er nicht in demselben Einkaufszentrum zweimal hintereinander dieselbe Personengruppe beobachtete. Seine Auftraggeber sollten von seiner Notwendigkeit überzeugt sein. Wie hätte es auf sie gewirkt, wenn er plötzlich an mehreren Tagen hintereinander nur alte Frauen gefasst hätte. Sie wären zumindest erstaunt gewesen. Und das zu Recht. An diesem Tag hatte der Detektiv kein Glück. Bis zur Mittagspause, die er um vierzehn Uhr einlegte, hatte er nicht ein einziges Kind gefangen, obwohl er sich für den Vormittag die größten Chancen ausgerechnet hatte. Nachmittags, wenn die Schule vorüber war, wimmelte es im Einkaufszentrum von

Kindern. Diese Zeit liebte er nicht. Nachmittags gelang es ihm nur sehr selten, ein Kind beim Stehlen zu erwischen. Er hatte den Verdacht, dass die Bälger sich dann gegenseitig vor ihm warnten. Nicht, dass er es hätte beweisen können. Nur sein Gefühl sagte ihm, dass es einen Grund geben musste, weshalb er ihnen nachmittags noch weniger auf die Schliche kam als am Morgen.
Missmutig fuhr er nach der Mittagspause zurück in den ersten Stock. Zusammen mit einem etwa zehnjährigen Jungen betrat er den Supermarkt. Der Junge hatte eine große Einkaufstasche bei sich. Der Detektiv spürte bei ihrem Anblick ein leichtes Kribbeln.
Bloß jetzt richtig vorgehen, dachte er. Sie sind schlau. Ich darf ihn nicht verunsichern.
Er beschloss, dem Jungen nicht zu folgen, sondern an der Kasse auf ihn zu warten. Er würde ihn nicht im Laden beobachten, sondern wenn er wieder auftauchte, einfach auf Verdacht in seine Tasche sehen. Langsam schlenderte er zum Ausgang und stellte sich an den Packtisch. Es dauerte lange, bis er den Jungen wiedersah. Er hatte die Tasche über die Schulter gehängt und schob den Einkaufswagen zur Kasse. Im Wagen standen zwei Flaschen gelbe Brause und eine Flasche Korn. Das war zu wenig für die lange Zeit, die der Junge hinter den Regalen verschwunden gewesen war. Der Detektiv wandte sich ab und beobachtete in der Schaufensterscheibe, wie der Junge seinen Wagen an die Kasse fuhr und die drei Flaschen auf das Laufband stellte. Er holte das Geld lose aus der Hosentasche. Als er bezahlt hatte, nahm er die Flaschen in beide Hände und ging auf den Ausgang zu. Die große Einkaufstasche hing über seiner Schulter. War sie schwerer geworden?
Der Detektiv trat dem Jungen in den Weg, als der den Laden verlassen wollte. Er kam gerade noch dazu, zeig doch mal, was … zu sagen, bevor der Junge die drei Flaschen gleichzeitig fallen ließ. Sie trafen die Füße des Detektivs, bevor sie auf dem Steinfußboden zersprangen. Von diesem Augenblick bis zum Ende seines Lebens blieben dem Detektiv nur noch wenige Sekunden; nicht

einmal so viele, als dass er, hätte ihm jemand die in der Freitagsbeilage einer überregionalen Tageszeitung beliebte Frage gestellt:
WIE MÖCHTEN SIE STERBEN?,
Zeit gefunden hätte, eine spontane Antwort zu geben. Wobei an ein Nachdenken über diese Frage schon gar nicht zu denken gewesen wäre.
Der Junge rannte zur Tür hinaus, die Schrecksekunde nutzend, die den Detektiv daran hinderte, sofort zuzugreifen. Er lief auf die Rolltreppe zu und sprang die aufwärtsfahrende Rolltreppe hinunter. Möglicherweise hätte es des solidarischen Beins eines zufällig an der Treppe stehenden Fünfzehnjährigen gar nicht bedurft, denn es ist durchaus möglich, dass der Detektiv im Eifer der Verfolgung übersehen hätte, dass die Rolltreppe in die falsche Richtung fuhr, und auch ohne Nachhilfe gestolpert wäre. So aber kamen das Bein und die falsche Richtung zusammen. Während der Junge mit der Tasche unten im Gewühl verschwand, ohne dass jemand auf ihn aufmerksam geworden wäre; während der Junge oben einen Augenblick interessiert dem sich auf der Rolltreppe überschlagenden Körper nachsah, bis er plötzlich spürte, dass mit dem Mann etwas Besonderes geschah, und ebenfalls verschwand, stürzte der Detektiv, durch den Anlauf und den plötzlichen unfreiwilligen Stopp zusätzlich beschleunigt, die Hälfte der Stufen hinunter, überschlug sich, blieb merkwürdig verbogen in der Mitte der Treppe liegen, zögerte einen Moment, wobei wohl schon nicht mehr er selbst, sondern nur noch sein Körper zögerte, und wurde dann von den nach oben rollenden Stufen wieder hinaufbefördert; empfangen von einer Gruppe Neugieriger, die sich inzwischen versammelt hatte.
Eine Weile blieb er liegen. Die Menschen, die um ihn herumstanden, warteten darauf, dass er aufstand. Dreimal kamen nach ihm Frauen die Rolltreppe herauf, die über ihn hinwegsteigen mussten, um die Treppe zu verlassen. Dann, als er sich noch immer nicht rührte, zog ihn ein junger Mann am Jackett beiseite.

Ich glaube, er ist tot, sagte jemand. Aber da wussten sie es schon. Denn wenn der Tod da ist, dann erkennt man ihn, auch ohne ihn vorher schon einmal gesehen zu haben.
Eine Frau mit einem Kind an der Hand löste sich als Erste aus der Gruppe. Sie ging in den Supermarkt und sprach die Kassiererin an.
Lasst die Frau mal nach hinten, rief Rosi laut durch den Laden. Da liegt einer tohot!
Und sie beeilte sich, die auf dem Laufband liegenden Waren einzutippen, um so eine Pause zu gewinnen, in der auch sie einen Blick auf den Körper vor der Ladentür werfen konnte.

DIE POLIZISTIN Eva Bentrupp und ihr Kollege aus dem Streifenwagen waren die Ersten, die an der Rolltreppe erschienen. Die Bentrupp ging in den Laden, um mit der Anruferin zu sprechen. Der tat es inzwischen leid, angerufen zu haben. Man hatte ihr am Telefon gesagt, sie solle warten, bis die Polizei einträfe. Das Kind, das sie bei sich hatte, war aber nicht in der Lage, länger als die ersten drei Minuten still zu sitzen. Es hatte den Schreibtisch des Filialleiters ausgeräumt. Als die Mutter, beunruhigt von den Aktivitäten des Kindes, das enge Büro verlassen und begonnen hatte, zwischen den Regalen auf und ab zu gehen, hatte es mehrere Bonbontüten in seine Taschen gestopft und einen Turm aus Cornflakes-Schachteln umgeworfen. Die Mutter war gegangen.
Bella nahm ein paar Papiere auf, die das Kind mit in den Laden geschleppt hatte. Interessiert las sie den Durchschlag einer Liste, die der Ladenchef an die Geschäftsleitung geschickt hatte. Es ging um monatliche Fehlbestände aufgrund von Diebstahl. Die Angaben waren viel zu hoch.
Natürlich begegneten Bella und die Bentrupp einander. Sie standen sich einen Augenblick gegenüber, Bella in der weißen Kittelschürze der Verkäuferinnen. Schließlich schlug Bella vor,

sie sollten sich treffen. Nach Ladenschluss in der Bahnhofskneipe.
Und da saßen sie nun.
Es gibt keinen Grund, weshalb ich Ihnen etwas vormachen sollte, sagte Bella. Außerdem würden Sie mir vermutlich nicht glauben, wenn ich Ihnen erzählte, ich hätte mir einen neuen Beruf gesucht.
Vermutlich nicht, sagte die Bentrupp.
Sie rührte in ihrer Kaffeetasse herum und sah dabei auf das Glas Cognac, das neben Bellas Tasse stand. Das Rühren verstärkte den scharfen Geruch nach Kaffee, der zu lange auf der Warmhalteplatte gestanden hatte.
Ich dachte, ich beobachte die Szene ein wenig. Es ist ziemlich einfach, Zusammenhänge aufzudecken, wenn man die Strukturen kennt, in denen die Leute sich bewegen.
Weshalb rechtfertigen Sie sich, sagte die Bentrupp. Ich jage Treuhandmitarbeiter, und Sie lesen Erasmus von Rotterdam. Die Welt ist in Ordnung.
Keine Ahnung, wovon Sie sprechen.
Bella wandte sich zur Theke und bestellte zwei weitere Cognacs.
In Wirklichkeit ist das auch kein Cognac, sondern der Fusel, der in dieser Gegend für Cognac gehalten wird, sagte die Bentrupp.
Jemand hinter der Theke rief: Der Cognac, und Bella stand auf, um die beiden Gläser zu holen. Die Frau hatte zwei Schnapsgläser sehr voll geschenkt. Bella hatte Mühe, sich damit an den Leuten, die um die Theke herumstanden, vorbeizudrängen, ohne etwas zu verschütten. Als sie an den Tisch zurückkam, war die Bentrupp verschwunden. Sie setzte sich und wartete. In der Tür standen zwei uniformierte Polizisten. Die Trinker an der Theke und in den schmalen Nischen beachteten die Polizisten nicht.
Ist ja nicht nötig, dass die mich hier sehen, sagte die Bentrupp, als sie zurückkam und sich zwischen Tisch und Bank schob.
Dass die Sie hier mit mir sehen?, fragte Bella.

Sie tranken einander zu.
Sie haben keinen guten Ruf bei den Kollegen, sagte die Bentrupp.
Sie setzte ihr Glas auf den Holztisch und sah Bella an.
Nichts, sagte Bella, was mich weniger beunruhigt, wirklich. Und was das hier angeht, sie machte eine vage Kopfbewegung, die die Trinkenden in der Kneipe und das Gebiet vor dem Fenster gleichzeitig umfasste, was das hier angeht, so haben wir uns zu früh getroffen.
Zu früh? Ich dachte …
Ja, sagte Bella. Ich bin noch nicht lange genug hier. In dem Laden, in dem ich arbeite, läuft irgendein krummes Ding. Aber deswegen sitzen wir ja nicht hier. Ich hab die Treffpunkte von zwei Jugendbanden ausfindig gemacht, ausschließlich Jungen, die mit Diebstählen beschäftigt sind. Ich kenn inzwischen die Teestube, den Dritte-Welt-Laden und den Müttertreff. Stellen Sie sich Leute vor, die einen Sandsturm mit Fliegenklatschen aufzuhalten versuchen, dann wissen Sie, was dort los ist. Den Pastor und die Bürgerinitiative für Verkehrsberuhigung habe ich mir geschenkt. Ich hab Schwierigkeiten mit so vielen netten Leuten. Irgendjemand, der nachts kleine Mädchen aus dem Fenster schubst, ist mir nicht begegnet.
Als sie das enttäuschte Gesicht der Bentrupp sah, fügte sie hinzu: Aber nachher bin ich bei einer Kollegin eingeladen, die ziemlich weit oben wohnt. Vielleicht bringt uns das weiter.
Wie denn, sagte die Bentrupp.
Was war eigentlich mit den Mädchen, fragte Bella. Waren sie benutzt worden, vorher, meine ich.
Die Bentrupp schüttelte den Kopf.
Nein. Und bei den Familien war auch nichts zu erfahren, über Bekanntschaften, Lebenswandel und so. Sie wissen ja inzwischen, wie das hier ist.
Könnte ich die Adressen haben, fragte Bella. Ich kann ja mein Glück noch mal versuchen.

Die Bentrupp zog einen Stift hervor und kritzelte drei Namen und drei Adressen auf einen Bierfilz. Bella sah ihr zu. Ihre Schrift war klein und Bella unsympathisch. Die Bentrupp schob den Bierfilz über den Tisch. Bella steckte ihn ein.

Du alte Fotze, schütt dir doch dein Bier irgendwohin. Woher soll ich denn heute Geld haben, hä? Kannst du mir das mal sagen?

Bella und die Bentrupp sahen zur Theke hinüber. Der Mann, der dort brüllte, hielt sich an einem Pfeiler fest. Der Pfeiler trug, zusammen mit drei anderen, eine Art Strohdach, das über der Theke thronte.

Die Leute, die um den Betrunkenen herumgestanden hatten, waren zur Seite gewichen. Neben ihm saß ein Hund, eine Art Dogge, die den Kopf hin und her bewegte, als versuche sie, die Szene zu verstehen und, falls ihr Herr bedroht war, den Einsatz nicht zu verpassen. Aus ihrem Schlabbermaul hing ein langer, weißer Speichelfaden. Die Frau hinter dem Tresen, geschützt durch die Holzbarriere und durch ihre Erfahrung mit Betrunkenen, blieb ruhig.

Ich schreib's auf, sagte sie. Und damit du's weißt: Bei mir gibt es kein Bier mehr, solange du nicht gezahlt hast. Ihr seid Zeugen.

Das Publikum rückte wieder näher an den Tresen heran. Der Betrunkene brabbelte auf seinen Hund ein.

Ich zahle, sagte Bella. Gehen Sie ruhig schon vor. Aber geben Sie mir vorher noch Ihre Telefonnummer. Wenn ich etwas weiß, ruf ich Sie an.

Die Bentrupp nahm aus einer Seitentasche ihrer Geldbörse eine Visitenkarte, suchte in ihrer Jackentasche nach einem Stift und schrieb etwas auf die Karte, bevor sie sie Bella gab. Bella betrachtete die Karte. Es war eine Visitenkarte der Polizei, mit ihrem Namen und ihrer Dienstnummer, auf die sie ihre private Telefonnummer geschrieben hatte.

Würde mich schon interessieren, weshalb Sie Ihre Meinung geändert haben, sagte die Bentrupp. Vielleicht haben Sie beim nächsten Mal Lust, darüber zu reden.

Vielleicht, sagte Bella.
Die Bentrupp stand auf und klopfte mit den Knöcheln der rechten Hand ein paarmal auf den Tisch. Bella blieb noch einen Augenblick sitzen. Anders als der Anblick der beiden Uniformierten vorhin in der Tür und die Gegenwart der Polizistin eben hatte sie die kleine, beigefarbene Visitenkarte an ihre eigene Vergangenheit erinnert und daran, dass sie den Polizeidienst nicht ohne Grund aufgegeben hatte.
Du spielst wieder Räuber und Gendarm, Bella Block, dachte sie. Was kommt, wenn du das Spiel gewonnen hast?
Keine Ahnung, sagte sie laut.
Niemand beachtete sie. Es gab in der Kneipe noch mehr Leute, die vor sich hin sprachen.
Sie schob sich aus dem engen Spalt zwischen Bank und Tisch, zahlte am Tresen – der Mann sprach immer noch mit seinem Hund – und verließ das Lokal.
Draußen war es dunkel geworden. In den Fensterlöchern der Betonmauern brannte fast überall Licht. Es war kurz vor acht. Noch saßen die Leute in der Küche und aßen Abendbrot, oder die Hausfrau war mit dem Abwasch beschäftigt. Eine halbe Stunde später würde das Licht von den kleineren in die größeren Fenster gewandert sein und dort durch das Licht der Fernsehgeräte und Videorekorder verstärkt werden. Je nachdem, wo die Geräte standen, würde dann ein linkes oder rechtes Fensterrechteck anzeigen, dass die Bewohner der Wohnung sich an die Droge angeschlossen hatten.
Halb neun, hatte die Kollegin gesagt. Sie hatten in der Frühstückspause über das Fernsehprogramm gesprochen. Bella hatte behauptet, ihr Fernsehgerät sei am Abend vorher kaputtgegangen, und gefragt, ob sie sich zum Fernsehen einladen dürfe. Sie hatte gewusst, dass sie die Frau damit überfordern würde. Es war in dieser Gegend nicht üblich, Nachbarn abends einzuladen. Das Verhältnis der Menschen zueinander war von Misstrauen geprägt. Es war nicht ungewöhnlich, dass Nachbarn jahrelang kaum mit-

einander sprachen. Taten sie es doch, dann oft nur, um über einen Dritten, meist über eine Dritte, herzuziehen. Das lag daran, dass alle glaubten, sie hätten einen Grund, sich für irgendetwas zu schämen. Und sie hatten natürlich auch Gründe. Sie hatten keine Arbeit oder Schulden oder kein Geld, um eine Zahnprothese, die beim Sprechen und Essen ständig aus dem Mund sprang, in Ordnung bringen zu lassen. Sie hatten Kinder, die schlechte Zensuren nach Hause brachten, beim Stehlen erwischt wurden und noch ins Bett machten, wenn sie in die Schule kamen. Die Frauen hatten oft keinen Vater für ihre Kinder; und anstatt stolz darauf zu sein, dass sie fähig waren, allein für die Familie zu sorgen, schämten sie sich; denn allein zu sein ist besonders unverzeihlich in einem Land, in dem eine glückliche Familie unverzichtbare Voraussetzung für die Anerkennung durch die übrigen Mitglieder der Gesellschaft ist. Wenn sie aber einen Vater für ihre Kinder hatten oder zumindest einen Mann, der sich eine Zeit lang zu ihnen bekannte, dann hatten sie morgens manchmal ein blaues Auge, oder die Kinder versäumten die Schule, weil sie nachts nicht ungestört hatten schlafen können. Im Grunde hatten sie alle die gleichen Probleme. Wenn sie darüber gesprochen hätten, wäre es ihnen vielleicht klar geworden.

Vielleicht, dachte Bella, vielleicht ahnen sie es sogar. Aber ihre Scham ist so groß und ihre Fähigkeit, das eigene Elend genauso wie das Elend der anderen in seinem Ursprung zu erkennen, ist so wenig entwickelt, dass sie sich verschließen, sich schämen und sich gegenseitig das Leben schwermachen.

Auch die Frau, bei der Bella sich eingeladen hatte, hatte zuerst erschrocken auf den Vorschlag reagiert, gemeinsam fernzusehen. Sie hatte abgelehnt und war erst einige Zeit später noch einmal zu Bella gekommen, um ihr zu sagen, wenn sie kein Essen oder etwas Besonderes zu trinken erwarte, möge sie ruhig kommen.

Bella hatte das Angebot dann nur noch zögernd angenommen, eigentlich erst, als die Frau gesagt hatte, es sei ihr egal, ob sie allein oder mit Bella vor dem Fernseher sitze. Allein sei sie sowieso. Was sie in Wirklichkeit gemeint hatte, war, dass auch die netteste Kollegin ihr den Mann in der Wohnung nicht ersetzen konnte. Das war eine Haltung, die in normalen Zeiten absolut dazu geeignet gewesen wäre, Bella endgültig von einem Besuch Abstand nehmen zu lassen. Frauen, die glaubten, sie seien nichts wert, weil sie ohne Mann lebten, langweilten sie zu sehr, als dass sie sich mit ihnen abgegeben hätte. Aber es waren keine normalen Zeiten. Sie war seit vierzehn Tagen in diesem Laden. Dreimal hatte sie in der zweiten Woche eine grundsätzliche Beschäftigung mit dem Würstchen, das sich als Ladenchef aufspielte, die Verkäuferinnen kujonierte und nebenbei undurchsichtige Geschäfte betrieb, nur mit Mühe vermieden. Lange würde sie sich nicht mehr zurückhalten können. Sie war in ihren kurzen Mittagspausen durch das Einkaufszentrum geschlendert. Sie hatte gesehen, dass drei Viertel der Waren, die dort angeboten wurden, nichts weiter waren als bunter Dreck. Sie wusste, welche Schüler die Schule schwänzten, wie viele der Kinder, die in den Wagen und Karren von gelangweilten, jungen Müttern die Rolltreppen hinauf- und hinuntergeschoben wurden, an Hautkrankheiten litten und welche der an der Hand hinterhergezerrten Kleinkinder in wenigen Jahren ebenfalls die Schule schwänzen würden, weil sie nicht fähig sein würden, mehrere Stunden hintereinander still zu sitzen. Sie war sicher, die Treffpunkte von mindestens drei Jugendbanden zu kennen, von denen sich mindestens eine nicht mit Diebstählen, sondern mit etwas beschäftigte, das sie für Ausländerpolitik hielt. Sie kannte die Titel der Horrorvideos, die am häufigsten ausgeliehen wurden, die leeren Sandhaufen, bestückt mit verbogenen Eisenstangen, die Spielgeräte darstellten, und den Nachfolger des Detektivs, der in der ersten Woche ihres Aufenthalts ein unrühmliches Ende gefunden hatte. Sie wusste auch die Ecken, in denen während der Abenddämmerung die Treffen der heranwachsenden Jugendlichen beiderlei Geschlechts stattfanden, misstrauisch und kopfschüttelnd beäugt aus Fenstern, hinter denen Menschen standen, die ihre eigene Jugend auf der

Straße vergessen hatten. Aus Gesprächen mit den Müttern unter den Kolleginnen wusste sie, dass immer noch – da hatte sich seit ihrer eigenen Jugend offenbar nichts geändert – die größte Sorge der Mütter die war, die Mädchen könnten sich zu weit mit den Jungen einlassen. Und sie war durchaus in der Lage, sich die Ohrfeigen vorzustellen, die am späten Abend hinter zuklappenden Wohnungstüren von Vätern oder Männern, die beschlossen hatten, sich eine Weile als Väter zu fühlen, ausgeteilt wurden. Aber sie wusste nicht, was in diesem so ganz normalen Wohnviertel, unter diesen so ganz normalen Lebensumständen ein paar Mädchen dazu veranlasst hatte, freiwillig oder unfreiwillig aus dem Fenster zu springen oder den Kopf in den Gasherd zu stecken. Und der eigentliche Grund, weshalb Bella sich gerade diese Kollegin für einen abendlichen Fernsehbesuch ausgesucht hatte – danach gefragt, hätte sie sicher gern zugegeben, dass sie die verrückte Rosi, die jeden Morgen mit anderen Netzstrümpfen und einem dazu passenden Rockstreifen bekleidet an der Kasse saß, acht Stunden lang wie ein Automat Zahlen eintippte, sich nie verrechnete und abends so wortlos verschwand, wie sie gekommen war, lieber kennengelernt hätte, war, dass die Frau eine Tochter hatte; ein Mädchen im selben Alter wie die, die umgekommen waren.
Es ist ein Versuch, dachte Bella, während sie langsam an den Häuserblocks vorbeiging und versuchte, die Nummernschilder an den Haustüren zu erkennen.
Wenn ich ehrlich bin, muss ich zugeben, dass ich gescheitert bin. Und wenn ich vollkommen ehrlich bin, dann sollte ich auch gleich zugeben, dass die ganze Sache von vornherein zum Scheitern verurteilt gewesen ist. Du wirst alt und sentimental, Bella Block, dachte sie, während sie einen Hausflur betrat und auf den verbogenen, aufgehebelten, zerkratzten Briefkästen den Namen der Frau suchte. Du hättest wissen können, was dich hier erwartet. Zum Racheengel hast du dich noch nie geeignet.
Sie fand den Namen nicht, ging zurück zur Haustür und suchte

an den Klingelknöpfen weiter. Schließlich drückte sie auf einen Knopf, neben dem die Hälfte des verrutschten Namensschildes wenigstens die richtigen Anfangsbuchstaben zu tragen schien. Es war der richtige Knopf. Sie wurde über die Sprechanlage in den sechsten Stock gebeten.

WILLY HATTE BELLA seit zwei Wochen nicht mehr gesehen. Sie hatte einen Zettel auf dem Schreibtisch gefunden. Bella teilte ihr mit, dass sie in der nächsten Zeit tagsüber nicht zu Hause sein würde. Sie würde sie anrufen, wenn sie Willys Hilfe benötige. Bis dahin sei es ausreichend, wenn Willy hin und wieder morgens im Haus ein wenig Ordnung mache.

Am Anfang war Willy diese Regelung sehr recht gewesen. Sie hatte sich auf ihre Arbeit konzentriert, war jeden zweiten Tag zu Bellas Haus geradelt, um Post und Zeitungen aus dem Briefkasten zu nehmen, und hatte damit begonnen, ein paar Freundschaften mit Bekannten wieder aufzufrischen, die sie in der letzten Zeit vernachlässigt hatte. Jetzt, nach vierzehn Tagen, begann sie, die Gespräche mit Bella zu vermissen. Die jungen Leute kamen ihr langweilig vor. Sie hätte Bella gern wiedergesehen. Und dann war da noch diese andere Sache. Aber nichts deutete darauf hin, dass sich so bald eine Gelegenheit ergeben würde, Bella zu treffen. Jedenfalls nicht, wenn sie sich an Bellas Anweisungen hielt. Deshalb hatte sie, nachdem sie am Morgen ein paar Aufräumungsarbeiten in dem kleinen Haus erledigt und noch immer kein Anzeichen dafür vorgefunden hatte, dass Bella ihren gewohnten Tageslauf wieder aufnehmen würde, beschlossen, am Abend noch einmal zurückzukommen.

Ich könnte ihr doch sagen, dachte sie, während sie am Hafen entlangradelte, vorbei an den Containern, in denen Aussiedler oder Umsiedler oder einfach nur Obdachlose zusammengepfercht worden waren, ich könnte ihr doch einfach sagen, dass jetzt schon zum zweiten Mal irgendjemand in meiner Wohnung gewesen ist.

Willy war nicht ängstlich. Unter normalen Umständen hätte sie Bella die Tatsache, dass offensichtlich jemand besonderes Interesse an den Papieren hatte, die auf ihrem Schreibtisch lagen, irgendwann mal nebenbei mitgeteilt. Vielleicht hätte Bella ihr einen Rat gegeben, wie sie dem unbekannten Eindringling eine Falle stellen konnte. Aber seit ein paar Tagen, seit ihr bewusst geworden war, dass sie Bella schon lange nicht mehr gesehen hatte und dass ihre Kommilitonen sie langweilten, fühlte sie sich einsam. Einsam und ein wenig unsicher. Es war ein merkwürdiges Gefühl, in die Wohnung zu kommen und nicht zu wissen, ob schon jemand dort war. Oder nachts im Bett zu liegen und den Eindruck zu haben, von einem Geräusch an der Tür geweckt worden zu sein, obwohl alles ruhig war. Und sie dachte, dass es ihr besser gehen würde, wenn sie mit Bella über diese Sache gesprochen hätte. Deshalb war sie enttäuscht, als sie feststellen musste, dass die Fenster des Hauses dunkel waren. Bella war noch nicht zurückgekommen. Willy ließ das Fahrrad an der Treppe stehen, die den Hang hinaufführte. Während sie die Stufen emporstieg, suchte sie in ihrer Umhängetasche nach dem Haustürschlüssel. Sie würde sich ins Arbeitszimmer setzen und warten.

Auch das Licht über der Haustür brannte nicht. Willy stocherte einen Augenblick herum, bis sie das Schlüsselloch fand. Die Haustür war nicht abgeschlossen.

Hatte sie vergessen, am Morgen die Tür hinter sich abzuschließen? Sie konnte sich nicht daran erinnern.

Gleich neben der Tür war der Lichtschalter. Sie tastete mit der linken Hand über die Wand, fand den Schalter – das Licht funktionierte nicht.

Da ist jemand im Vorteil, dachte sie plötzlich. Jemand ist hier drin.

Einen Augenblick lang war ihr nicht klar, was sie tun sollte. Sie hielt die Klinke noch in der Hand. Sollte sie weglaufen? Es kam ihr lächerlich vor, wegzulaufen. Sie war nicht feige. Laut und entschlossen schlug sie die Tür von innen zu. Sie blieb stehen und ließ ihren Augen Zeit, sich an die Dunkelheit zu gewöhnen. Die Umrisse der Treppe, die ins Schlafzimmer führte, wurden deutlicher. Die Umrisse der Treppe. Und zwei klobige schwarze Schatten, die auf der obersten Stufe hockten. Es waren zwei, und Willy fand, dass auch einer ausgereicht hätte, um ihr Angst zu machen. Trotzdem tat sie so, als wären ihr die Schatten nicht aufgefallen.

Schon wieder das Licht kaputt, sagte sie laut und ging ein paar Schritte vorwärts, um die Küche zu erreichen.

Aber die Männer auf der Treppe mussten ihre Absicht erkannt haben. Vielleicht hatte auch *Schon wieder das Licht kaputt* zu lächerlich geklungen. Jedenfalls stürzten sie die Treppe herunter und hinderten Willy daran, die Küche zu betreten und dort die Taschenlampe zu greifen, wie sie es vorgehabt hatte. Sie hinderten sie, indem der eine sie festhielt und der andere ihr mit einem harten Gegenstand zweimal auf den Kopf schlug. Willy sackte zusammen. Sie ließen sie fallen.

Gehen wir, sagte der, der geschlagen hatte. Wir haben ja alles gesehen. An der Haustür wandten sie sich noch einmal um und richteten den Lichtkegel der Taschenlampe auf den reglosen Körper, der auf der Schwelle lag.

Gesehen hat sie nichts, sagte der mit der Taschenlampe. Das dauert 'ne Weile, bis die wieder hochkommt.

DER ABEND war ein Fehlschlag gewesen, in jeder Beziehung, das musste sie sich eingestehen. Es war ein Fehler gewesen, überhaupt dorthin zu gehen. Alles war genauso gekommen, wie sie es befürchtet hatte.

Die Frau wartete an der Tür auf sie. Sie hatte sich umgezogen, trug eine rote Bluse und einen schwarzen Rock und wirkte so

verändert, dass Bella eine Weile nachdenken musste, bis sie herausfand, woran es lag. Sie hatte ihre Augenbrauen mit einem dunklen Stift nachgezogen. Sie wirkte entstellt, verkrampft und unfroh. Bella wurde in den Flur gebeten. Es roch nach Turnschuhen und irgendetwas anderem, das sie nicht definieren konnte. Im Wohnzimmer saßen zwei Kinder im Schlafanzug auf dem Sofa und sahen in den Fernseher. Die große Tochter fehlte.
Die Große schläft schon, sagte die Frau. Es geht ihr in der letzten Zeit nicht gut. In dem Alter.
Bella konnte sich später davon überzeugen, dass das Mädchen wirklich zu Hause war. Irgendwann, die kleineren Kinder lagen auf dem Sofa und schliefen, hörte sie eine Tür klappen und sah durch die halb offen stehende Wohnzimmertür ein Mädchen mit langen dunklen Haaren, barfuß und mit einem zerknitterten T-Shirt bekleidet, über den Flur tappen.
Die Frau hatte eine geöffnete Flasche Wein auf den Tisch gestellt. Während Bella sich auf einen Sessel setzte und versuchte, mit den Kindern Kontakt aufzunehmen, stellte sie zwei Gläser dazu und eine Schale mit Chips. Es gelang Bella nicht, mit den Kindern ein Wort zu wechseln. Sie sahen schweigend auf das Fernsehbild. Nur als sie das Zimmer betrat, war sie einer kurzen Prüfung unterzogen worden, bei der offen geblieben war, ob sie einen negativen oder positiven Ausgang genommen hatte.
Ich weiß auch nicht, was das ist, sagte die Frau, während sie sich setzte und die Weinflasche in die Hand nahm, um einzuschenken. Sie gruseln sich so gern. Dabei ist das so ein Quatsch mit diesen Vampiren.
Bella nahm das Glas in die Hand und trank der Frau zu. Sie lächelte dabei, aber das Gesicht der Frau blieb angespannt und verschlossen.
Wollten Sie nicht was anderes sehen?
Lassen Sie nur, sagte Bella. Wenn die Kinder das so gern mögen.
Dann saßen sie da und starrten auf den Bildschirm. Als der Film zu Ende war, begann der Kleinere, der etwa vier Jahre alt war, im

Zimmer herumzutoben. Der Größere, ein vielleicht zehn Jahre alter Junge, der Bella misstrauisch, fast ängstlich, von der Seite angesehen hatte, verschwand, ohne ein Wort zu sagen, aus dem Zimmer. Die Frau ging in die Küche. Bella folgte ihr in der Hoffnung, es würde sich ein Gespräch ergeben. Der Frau war es unangenehm, dass Bella ihr gefolgt war.

Ich hab noch keine Zeit gehabt, die Küche zu machen, sagte sie. Sie ging an den Kühlschrank, nahm eine Flasche Weizenkorn und eine Literflasche gelbe Brause heraus und füllte zwei Wassergläser mit einem Gemisch aus Brause und Korn. Bella trat ihr einen Schritt entgegen in der Annahme, das Getränk sei für sie bestimmt.

Sie wollen auch eins, sagte die Frau. Sie war nicht erstaunt. Es war nur eine Feststellung.

Nehmen Sie sich ein Glas aus dem Schrank. Ich geh schon mal rein. Sie verschwand mit beiden Gläsern aus der Küche. Bella hatte keine Lust zuzusehen, wie die Kinder ihren Schlaftrunk bekamen. Sie hatte nicht mal Lust auf Schnaps. Sie dachte, es wäre eine gute Idee, wenn sie begänne, die Küche aufzuräumen. Aber die Frau kam zurück und bat sie, damit aufzuhören. Offensichtlich war es ihr unangenehm, eine wildfremde Frau – das denkt sie bei sich, dachte Bella, eine wildfremde Frau – in ihrer Küche hantieren zu sehen.

Gehorsam begab sich Bella zurück ins Wohnzimmer. Da lief inzwischen das Ende der Sendung, die sehen zu wollen sie vorgegeben hatte. Da sie kein Fernsehgerät besaß, hatte sie eine Sendung genannt, über die in den letzten Wochen häufig in den Boulevardzeitungen berichtet worden war.

Das ist es doch, fragte die Frau.

Am Ton ihrer Stimme spürte Bella, dass sie für sich allein nie auf die Idee gekommen wäre, diese Sendung einzuschalten. Dann saßen sie beide da und betrachteten die Bemühungen einer offenbar unglücklichen dicken Frau, mit Hilfe ihres Talentes zum Kreischen und Grimassenschneiden aus ihrem Unglück Kapital zu schlagen. Sie versuchte, die Zuschauer zum Lachen zu bringen. Bella begann, über den Zusammenhang von Fernsehen und Prostitution nachzudenken. Sie kam zu dem Schluss, dass diese Einrichtung sehr viele verschiedene Möglichkeiten bot, sich zu prostituieren. Weder sie noch die Frau, die jetzt offenbar aus Rücksicht darauf, dass Bella den Rest ihrer Sendung in Ruhe ansehen wollte, nicht sprach, lachten. Die Kinder lagen auf dem Sofa. Sie waren schnell eingeschlafen. Als die Sendung zu Ende war, trug die Frau zuerst das kleinere ins Bett. Bellas Hilfe lehnte sie ab. Es war halb elf, als sie aus dem Schlafzimmer der Kinder zurückkam.

Ihre Augen waren klein vor Müdigkeit.

Und morgens sind sie immer so schwer aus dem Bett zu kriegen, sagte sie, während sie den Rest Wein auf die beiden Gläser verteilte. Der Größere ist so komisch die letzten Tage. Er kann nicht schlafen.

Wie lange sind Sie schon allein mit den Kindern, fragte Bella.

Sie hatte die Hoffnung auf ein Gespräch aufgegeben.

Die meiste Zeit, sagte die Frau. Sie sah auf ihre Uhr.

Und die Ältere? Hilft sie Ihnen?

Ja, sagte die Frau. Mit dem Kleinen.

Sie trank ihr Glas so nachdrücklich leer und stellte es so fest auf den Tisch zurück, dass Bella gar nichts anderes übrig blieb, als ebenfalls ihr Glas zu leeren und aufzustehen.

Die Frau hatte sie an die Haustür gebracht. Ihre Einladung: Wenn Ihr Fernseher wieder mal kaputt ist, können Sie ja wiederkommen, hatte eher wie ein Rausschmiss geklungen, obwohl Bella sicher war, dass sie es nicht so gemeint hatte.

Bis morgen, so hatten sie sich verabschiedet. Die Frau hatte die Wohnungstür zugemacht, bevor noch der Fahrstuhl angekommen war. Und nun ging Bella durch die toten Straßen zur Bahnstation.

Daraus wird nichts. Von wegen bis morgen, dachte Bella. Für mich ist hier Schluss. Wenn man nicht weiterkommt, soll man aufhören und andere weitermachen lassen. Ich bin ungeeignet für diese Sache. Es war eine Schnapsidee, hierherzukommen und anzunehmen, ich könnte etwas herausfinden, was die Kripo nicht findet. Ich möchte wirklich mal wissen, was mich an dieser Sache überhaupt interessiert hat. Sollen sie doch ihre Kinder mit Schnaps zuschütten und ihre Mädchen aus den Fenstern werfen. Sie sind mir egal. Mein Gott, wenn ich an diese Augenbrauen denke. Wer sagt ihnen bloß, wie sie sich so hässlich machen können? Sitzt mit den Kindern jeden Abend allein, und wenn mal jemand kommt, wird kein Wort geredet. Oder bin ich zu blöd, um ein Gespräch anzufangen?

Während sie auf dem leeren, glitzernden Bahnsteig auf und ab ging – natürlich fuhren die Züge nur noch selten –, überdachte sie wieder und wieder den Abend. Irgendwann schien es ihr, als habe die Frau zu Recht eine so große Distanz zwischen ihnen aufgebaut. Natürlich hatte ihr Leben nichts gemein mit dem Leben der Leute am Hoffnungsberg. Und natürlich war die Frau klug genug, um das zu spüren und ihren Wunsch nach einem Fernsehabend als plumpe Anbiederung zu empfinden. Wusste sie denn, wie oft die Frau schon enttäuscht worden war?

So, jetzt reicht's, Bella Block, dachte sie, als der Zug endlich einfuhr. Jetzt fängst du auch noch an, deine Niederlage zu idealisieren. Schluss. Morgen rufst du diesen Schnösel an, erklärst ihm, dass du ihn nicht mehr sehen kannst, wünschst ihm viel Glück bei seinen Schiebereien, und dann nimmst du dein ordentliches Leben wieder auf.

Die Bahn war leer. Erst als sie sich der Innenstadt näherte, stiegen Fahrgäste zu, hässliche und gewöhnliche Leute in hässlichen Kleidern und mit dumpfem Gesichtsausdruck. Bella fand, dass sie alle aussahen, als wären sie irgendwo geprügelt worden, nein, als hätten sie sich die ihnen offiziell zustehenden Prügel irgendwo abgeholt und führen nun nach Hause, zufrieden, weil ihnen auch an diesem Tag ihre Portion Demütigung verabreicht worden war. Allerdings änderten sich die Gesichter und die Bewegungen der

Menschen, je näher die Bahn den Elbvororten kam. Aber Bella fand die hohlen Gesichter der Männer und Frauen, die, teuer gekleidet, laut lachend und wild gestikulierend, den Eindruck zu erwecken suchten, als gehöre ihnen die Welt – was für den einen oder anderen vielleicht sogar in gewisser Hinsicht stimmen mochte –, mindestens genauso widerlich wie die der Geprügelten vorher.

Sie stieg an der Endstation in ihren alten Porsche. Von weitem war er ihr – Teil ihrer eigenen Welt – wie eine kleine Verheißung vorgekommen. Langsam und entspannt fuhr sie nach Hause.

Sie fand Willy in der Küche, blass und mit einer Platzwunde, aus der Blut am Hals heruntergelaufen und als schwärzlicher Streifen angetrocknet war. Sie hatte ihre Jacke auf den Boden rutschen lassen. Auch an der Jacke war Blut. Willy stand am Herd und wartete darauf, dass das Wasser kochte. In einem Becher auf dem Küchentisch hing ein Teebeutel.

Sie sackte nicht zusammen, als Bella die Küche betrat, aber es war ihr anzusehen, dass sie sich sehr anstrengen musste, um stehen zu bleiben.

Bella legte den Arm um sie und führte sie ins Arbeitszimmer. Durch das Fenster drang schwaches Licht in den Raum. Sie setzte Willy sanft in den Sessel, schob ihr einen Hocker unter die Füße und deckte sie mit einer Wolldecke zu.

Keinen Schnaps?

Willy schüttelte mühsam den Kopf. Sie versuchte zu lächeln.

Na gut, dann Tee, sagte Bella.

Sie knipste eine kleine Lampe auf dem Schreibtisch an, verließ das Zimmer, kam mit warmem Wasser und einem Tuch zurück und begann, vorsichtig das Blut von Willys Hals abzuwaschen.

Eine Platzwunde am Kopf, nicht mal besonders groß, sagte sie. Hat keinen Zweck, das jetzt noch nähen zu lassen. Hätte man gleich machen müssen.

Ich bin ins Haus…

Jetzt nicht, sagte Bella. Sie holte den Tee und gab Willy den Be-

cher in die Hand, bevor sie sich neben sie setzte. Willy trank in kleinen Schlucken.
Der Kopf tut mir ein bisschen weh, sagte sie mit einer kleinen piepsigen Stimme, die Bella noch nie von ihr gehört hatte.
Bella stand auf, ging hinaus und kam mit einer Kopfschmerztablette zurück, die Willy gehorsam schluckte. Eine Weile saßen beide schweigend da. Bella sah auf die wenigen Lichter, die den Fluss hinauf- und hinunterfuhren. Sie dachte darüber nach, wie unsinnig es gewesen war zu glauben, sie könne sich auf ihre Insel zurückziehen. Irgendjemand hatte beschlossen, dass sie in eine Sache verwickelt war, die sie selbst nicht einmal kannte, und schon veränderte sich alles. Willy war verletzt worden. Aber es hätte auch ein weniger nachdrücklicher Hinweis genügt, um sie von ihrem Entschluss, die ganze Geschichte fallen zu lassen, wieder abzubringen. Denn der Entschluss war dumm gewesen, nur geboren aus ihrer Unfähigkeit, mit der Frau oder ihrer Tochter zu reden.
Und wenn sie nichts zu sagen hat? Dann bringst du eben irgendjemanden sonst zum Reden, Bella Block. Allerdings, so wie du es jetzt machst, geht es nicht. Du musst dichter ran, viel dichter. Nicht morgens angefahren kommen und abends wieder abfahren, um den Abend und die Nacht in dieser bücherbestückten Luxusbude zu verbringen – sie ließ ihre Augen liebevoll über die Bücherregale, den wackeligen Schreibtisch und die schiefe Tür gleiten. Im Halbdunkel war nicht zu sehen, dass der Raum dringend einen neuen Anstrich nötig hatte und dass die Tür deshalb schiefhing, weil die obere Türangel beinahe herausfiel. Im Halbdunkel wirkte der Raum wie eine solide, feste Burg, aus der man durchaus Ausfälle wagen und in die man sich anschließend unverletzt wieder zurückziehen konnte. Nichts war verändert. Wenn hier jemand etwas gesucht hatte, dann jedenfalls sehr rücksichtsvoll.
Bellas Blick blieb einen Augenblick an dem Foto von Alexander Block hängen. Im sanften Licht der Schreibtischlampe wirkte sein Gesicht jung und ernst und sehr weit weg.

Wenn es nach mir ginge,
säße ich mein Leben lang in Settignano
Am verwitterten Stein des Septimus Severus
Und beschaute die gleißenden Quader
Sowie die sonnengebräunten
Hübschen Schultern der hässlichen Frau
Unter den flirrenden Pappeln.

Es geht jetzt, sagte Willy. Ihre Stimme war schon ein wenig fester geworden.
Bella wandte sich ihr zu.
Es waren zwei, sagte Willy. Ich kam an, und das Licht über der Haustür und im Flur funktionierte nicht. Zuerst – aber als ich im Flur war, hatte ich so ein merkwürdiges Gefühl. Ich dachte, es ist besser, du gehst in die Küche und schließt dich ein. Es war jemand da, aber ich sah nichts. Erst einen Moment später sah ich die Schatten auf der Treppe. Es waren zwei. Es müssen zwei Männer gewesen sein. Sie haben oben auf der Treppe gesessen. Ich wollte bloß in die Küche. Vielleicht haben sie gedacht …
Bella legte beruhigend die Hand auf Willys Knie. Willy schwieg und legte den Kopf an die Rückenlehne des Sessels.
Irgendwelche Einzelheiten, fragte Bella nach einer Weile.
Willy schüttelte den Kopf.
Es war doch dunkel. Ich zerbrech mir schon die ganze Zeit den Kopf. Irgendetwas war merkwürdig. Aber ich weiß nicht – das Geräusch, als die beiden die Treppe herunterkamen. Willy begann zu weinen. Und dabei war ich gekommen, um mir Rat bei Ihnen zu holen.
Bella beruhigte sie. Ihr fiel ein, dass sie nachsehen könnte, ob auch oben im Haus alles in Ordnung sei. Sie stand auf und stieg die Treppe hinauf ins Bad. Alles unverändert. Sie warf einen schnellen Blick ins Schlafzimmer, aber auch hier waren keine Spuren einer Durchsuchung festzustellen. Sie lief zurück ins Bad und putzte sich die Zähne. Der Wein hatte einen unangenehmen

Geschmack hinterlassen. Sie sah in den Spiegel, während sie langsam die Zahnbürste hin und her bewegte.
Komisch, dachte sie, so alt und noch immer nicht vernünftig.
Sie spülte ihren Mund gründlich aus, um den Wodka, den zu trinken sie beschlossen hatte, nicht mit Zahnpastageschmack zu verderben. Dann lief sie die Treppe hinunter.
Noch einen Tee, rief sie aus der Küche, während sie die Wodkaflasche zurück ins Eisfach legte.
Willy antwortete nicht. Bella ging ins Arbeitszimmer und sah, dass Willy eingeschlafen war. Sie nahm ein Blatt Papier aus dem Schreibtisch, schrieb: Bitte nicht aufstehen, bevor ich zurück bin. B. B., legte das Blatt auf einen Bücherstapel neben dem Sessel und verließ das Haus.

ES WAR kurz vor acht. Sie hätte eigentlich noch liegen bleiben können.
Die Bentrupp griff zur Fernbedienung und schaltete den Fernseher an, während sie langsam die Beine unter der Bettdecke hervorschob. Oh, dachte sie, so früh? Gibt's was Besonderes?
Auf dem Bildschirm war ihr oberster Vorgesetzter zu sehen, lässig in die Polster eines Sessels gelehnt, der zu groß für ihn war, den rechten Unterschenkel auf den linken Oberschenkel gelegt. Der quer gelegte Unterschenkel füllte den Abstand zwischen den Sessellehnen nicht aus.
Sie müssen sich vorstellen, sagte er gerade, die sowjetische Polizei kennt zum Beispiel den allen deutschen Beamten selbstverständlichen Unterschied zwischen *Aufgabe* – er sprach das Wort besonders langsam aus und legte die Betonung auf das *au* – und *Befugnis* nicht.
Das Wort *Befugnis* kam dagegen ganz kurz und schnell aus seinem Mund, fast, als liebe er es nicht und wolle es möglichst schnell wieder loswerden.

Ach so, dachte die Bentrupp, die Russen.
Eine Gruppe Leningrader Polizisten war in der Stadt. Die Kollegen hatten gestern beim Essen darüber gesprochen. Sie stand auf und ging ins Bad. Unter der Dusche dachte sie darüber nach, ob der Hamburger Kessel ein Ergebnis der Wahrnehmung von Aufgaben oder von Befugnissen gewesen war. Sie kam zu keinem Schluss und nahm sich vor, ihre Kenntnisse in Polizeirecht bei Gelegenheit aufzufrischen. Sie kehrte ins Schlafzimmer zurück, um sich anzuziehen.
Sehen Sie, sagte ihr Vorgesetzter gerade, das Problem ist doch, dass die organisierte Kriminalität längst begonnen hat, auf Osteuropa überzugreifen.
Die Bentrupp hörte interessiert zu. Die offizielle Version war bisher gewesen, dass es in dieser Stadt überhaupt keine organisierte Kriminalität gab. Aufmerksam sah sie ihren Vorgesetzten an. Er sah wirklich aus wie ein Mafioso. So hatte ihn vor einigen Tagen die Frauenfraktion in einer Boulevard-Zeitung genannt.
Wie mag ihm die Bezeichnung gefallen haben? Sicher hat er sich geschmeichelt gefühlt. Sie macht ihn irgendwie – männlich.
Natürlich mussten wir die sowjetischen Kollegen, in gebührender Form selbstverständlich, darauf hinweisen, dass wir nur mit Sicherheitskräften zu tun haben möchten, die der klassischen Polizei bei uns entsprechen.
Damit wir nicht Leute schulen, die hinterher im Baltikum das Volk unterdrücken?, fragte der Reporter.
Ja, natürlich. Wir kämen doch in eine unangenehme Lage.
Da hat er recht, dachte die Bentrupp. Ihre Geschichtskenntnisse waren zu gering, als dass sie registriert hätte, dass diese Lage für die Polizei nicht unbedingt etwas Neues gewesen wäre.
Sie stellte den Apparat lauter und ging in die Küche, um zu frühstücken. Sie aß und trank und sah aus dem Küchenfenster. Das Fenster lag auf gleicher Höhe mit der Trasse der U-Bahn. Wenn Züge vorbeifuhren, war die Stimme aus dem Schlafzimmer nicht

zu hören. Sie stand auf und ging hinüber, um den Apparat auszuschalten.
Kriminaltechnik, sagte ihr Chef gerade, die Kollegen aus Leningrad sind zweifellos tüchtige Leute. Aber ihre kriminaltechnischen Kenntnisse sind, wie soll ich sagen, auf dem Stand von …
Sie schaltete den Apparat aus. Eine Viertelstunde später fuhr sie in der U-Bahn an ihrem Küchenfenster vorbei. Bis zum Dienstbeginn hatte sie noch viel Zeit. Aber sie hatte ein Problem, das sie gern losgeworden wäre, und sie wollte die verbleibende Zeit dazu nutzen. Eine Weile hatte sie geglaubt, besonders als Bella eine Wohnung am Hoffnungsberg bezogen hatte, sie würden schnell herausfinden, was dort wirklich geschehen war. Inzwischen fand sie, dass die Block auch nicht schneller vorankam als die Kollegen von der Kripo. Sie hielt es sogar für möglich, dass man dort inzwischen schon weiter war. Vielleicht erfuhr sie Neuigkeiten und konnte die ganze Sache abblasen.
Sie überlegte kurz, ob ihr das Bella Block gegenüber unangenehm sein musste.
Nein, wieso denn, dachte sie. Sie ist aus eigenem Entschluss da. Als ich sie bat, hat sie abgelehnt. Und ich hatte mich damit zufriedengegeben.
Sie spürte, dass ihre Überlegungen unaufrichtig waren. Wenn sie ehrlich war, musste sie zugeben, dass sie die Block sehr gern wieder losgeworden wäre. Je länger sie da war, desto deutlicher hatte sie selbst das Gefühl, die Anwesenheit Bellas am Hoffnungsberg könne sich irgendwann einmal gegen sie wenden. Sie hätte nicht sagen können, woher dieses Gefühl kam. Vielleicht hing es damit zusammen, dass ihr Kollege im Streifenwagen noch ein paarmal sehr abfällig über Bella gesprochen hatte. Auch die anderen Kollegen mochten sie nicht. Kranz war vielleicht eine Ausnahme. Er hatte sie zu Bella geschickt. Aber genau genommen war Kranz kein Polizist. Er war Psychologe. Sie hatte sich inzwischen ein paarmal mit ihm unterhalten. Seine Methode, sie für ihre Arbeit

fit zu machen, war gut. Aber damit verbunden war eben, dass ihr, je besser sie sich fühlte, Bellas Anwesenheit am Hoffnungsberg desto überflüssiger und schädlicher vorkam.

Vielleicht kann ich die Ermittlungsergebnisse so auslegen, dachte sie, dass die ganze Sache zumindest beinahe aufgeklärt wirkt. Dann wird sie sich zurückziehen.

Als sie die Bahn verließ und die Bahnhofstreppen emporstieg, war sie fest entschlossen, Bella zu bitten, die Nachforschungen einzustellen. Sie würde sogar Kranz um Unterstützung bitten, falls die Block sich nicht darauf einließ.

Aber weshalb sollte sie nicht wollen? Geld bekam sie sowieso keins für ihre Arbeit. Wenn die Sache aufgeklärt war, konnte sie doch froh sein.

Sie zeigte dem Pförtner ihren Dienstausweis und wurde eingelassen. Es war noch Zeit für eine Tasse Kaffee. Sie wollte die Kollegen von der Kripo nicht sofort bei Dienstbeginn überfallen. Um diese Zeit war die Kantine leer. Nur ein paar Kollegen saßen herum. Sie saßen jeder für sich, und die vereinzelt hockenden Gestalten verstärkten den Eindruck von Öde, der großen Kantinenräumen eigen ist. Die Bentrupp holte sich einen Becher Kaffee und sah sich nach einem bekannten Gesicht um. Sie kannte niemanden und setzte sich allein an einen Tisch nahe der Essensausgabe. Eine größere Gruppe kam herein, fast alles Männer, alle in Zivil. Sie stellten sich an der Essensausgabe an. Die Bentrupp wunderte sich darüber, dass einige der Männer zu lange Haare hatten, bis sie begriff, dass das die Russen waren. Sie versuchte zu verstehen, was der Dolmetscher an einen Kollegen aus der oberen Etage weitergab. Auch Kranz sah sie jetzt, der sich mit einer kleinen, molligen Frau unterhielt, vielleicht ebenfalls einer Dolmetscherin.

Sie fragen, ob sie hier einkaufen dürfen, bevor sie abfahren. Es kommt ihnen so vor, als wären die Sachen hier billiger als in den Läden der Innenstadt. Es sind einige dabei, die Kinder haben; denen wollen sie gern etwas mitbringen.

Sagen Sie den Kollegen, wir werden ihnen ein Geschenkpaket mitgeben. Das sind die Hamburger den Leningradern schuldig.
Der Dolmetscher übersetzte und sprach dann dem aus der oberen Etage den Dank der Gruppe aus. Die Bentrupp stand auf, um ihren Becher zurückzugeben. Sie kam an Kranz vorbei und lächelte ihm freundlich zu.
Morgen, sagte sie im Vorbeigehen, bleibt es bei morgen?
Kranz sah sie an und nickte. Er wirkte ein wenig abwesend.
Neunhundert Tage gegen fünfzehn Fresspakete, sagte er halblaut.
Er sah sie immer noch an, aber so, als meinte er gar nicht sie. Die Bentrupp ging weiter.
Komischer Typ, dachte sie. Manchmal sind diese Psychologen wirklich komisch.

EDDY STAND hinter dem Tresen. Er unterhielt sich mit einer jungen Frau. Sie war so schön, dass sie ohne weiteres als Prestigeobjekt für einen der in Hamburg lebenden neununddreißig Milliardäre in Frage gekommen wäre. Bella stellte sich neben die beiden. Eddy beachtete sie nicht. Als der Kellner auftauchte, bestellte sie bei ihm einen Kaffee. Den Becher in der Hand, rückte sie näher an Eddy und die Schöne heran. Eddy geruhte noch immer nicht, sie zu beachten.
Zweimal im Jahr, sagte er, das ist wenig.
Wenig nennst du das? Zweimal 'ne Woche?
Ihre Stimme war klar und sanft zugleich. Sie hob die Schultern und sah Eddy ernst an. Der antwortete nicht sofort.
Andere, Quatsch, die meisten dürfen gar nicht. Ich hab's doch gut.
Gut nennst du das? Ob du's nun hier machst oder im Süden, ist doch alles Mist. Hör auf, sag ich dir.
Wie kommst du denn darauf? Im Süden mach ich es nie. Ur-

laub ist Urlaub. Ich schmink mich nicht mal. Nee, du kannst mir wirklich glauben, Eddy, ich hab's gut getroffen.
Bella nahm ihren Becher und drängte sich vom Tresen weg in den Hintergrund. Wenn Eddy auf Freiersfüßen war, würde sie warten. Sie fand einen Platz neben der Tür zum Hinterzimmer. Neben ihr schnarchte jemand, den Kopf an die Wand gelehnt.
Sie versuchte, die Worte zu verstehen, die aus der Musikbox kamen, aber es gelang ihr nur, hin und wieder das Wort *Pferd* zu hören und einmal das Wort *Ring*. Vielleicht ging es um eine Pferdehochzeit.
Sie sah, dass der Kellner den Tresen verließ. Er trug kein Tablett, nicht mal den Block, und er drängte sich in ihre Richtung durch das Gewühl. Kurz vorher bog er ab und schloss die Tür zum Hinterzimmer auf.
Das geht zu weit, dachte sie.
Der Kellner kam zu ihr und legte den Schlüssel auf die Tischplatte.
Hier, der Chef sagt, Sie sollen schon mal vorgehen. Er hat noch zu tun.
Sag ihm, er soll sich nicht übernehmen.
Der Kellner zog die Schultern hoch und ließ sie wieder fallen, was so viel hieß wie: Sie kennen ihn doch. Dann verschwand er im Gedränge.
Bella nahm den Schlüssel und schob sich zur Tür durch. Die Tür ging nach außen auf, und sie hatte Mühe, die Leute, die davorstanden, zur Seite zu schieben und sich durch einen Spalt ins Hinterzimmer zu schlängeln. Aufatmend schloss sie hinter sich ab. Sie wartete einen Augenblick, den Rücken an die Tür gelehnt, um ihre Augen an die Dunkelheit zu gewöhnen. Die Jalousien waren heruntergelassen. Ganz allmählich zeichneten sich an den Fenstern feine Streifen ab, und im Zimmer klumpte sich die Dunkelheit als Billardtisch und weiter entfernt als Klavier zusammen. Bella tastete nach einem der Campingstühle, trug ihn an die Wand gegenüber der Tür und setzte sich. Die

Glaseinsätze der Tür waren schwarz gestrichen. An einigen Stellen war die Farbe abgesprungen oder abgekratzt worden. Winzige helle Punkte bildeten ein unregelmäßiges Muster auf den schwarzen Flächen. Der Lärm war jetzt weit weg. Bella stand noch einmal auf und ging hinüber zum Klavier. Dort stand das Tablett mit Wodka und zwei umgedrehten Gläsern; jedenfalls hatte es bisher immer dort gestanden. Sie tastete, fand die Flasche und ein Glas und schüttete etwas Wodka hinein. Der Flaschenhals schrammte ein wenig über den Glasrand. Sie ging zurück, trank einen Schluck Wodka und zwei Schluck Kaffee und lehnte den Kopf an die Wand. Im Zimmer war es warm. Die Luft war muffig, so, als sei lange nicht gelüftet worden. Aber es roch nicht unangenehm. Die Lichtpunkte an der Tür und die schmalen Lichtstreifen an den Jalousien waren so weit entfernt wie ein kleiner Himmel. Das Klavier und der Billardtisch waren Gegenstände, mit denen Bella angenehme Erinnerungen verband. Alles, auch der Lärm aus der Kneipe, fern und gedämpft, war dazu geeignet, sie in eine ruhige und entspannte Stimmung zu versetzen. Sie begann darüber nachzudenken, weshalb sie nicht ruhig und entspannt war.

Es ist ein Fehler gewesen, dachte sie, nicht wieder zu Eddy zu gehen. Weshalb hab ich's eigentlich vergessen? Ich bin einfach nicht mehr gewöhnt, konsequent zu arbeiten. Es muss mindestens drei Wochen her sein, dass ich zuletzt hier war. Ob er überhaupt etwas Brauchbares herausgefunden hat? Er hätte mich anrufen können. Vielleicht hätte ich verhindern können, dass Willy – es hat keinen Zweck. Daran ist nichts mehr zu ändern. Jetzt machen wir einen Schritt nach dem anderen. Wir bleiben nicht mehr stehen. Und dann, du wirst sehen, bist du ganz schnell am Ziel.

Jemand rüttelte an der Tür.

Bis du's, Eddy?

Bella stand auf, als niemand antwortete, ging an die Tür und drehte den Schlüssel um. Eddy erschien im Türspalt.

Ich kann jetzt noch nicht. In einer halben Stunde schmeiß ich sie alle raus. Es ist noch zu früh.
Er verschwand wieder und drückte die Tür von außen zu. Bella setzte sich und wartete. Es dauerte fast eine Stunde, bis Eddy erschien. Sie war eingeschlafen. Er schaltete die Lampe am Klavier an und goss sich einen Wodka ein. Das Geräusch der auf das Tablett zurückgesetzten Flasche weckte sie.
Du auch noch einen?, fragte Eddy.
Bella schüttelte den Kopf. Er nahm einen Campingstuhl, der aussah, als wäre er zu schwach, um Eddys Gewicht zu tragen, und setzte ihn vor Bella ab. Der Stuhl hielt.
Na, ist das Herzchen weg?
Ich arbeite, sagte Eddy großspurig. Er betonte das Ich. Es soll ja Frauen geben, die so was nicht nötig haben.
Er machte eine Pause, trank sein Glas leer und stellte es auf den Fußboden. Aber vielleicht haben sie etwas anderes nötig?
Allerdings, antwortete Bella langsam, sah Eddy an und dachte, vielleicht hat er recht, und jetzt ist sowieso schon zu viel Zeit vergangen, drei Wochen.
Das muss man dir lassen, sagte sie, während sie aufstand, du magst ja sonst ein ziemlich abgebrühter Typ sein, aber bestimmte Sachen merkst du einfach schneller als andere.
Nur bei dir, Süße, sagte Eddy, wirklich nur bei dir. Und er folgte Bella zum Billardtisch.
Erst sehr viel später, sie saßen auf dem Fußboden und hatten die Flasche und die Gläser zwischen sich gestellt, kam sie dazu, Eddy zu fragen, was er herausgefunden hatte.
Glaub nicht, ich wüsste nicht, weshalb du gekommen bist, sagte er. Ich wollte mir nur die Belohnung vorher abholen.
Heißt das, du hast Informationen für mich?
Eddy wurde ernst. Er begann, an seinem linken Ohrläppchen zu zupfen. Hör mal, es wird keinen Zweck haben, aber ich sag's dir trotzdem: Du solltest die Finger von dieser Sache lassen.
Weshalb?

Du kennst meine Einstellung. Leben und leben lassen. Besonders bei denen. Außerdem weiß ich gar nichts Genaues. Offiziell ist natürlich alles in Ordnung. Aber – jedenfalls Spielkasinos sind es nicht, die sie beunruhigen. Übrigens, ich wüsste gern, wie du drauf gekommen bist, dass bei ihnen was stinkt. Ich denke, du arbeitest nicht mehr als Schnüffler.

Bitte, Eddy, sagte Bella. Erst du, dann ich.

So wie eben, sagte er und grinste.

Bella ging nicht darauf ein.

Na schön, erst ich. Also: Sie kommen in einer Sache nicht weiter, über die schon ein paarmal was in der Zeitung gestanden hat. Kann aber sein, sie kommen deshalb nicht weiter, weil sie nicht wollen. Für die Öffentlichkeit, meine ich. Es sieht so aus, als hätten sie Angst, auf eine Mine zu treten.

Was für eine Mine?

Keine Ahnung, darüber sagt keiner was. Das ist ja das Komische. Aber wenn du mich fragst …

Eddy machte eine Pause. Bella fragte ihn nicht.

Also, wenn du mich fragst. Was kann da schon los sein, in dem Gebiet, wo sie rumsuchen. Hoffnungsberg. Geld gibt's da keins zu holen.

Du vergisst das Einkaufszentrum, sagte Bella, dachte an die Läden und an die Waren und wusste, dass Eddy etwas anderes meinte.

Nichts als eine Jeden-Monat-das-Geld-auf-dem-Konto-Gegend. Wenn überhaupt was kommt. Und sonst? Nee, da gibt's nur eins.

Mein Gott, Eddy, nun drück dich mal konkreter aus.

Du bist doch sonst nicht auf den Kopf gefallen, ich wollte dir bloß den Vortritt lassen. Aber dann nicht. Weiber, natürlich Weiber.

Bella sah ihn ungläubig an.

Hör mal, sagte sie, ich bin jetzt seit mehreren Wochen da in der Gegend …

Also deshalb, sagte Eddy.

Ja, vielleicht, ich weiß nicht. Aber jedenfalls gibt's da keinen Strich, das kannst du mir … Sie sprach nicht weiter und sah Eddy an. Du meinst …
Na klar, sagte Eddy fröhlich. Jetzt hast du es begriffen.
Aber dann wurde er ernst, und Bella begann, ihn nach Einzelheiten auszufragen, die er nicht wusste.
In Wirklichkeit hat er nur ein paar sehr vage Vermutungen und einen winzigen Tipp, der ihn auf den Gedanken gebracht hat, dachte sie. Weiber. So ein Unsinn.

WENN MANUELA keine Lust hat, mit mir nach Hause zu gehen …
Marcel, möchtest du nicht mal an die Tafel kommen? Hörst du nicht? Ich hab dich was gefragt.
Der Junge erschrak ein wenig, nicht sehr, die Lehrerin war nicht streng. Er erschrak, weil die Stimme der Lehrerin ihn in die Wirklichkeit zurückgeholt hatte. Vor der Wirklichkeit fürchtete er sich.
Er ging an die Tafel, obwohl er nicht wusste, was er da sollte, und rechnete mehr schlecht als recht. Als es klingelte, brachte er sogar ein schiefes, kleines Lächeln zustande, denn die Lehrerin hatte ihn gelobt. In der Pause spielte er nicht mit den anderen. Er suchte seine Schwester. Aber er fand sie nicht, und als er hörte, die Klasse seiner Schwester sei heute ins Kino gegangen – wieso hat sie mir heute Morgen nichts gesagt –, wäre er fast in Tränen ausgebrochen. In der letzten Stunde wurde gemalt, und Marcel malte wie alle anderen Kinder zum Thema WIE ICH EINMAL ANGST HATTE. Vielleicht hätte ein Gespräch mit der Lehrerin über seine Zeichnung ihm helfen können. Aber seine Zeichnung lag ganz unten in dem Stapel der eingesammelten Blätter, und die Stunde war die letzte Stunde. Die Zeichnungen würden erst in einer Woche besprochen werden.

Als er den Schulhof verließ, sah er ihn auf der gegenüberliegenden Straßenseite. Der Junge war lang und dünn. Marcel hielt ihn für fünfzehn oder zwanzig. Das Schlimme an ihm waren seine Finger. Aber die konnte man jetzt nicht sehen. Er hatte sie in die Jackentaschen gesteckt.

Er hätte mit den anderen gehen sollen. Aber er hatte gedacht, wenn er lange genug wartete – und jetzt fühlte er die ekligen Finger an seinem Nacken.

Hast du's dabei?

Marcel schüttelte den Kopf. Er keuchte ein wenig. Der große Junge drehte ihm die Luft ab.

Hör zu, mein Kleiner, sagte er.

Marcel hielt den Kopf gesenkt, und die Stimme fiel auf seinen Nacken, genau dahin, wo die ekligen Finger seinen Kragen immer weiter zusammendrehten. Er hätte sich gern die Ohren zugehalten. Aber er traute sich nicht. Vielleicht hätte sie jemand gesehen und ihn gefragt, was los war. Dann würde alles rauskommen, und er müsste ins Gefängnis.

Na gut, dann gehst du eben in den Knast. Komm mit, Bürschchen. Da vorn stehen die Bullen. Kannst gleich einsteigen. Die suchen dich sowieso schon.

Der große Junge ging schneller. Marcel versuchte, sich loszumachen. Er keuchte, blieb stehen, und der Große lockerte seinen Griff.

Na? Hast es dir noch mal überlegt?

Marcel nickte. Mit dem linken Ärmel fuhr er sich über das Gesicht, um die Tränen abzuwischen.

Dann los. Ich komme mit und warte unten.

Du kannst nicht, du kannst …

Marcel konnte kaum sprechen. Seine Zähne schlugen aufeinander. Schluchzer unterbrachen ihn immer wieder.

Gar nicht so blöd, Kleiner, sagte der andere. Muss mich ja nicht unbedingt jeder sehen. Ich lass dich jetzt los. Wenn du abhaust, bist du dran. Ich geh langsam hinter dir her bis zur Haustür. Ich

will sehen, wie du in den Fahrstuhl steigst. Dann geh ich die Treppen rauf und warte oben vor eurer Tür.
Der große Junge nahm die Hand von Marcels Hals. Sie hing jetzt neben Marcels Gesicht. Deutlich sah er die dünnen Finger, die aufgeplatzte, grindige Haut. Dann begann Marcel zu laufen, und die Hand blieb zurück. Aber sie waren nicht mehr weit von seinem Hauseingang entfernt. Als er die Tür erreicht hatte und sich umsah, stand der große Junge schon fast wieder neben ihm. Dann kam der Fahrstuhl.
Zehn Minuten zum Nachdenken, sagte der Große gerade, als die Fahrstuhltür sich hinter Marcel schloss.
Zwischen dem zweiten und dem dritten Stock blieb der Fahrstuhl stehen. Aber er hatte keine Angst. Als er klein gewesen war, hatte er Angst gehabt, wenn der Fahrstuhl stecken geblieben war. Jetzt war der Fahrstuhl wie eine Burg. Marcel nahm die Schulmappe ab, setzte sich darauf und begann nachzudenken. Aber je mehr er darüber nachdachte, was er tun würde, wenn er den Fahrstuhl verlassen musste, desto größer wurde seine Verzweiflung. Sie suchten ihn. Sie suchten einen Dieb und Mörder. Wenn er den Anspitzer bezahlt hätte, wenn er ihn nicht in die Tasche gesteckt hätte, dann wäre der Detektiv jetzt noch am Leben. Er hatte ihn die Treppe hinuntergelockt, als er geflüchtet war. Er hatte den Detektiv in den Tod gelockt. Er war schuld. Und der Große wusste das. Er hatte ihm den Zeitungsartikel unter die Nase gehalten. Und gesagt, er würde ihn nicht verraten, wenn er Geld für ihn besorgen würde. Aber er hatte kein Geld. Zweimal hatte er dem Jungen Geld gegeben, das er in der Wohnung gefunden hatte. Aber jetzt war in dem Versteck kein Geld mehr. Er hatte die Wohnung schon durchsucht. Er wusste, dass nichts mehr da war.
Bei dem Gedanken, dem Großen ohne Geld gegenübertreten zu müssen und dann von ihm zum Polizeiauto geschleppt zu werden, begann Marcel wieder zu weinen. Als der Fahrstuhl sich in Bewegung setzte – die zehn Minuten waren um und hatten ihre

Wirkung getan –, weinte er verzweifelt. Im sechsten Stock stieg er aus. Er schloss die Wohnungstür auf, blickte zurück und sah an der Treppe zum nächsten Stockwerk den großen Jungen stehen. Selbst in seiner Verzweiflung merkte er, dass der Junge merkwürdig aussah. Er krümmte sich über dem Geländer. Sein Gesicht war grau. Er sah aus, als müsse er kotzen. Marcel fürchtete sich. Er schlug die Tür hinter sich zu. In der Wohnung war es still. Seit seine Mutter arbeitete, war die Wohnung leer, wenn er aus der Schule kam. Den Kleinen holten sie erst nachmittags aus dem Kindergarten. Meistens brachte Manuela ihn mit.

Ich weiß doch, dass kein Geld da ist, dachte Marcel. Trotzdem begann er zu suchen. Aber seine Phantasie, neue Verstecke zu finden, reichte nicht weit. Nach einer Viertelstunde hatte er sämtliche Schubladen aufgezogen, die Schuhe aus dem Schuhschrank im Flur auf den Fußboden geworfen und auf den Ablagebrettern des Schuhschranks nachgesehen. Er war unter Manuelas Bett gekrochen und unter sein Bett und hatte die Matratzen untersucht. Er hatte mit einem Löffelstiel in der Erde der Blumentöpfe herumgestochert und alle Teller aus dem Küchenschrank genommen. Vom Spiegelschrank im Bad war die rechte Tür abgebrochen, weil er sich daran festgehalten hatte, als der Hocker, auf dem er stand, zur Seite kippte. Aber das machte ihm schon nichts mehr aus, denn je länger er suchte, desto größer wurde seine Angst; und gerade, als er mit der Plastiktür des Badezimmerschranks in der Hand auf dem Fußboden im Bad saß und nicht mehr wusste, wo er als Nächstes suchen sollte, schlug jemand mit den Fäusten an die Wohnungstür. Er hatte die Tür zum Bad offen gelassen. Deshalb hörte er das Schlagen ganz genau. Er hörte auch die Stimme. In seiner Panik war er nicht mehr in der Lage wahrzunehmen, dass er die Stimme kannte.

Wenn ich ganz still bin, dachte er.

Das Plastikstück in seiner Hand zitterte.

Aufmachen, Polizei.

Marcel stand auf. In der Hand hielt er die abgebrochene Tür

des Spiegelschranks. Er lehnte sich an die Wand im Bad, starrte auf die Wohnungstür und schob sich, den Rücken an der Wand, langsam aus dem Bad. Er bemühte sich, keine Geräusche zu machen. Schließlich stand er im Flur, den Blick noch immer auf die Wohnungstür gerichtet. Langsam ging er rückwärts ins Wohnzimmer. Es gab nur noch eine Möglichkeit zu entkommen. Wieder schlug jemand an die Wohnungstür. Leiser diesmal und ohne zu rufen. Der Junge war nicht mehr fähig zu überlegen. Er ging auf den Balkon. Die Balkontür war nur angelehnt, weil das Wohnzimmer tagsüber, wenn der Kleine nicht da war, gelüftet wurde. Seine Mutter hatte sonst Angst, der Kleine könne über die Brüstung klettern. Auch bei den Nachbarn stand die Balkontür tagsüber offen. Er würde über das Geländer auf den Balkon der Nachbarn klettern und sich in deren Wohnung verstecken. Da würden sie ihn nicht suchen. Als er begann, rittlings auf dem Balkongitter zum Nachbarbalkon hinüberzurutschen, hielt er noch immer die abgebrochene Plastiktür in der Hand. Kurz bevor er den anderen Balkon erreichte, sah er nach unten. Er sah einen Streifenwagen, der langsam die Straße entlangfuhr, direkt auf sein Haus zu.

Sie haben Verstärkung geholt, dachte er. Von da unten können sie mich sehen. Aber eigentlich wollte er nicht aufgeben.

Er fiel nur deshalb vom Balkon, weil er nicht daran dachte, das Plastikstück, das er in der rechten Hand hielt, loszulassen. Er hätte die Hand zum Festhalten gebraucht.

Der Junge vor der Wohnungstür wartete noch eine Weile. Er hatte ein paarmal gegen die Tür geschlagen, um dem Kleinen Dampf zu machen. Als sich da drinnen längere Zeit nichts rührte und schon zweimal Hausbewohner mit misstrauischen Blicken an ihm vorbei nach oben gegangen waren, verließ er den Hausflur. Er fuhr mit dem Fahrstuhl nach unten. Im Fahrstuhl lehnte er sich an die Wand. Er spürte, wie ihm wieder übel wurde. Als er den Hauseingang verließ, sah er einen Menschenauflauf und einen Streifenwagen. Die Türen des Wagens standen offen, und die Polizisten, ein Mann und eine Frau, versuchten, sich durch die Menge zu drängen. Sie sahen ihn nicht, und er machte, dass er davonkam.

VIEL IST ES ja nicht gerade.
Bella setzte die kleine Pappschale mit Weintrauben neben Rosi an der Kasse ab. Rosi hatte Bella gebeten, ihr in der Frühstückspause blaue Trauben mitzubringen.
Genau nach Rezept.
Rosi machte eine Weintraubenkur, um abzunehmen. Da die Trauben auf dem Foto in der Frauenzeitschrift blau gewesen waren, kamen ihrer Meinung nach auch nur blaue in Frage. Die blauen aber waren im Supermarkt ausverkauft.
Pass auf, dass du nicht unter hundert Pfund kommst.
Es standen keine Kunden an der Kasse. Bella hatte Lust, sich mit Rosi zu unterhalten. Ihr Verhältnis war ein wenig lockerer geworden, seit sie durch einen Tipp von Rosi eine Wohnung gefunden hatte. Sie wohnten jetzt im selben Haus, Bella in der zweiten, Rosi in der achten Etage. Manchmal gingen sie zusammen nach Hause.
Das schaff ich nie.
Für Rosi waren hundert Pfund das Traumgewicht. Wenn sie es erreichte, würde sie aussehen, als stünde sie kurz vor dem Hungertod. Ein Mann steuerte auf Rosis Kasse zu, ein schöner Mann, wie Bella fand. Sie trat einen Schritt beiseite, so dass er Platz genug hatte, zwei Milchtüten auf das Laufband zu legen. Während er umständlich das Geld abzählte – offenbar kannte er sich in der fremden Währung nicht besonders gut aus –, hatte Bella Zeit, ihn zu betrachten. Ein großer Mann mit braunen Augen und sehr dunklen Haaren, schlank und mit sanften Bewegungen, ein Araber vielleicht. Wie schön diese Ausländer oft sind, dachte sie. Und wie hässlich die Deutschen.

Sie hätte gern mit Rosi über den schönen Mann gesprochen, aber sie wusste, dass Rosi ihre Kunden nie ansah, während sie die Preise eintippte.
Und wenn mal jemand kommt und sich beschwert, hatte Bella sie gefragt. Du würdest die Leute doch gar nicht wiedererkennen.
Wenn jemand kommt und sich beschwert, hätte ich schlecht gearbeitet, hatte Rosi geantwortet. Wahrscheinlich, weil ich den Kunden angesehen hätte, anstatt auf die Preise zu achten.
Dagegen hatte Bella nichts zu sagen gewusst. Es kam tatsächlich niemals vor, dass Rosi einen Fehler machte; jedenfalls nicht, solange Bella im Laden beschäftigt war.
Der Araber nahm Rosi dankend den Kassenzettel aus der Hand und stellte die beiden Milchtüten in einen Korb. Bella sah ihm nach. Er hatte zwei leere Flaschen in dem Korb gehabt, die er jetzt der Verkäuferin in der Leergutabteilung entgegenhielt. Ein Mann und eine Frau, beide in ausgebeulten Jogginganzügen, schoben ihren Einkaufswagen in die Leergutabteilung. Sie brachten leere Bierflaschen zurück, deren nicht mehr vorhandener Inhalt in unmittelbarem Zusammenhang mit dem wabbeligen Joggingbauch des Mannes und der erbärmlich dürren Figur der Frau zu stehen schien. Die beiden gingen nebeneinander her, als gehörten sie nicht zusammen; und doch würden sie, wenn sie die leeren Bierkästen gegen volle vertauscht hätten, in spätestens einer halben Stunde gemeinsam auf einem wackeligen Sofa sitzen und sich das Vormittagsprogramm im Fernsehen ansehen. Der Araber hatte das Geld für die Milchflaschen entgegengenommen. Er behielt es in der Hand und sprach die Verkäuferin noch einmal an. Bella konnte nicht hören, was er sagte. Dafür hörte sie den Wabbelbauch.
Scher dich weg, du Kanake, sagte er laut. Lass die Frau in Ruhe. Hau ab, du Mistkerl, sag ich dir.
Der Araber sah den Mann an. Er hielt das Geld in der offenen Handfläche. Der Wabbelbauch schlug mit der flachen Hand un-

ter seinen ausgestreckten Arm. Bella hörte, wie das Geld auf den steinernen Fußboden sprang und davonrollte.
Warum machen Sie das, sagte der Araber. Er sprach nicht besonders laut, aber so sorgfältig akzentuiert, dass Bella ihn jetzt gut verstehen konnte. Ich glaube, die Frau hat mir …
Bescheißen willst du. Ihr bescheißt doch alle. Lass ja unsere Frauen in Ruhe, sag ich dir.
Wabbelbauch hatte einen Fuß auf eine der Münzen gestellt. Die Frau, die zu ihm gehörte, fing an zu kreischen, als der Araber sich bückte und versuchte, den Fuß des Mannes beiseitezuschieben.
Bella sah zu Rosi, die mit dem Rücken zum Schauplatz saß und sich seelenruhig eine Weintraube nach der anderen in den Mund schob. Sie musste den Lärm gehört haben, nahm ihn aber nicht zur Kenntnis. Entschlossen, der unwürdigen Szene ein Ende zu machen, ging Bella zu der Gruppe hinüber.
Hören Sie auf, hier rumzubrüllen, sagte sie laut und deutlich. Und heben Sie dem Mann das Geld auf.
Scheißkanake, brüllte der Bierbauch. Er begann, mit seinem Einkaufswagen nach dem Araber zu stoßen. Deutlich bemühte er sich, Bella nicht zur Kenntnis zu nehmen. Der Araber verlor die Geduld. Er griff mit einer Hand nach dem Wagen, um ihn abzuwehren oder zurückzustoßen, die andere hielt er Bella entgegen.
Ich hab nichts getan, sagte er. Es fehlt Geld. Ich wollte die Frau fragen …
Du hast hier nichts zu fragen, brüllte der Mann. Hau ab in dein Scheißland. Wo du hergekommen bist. Lass unsere Frauen in Ruhe.
Die Verkäuferin rührte sich nicht. Sie sagte auch nichts. Sie sah zu.
Er greift ihn an, schrie die Frau hinter dem Rücken ihres Mannes.
Aus der Nähe sah sie aus, als hätte sie zu viele Kinder geboren. Sie konnte höchstens dreißig sein, aber sie war fertig.

Halten Sie den Mund, sagte Bella.
Die Frau sah einen Augenblick verblüfft aus, blickte zu ihrem Mann hinüber und begann erneut zu kreischen.
Hilfe, er greift ihn an, schrie sie, der Ausländer greift meinen Mann an.
Bella ließ die Frau stehen und ging dorthin, wo der Araber noch immer versuchte, sich den Mann mit dem Einkaufswagen vom Leib zu halten. Die beiden waren inzwischen in der Nähe der Eingangstür angekommen. Keine der Verkäuferinnen nahm Notiz von der Szene. Der Ladenchef war nicht zu sehen.
Gehen Sie einfach, sagte Bella dem Araber.
Er hatte das Geld in die Tasche gesteckt und stemmte sich mit beiden Händen gegen den Einkaufswagen.
Es tut mir leid, entschuldigen Sie. Bitte gehen Sie einfach. Ich beruhige den Mann. Er ist betrunken.
Bella wusste, dass das nicht richtig war, aber es schien ihr einfacher, als zu sagen, der Mann hasst Ausländer, weil er jemanden braucht, den er für die Scheiße, in der er steckt, verantwortlich machen kann. Er kann ja nicht ständig seine Frau verprügeln. Und drei und drei zusammenzählen kann er auch nicht, denn er gehört zu den zwanzig Prozent der Menschen in dieser Stadt, denen die Regierung das niedrigste Bildungsniveau verordnet hat; und das sind die, die schon im Dreck sitzen, bevor sie das Wort Dreck buchstabieren können, und noch sehr lange danach.
Das alles und noch ein wenig mehr hätte sie sagen müssen. Aber es war nicht nötig. Sie sah den Araber an. Ihre Blicke trafen einander einen Augenblick. Bella sah deutlich, dass er eigentlich entschlossen gewesen war, es auf eine Auseinandersetzung ankommen zu lassen. Jetzt bemühte er sich, sie zu verstehen. Sie lächelte ihm zu und fasste nach dem Einkaufswagen. Er lächelte zurück, ließ den Einkaufswagen los und wandte sich zum Gehen.
Jetzt haut er ab, der Scheißkerl, unsere Frauen an …
Dem Mann im Jogginganzug gelang es nicht, den Satz zu Ende zu bringen. Bella schob den Einkaufswagen so plötzlich gegen

ihn, dass er nur noch zwei kurze Rückwärtsschritte machen konnte, bevor er auf dem Boden saß. Sie ließ ihn sitzen und ging zu Rosi zurück, die die Weintrauben aufgegessen hatte und ihr entgegensah. Der Mann am Boden blieb ruhig, und auch das Kreischen der Frau hörte auf. Von irgendwoher erschien der Ladenchef. Er half dem Mann auf die Beine und begleitete ihn zu den aufgestapelten Bierkisten. Der Mann und die Frau unterhielten sich leise und aufgeregt mit ihm. Hin und wieder warfen sie hämische Blicke auf Bella. Sie verließen den Laden mit zwei vollen Bierkisten. Die Frau ging hinter dem Mann her. So, wie sie da gingen, sah es aus, als folge sie ihm wie ein Tier zur Schlachtbank.

Die kriegt ’ne Abreibung, sagte Rosi, bevor sie sich wieder ihrer Kasse zuwandte.

Der Ladenchef kam an ihnen vorbei.

Haben Sie nichts zu tun, Frau Block, sagte er. So, wie Sie hier rumstehen, könnte man denken, Sie lassen die anderen für sich arbeiten.

Ist er nicht süß, sagte Rosi halblaut.

DER BENTRUPP war anzusehen, dass ihr ihre Aufgabe unangenehm war.

So sehen sie aus, wenn sie hässliche Nachrichten bringen, dachte Bella. Sie ging auf die Bentrupp zu, die sie merkwürdig förmlich nach dem Chef fragte und sie nicht weiter beachtete, nachdem sie die Auskunft bekommen hatte.

Bellas und Rosis Blicke trafen sich. Auch Rosi, die unbeschäftigt und Weintrauben lutschend an der Kasse saß, spürte, dass etwas nicht in Ordnung war. Dann hörten sie über den Lautsprecher: Frau Kowalski bitte, Frau Kowalski.

Bella blickte wieder zu Rosi hinüber, aber die hatte jetzt Kunden und sah nicht mehr auf.

Kurze Zeit später kam die Bentrupp wieder durch den Laden. Die Kowalski ging neben ihr. Sie war blass und sah starr geradeaus. Die Bentrupp hatte sie am Arm gefasst, aber sie nahm die stützende Hand nicht wahr. Wenig später erfuhr Bella von einer Kollegin, was geschehen war.
Ich war gerade bei ihm drin. Man denkt ja immer gleich das Schlimmste. Was würden Sie denken, wenn die Polizei zum Chef kommt und ihn nach meinem Namen fragt, und Sie stehen daneben? Polizei ist immer schlecht. Na ja, ich hab natürlich keine Kinder. Ich arbeite ja nur, weil es mir Spaß macht. Aber die Kowalski, na ja, ich mein ja nur, sie hätte genauso gut was geklaut ... Ich meine, mit den Kindern kann doch immer was sein, oder? Mein Mann, hab ich Ihnen schon erzählt, dass wir am Sonntag diesen Tagestrip nach Mallorca mitmachen? Bei SELEKTION hab ich einen Hosenanzug ...
Bitte, sagte Bella, was war nun mit ihr?
Mit wem? Ach so, die Kowalski. Ja, also mit ihr war nichts. Furchtbar traurig. Der Junge ist tot. Der Mittlere. Er ist vom Balkon gefallen. Jedenfalls hat die Polizistin so was gesagt. Sie durfte auch gleich gehen. Da ist er ja großzügig, der Beier, finden Sie nicht?
Doch, sagte Bella.
Sie wandte sich um, ging an Rosi vorbei, die noch immer mit gesenktem Kopf Preise eintippte, und setzte ihre Arbeit fort. Sie war damit beschäftigt, in den Wasch- und Putzmittelregalen die Waren mit neuen Preisschildern zu versehen. Der Zentrale oder irgendwelchen Fabrikanten oder beiden war aufgefallen, dass die Preise in diesem Bereich schon seit Wochen unverändert geblieben waren.
Abends wartete sie auf Rosi.
Frag mich nicht, Frau Block, sagte Rosi, während sie zu Fuß zum Hoffnungsberg gingen. Sie sagte du und Frau Block, eine unter den Frauen übliche Methode, um Vertrautheit und Distanz gleichzeitig auszudrücken. Seit Rosi von blauen Weintrauben lebte, ging

sie abends gern zu Fuß nach Hause, denn in der Frauenzeitung hatte auch gestanden, dass Bewegung gut sei.
Der Junge war ein paarmal im Laden. Aber du weißt doch, dass ich die Leute nicht sehe. Tut mir ja leid für sie. Aber drei Kinder. Vielleicht merkt sie, dass zwei besser sind als drei.
Rosi, du hast ein Gemüt wie ein Schlachterhund. Ich war mal bei ihr. Die hat es nicht leicht.
Was heißt hier leicht? Zeig mir doch mal wen, der es leicht hat. Ich mochte sie einfach nicht besonders. Rennt immer mit so 'nem trüben Gesicht rum. Ich weiß gar nicht, Frau Block, warum du dir das so zu Herzen nimmst. Ich könnte dir ganz andere Geschichten erzählen.
Zu Herzen – ich nehm's mir nicht zu Herzen, sagte Bella. Sie fand plötzlich, dass Rosi recht hatte. Man wird ja noch mal drüber reden dürfen.
Ja, ja, sagte Rosi. Bloß nicht gerade jetzt. Ich muss jetzt entspannen. Bella respektierte Rosis Wunsch. Eine Weile gingen sie schweigend nebeneinander her. Vor ihnen tauchten die Wohnblocks auf. Die Reste des Feierabendverkehrs sausten auf der vierspurigen Betonstraße an ihnen vorüber. Niemand hielt sich an die Dreißig-Stundenkilometer-Begrenzung.
Kannst ja heute Abend zu mir raufkommen, sagte Rosi in die kurze Stille zwischen zwei vorbeirasenden Autos. Bella sah sie überrascht von der Seite an. Sie war noch nie in Rosis Wohnung gewesen. Nach dem missglückten Abend bei der Kowalski war ihr die Lust vergangen, sich noch einmal irgendwo selbst einzuladen. Sie sah keine Bewegung in Rosis Gesicht.
Danke, sagte sie. Werden wir heute mal die Füße gemeinsam hochlegen. Ich spür meine kaum noch.
Rosi schwieg, bis sie ihren Wohnblock erreicht hatten.
Um neun denn, sagte sie und nahm die Treppe.
Bella blieb am Fahrstuhl stehen.
Ist gut, um neun, rief sie, bevor sich die Fahrstuhltür hinter ihr schloss.

Sie hatte die Wohnung vorübergehend gemietet, und es war nichts drin außer den eingebauten Küchenmöbeln, einer Liege mit dem notwendigen Bettzeug, einer Kiste mit ein paar Sachen zum Anziehen und ihrem Bademantel und den Seifensachen im Bad. Die Wohnung bestand aus einem großen Wohnzimmer, einer kleinen Schlafnische, der Küche und dem Bad. Das Wohnzimmer war leer bis auf die Kleiderkiste. Am Anfang hatte sie auch darauf verzichtet, Gardinen anzubringen. Aber die Lage im zweiten Stock war so ungünstig, dass sie bald die Notwendigkeit eingesehen hatte, Stoffstreifen vor das Fenster zu hängen. Sie wollte nicht, dass ihr Aufenthalt in der Wohnung von allen Nachbarn sofort als Provisorium erkannt würde. Ihren Lieblingsplatz hatte sie am Küchentisch. Das Küchenfenster ging hinaus auf ein Feld. Der Hoffnungsberg war auf einem früher landwirtschaftlich genutzten Gelände gebaut worden. Der Block, in dem Bella und Rosi wohnten, lag vorläufig noch am Rand der Siedlung.

Bella setzte sich an den Küchentisch und sah aus dem Fenster. Obwohl sie sicher war, dass sie bei Rosi außer blauen Weintrauben nichts zu essen bekommen würde, hatte sie keine Lust zu essen. Sie stand noch einmal auf, um die Wodkaflasche aus dem Kühlschrank zu holen, goss etwas aus der Flasche in das noch vom Tag vorher auf dem Küchentisch stehende Glas, stellte die Flasche auf die Tischplatte und setzte sich wieder ans Fenster. Auf dem Feld vor ihr wuchs Korn, eine endlose, dunkelgrüne, gleichmäßige Fläche, hin und wieder von den Spuren des Treckers zerschnitten, der vor ein paar Tagen Pflanzenschutzmittel verteilt hatte. Sie hatte vom Fenster aus die giftigen, weißen Schwaden gesehen und ein paar Kinder beobachtet, die unbeeindruckt in dem Graben gespielt hatten, der das Feld begrenzte. Jetzt war der Graben leer. Es floss auch kein Wasser darin. Die schwärzliche Brühe, die sie zuerst noch gesehen hatte, war versickert. Hellgrünweiße Wiesenkerbelwolken zeigten die Überdüngung des Bodens mit Stickstoff an. An klaren Abenden konnte man am Horizont die Umrisse der Stadt erkennen. Jetzt war es diesig. Sie sah das endlose dunkle Grün des Feldes, das hellere Grün des Grabens und den dunkler werdenden Himmel und:

> Hier ist Belladonna, die Dame vorm Felsgrund,
> Die Situationistin.

Ach ja.

Pünktlich um neun stand Bella vor Rosis Tür. Sie hatte noch nicht geklingelt, als ihr bereits geöffnet wurde. Bella wusste inzwischen, dass die Bewohner all dieser Häuser mit einer Skala von festgefügten Geräuschen im Kopf lebten und oft automatisch auf diese Geräusche reagierten.

Man stand am Herd und hörte den Fahrstuhl und gleichzeitig den eigenen Fernseher und den Fernseher des Nachbarn, wenn dieser ein anderes Programm eingeschaltet hatte, und die Geräusche der eigenen Kinder aus dem Kinderzimmer und die der Kinder der Nachbarn, wenn diese Kinder hatten, und die Schritte und Stimmen der Jugendlichen, die vielleicht gerade im Treppenhaus Radau machten, und von irgendwoher das Pfeifen eines Wasserkessels und das Bremsen und Starten von Autos.

Diese und andere Geräusche wurden wahrgenommen und automatisch sortiert; die unwichtigen wurden beiseitegeschoben, die wichtigen registriert, und plötzlich, beim Umrühren von irgendwas, rief dann jemand: Nun macht doch nicht solchen Krach dahinten im Kinderzimmer. Obwohl es im Treppenhaus gerade noch lauter gewesen war; möglicherweise rief jemand mit einer so lauten Stimme, dass irgendwer in der Nachbarwohnung ein weiteres Geräusch auf seiner Skala wahrnahm und als unwichtig oder höchstens unter der Rubrik: Bei denen ist wohl schon wieder Zoff – registrierte.

Rosi hatte sich nicht fein gemacht. Sie trug noch dieselbe schreiend bunte Strumpfhose ohne Füße und das kurze Jäckchen, das sie am Tage getragen hatte. Während sie vor ihr her ins Wohnzimmer ging, hatte Bella die Gelegenheit, die Folgen der Weintraubenkur zu studieren. Sie fand sie niederschmetternd, aber da sie wusste, dass Rosi anderer Meinung sein würde, vermied sie es, ihren Eindruck laut zu äußern.

Rosis Wohnung hatte denselben Grundriss wie ihre eigene. Trotzdem fiel es ihr im ersten Augenblick schwer, sich zu orientieren. Es kam ihr vor, als befände sie sich in der Stofftierabteilung eines Kaufhauses.

Setz dich aufs Sofa, Frau Block, sagte Rosi.

Vor dem Sofa standen auf einem weißen Tischchen eine volle Wodkaflasche und ein Glas. Bella setzte sich. Rosi verschwand in die Küche und kam gleich darauf mit einem Tablett zurück, auf dem eine Schale mit blauen Weintrauben und eine Flasche Mineralwasser standen. Bella war froh, dass Rosi so schnell zurückgekommen war. Sie hatte Schwierigkeiten, den glotzenden Stofftieraugen standzuhalten.

Ich sammle die, sagte Rosi mit einer großzügigen Handbewegung. Toll, nicht?

Bella nickte. Sie konnte nichts sagen und hoffte, Rosi würde ihr Schweigen für Bewunderung nehmen.

Ich möchte mal wissen, was du eigentlich gut findest, sagte Rosi …

Bella schaute sie an und sah, dass Rosi lachte.

Mach mal die Flasche auf, Frau Block. Ich trink ja nichts. Aber du kannst ruhig zuschlagen.

Der Fernsehabend begann.

Bella wusste nicht, wie lange sie schon auf dem rosa Sofa gesessen hatte, als der Krach im Treppenhaus losging. Sie musste drei oder vier Wodka getrunken haben. Rosi hatte ein paar Geschichten aus ihrer Kindheit erzählt, nüchtern und offensichtlich unbeeindruckt. Bella hatte begonnen, die Stofftiere mit anderen Augen zu sehen. Sie gefielen ihr immer noch nicht, aber sie kamen ihr jetzt weniger aggressiv vor. Rosi hatte gerade beschlossen, einen winzigen Wodka auf die Freundschaft mit Bella zu trinken, und Bella setzte zu einer längeren Rede an, in die sie geschickt ein paar Bemerkungen über die gesundheitsschädigende Wirkung von Diätkuren und über die Gründe, weshalb Frauen trotzdem immer wieder darauf hereinfallen, einzuflechten gedachte, als ein heftiger Schlag gegen die Wohnungstür sie unterbrach. Dem Schlag folgte lautes Geschrei und Getrappel im Treppenhaus. Es klang, als setze sich vor der Wohnungstür eine Völkerwanderung in Gang, bei der um die Aufstellung gestritten wurde, bevor es losging. Bella unterbrach ihre Rede. Sie sah Rosi an. Rosi starrte einen Augenblick zurück, zuckte die Schultern, hob ihr Glas und trank Bella zu.

Na, denn prost, sagte sie.

Der Krach im Flur nahm ab. Irgendjemand hatte ihn in den Fahrstuhl gestopft und nach unten gefahren.

Wollen wir nicht mal nachsehen?, fragte Bella.

Wozu? Das war schon mal. Wenn du rausgehst, kriegst du höchstens eins auf den Nischel.

Na, weißt du, sagte Bella und stand auf. Die können doch hier nicht machen, was sie wollen.

Sie ging in den Flur und sah durch den Spion in der Wohnungstür. Soweit sie sehen konnte, war der Hausflur leer. Die gegenüberliegende Wohnungstür stand offen.

Wer wohnt da drüben, rief sie. Die haben ihre Tür aufgelassen.

Ach die, hörte sie Rosi sagen.

Bella öffnete die Wohnungstür. Der Flur vor dem Fahrstuhl war tatsächlich leer. Aus der offenen Tür gegenüber hörte sie Musik. Auf der Etage gab es vier Wohnungen. Die Türen der beiden anderen Wohnungen blieben geschlossen. Nichts rührte sich. Entweder waren die Bewohner nicht zu Hause, oder sie zogen es vor, den Krach nicht zu beachten. Bella verließ Rosis Wohnung, ging über den Flur und blieb vor der offenen Tür der Nachbarwohnung stehen. Sie öffnete die Tür noch ein wenig weiter. Aus der Wohnung drangen Schwaden von Zigarettenrauch, irgendein Geruch, der einen Drogenhund nervös gemacht hätte, Alkoholdünste und noch immer Musik.

Hallo, rief sie.

Niemand antwortete. Offenbar hatte die Völkerwanderung niemanden zurückgelassen. Neugierig ging sie weiter. Der Flur war nicht beleuchtet, aber sie kannte ja den Grundriss, und im Wohnzimmer schien Licht zu brennen. Jedenfalls fiel ein schwacher Schein durch den Spalt, den die Wohnzimmertür offen ließ. Bella schob die Tür ganz auf.

Eine Musikanlage, ein Videorekorder, ein Fernseher, in dem ein Film ohne Ton lief, mehrere schwarze Ledersessel, ein mit Flaschen und Gläsern vollgestellter Glastisch auf verchromten Beinen, offene Vorhänge, ein sehr schöner Blick auf die nächtliche Silhouette des Hoffnungsbergs, auf dem schwarzen Ledersofa ein fast nacktes Kind, ein Mädchen, bewusstlos. Die Türen zur Küche und zum Schlafzimmer waren geschlossen. Ein Gummibaum. Neben dem Fenster.

O Gott, sagte Rosi hinter Bella.

Sieh nach, ob das Schlafzimmer leer ist, sagte Bella. Und mach Licht.

Sie ging in die Küche. Es war niemand dort. Sie fand ein einigermaßen sauberes Küchenhandtuch, hielt es unter den Wasserhahn und kehrte ins Wohnzimmer zurück.

Niemand drin, sagte Rosi. Was haben sie denn mit der angestellt.

Sie vergaß, das Licht anzumachen, ging aber noch einmal ins Schlafzimmer und kam mit einer Decke zurück, die sie über das Mädchen legte. Dann stellte sie sich neben das Sofa und sah zu, wie Bella sich bemühte, die Bewusstlose aufzuwecken. Es gelang ihr nicht.

Schnaps ist das nicht, sagte Rosi.

Steht hier irgendwo ein Telefon?

Rosi sah sich um, fand nichts und ging ins Schlafzimmer. Sie kam

mit einem schnurlosen Telefon zurück. Es war rot und geformt wie ein hochhackiger Frauenschuh.
Können wir die Kleine einen Augenblick zu dir mitnehmen?, fragte Bella. Ich glaub zwar nicht, dass sie zurückkommen. Aber sicher ist sicher.
Ohne eine Antwort abzuwarten, nahm sie Rosi das Telefon aus der Hand. Einen Augenblick zögerte sie, bevor sie zu wählen begann. Tut mir leid, Mutter. Ach so. Umso besser. Du musst mir helfen. Mach ein Bett zurecht und starken Kaffee. Ich bring ein Mädchen vorbei.
Olga unterbrach sie: Du hast doch den Wagen gar nicht. Der steht hier, Willy und ich sind damit unterwegs gewesen.
Dann rufe ich eben ein Taxi. Und sieh mal in deinem Doktorbuch unter Vergiftung nach. Danke.
Aber nur kurz, sagte Rosi. Mit so was will ich nichts zu tun haben.
Gemeinsam trugen sie das Mädchen hinüber in Rosis Wohnung. Sie legten es auf das rosa Sofa. Bella ging noch einmal zurück. Sie sah sich die Wohnung gründlich an. Aber sie fand nichts, das einen Hinweis auf die Bewohner hätte geben können, außer dass sie den Eindruck gewann, die Wohnung sei nicht regelmäßig bewohnt. Trotz der Flaschen und Gläser, trotz der überfüllten Aschenbecher und der funktionierenden Musikanlage fanden sich keine Spuren, die auf Bewohner schließen ließen. Der Kleiderschrank im Schlafzimmer war leer. In der Küche gab es keine Lebensmittel, weder in den Schränken noch im Kühlschrank. Nirgends standen persönliche Gegenstände oder Fotos herum. Einzig im Bad lagen ein paar gebrauchte Handtücher, Duschgel und ein einsamer Fön. Bella suchte nach einer Plastiktüte, fand eine edel aussehende, glänzende Papiertüte mit dicken Kordeln anstatt der üblichen Henkel und ließ den Fön, an der Schnur baumelnd, in die Tüte rutschen. Sie verließ die Wohnung. Sorgfältig schloss sie die Tür hinter sich. Bei den Nachbarn rührte sich noch immer nichts.

Sie blieb in der Tür zu Rosis Wohnzimmer stehen.
Das Mädchen lag auf dem Sofa, zugedeckt. Sein Gesicht lag direkt unter dem Lichtkegel der Stehlampe. Rosi stand hinter dem Sofa und sah auf das Gesicht.
Die kennen wir doch, sagte sie.
Ja, sagte Bella. Sie kommt mir bekannt vor. Und als Rosi hinzufügte: Die Frau kann einem aber auch leidtun, wusste sie, wer da lag. Sie ging zum Sofa und begann, das Mädchen vorsichtig zu schütteln.
Manuela, sagte sie, Manuela, hörst du mich?
Manuela machte einen Versuch zu antworten, aber es war klar, dass sie noch längere Zeit brauchen würde, um wieder bei Verstand zu sein.
Meinen Wagen hab ich nicht hier, aber ich bringe sie trotzdem zu meiner Mutter, im Taxi. Mit der Kowalski reden wir morgen. Die hat jetzt sowieso genug um die Ohren.
Das können Sie machen, wie Sie wollen, sagte Rosi.
Bella sah erstaunt auf. Rosi war ein paar Schritte zur Seite gegangen und sah jetzt vom Fenster her auf die neben dem Sofa kniende Bella.
Aber hier bleibt die nicht liegen.
Irgendetwas war geschehen, und als Bella zehn Minuten später – das Stöckelschuh-Telefon in der Hand, Manuela auf der Liege in ihrem Schlafzimmer – einen Augenblick Zeit hatte nachzudenken, begriff sie auch, was geschehen war. Sie hatte mit ihrem berufsmäßigen Verhalten in der ungewöhnlichen Situation Rosis Misstrauen geweckt. Und der Hinweis auf den Wagen, den sie unbedacht gegeben hatte – bisher hatte sie nie darüber gesprochen, dass sie einen Wagen besaß, und Rosi musste, wie auch alle anderen Kolleginnen, annehmen, sie könne sich ebenso wenig ein Auto leisten wie jede andere Frau, die in einem Supermarkt als Packerin arbeitete –, dieser Hinweis hatte Rosi endgültig bestätigt, dass Bella ihr etwas vorgemacht hatte. Sie würde versuchen müssen, Rosi die Sache zu erklären. Es war keine Zeit

dafür gewesen. Aber sie musste es so schnell wie möglich nachholen.
Sie stand auf und ging ans Fenster, um nach dem Taxi zu sehen. Es hielt vor der Tür, und sie öffnete das Fenster und gab dem Fahrer ein Zeichen. Dann schlug sie die Decke fest um die tief schlafende Manuela und verließ mit ihr die Wohnung.
Die Taxifahrerin war eine junge Frau, die keine Fragen stellte.
Einmal, nach der Hälfte der Strecke, wandte sie sich Bella zu, die neben ihr saß.
So was hätte ich auch gebrauchen können, als ich in dem Alter war, sagte sie. Für den Rest der Fahrt schwieg sie.

WILLY HIELT BELLA die Tür auf.
Ihre Mutter hat mich angerufen, sagte sie. Gemeinsam legten sie Manuela aufs Bett.
Ich mach das schon, sagte Olga und drängte die beiden beiseite.
Sie setzten sich in die Küche. Bella war schweigsam. Willy kochte Kaffee. Sie stellte eine Tasse Kaffee vor Bella hin und trug die Kanne ins Schlafzimmer. Bella hörte, wie sie zusammen mit Olga versuchte, Manuela den Kaffee einzuflößen. Nach einer Weile hörte es sich so an, als schleppten sie das Mädchen hin und her. Bella ging hinüber, wurde aber zurückgeschickt. Also saß sie weiter am Küchentisch. Dann wurde es im Schlafzimmer ruhiger, und Olga und Willy erschienen in der Küche.
Ihr tut ja gerade so, als hätte ich schuld an ihrem Zustand, sagte Bella.
Wo hast du sie überhaupt her?, fragte Olga, statt zu antworten.
Kann sie heute Nacht bei dir bleiben?
Bitte, wie du willst, sagte Olga. Ich geh dann jetzt schlafen.
Ich ruf dich morgen an. Danke, Mutter.
Soll ich Sie nach Hause fahren?, fragte Willy.

Noch nicht. Aber wenn Sie mich zurück in die Siedlung bringen würden. Dahin fährt jetzt kein Zug mehr.
Sie saßen im Wagen, und Willy hatte noch immer nicht gefragt, was eigentlich los sei. Die Straßen waren leer. Willy fuhr schnell.
Das letzte Stück werde ich laufen, sagte Bella. Halten Sie bitte an der U-Bahn-Station. Und was die Sache hier betrifft: Ich nehme an, es wird nur noch ein paar Tage dauern, dann ist endgültig Schluss mit dem Räuber-und-Gendarm-Spiel. Ich kann mir wirklich schönere Beschäftigungen vorstellen.
Können Sie nicht, sagte Willy.
Sie bremste so scharf, dass Bella sich am Armaturenbrett festhalten musste, um nicht gegen die Scheibe zu fallen.
Alles in Ordnung, Willy?, fragte sie.
Entschuldigung, sagte Willy. Ja, alles bestens. Im Augenblick keine Einbrüche, niemand niedergeschlagen. Ihr Haus steht noch. Lediglich mir sind ein paar Dinge nicht klar. Aber wer bin ich denn, dass ich Klarheit will, wo doch schon Sokrates wusste, dass er nichts wusste.
Genau, sagte Bella und lachte.
Auch Willy begann zu lachen.
Ach, bevor ich's vergesse. Mir ist etwas eingefallen. Zu neulich, meine ich. Sie hatten die gleichen Schuhe an.
Besonders einfallsreich war Männerkleidung noch nie, antwortete Bella. Ich hab übrigens seit heute Telefon. Sehen Sie unter – natürlich, so komme ich vielleicht weiter. Die Nummer. Das Ding muss doch auf irgendjemanden zugelassen sein. Ich ruf Sie an, Willy. Ich hab die Nummer nicht im Kopf. Ich sag Sie Ihnen durch, sobald Sie zu Hause sind. Wenn Sie wollen, rufen Sie mich abends an. So gegen acht. Jeden Abend. So können wir am einfachsten in Verbindung bleiben. Kann sein, ich brauche zwischendurch Ihre Hilfe.
Oder ich Ihre, sagte Willy.
Bella stieg aus, und Willy fuhr davon. Diesmal langsam und ohne

allzu viel Krach zu machen. Bella sah ihr nach, bis der Wagen in Richtung Stadt abbog. Leer, schwarz und glänzend lag die Straße da. Es roch nach Regen auf Staub und Beton. Ein einzelnes Auto kam langsam die Straße herauf. Die Scheinwerfer waren abgeblendet. Im Licht der Straßenlaterne erkannte Bella den Dachaufbau. Sie trat hinter einen Heckenrosenbusch. Der Streifenwagen fuhr an ihr vorbei, ohne dass die darin sitzenden Männer sie gesehen hatten.

Mich haben sie nicht gesehen, dachte Bella, während sie dastand und den Duft der Heckenrosen einatmete, und die beiden auf der Parkbank vor der Kirche wollten sie nicht sehen. Was sollten sie auch mit ihnen anfangen.

Sie verließ ihr Versteck und ging hinter dem Streifenwagen her, der die Richtung zu ihrem Block genommen hatte. Er stand auch dort an der Ecke. Niemand saß darin. Es blieb ihr nichts anderes übrig, als in sicherer Entfernung zu warten.

Hatte Rosi die Polizei gerufen? Kaum vorstellbar. Jemand von den Nachbarn? Bestimmt nicht. Also doch Rosi. Oder jemand von gegenüber?

Sie sah sich um. Alle Fenster in den umliegenden Wohnblocks waren schwarz und leer. Jemand, der nachts die Polizei rief, blieb zumindest am Fenster stehen und wartete, bis sie kam.

Oder wollten sie zu ihr?

Sie ging bis zur Ecke, blieb dort stehen und beobachtete ihren Hauseingang. Vielleicht waren sie gar nicht in ihrem, sondern in irgendeinem anderen Wohnblock. Sie musste nicht lange warten. Nach etwa vier Minuten sah sie die Polizisten den Hauseingang verlassen, zu ihrem Wagen gehen, einsteigen und losfahren. Es war so still, und sie war so dicht bei ihnen, dass sie gehört hätte, worüber sie sprachen, wenn sie gesprochen hätten.

Ihre Wohnung fand sie, wie sie sie verlassen hatte. Niemand war da gewesen, und es fehlte nichts; bis auf die Decke, in der sie Manuela zum Taxi getragen und die sie bei Olga vergessen hatte. Es blieb ihr nichts anderes übrig, als sich mit ein paar Kleidungsstücken zuzudecken. Dann lag sie da – sie hatte die Liege in die Mitte des Wohnzimmers gestellt und die Vorhänge offen gelassen –, starrte in den schwarzen Himmel, der am unteren Rand der rechten Fensterscheibe ein wenig heller war, weil dort unten irgendwo eine Laterne stand, und dachte darüber nach, was sie als Nächstes zu tun hätte. Sie stand noch einmal auf, um Willy anzurufen. Das Telefon funktionierte nicht. Sie legte sich wieder hin und stopfte die Hosen und Pullover so dicht wie möglich um sich herum. Ihr war kalt. Bevor sie einschlief, fiel ihr Blick auf das auf dem Fußboden stehende Telefon: ein hochhackiger, nutzloser Frauenschuh auf dem leeren Fußboden eines kahlen Zimmers.

SIE WAR NICHT wieder zur Arbeit gegangen, nachdem die Polizistin mit ihr zu Marcel gefahren war. Sie hatten ihn in St. Georg in die Leichenhalle gelegt.

Als sie auf das Krankenhausgelände gefahren waren, hatte sie sich einen Augenblick lang eingebildet, er läge auf einer Station, und sie käme, um ihn zu besuchen. Er war sehr klein gewesen unter dem Tuch und ihr sehr fremd. Sie hatte nur genickt, als man sie gefragt hatte, ob das ihr Sohn sei. Geweint hatte sie nicht. Sie hätte die Kinder nicht allein lassen dürfen. Die Idee mit der Arbeit war falsch gewesen.

Sie hatten sie nach Hause gebracht und sich die Wohnung angesehen. Manuela war schon da gewesen. Der Kleine auch. Der begriff noch nichts. Manuela hatte versucht, sie zu trösten. Sie hätte nicht arbeiten gehen dürfen. Daran war nichts zu ändern.

Sie hatte den Kleinen ins Bett gebracht – es war zu früh für ihn, und sie hatte ihm ein Zäpfchen geben müssen – und war in der Küche am Tisch sitzen geblieben. Irgendwann war Manuela aus ihrem Zimmer gekommen. Es war etwas mit ihr los gewesen. Sie hatte ganz aufgelöst ausgesehen. Es war ihr aber nicht gelungen, sich zu überwinden und Manuela zu fragen. Vielleicht hatte sie um den Bruder geweint. Gegen Abend hatte Manuela die Wohnung verlassen.

Sie war vom Küchentisch aufgestanden und ins Wohnzimmer gegangen. Aus der Wohnung über ihr hatte sie den Gong zur Tagesschau gehört und den Fernseher eingeschaltet. Das Klingeln hatte sie nicht gehört und auch nicht, was die Nachrichtensprecherin sagte. Die Nachrichtensprecherin war blond und trug glitzernde Ohrringe und ein weißes Jackett.

Sie hatte die Klingel erst gehört, als die Sprecherin eine Pause machte und Bilder ohne Ton zu sehen waren. Sie war aufgestanden und hatte die Tür geöffnet. Sie hatte einfach geöffnet und war einen Schritt zur Seite getreten, um den Mann an sich vorbeizulassen. Jetzt saßen sie einander in der Küche gegenüber. Von oben und aus der offenen Wohnzimmertür war das Fernsehprogramm zu hören. Es hieß Flitterabend.

Ich dachte, sagte der Mann, wo du nun, vielleicht brauchst du jemanden …

Er sah sie an und dann an ihr vorbei aus dem Fenster. Als er das Schweigen nicht mehr aushielt, stand er auf und holte den Korn und die Limonade aus dem Küchenschrank.

Ich nicht, sagte die Frau.

Er nahm nur ein Glas aus dem Küchenschrank. Als er das leere Glas auf den Tisch stellte, stöhnte er ein wenig.

So was passiert eben, sagte er. Es sollte tröstlich klingen.

Zehn Jahre zieht man sein Kind groß, und dann ist es weg, sagte die Frau. Ich hätte sie nicht allein lassen dürfen.

Sie weinte noch immer nicht. Sie konnte nicht weinen, denn der Gedanke, dass sie schuld war am Tod ihres Sohnes, brauchte Zeit, um sich in sie hineinzufressen. Weinen wäre dabei hinderlich gewesen. Es war nicht so, dass sie sich nicht schon schuldig gefühlt hätte, bevor Marcel gestorben war. Aber bisher hatte sie die üblichen Schuldgefühle gehabt, die alle Mütter haben, durch nichts und alles begründet und jedenfalls dazu geeignet, sie in möglichst großer Anzahl an dem Platz festzuhalten, an den sie nach allgemeiner und auch nach ihrer eigenen Meinung gehören. Die Schuldgefühle, die jetzt in ihr entstanden, die sich in sie hineinfraßen und sie nicht wieder verlassen würden, bis sie tot war – so, wie der Parasit den Wirt nicht verlässt, es sei denn, der Wirt stirbt vor ihm –, diese Schuldgefühle waren von anderer Art. Und obwohl die Mütter sie nicht kennen, bevor sie von ihnen angefallen werden, fürchten sie sie doch alle insgeheim. Sie ahnen, was die erleben, die irgendwann befallen werden, und ihre Reaktionen auf das Unglück der anderen sind immer mit einer winzigen Spur von Erleichterung gemischt, denn wenn es gerade erst die andere getroffen hat, dann kann es mich doch nicht auch noch treffen. Was nur dem Anschein nach richtig ist, nicht aber in Wirklichkeit.

Die Frau stand auf und ging ins Bad.

Es ist alles durcheinander, sagte sie, als sie zurückkam. Ich will das in Ordnung bringen.

Aber sie blieb am Tisch stehen und sah auf den Mann hinunter.

Und du, was willst du hier?

Er hatte den Eindruck, sie bemerke ihn erst jetzt. Sie war verändert, und das war ihm unangenehm. Deshalb antwortete er nicht und sah vor sich auf die Tischplatte.

Ist ja auch egal, sagte die Frau. Du kannst morgen für mich in den Supermarkt gehen und mein Geld abholen. Ich krieg da noch Geld.

Na, siehst du, sagte er. Mit Papa geht doch alles viel besser.

Sie antwortete nicht und verließ die Küche. Er hörte sie im Bad herumräumen. Dann verließ sie das Bad und ging ins Kinderzimmer. Da hörte er sie nicht. Der Fernseher war zu laut. Schließlich stand er auf und ging ins Bad. Er sah, dass die Tür des Spiegelschranks herausgebrochen worden war, und ging zurück in den Flur.

Wo ist eigentlich Manuela, rief er.

Als die Frau nicht antwortete, ging er ins Kinderzimmer. Sie saß am Tisch unter dem Fenster. Die Matratzen waren hochgenommen und nicht richtig zurückgelegt worden. Der Läufer lag unter Marcels Bett. Alle Schubladen standen offen. Der Inhalt von Manuelas Schrank lag verstreut auf dem Fußboden.

Was ...

Die Frau sah ihn an, und er blieb ruhig, stand weiter in der Tür und sah sich um.

Ich hätte die Arbeit nicht annehmen dürfen, sagte sie vom Fenster her.

Wenn man das hier sieht, ganz bestimmt nicht.

Er wandte sich um und ging zurück in die Küche. Die Frau folgte ihm.

Gehst du dann morgen für mich?

Na klar, sagte er und goss sich noch einen Schnaps ein.

SIE WIRD ABHAUEN, sobald sie wieder laufen kann, dachte Bella. Ich hoffe, Olga hat die Tür abgeschlossen.

Sie suchte die Telefonnummer der Bentrupp. Das Telefon funktionierte noch immer nicht. Als sie die Visitenkarte gefunden hatte, zog sie sich an und ging auf die Straße, um eine Telefonzelle zu suchen. Die erste, die sie sah, stand direkt vor ihrem Haus. Irgendjemand hatte den Hörer abgerissen. Die zweite fand sie ein paar hundert Meter weiter. Sie war in Ordnung. Es war halb sieben Uhr morgens, genau die richtige Zeit, um eine tüchtige Polizistin anzurufen. Endlich. Die Stimme der Bentrupp klang tatsächlich so frisch geduscht, wie sie es erwartet hatte.

Wir haben eine Chance, sagte Bella ins Telefon, wenn Sie so bald wie möglich kommen und Fotos von den toten Mädchen mitbringen.

Die Bentrupp zögerte und stellte ein paar überflüssige Fragen, die Bella ausweichend beantwortete. Schließlich sagte sie zu. Bella fuhr zu Olga.

Olga hatte die Wohnungstür tatsächlich abgeschlossen und fand

den Schlüssel nicht gleich. Sie hatte ihn vor Manuela versteckt. Bella stand vor der Tür und wartete. Eine Nachbarin erschien im Treppenhaus, älter als Olga, angetan mit Hut und Mantel.
Na, das ist aber schön, dass Sie Ihre Mutter schon so früh besuchen. Oder ist sie krank? Nein? Ja, ich besuche meinen lieben Mann auf dem Friedhof. Das Barometer hat gutes Wetter angezeigt. Das muss man ausnutzen.
Die Nachbarin ging weiter. Aus der alten Ledertasche, die sie über dem Arm trug, ragte ein Stiel. Ihr Mann war vor achtzehn Jahren gestorben.
Sie beharken sich über den Tod hinaus, dachte Bella.
Endlich hörte sie den Schlüssel im Schloss.
Entschuldige, aber ich dachte, es wäre besser, wenn ich abschließe.
Olga war angezogen. In der Küche stand das Frühstück auf dem Tisch. Es roch nach Kaffee, frischen Brötchen und Butter. Bella bekam einen Anfall von Heimweh. Der Anfall verschwand glücklicherweise bald, vertrieben durch Olga, natürlich.
Herrgott, wie du aussiehst. Hast du nicht geschlafen?
Sie sagte das in einem Ton, der dem eines Reporters, der vom Ausbruch des Pinatobu berichtet, in nichts nachstand. Bella hatte keine Lust, sich auf eine Diskussion über Schönheitsschlaf einzulassen. Betont kühl erkundigte sie sich nach Manuela.
Sieh nach. Sie schläft. Aber sie wird bald aufwachen. Vermutlich geht's ihr dann schlecht. Wer ist das nun eigentlich?
Ich erklär's dir später, Mutter, sagte Bella. Sie ist die Tochter einer Kollegin.
Das war unbedacht.
Was für eine Kollegin? Hast du wieder bei der Polizei angefangen? Wieso hast du mir nichts davon erzählt? Kein Wunder. Wenn meine Mutter Polizistin gewesen wäre …
Mutter, denk mal nach. Deine Mutter hätte nicht Polizistin sein können.
Gott sei Dank, sagte Olga voll Überzeugung. Sie war Tänzerin.

Sonst hätte sie deinem Großvater wohl auch kaum gefallen. Ich erinnere mich, dass sie erzählt hat …

Bella ging ins Schlafzimmer und betrachtete Manuela. Sie hatte den Eindruck, das Mädchen stelle sich schlafend, und sprach es an. Manuela reagierte nicht, und so ging Bella zurück in die Küche, um zu frühstücken. Im Stillen hoffte sie, die Bentrupp würde nicht in Uniform ankommen. Ihre Mutter hatte eine unüberwindliche Abneigung gegen Polizisten. Das war ein Relikt aus der Zeit, als sie bei Demonstrationen regelmäßig festgenommen worden war. Selbstverständlich waren diese Zeiten lange vergangen. Demonstrationen galten inzwischen als Aushängeschild der Demokratie. Die Regierungen hätten sie erfunden, wenn es sie nicht gegeben hätte. Je größer, desto besser, denn je größer die Veranstaltungen der Mittelschichten waren, desto sicherer konnten sich die Regierungen fühlen. Es war anzunehmen, dass mancher aufgeweckte Bürgermeister oder Landesvater, verborgen hinter den Vorhängen seines Amtszimmers, den Demonstrationen unten auf der Straße mit Entzücken zusah. Hier wurden die Slogans seiner nächsten Wahlkampagne geboren. Diese Menschen artikulierten ihre Bedürfnisse oder die ihrer Kinder. Recht hatten sie, und man würde sich bemühen, ihren Wünschen nachzukommen.

Olga, die zu der aussterbenden Art der dogmatischen Kommunisten gehörte, war diese Entwicklung nicht verborgen geblieben. (Wie viele ihrer Genossen war sie durchaus und in einem sehr hohen Maß fähig, gesellschaftliche Prozesse zu analysieren. Es war nicht ihre Schuld, dass ihre Parteiführung nicht in der Lage war – oder, wenn doch, zumindest unfähig –, neue Erkenntnisse in Politik umzusetzen.) Auch war sie gewohnt, zwischen der Erscheinung und dem Wesen der Dinge zu unterscheiden. Und es war nun mal ihre Überzeugung, dass zum Wesen eines Polizisten der Schlagstock gehöre, auch wenn, wie sie sich ausdrückte, *sie heute so tun, als wären sie alle harmlose Walkie-Talkie-Männchen.*

Natürlich bin ich nicht wieder zur Polizei gegangen, sagte Bella.

Ich erwarte aber eine Polizistin. Ich möchte herausbekommen, was mit dem Mädchen geschehen ist. Sie wird mir dabei helfen.
Wider Erwarten hatte Olga keine Einwände.
Ich werd einholen gehen, wenn die Dame kommt, sagte sie. Möchtest du bei mir zu Mittag essen?
Danke, ich muss ... Ach du lieber Himmel!
Bella hatte auf die Uhr gesehen. Der Supermarkt. Es war nach acht. Sie rief dort an, erklärte, dass sie erst mittags kommen könne, weil in ihrer Wohnung ein Wasserrohr geplatzt sei, und hatte gerade noch einmal nach Manuela gesehen, als die Bentrupp erschien. Olga zog ihren Mantel über und verschwand.
Erstaunlich früh für eine alte Dame, einholen zu gehen. Ich hoffe, sie geht nicht meinetwegen, sagte die Bentrupp, die am Fenster stand und Olga auf dem Bürgersteig unter dem Fenster vorbeigehen sah. Sie wandte sich Bella zu und sah sie fragend an.
Das Mädchen liegt nebenan, sagte Bella. Ich hab sie gestern Nacht gefunden. In einer Wohnung im achten Stock. Sie war bewusstlos. Ich hab sie hierhergebracht, weil es mir sicherer schien.
Sie hätten sie nach Hause bringen können.
Ja, sagte Bella. Wollen wir versuchen, mit ihr zu reden?
Sie ging voraus, und die Bentrupp folgte ihr. Manuela war wach. Sie saß aufrecht im Bett. Den Hinterkopf hatte sie gegen zwei Eisenstäbe gelehnt. Eigentlich schlief Olga in dem alten, weiß lackierten Eisenbett. An den Kissen und Decken, die auf dem Fußboden lagen, war zu erkennen, dass sie die Nacht auf irgendeinem Provisorium verbracht und das Bettzeug aus Rücksicht auf das schlafende Mädchen noch nicht wieder weggeräumt hatte.
Kann ich Kaffee haben?
Bella beeilte sich, einen Becher mit Kaffee herbeizubringen. Wenn sie gewusst hätte, dass der Wunsch nach Kaffee vorläufig das Einzige sein würde, was sie von Manuela zu hören bekommen sollten, hätte sie sich nicht so beeilt. Manuela trank

den Kaffee, sah die beiden Frauen feindselig an und schwieg. Sie schwieg, als Bella sie nach den Inhabern der Wohnung fragte; sie schwieg, als sie ihr erklärte, dass sie in der Nacht beinahe gestorben wäre; sie schwieg, als sie nach ihren Lehrern gefragt wurde; und sie schwieg noch, als Bella von ihrer Mutter und dem Tod ihres Bruders sprach. Erst als die Bentrupp die Fotos aus der Tasche holte und sie auf der Bettkante ausbreitete, fing sie an zu heulen.

Beide, Bella und die Bentrupp, fühlten sich mies. Die Fotos sahen scheußlich aus. Es dauerte eine Weile, bis Manuela sich so weit beruhigt hatte, dass sie sprechen konnte. Während sie sprach, hörte Bella Olga zurückkommen. Sie kam nicht ins Schlafzimmer. Später ging Bella zu ihr in die Küche, um sie zu fragen, ob das Mädchen noch eine Weile bei ihr bleiben könne.

Wenn sie will, sagte Olga. Wenn sie nicht nach Hause will.

Ich rede mit ihrer Mutter. Ich treff sie nachher, sagte Bella und ging zurück ins Schlafzimmer.

Sie und auch die Bentrupp machten sich ein paar Notizen, während das Mädchen sprach. Sie erfuhren drei türkische Namen und die Adressen zweier weiterer Wohnungen, in denen es regelmäßig Feten gegeben habe. Bella war sicher, dass die Wohnungen leer sein würden, wenn die Polizei dort aufkreuzte. Sie wusste nicht, weshalb, aber sie war auch sicher, dass Manuela nicht alles gesagt hatte, was sie hätte sagen können.

Es wäre vielleicht besser, du würdest noch etwas hierbleiben, sagte sie, als deutlich wurde, dass das Mädchen nichts mehr sagen würde. Ich rede nachher mit deiner Mutter.

Manuela heulte ein bisschen, kroch aber wieder unter die Bettdecke. Die Bentrupp steckte die Fotos weg, verließ das Schlafzimmer und machte Anstalten zu gehen. Bella hatte das Gefühl, irgendetwas sagen zu müssen.

Was werden Sie jetzt tun, fragte sie an der Haustür.

Ich bringe die Fotos zurück und gebe die Adressen weiter. Dann wird's einen Einsatz geben, vermute ich. Und damit ist die Sache

dann wohl erledigt. Danke für Ihre Hilfe. Ohne Sie hätte es vermutlich länger gedauert, bis wir dahintergekommen wären.
Vermutlich.
Bella war nicht klar, ob die Bentrupp ernst meinte, was sie gesagt hatte. Es sah fast so aus. Nachdenklich ging sie in die Küche zurück, um sich von Olga zu verabschieden.
Milchreis, Quarkspeise oder Schokoladenpudding, was glaubst du?
Frag mich was Leichteres, sagte Bella, schon beim Gehen. Weshalb machst du nicht alle drei und lässt sie wählen?
Dann blieb sie stehen. Ihr war etwas eingefallen.
Was ist eigentlich aus deinem Besuch geworden?
Weißt du, sagte Olga, ich glaube, ich werde alt. Ich bin neuerdings so unduldsam. Ich hab sie einfach rausgeworfen. Obwohl sie doch früher Genossen waren. Es war schon merkwürdig, dass sie unbedingt auf die Reeperbahn wollten. Und dann diese seltsamen Reden über Freiheit. So, als ob sie nie eine Schulung gehabt hätten. Aber der Gipfel war die Gleiwitzer Wurst.
Die was?
Ach, ich weiß nicht, ob du mir recht geben wirst. Aber es war so – Olga suchte nach einem Wort. Also, ganz schnell erzählt: Wir haben in der Lebensmittelabteilung im Kaufhaus eingekauft. Muss man ja. Die kleinen Läden sind ja weg. Und da lag natürlich alles herum, was dieses Land so international zusammenrafft. Am Tag, bevor sie abfahren wollten, haben sie mich um Geld gebeten. Sie wollten noch mal einkaufen gehen. Sie hätten da eine Wurst gesehen, die hätte so gut ausgesehen, die wollten sie gern mitnehmen. Weißt du, ich hab ihnen das Geld gegeben. Das Geld war es nicht. Es war einfach – obszön. Gleiwitzer Wurst. Ich konnte es nicht mehr ertragen.
Bella sah ihre Mutter aufmerksam an. Klein und zerbrechlich stand sie in der Wohnungstür, durchaus in der Lage, mit allen Unwägbarkeiten, die das plötzliche Auftauchen eines jungen, fremden Mädchens in ihrer Wohnung mit sich brachte, fertig-

zuwerden. Aber so eine Gleiwitzer Wurst brachte sie durcheinander.

Ihr seid schon ein sonderbares Volk, sagte sie, strich ihrer Mutter über die Wange und ging endgültig.

Weshalb ist Manuela nie vernommen worden, dachte sie, während sie in der Bahn saß, um ins Einkaufszentrum zu fahren. Sie müsste die anderen Mädchen doch gekannt haben. Das letzte war ein Unfall. Vielleicht sah alles so eindeutig aus, dass niemand auf die Idee gekommen ist. Aber Selbstmord? Da fragt man doch. Dann fiel ihr ein, dass die dritte nicht aus dem Fenster ihrer eigenen Wohnung gefallen war. Auch bei der hätten sie nachforschen müssen. Und wenn Eddy doch recht hatte? Die beiden Polizisten fielen ihr ein, die sie in der Nacht vor ihrem Haus gesehen hatte. Hatten sie die Wohnung im achten Stock gekannt? Oder hatte der nächtliche Besuch doch ihr gegolten? Sie hatten die gleichen Schuhe an.

ZWEI DER DREI Adressen hatte Bella schon aufgesucht. Immer nach Feierabend, müde und mit weniger Neugier, als sie eigentlich hätte haben müssen. Die zweite schon mehrmals ohne Erfolg. Sie hatte beschlossen, dort nicht noch einmal hinzugehen, aber der Bentrupp, wenn sie sie wiedersah, einen Tipp zu geben. Als sie das erste Mal an der Wohnungstür geklingelt hatte, war auf der anderen Seite der Tür ein größerer Hund mit so rasendem Gebell gegen die Tür gesprungen, dass sie erschrocken zurückgewichen war. Niemand hatte die Tür geöffnet. Sie war deshalb später und auch an ein paar anderen Tagen noch einmal dort gewesen. Jedes Mal hatte der Hund versucht, sie durch die geschlossene Tür anzufallen. Bewohner der Wohnung hatten sich nicht gezeigt. Heute war sie zum letzten Mal dort gewesen. Der Hund hatte eine so merkwürdige Stimme gehabt, dass sie plötzlich sicher war, er befände sich schon längere Zeit allein in der Wohnung.

Die Eltern des zweiten Mädchens, die, deren Tochter sich erhängt hatte, waren gleich am ersten Abend zu Hause gewesen. Sie hatten nichts gewusst.
Die Mutter hatte sofort begonnen zu weinen. Der Vater, ein misstrauischer Mensch, hatte erst gesprochen, als sie versicherte, sie sei nicht von der *Bild*-Zeitung. Er hatte nichts zu sagen über das Leben seiner Tochter. Er wusste einfach nichts. Er hatte auch der Zeitung gesagt, dass er vom Leben seiner Tochter keine Ahnung habe. Wie man das eben so sagt. Die hatten daraus eine Geschichte gemacht, über ihn als Rabenvater, und eine Serie über die Folgen mangelnder Liebe im Elternhaus. Seine Kollegen hatten tagelang nicht mit ihm gesprochen.
Bella gab ihm recht. Er war wirklich nur ein ganz normaler Vater. Und jetzt war sie auf dem Weg zur dritten Adresse. Die dritte Adresse war eine kleine Überraschung. Inmitten von Wohnblocks standen ein paar moderne Einfamilienhäuser mit Doppelgarten, Terrasse und allem Drum und Dran. Sie hätten in jeden besseren Villenvorort gepasst. Hier wirkten sie merkwürdig. Aus den Fenstern der um sie herumstehenden Wohnblocks konnten liebenswürdige Nachbarn sicher jede Regung der Bewohner beobachten.
Vielleicht haben sie sich die Keller ausgebaut, dachte Bella, während sie darauf wartete, dass ihr Klingeln eine Reaktion hinter der Haustür hervorrief. Wenn sie mal unbeobachtet sein wollen, dann gehen sie in den Keller.
Sie klingelte noch einmal. Die Klingel hatte einen hellen, weichen Klang. Sie spielte eine kleine Melodie. Hinter der Tür näherten sich Schritte, und die Tür wurde geöffnet. Bella stand einer Frau gegenüber, die angezogen und geschminkt war, als wollte sie gerade ausgehen. Die Frau bat sie herein. Während sie vor Bella herging, schwankte sie ein wenig auf hohen Absätzen. Offensichtlich hatte sie ein paar Gläschen zu viel getrunken. Vielleicht ging ein Leben auf dem Präsentierteller über ihre Kraft.
Die Zimmer waren um den Korridor herum angeordnet. An allen

Türen hingen Kränzchen aus getrockneten Blumen, an einigen Schilder, die die Funktion des hinter der Tür liegenden Raumes erläuterten. Wahrscheinlich, damit niemand auf die Idee kam, in der Dusche zu kochen.
Möchten Sie etwas trinken, fragte die Frau.
Sie wollten sicher gerade gehen. Ich will Sie nicht lange aufhalten.
Die Frau sah Bella erstaunt an, und Bella begriff, dass sie gar nicht vorhatte auszugehen. Die Frau verschwand und kam mit einem Tablett zurück, auf dem eine verschlossene Flasche Wein und zwei Gläser standen. Sie hatte Schwierigkeiten, den Korkenzieher gerade aufzusetzen. Bella öffnete die Flasche. Der Wein war besser als der bei der Kowalski. Die Frau saß ihr in einem Sessel gegenüber. Sie hatte die Beine übereinandergeschlagen, die Hände mit den lackierten Nägeln auf die Sessellehnen gelegt und sah sie an. Jedenfalls sah sie in ihre Richtung. Ihre Augen waren weit aufgerissen und glasig, die Sprache langsam und sorgfältig artikuliert.
Unsere Tochter, sagte sie. Wie lange ist das jetzt her. Mein Mann ist beim Tennis. Ich werde ihn fragen, wenn er nach Hause kommt. Wie, sagten Sie, heißen Sie?
Erinnern Sie sich, wie es Ihrer Tochter ging, bevor – ich könnte ruhig sagen, bevor sie ihren Kopf in den Backofen gesteckt hat, dachte Bella, die würde den unpassenden Ausdruck gar nicht wahrnehmen –, wie ging es Ihrer Tochter, bevor sie starb? Ist Ihnen irgendetwas Besonderes aufgefallen?
Sie war immer so lustig, sagte die Frau. Mein Mann mochte sie. Er ist beim Tennis.
Es hatte keinen Sinn, weiterzufragen. Sie stand auf.
Danke für die Auskunft, sagte sie. Vielleicht komme ich an einem anderen Tag wieder. Wenn es Ihnen besser passt.
Warum gehen Sie. Bleiben Sie doch sitzen, sagte die Frau vom Sessel her, als Bella in der Tür stand. Mit mir kann man doch reden. Ich bin nicht so.

Bella verließ das Haus. Sie war sicher, dass sie nicht noch einmal hierherkommen würde. Sie war nicht geschaffen für Einfamilienhäuser und Hausfrauenglück.

ES HAT SICH gelohnt.
Die Bentrupp legte die Fotos auf den Schreibtisch. Hier.
Sie hielt dem Kollegen von der Kripo den Zettel mit den Adressen hin. Es war nicht der Kollege, von dem sie die Fotos bekommen hatte. Aber er saß an demselben Schreibtisch.
Was soll das sein?
Adressen. Das sind die Adressen von drei Wohnungen und dazu die Namen von Kerlen, die vermutlich in diesen Wohnungen Puffs betrieben haben. Alle am Hoffnungsberg. Ihr müsst wohl die Sitte informieren.
Ach ja?
Entschuldigung, sagte sie. Ich will mich nicht in eure Angelegenheiten mischen. Es war eigentlich eher zufällig, dass ich da rangekommen bin. Die Mädchen können da drin gewesen sein. In den Wohnungen, meine ich. Immerhin sind die alle jünger als sechzehn, oder?
Ist gut, Frau Bentrupp. Sie sind noch nicht lange wieder im Dienst, was? Aber wir kümmern uns.
Er nahm die Fotos in die Hand und sah darauf nieder.
Schlimm. Wissen Sie, wie viele Selbstmorde von Kindern jedes Jahr auf unseren Schreibtisch kommen? Drei am Hoffnungsberg. Klar, wir kümmern uns. Ich setz die Sache auf die Dringlichkeitsliste.
Er nahm einen Aktenordner von einem Stapel auf seinem Schreibtisch und begann zu lesen. Die Bentrupp blieb vor seinem Schreibtisch stehen. Er sah hoch.
Ist noch was?
Sie werden denen das Handwerk legen? Man muss dort bald hin-

gehen, bevor sie weg sind. Immerhin waren es Kinder, mit denen sie ihre Geschäfte gemacht haben.
Klar, muss man. Machen wir. Machen wir alles.
Das Telefon auf dem Schreibtisch begann zu klingeln. Die Bentrupp wandte sich zum Gehen.
Nein, nicht schon wieder, hörte sie den Kollegen sagen, während sie die Tür hinter sich schloss.
Sie kannte den Ton noch, in dem die Kollegen von der Kripo redeten. Da hatte sich nichts geändert. Immer so, als wären sie kurz davor, unter ihrer Arbeit zusammenzubrechen. Aber sie war sicher, dass sie den Hinweisen nachgehen würden.
Sie hatte sich nicht getäuscht. Sie und Vogel nahmen ihren Dienst auf, und während sie Streife fuhren, beobachteten sie in regelmäßigen Abständen die Häuser, die Manuela genannt hatte. Nachmittags gegen fünfzehn Uhr tauchte die Kripo vor dem ersten Haus auf. Sie hatten zwischendurch ein paar Randalierer am Bahnhof zu beruhigen. Die Sache gestaltete sich komplizierter, weil einer von ihnen im Rollstuhl saß. Er führte sich besonders wild auf. Sie hätten ihn eigentlich festnehmen müssen. Stattdessen versuchten sie, ihn zu beruhigen und die anderen von ihm zu trennen. Das Ganze kostete eine Menge Zeit und noch mehr Nerven. Als sich die Lage einigermaßen beruhigt hatte und sie noch einmal eine Runde durch die Straßen fuhren, verließen die Kollegen von der Kripo gerade die letzte Wohnung.
Halt mal an.
Die Bentrupp ging über die Straße. Sie erreichte den Wagen, als der Fahrer Gas geben wollte. Sie klopfte an die Scheibe, und er hielt noch einmal an.
Was gefunden? Habt ihr die Kerle?
Ach, Mädchen, sagte der Kollege, der ihr die Fotos gegeben hatte, vom Rücksitz. Diesmal waren sie schneller als wir. Aber irgendwann kriegen wir sie, darauf kannst du dich verlassen.
Na dann, sagte die Bentrupp.
Während sie zum Streifenwagen zurückging, verspürte sie ein

Gefühl der Erleichterung. Auch wenn die Kollegen die Türken nicht festgenommen hatten. Es war ja der erste Versuch gewesen. Eines Tages würden sie sie kriegen, da war sie ganz sicher. Wo sollten sie schon hin. Endlich lief alles in den richtigen Bahnen.

Na, wie sieht es aus?

Vogel sah ihr gespannt entgegen.

Diesmal noch nicht. Aber es ist nur eine Frage der Zeit, bis sie die haben.

Anders als bei uns, sagte Vogel. Was glaubst du, was die Brüder von vorhin jetzt gerade machen? Ich sag's dir. Hast du den neuen Zug gesehen, den neuen U-Bahn-Zug? Sie sind gerade dabei, die Polster aufzuschlitzen. Sie schlitzen mit ihren verdammten Scheißmessern die verdammten neuen lila Polster auf.

Mann, beruhige dich. Woher weißt du das überhaupt?

Es kam grade über Funk. Wir sollen sofort zurück zum Bahnhof fahren.

Die Bentrupp sah auf die Uhr.

Wir haben Feierabend, sagte sie.

Ja. Vogel gab Gas. Klar haben wir Feierabend. Machen wir mit ihnen einen netten kleinen Plausch nach Feierabend. Die Kollegen von der nächsten Schicht haben bestimmt schon das Bier kalt gestellt.

BELLA VERLIESS den Supermarkt nach Feierabend allein. Rosi war offenbar früher gegangen; jedenfalls hatte sie sie nicht mehr gefunden. Sie nahm sich vor, später zu ihr hinaufzugehen, um ihr die Wahrheit zu sagen. Aber zuerst wollte sie Manuelas Mutter aufsuchen. Sie war nicht zur Arbeit gekommen. Als sie nachgefragt hatte, hatte der Schnösel gesagt, die habe sich nicht gemeldet und er würde sie fristlos entlassen, wenn sie morgen nicht käme.

Bestellen Sie ihr das, wenn Sie sie treffen, schrie er durch den Laden. Er schrie immer. Schreien war die Quelle seiner Autorität.
Sie hatte die Kolleginnen gefragt. Keine wusste etwas. Keine war bereit gewesen mitzukommen.
Mein Mann wartet, die Kinder warten, ich muss noch kochen, wir haben Besuch, wir kriegen Besuch, und ich muss noch kochen.
Das hätte sie sich eigentlich denken können. Rosi hatte sie nicht gefragt. Sie war schon weg gewesen.
Manuelas Mutter war nicht allein. Sie saß mit einem Mann am Küchentisch und war damit beschäftigt, ein kleines Kind zu füttern. Sie trug einen schwarzen Rock, eine schwarze Bluse und schwarze Strümpfe. Sie sah erbärmlich schlecht aus. Auf Bellas Erscheinen – der Mann hatte die Wohnungstür geöffnet und sie in die Küche geführt – reagierte sie apathisch.
Ich komme wegen Manuela, sagte Bella, nachdem sie ein paar Worte zum Tod von Marcel gesagt hatte, auf die die Frau kaum reagierte.
Da hast du's, sagte der Mann. Jetzt ist es so weit. Erst treibt sie sich wer weiß wo rum, kommt nachts nicht nach Hause, und nun …
Bella sah ihn an, und er hielt den Mund.
Manuela ist in Ordnung, sagte sie und sah die Frau an. Es ging ihr nicht gut. Ich hab sie in die Wohnung meiner Mutter gebracht. Ich dachte, Sie hätten im Augenblick mit anderen Dingen den Kopf voll.
Die Frau versuchte ein dankbares Lächeln. Es gelang ihr nicht.
Kennen Sie diese Namen?
Bella legte den Zettel mit den drei Namen auf den Tisch.
Oder einen davon?
Die Frau sah einen Augenblick auf den Zettel. Sie schüttelte den Kopf. Dann nahm der Mann den Zettel in die Hand.
Klar, Kanaken. Kenn ich nicht. Wer kennt schon so was.

Würden Sie mir den Zettel geben, sagte Bella.
Der Mann legte den Zettel auf den Tisch zurück, und sie steckte ihn ein.
Schade, sagte sie und sah die Frau an. Ich hatte gedacht, Sie könnten mir helfen. Solange wir diese Männer nicht finden, ist Manuela nicht sicher. Sie wird im Laufe des Abends nach Hause kommen. Sehen Sie zu, dass sie in der nächsten Zeit abends nicht rausgeht.
Die? Wie sollen wir die wohl abends zu Hause halten?! Annageln, oder was?
Die Frau sah zu dem Mann hinüber. Ihr Gesichtsausdruck war gequält. Ist gut, sagte sie. Danke, dass Sie hier waren. Er kommt morgen in den Betrieb, um meine Papiere zu holen. Er hilft mir jetzt. Ich ...
Sie sprach nicht weiter und fütterte wieder das Kind. Bella erhob sich und verließ die Wohnung. Der Mann begleitete sie nicht hinaus.
Langsam ging sie nach Hause. Die Abendluft war weich. Einige Familien waren zum Abendessen auf den Balkon gezogen. Sie hatten den Ton ihrer Fernsehgeräte lauter gestellt, damit sie trotzdem die Abendnachrichten hören konnten.
Wahrscheinlich fehlt ihnen eine Art Gewürz beim Essen, wenn sie nicht gleichzeitig darüber informiert werden, wie lang die Staus auf der Autobahn sind, wie viele Menschen sich mit Aids infiziert haben und welches der fünf neuen Bundesländer die höchste Arbeitslosenquote hat, dachte Bella.
Als sie die Treppe zu ihrer Wohnung emporstieg, hörte sie, dass an ihrer Wohnungstür geklingelt wurde. Vor der Tür traf sie auf Rosi. Sie hielt eine Tüte in der Hand. Die Tüte war ziemlich ramponiert, aber sie kam Bella trotzdem bekannt vor.
Hier, sagte sie. Haben Sie wohl vergessen.
Bella nahm die Tüte entgegen und sah hinein. Der Fön.
Bitte, Rosi, komm einen Augenblick herein. Ich erklär dir, was los ist.

Rosi zögerte, aber ihre Neugier siegte.

Komm, setz dich. Ich mach uns einen Kaffee. Du wolltest nicht mit mir zusammen nach Hause gehen, stimmt's?

Rosi nickte und lachte.

Wenn sie lacht, sieht sie ein bisschen hinterhältig aus, dachte Bella, nur ein kleines bisschen, aber immerhin.

Der Kaffee ist gleich fertig, sagte sie.

Rosi setzte sich an den Tisch. Bella begann, ihre Anwesenheit in dem Laden und am Hoffnungsberg zu erklären. Sie hatte das Gefühl, sie müsse sich rechtfertigen. Entsprechend kompliziert fielen ihre Erklärungen aus.

Du willst sagen, die Türken haben hier Mädchen verscheuert, und die Bullen stecken mit drin?

Bella war sich nicht bewusst, etwas in dieser Art gesagt zu haben. Rosi hatte trotzdem das Wesentliche erkannt.

Kann schon sein.

Mann, das is'n Ding. Und was hast du damit zu tun?

Ja, dachte Bella, das frage ich mich auch.

Ich war selbst mal Polizistin. Und dann so was wie Privatdetektivin. Ich bin eigentlich nur so reingerutscht in die Geschichte. Eine Kollegin, eine ehemalige Kollegin, kam zu mir und bat mich um Hilfe.

Du arbeitest mit der Polizei zusammen? Schon Mist.

Ich arbeite nicht mit der Polizei zusammen. Sie hat mit mir geredet. Das ist etwas anderes.

Egal. Auf Bullen hab ich keinen Bock.

Ich auch nicht. Das kannst du mir glauben.

Rosi stand auf. Bella ebenfalls. Das Gespräch verlief nicht so, wie sie es sich gewünscht hätte.

Warte einen Augenblick, bevor du gehst. Ich möchte dich etwas fragen, Rosi.

Rosi blieb stehen und sah sie an, sagte aber nichts.

Sieh mal, es könnte doch sein, dass du einen der Türken mal zufällig auf der Treppe gesehen hast. Auch neben den anderen

Wohnungen haben Leute gewohnt. Die Türken hatten bestimmte Gewohnheiten, Lokale, du weißt schon. Ich dachte, wenn …

Rosi schüttelte langsam und nachdrücklich den Kopf und verließ die Küche. Bella ging hinter ihr her.

Rosi, die Polizei hat die Adressen der Wohnungen. Sie werden hingehen. Vielleicht waren sie schon dort. Sie werden nichts finden. Sie kennen die Mädchen nicht, die da mitgemacht haben. Sie kennen nur Manuela. Das wissen die Brüder doch. Die werden versuchen, Manuela unter Druck zu setzen. Meinst du nicht, es wäre besser, wir würden versuchen, die Türken zu finden, bevor etwas passiert?

Und wie soll das gehen?

Manuela wird uns eine Beschreibung geben. Vielleicht merkst du daran, dass du sie kennst, oder wenigstens einen von ihnen. Wir werden die Augen offen halten. Wir werden die Kolleginnen bitten, uns zu unterstützen.

Die? Wenn ich schon nicht mitmache?

Bella wusste, dass Rosi recht hatte. Und plötzlich wusste sie auch, dass Schluss war. Die Geschichte war zu Ende. Der Rest war für die Polizei. Sie hatte hier nichts mehr verloren. Manuela war vielleicht in Gefahr. Aber über die Art dieser Gefahr konnte man durchaus unterschiedlicher Meinung sein. Was war bedrohlicher: die Türken oder das Leben, das sie zu Hause erwartete? Was würde sich ändern, wenn man die Türken fand? Sie würde eine andere Möglichkeit suchen, von zu Hause wegzukommen. Wer wollte sie dafür richten?

Rosi ging zur Tür. Bella folgte ihr, um sie hinauszulassen.

Bemüh dich nicht, Frau Block. Der Beier wird sich freuen. Noch eine weniger.

Beier, dachte Bella, wer ist Beier?

Dann war Rosi weg. Bella ging zurück in die Küche. Auf dem Tisch lag der Fön. Sie würde ihn an die Bentrupp schicken. Sie ging ins Wohnzimmer und begann, ihre Sachen zu packen. Sie

stellte alles zusammen in die Mitte des Wohnzimmers, nahm die Tüte mit dem Fön und verließ die Wohnung. In der Wohnung über ihr lief ein Western.
Aus der Telefonzelle rief sie ihre Mutter an. Manuela war gegangen.
Sie hätte noch bleiben können, sagte Olga. Eigentlich war sie ganz nett. Sie hat sich richtig bedankt am Schluss. Aber nachdem sie telefoniert hatte, wollte sie unbedingt weg. Ich konnte sie nicht länger halten.
Sie hat telefoniert?
Ja. Sollte ich ihr das verbieten?
Mit wem, verflixt nochmal, mit wem hat sie telefoniert?
Also, ehrlich gesagt, mein Kind, du kannst schlecht von mir verlangen, dass ich zuhöre, wenn meine Gäste ihre Privatgespräche erledigen.
Mutter, du hast doch gesehen, was mit ihr los war.
Ein bisschen hab ich ja auch zugehört. Aber ich weiß nicht …
Wo wollte sie hin?
Heute Abend, Resi-Bar, nach elf.
Olgas Stimme war mürrisch. Aber Bella spürte wohl, dass der gereizte Ton nicht ihr galt. Er galt der Tatsache, dass es ihr nicht gelungen war, das Mädchen zurückzuhalten.
Ist schon in Ordnung, Mutter, danke, bis Dienstag, sagte Bella und legte auf.
Sie überlegte, suchte und fand noch drei Groschen in ihren Jackentaschen und rief Willy an.
Hallo, Willy, sagte sie, würden Sie morgen früh ein paar Brötchen mitbringen? Ich komme zurück.

WIR WERDEN uns einen anderen Keller suchen müssen. Die beiden großen Jungen liefen nebeneinander die Kellertreppe hinunter und bogen in einen der Gänge ein. Rechts und links

lagen Keller, die mit Lattentüren zugesperrt waren. Einige Türen waren von innen mit Holz oder Pappe vernagelt worden, so dass man nicht in die Keller hineinsehen konnte. Andere standen offen, aufgebrochen oder gar nicht erst abgeschlossen.
Schimmelnde Kühlschränke, leere Flaschen, einzeln oder in Containern, Zeitungen und Pappkartons lagen auf dem Gang. Es stank nach gebrauchten Matratzen.
Wieso das? Ist doch wunderbar hier.
Nuri hüpfte mit geschlossenen Füßen über einen Kühlschrank und dann über eine Kiste.
Der Hausmeister macht Zicken. Sie haben ihm eins reingewürgt, von wegen er lässt den Keller verdrecken. Jetzt hat er Schiss vor Kontrolle.
Weißt du schon, wo wir hin können?
Nee, keine Ahnung, ich red noch mal mit ihm.
Sie hatten ihren Keller erreicht, und Nuri schloss die Tür auf. Auch diese Tür war von innen vernagelt worden. Sie hatten, bevor sie gegangen waren, das Kellerfenster fest verschlossen. Der Geruch im Keller war atemberaubend. Die Jungen setzten sich nebeneinander auf einen Stapel Matratzen und begannen zu rauchen.
Sollen wir für Marcel einen anderen nehmen?
Ich glaube nicht. Sind sowieso schon zu viele. Zu viele Leute sind nicht gut.
Da kommt einer.
Nuri stand auf und schlich an die Kellertür. Vorsichtig sah er durch einen Spalt. Manuela kam den Gang entlang. Er war so verblüfft, dass er einfach beiseitetrat, als sie die Tür aufdrückte.
Was willst du hier?
Gib mir 'ne Zigarette, sagte Manuela zu dem Jungen auf den Matratzen. Er gab ihr eine Schachtel mit Filterzigaretten, die sie abschätzig musterte.
Kastrierte. Habt ihr nichts anderes?
Als ihr niemand antwortete, nahm sie eine Zigarette aus der

Schachtel, brach den Filter ab und steckte sie mit einem Feuerzeug an, das sie aus der Hosentasche holte.
O Gott, wie das hier stinkt, sagte sie. Ich bleibe heute Nacht hier drin.
Die Jungen sahen einander an. Wenn Marcel ihr von dem Keller erzählt hatte, was hatten dann die anderen zu Hause erzählt? Sie würden doch umziehen müssen.
Besprechen wir unter uns, sagte der Blick, mit dem die Jungen sich verständigten.
Meinetwegen bleib hier. Ich hätte auch keine Lust auf das Gejammer.
Manuela verstand, dass er den Tod von Marcel meinte. Sie widersprach nicht.
Die Kinder kamen und lieferten ihre Beute ab. Manuela hockte auf einer Kiste neben dem Tannenbaumgerippe. Weil die großen Jungen sie nicht beachteten, taten auch die Kleinen so, als sei alles wie immer. Sie waren enttäuscht, dass diesmal das anschließende Essen ausfiel. Aber sie sahen ein, dass der Hausmeister zu wichtig war, als dass man ihn verärgern durfte. Also verschwanden sie ohne Widerspruch.
Es ist nicht wegen Marcel, sagte der andere Junge, als der letzte gegangen war. Sie versteckt sich hier. Ich hab sie beobachtet. Jedes Mal, wenn einer gekommen ist, hat sie komisch geglotzt.
Bist du blöde? Meine Mutter hat ihren Macker da. Ich hab einfach keinen Bock auf den.
Lass sie in Ruhe, sagte Nuri. Hier.
Er warf ihr einen Schlüssel zu.
Morgen Abend musst du hier raus sein. Da werden die Sachen abgeholt. Wir schließen jetzt ab. Wenn du gehst, mach hinter dir die Tür zu. Du kannst von den Esssachen nehmen.
Manuela antwortete nicht. Die beiden verließen den Keller und schlossen die Tür ab.
Und ich sag dir, die versteckt sich, sagte der Junge, als sie außer Hörweite waren.

Klar, sagte Nuri, glaubst du, ich bin blind?
Manuela hörte sie miteinander sprechen, aber sie verstand nichts. Sie öffnete das Kellerfenster, blieb dort stehen und versuchte, nach draußen zu sehen. In dem Schacht vor dem Fenster hatten sich Staub und Müll angesammelt. Sie sah Apfelsinenschalen und Zeitungspapier, das aussah, als hätte sich jemand den Hintern damit abgewischt, also schloss sie das Fenster wieder. Sie setzte sich in eine Ecke, rauchte und dachte an nichts. Als sie hörte, dass die Kellertür aufgeschlossen wurde, und schließlich Jem sah, war sie nicht überrascht.

ES WAR KURZ nach elf, als Bella die Resi-Bar erreichte. Sie lag in einer kleinen Nebenstraße der Reeperbahn. Der allgemeine Modernisierungstrend, der ausgebrochen war, als die Freier wegen der Aidsgefahr eine Weile zurückhaltender geworden waren, und dessen Ergebnisse inzwischen sowohl abgehalfterten Uni-Direktoren als auch bejahrten Schmierenkomödianten ein einträgliches Einkommen garantierten, war an ihr vorübergegangen. Die Einrichtung stammte aus den fünfziger Jahren; die Pornofilme, die auf einer kleinen Leinwand über dem Tresen zu sehen waren, hatten eine ungewöhnlich einfache, direkte Art. Der Wirt wäre sicher mit seinem Lokal alt geworden, wenn ihn nicht ein früher Lebertod ereilt hätte. Seine Witwe hielt den Laden in Gang.
Bella stellte sich in den Gang zwischen Tresen und Toilette. Dort war es so dunkel, dass sie damit rechnen konnte, nicht gleich gesehen zu werden, wenn Manuela und Jem hereinkamen. Sie bestellte ein Bier und sah der Wirtin beim Einschenken zu. Die Frau war zwischen sechzig und achtzig. Irgendwann musste sie einen so plötzlichen Abmagerungsschock erlitten haben, dass die Haut über den ehemals dicken Oberarmen sich nicht schnell genug wieder zusammengezogen hatte. Längliche Hautsäcke

hingen aus den kurzen Ärmeln ihres Kleides. Sie stand nicht, während sie das Bier einschenkte, sondern saß auf einem durch ein rosa Kissen erhöhten Hocker. Das rechte Bein hatte sie auf einen Schemel gelegt. Den rechten Fuß bedeckte ein ausgefranster karierter Hausschuh.

Die Wirtin sprach nicht, als Bella ihre Bestellung aufgab. Sie sprach auch nicht, als sie ihr das gefüllte Bierglas über den Tisch schob.

Die Bar war leer bis auf einen älteren Mann, der neben der Tür am Spielautomaten stand. Das Rasseln und Klingeln des Automaten und das laute Beischlafgestöhn aus dem Pornofilm, das durch die offene Tür bis auf die Straße drang und hin und wieder ein neugieriges Touristenpärchen in die Tür sehen ließ, waren die einzigen Geräusche, die die Stille belebten.

Bella hatte das zweite Bier bestellt, als Manuela in der Tür erschien. Sie war nicht allein. Hinter ihr betrat ein junger Mann die Bar. Er ging so dicht hinter ihr, dass es aussah, als schiebe er Manuela vor sich her. Beide verschwanden in einer der Nischen. Der junge Mann kam gleich darauf an den Tresen. Er bestellte Cola mit Rum, sagte, er ginge telefonieren, und drängte sich an Bella vorbei. Etwa zwei Meter hinter ihr hing ein Telefon an der Wand. Er wählte und wartete, sprach ein paar türkische Worte, die sie nicht verstand, und legte wieder auf. Als er an ihr vorbei und mit einem großen Glas Rum, in das die Witwe etwas Cola geschüttet hatte, zurück in die Nische ging, nahm Bella ihr Bierglas und folgte ihm. Sie setzte sich in die Nachbarnische, lehnte ihren Rücken an die dunkelbraune Holzwand und versuchte zu verstehen, was auf der anderen Seite gesprochen wurde. Sie verstand nicht alle Einzelheiten des Gesprächs, weil der Mann, den Manuela Jem nannte, sehr leise sprach. Trotzdem klang seine Stimme drohend. Bella wurde schnell klar, weshalb.

Manuela versuchte, Jem ihre Dienste anzubieten. Offenbar hatte sie beschlossen, nicht mehr nach Hause zu gehen, sondern Geld zu verdienen. Bella war sicher, dass Jem sie für sich arbeiten lassen würde. Aber zuerst musste sie eingeschüchtert werden. Deshalb stimmte er nicht gleich zu, hielt ihr ihr Alter vor und sprach davon, dass sie ein Risiko sei. Dann brachte Manuela die toten Mädchen ins Gespräch. Jem wurde lauter. Manuela benutzte die Mädchen geschickt, um ihn zu erpressen. Offenbar hatten alle drei hin und wieder für die Türken gearbeitet und deshalb Probleme bekommen; mit sich, mit der Schule, mit den Eltern oder mit wem auch immer – Probleme, die sie nur dadurch hatten lösen können, dass sie sich selbst töteten. Jem stritt jeden Zusammenhang zwischen dem Tod der Mädchen und ihrer Arbeit für seine wohltätigen Einrichtungen ab. Er begann, misstrauisch und brutal, Manuela danach zu fragen, was sie bei der Polizei gesagt habe. Bella stand auf, verließ ihre Nische und lehnte sich an die Holzwand der Nachbarnische. Es dauerte einen Augenblick, bis Manuela sie sah.

Halt deine Schnauze, sagte Jem gerade. Du bist zu jung.

Jem …

Manuelas Stimme klang aufgeregt.

Schnauze. Ich muss nachdenken.

Jem. Da …

Manuela wies mit dem Kopf auf Bella. Jem sah in ihre Richtung.

Das ist die, die mich gefunden hat.

Hallo, Manuela, sagte Bella. Ich möchte mit dir reden.

Aber ich nicht mit Ihnen, sagte Manuela.

Ihr Glas war beinahe leer. Ihre Augen waren groß und glänzend. Sie sah hübsch aus, älter als dreizehn, und schon bald würde sie sehr viel älter aussehen.

Verpiss dich, du siehst doch: Sie will nicht, sagte Jem.

Er grinste und schien sich sehr wohl zu fühlen.

Manuela, sei vernünftig. Komm einen Augenblick mit.

Sie ist erst dreizehn, sagte sie zu Jem gewandt. Du dürftest tatsächlich Probleme ihretwegen bekommen.

Das geht dich doch einen Scheißdreck an. Oder willst du sie noch mal entführen, hä? Gefällt sie dir vielleicht?

Bella sah auf Jem hinunter. Sie überlegte, ob sie ihn oder das Mädchen aus der Bank ziehen sollte.
Bringst du mich nach Hause, Jem, sagte Manuela plötzlich.
Bella sah sie überrascht an.
Na klar, sagte Jem, zu Mami. Ich bring dich zu deiner Mami.
Sehen Sie nicht, dass Sie den Gang versperren, sagte jemand neben Bella.
Sie wandte sich um. Zwei ältere Männer hatten die Bar betreten. Sie standen rechts und links neben ihr.
Der Junge will seine Freundin nach Hause bringen, sagte der, der links von ihr stand, und schob sie beiseite. Bella trat nach ihm. Es gab eine kleine Rangelei, die Jem und Manuela nutzten, um die Nische zu verlassen. Die beiden Männer hielten Bella fest, während sie aus der Bar rannten. Es gelang ihr, sich zu befreien, aber als sie auf der Straße stand, waren Jem und Manuela verschwunden. Hinter ihr kreischte die Witwe, sie solle ihr Bier bezahlen.
Und wer zahlt jetzt die Cola-Rum, hörte sie noch, als sie schon ein paar Häuserblocks weitergegangen war.

ALS DER BRIEFTRÄGER an der Tür läutete, war die Bentrupp schon wach. Sie nahm ihm das Päckchen ab und sah auf den Absender. Die Block. Sie war neugierig, aber sie zog sich erst fertig an und deckte den Frühstückstisch, bevor sie das Päckchen öffnete. Ein in Packpapier gehülltes Etwas, darauf mit der Hand geschrieben: Das hier ist ein Fön. Ich hab ihn verpackt. Es könnten Fingerabdrücke drauf sein. Wenn Sie die Abdrücke in der Fahndungskartei nicht finden, sollten Sie in der Personalkartei nachsehen. Ich vermute, ich werde aus den Zeitungen erfahren, wie die Sache ausgegangen ist.
B. Block.
PS: Ich bin wieder zu Hause.

Die Bentrupp starrte das Päckchen an. Sie stand auf, schaltete die Kaffeemaschine ab, stellte das Geschirr in die Spüle und setzte sich wieder an den Tisch. Das Päckchen lag immer noch da. Es war klar, was der Brief bedeutete. Nichts weiter, als dass sie ihre Kollegen ans Messer liefern sollte.

Sie würde das Ding wegwerfen.

Ich vermute, ich werde aus den Zeitungen erfahren, wie die Sache ausgegangen ist.

Es war auch klar, was dieser Satz zu bedeuten hatte. Die war sich ihrer Sache sicher. Es war nicht möglich, diesen Fön wegzuwerfen. Die Block war nicht auf den Kopf gefallen. Wenn sich nichts tat, würde sie selbst aktiv werden. Die hatte sich abgesichert. Und sie liebte die Polizei nicht.

Mit Vergnügen würde die uns eins auswischen, dachte die Bentrupp.

Sie dachte *uns* und begriff nicht, dass sie sich damit sowohl als Frau mit den Interessen von Männern als auch als Unschuldige mit den Interessen von Schuldigen identifizierte. Das Erste ist allgemein üblich, das Zweite war ihrer besonderen Situation als Angehörige einer festen Gruppe zu danken.

Kranz. Mit ihm würde sie zuerst darüber reden. Er hatte ihr die ganze Sache eingebrockt. Wenn er ihr nicht den Tipp gegeben hätte, die Block aufzusuchen, wäre die in der Geschichte überhaupt nicht aufgetaucht. Sollte er ihr raten, was jetzt zu tun war.

Auf dem Weg ins Präsidium dachte die Bentrupp darüber nach, weshalb sie eigentlich zu Beginn ihres Dienstes so aufgeregt gewesen war, dass sie geglaubt hatte, sie müsse den Kollegen von der Kripo unbedingt ins Handwerk pfuschen. Sie wusste es nicht mehr, und es gelang ihr auch nach intensivem Nachdenken nicht, es herauszufinden.

Dann saß sie im Zimmer von Kranz und wartete.

Es kann nicht mehr lange dauern, sagte die Sekretärin. Sie tagen schon seit sieben.

Kranz kam. Er sah aus, als habe er nicht geschlafen.
Ist irgendwas Besonderes los, fragte die Bentrupp, als sie ihn sah.
Nein. Nur das Übliche. Verständigung über ein paar Grundsatzfragen. Wie geht es Ihnen? Was bringen Sie da?
Kranz lächelte das Psychologenlächeln: *Ich-bin-bereit-deine-Ängste-ernst-zu-nehmen*. In Gedanken war er noch mit dem beschäftigt, was er eben gehört hatte.
Die Sache mit der Zweidrittelgesellschaft war natürlich bekannt. Aber der Zynismus, mit dem der Innenminister eine Strategie verlangt hatte, deren oberstes Ziel darin bestehen sollte, die Existenz des unteren Drittels so wenig wie möglich im öffentlichen Bewusstsein in Erscheinung treten zu lassen, hatte ihn doch überrascht.
Sind Sie denn sicher, dass auf diesem Ding Fingerabdrücke von Kollegen sind, fragte er, als die Bentrupp ihre Geschichte erzählt hatte.
Die zog die Schultern hoch und schwieg. Sie war nicht sicher, aber es musste einen Grund dafür geben, dass die Block sicher war.
Lassen Sie das Ding hier, sagte Kranz. Ich gebe es weiter, wenn es nötig wird. Vorher rede ich noch mal mit ihr.
Die Bentrupp stand auf. Sie war froh, die Sache los zu sein. Kranz begleitete sie zur Tür, ging zurück an seinen Schreibtisch und sah auf das Päckchen nieder.
Sein Chef hatte eingewendet – sie diskutierten immer sehr offen, niemand brauchte ein Blatt vor den Mund zu nehmen –, dass eine solche Strategie zwar möglich sei, dass sie aber erstens auf keinen Fall von der Innenbehörde allein getragen werden könne und zweitens auch nur für einen begrenzten Zeitraum Wirkung erzielen werde.
Das ist mir, ehrlich gesagt, egal, wenn sie nur so lange wirkt, wie ich im Amt bin, hatte der Minister geantwortet. Und was die übrigen Ressorts betrifft – es gibt sicher ein gemeinsames Interesse an manchen Fragen; parteiübergreifend im Übrigen.

Zufällig hatten die Sozialdemokraten dieses Mal mit absoluter Mehrheit die Wahlen gewonnen. Es war allgemein bekannt, dass sich ein Drittel der Bevölkerung überhaupt nicht mehr an der Wahl beteiligte. Die Unverschämtheit, mit der der Bürgermeister in der Öffentlichkeit behauptete, das Wahlergebnis sei seiner Person und seiner großartigen Politik für die Menschen dieser Stadt zu verdanken, war das vielleicht schon Teil der neuen Strategie?
War es möglich, dass ein paar Streifenpolizisten, anstatt den Betrieb illegaler Bordelle zu melden, hin und wieder selbst dort gelandet waren? Natürlich war es möglich. Und besonders unangenehm, weil dort offenbar Mädchen unter sechzehn angeboten worden waren.
Hoffnungsberg – wenn die Sache an die Öffentlichkeit kam, konnte sie Dimensionen annehmen, die der zu entwickelnden Strategie direkt entgegenstanden. Haufenweise Reporter. Fotos in den Zeitungen, die hilflosen Aussagen der Eltern und Nachbarn; Lehrer, die die mangelhafte Ausstattung der Schulen beklagten. Andererseits hatte er keine Lust, die Männer zu decken. Er missbilligte ihr Verhalten. Und er wusste, was die Block erwartete. Er würde mit ihr sprechen müssen. Aber vorher – er setzte sich und griff zum Telefon. Geben Sie mir den Chef, bitte, sagte er.
Seine Sekretärin beeilte sich, die Verbindung herzustellen.

SEITE FÜNF, sagte Willy, während sie das Frühstück auf den Tisch neben dem Sessel stellte. Ich find's ein bisschen dürftig.
Bella nahm die Zeitung auf. Willy goss Kaffee ein. Der Artikel war nicht lang und nicht informativ:

> SCHLIMMER VERDACHT
> Vor einigen Wochen schloss die Kripo am Stadtrand ein paar illegale Bordelle. Sie sollen von Ausländern, vermutlich Tür-

ken, betrieben worden sein, die bisher nicht gefasst werden konnten. Bei ihren Nachforschungen ist die Kripo auf Spuren gestoßen, die darauf hinweisen könnten, dass sich in einem dieser Bordelle auch das Besatzungsmitglied eines Streifenwagens aufgehalten haben könnte, ohne dort dienstlich tätig geworden zu sein. Der Mann, dessen Name bei der Pressekonferenz nicht bekannt gegeben wurde, ist bis zur Klärung der Vorwürfe vorläufig vom Dienst befreit worden. Gegen den Familienvater wird ermittelt.

Bella legte die Zeitung beiseite.
Es waren aber zwei, sagte Willy. Das weiß ich ganz genau.
Ich vermute, es waren noch mehr, antwortete Bella. Möchten Sie, dass wir der Sache weiter nachgehen?
Willy ließ sich Zeit mit der Antwort. Das Telefon klingelte, und Bella angelte nach dem Hörer. Es war Kranz.
Sie werden die Zeitung gelesen haben. Ist es Ihnen recht, wenn wir uns treffen und noch einmal über die Angelegenheit reden?
Bella war versucht, nein zu sagen, sah Willy an und sagte ja. Sie verabredete sich mit Kranz zum Essen in der Innenstadt.
Gleich darauf rief Olga an. Ihre Stimme klang anders als sonst. Bella versuchte herauszubekommen, was geschehen war. Olga behauptete, es sei alles in Ordnung. Bella möge nur, wenn sie Zeit habe, bei Block nachsehen. Sie nannte eine Seite und sagte, sie überlege, weshalb sie diese Verse bisher übersehen habe. Dann legte sie auf. Bella wartete, bis Willy gegangen war. Sie suchte das Buch hervor und las:

> Unser Schicksal erschien uns im Schleier
> Des verglühenden Tages nicht mehr fremd …
> Vor uns webte die Sonne aus Feuer
> Groß ein strahlendes Sterbehemd.
> Nicht der Wahnsinn des rasenden Drachen,

Nicht der lodernde Höllenvulkan –
Uns verschlangen die Fluten der Zeiten,
Unser Anteil war abgetan.

Da Olga eigentlich nicht zu melodramatischen Ausbrüchen neigte und Bella auch über den ungewohnt stillen Ton in der Stimme ihrer Mutter erstaunt war, versuchte sie, Olga anzurufen. Sie war nicht da.
Mittags fuhr sie mit dem Wagen zur nächstgelegenen S-Bahn-Station und dann weiter mit der Bahn in die Stadt. Mit dem Auto hätte sie die doppelte Zeit gebraucht. Am Rand des Rathausmarktes traf sie auf einen Menschenauflauf. Sie blieb stehen und sah in der Mitte der Menge einen jungen Mann in Turnhosen, der die Augen abwechselnd auf den Himmel und auf die Umstehenden richtete. Sah er nach oben, rief er OH, sah er die Leute an, rief er AH. Er wiederholte die Sache ein paarmal und forderte dann die Umstehenden auf, es ihm gleichzutun. Neben sich auf dem Boden hatte er einen Blechteller stehen. Bella ging weiter. In ihrem Rücken hörte sie beginnendes Oh- und Ah-Gestöhn. Hundert Meter weiter spielte eine niederländische Band einen Blues, begleitet von jenem rhythmischen Klatschen, das nur die Deutschen zustande bringen. Bella sah die verzweifelten Blicke, die die Musiker einander zuwarfen, und ging schnell vorbei. Auf die Bürgersteige und das Pflaster der Fußgängerzone hatte jemand mit einer Schablone mehrmals hintereinander die Worte DIE JAGD IST ERÖFFNET gepinselt. Die Schrift war eilig in roter Farbe aufgestrichen worden. Sie war an den Rändern verlaufen, als läge da schon das Blut der Gejagten.
Kranz erwartete Bella an einem Stehtischchen im Hanseviertel. Er stand da, wo die, die vor siebzig Jahren zum Stehkragen-Proletariat gehört hätten, in der Mittagspause ihren Hummer verzehrten. Sie gingen weiter, auch weil das Schmatzen, Schlürfen und Grölen ein ruhiges Gespräch nicht zuließen. Es war nicht leicht, um die Mittagszeit in der Innenstadt eine Bar zu finden,

die nicht von Ladenschwengeln und Heringsbändigern der neuen Generation und ihren Freundinnen besetzt war. Schließlich fanden sie ein chinesisches Restaurant, das offenbar gerade out war. Sie saßen einander gegenüber.

Bella fühlte keine Veranlassung, das Gespräch zu beginnen. Kranz fiel die Eröffnung zu.

Er eröffnete mit: Sie sehen wirklich gut aus, viel besser als damals, als wir uns zum letzten Mal gesehen haben.

Er fühlte sich unsicher.

Bella konterte mit: Ich hätte Sie für intelligenter gehalten, weil sie Männer, die in Gesprächen mit Frauen sachliche und unsachliche Dinge nicht auseinanderhalten konnten, für dumm hielt. Damit waren die Fronten klar.

Wir haben Fingerabdrücke auf dem Fön gefunden, die von einem unserer Männer aus dem Revier stammen, sagte Kranz. Wir haben ihn uns vorgenommen. Ich war nicht dabei. Es soll eine ziemlich jämmerliche Vorstellung gewesen sein. Schließlich hat er nicht nur zugegeben, hin und wieder die Dienste der Türken …

Der Türken?

… der Mädchen in Anspruch genommen zu haben.

Umsonst, natürlich, dafür hat er ein Auge zugedrückt, warf Bella ein.

Er hat auch noch zwei andere Kollegen belastet. Die beiden sind bisher nicht geständig. Falls es zum Prozess kommt …

Falls?

Wir haben ein paar Probleme. Der Kollege behauptet, die toten Mädchen nie dort gesehen zu haben. Das Gegenteil ist ihm nicht nachzuweisen. In Wirklichkeit wissen wir natürlich auch nicht, ob sie mit der Geschichte etwas zu tun gehabt haben. Wir brauchen die Türken. Aber die sind verschwunden. Wir haben nicht einmal ihre vollständigen Namen. Gerade die Vornamen sind uns bekannt. Aber das wissen Sie ja selbst. Natürlich werden sie gesucht. Aber es kann eine ganze Weile dauern, bis wir

sie finden. Von den Nachbarn sagt niemand was. Niemand will etwas bemerkt haben. Als ob sie Vorteile davon hätten, dass sie die Kerle decken. Irgendwo müssen natürlich auch die Mädchen stecken. Nur wo? Wir haben ein paar Beamtinnen in die Schule geschickt. Die haben der versammelten Lehrerschaft die Sache dargestellt und gefragt, ob man Mädchen nennen könnte, die zu befragen sich lohne. Sie haben unsere Leute vor die Tür geschickt, sich eine halbe Stunde beraten und ihnen dann mitgeteilt, sie hätten die Vor- und Nachteile erwogen, und sie könnten es nicht verantworten, irgendeine von ihren Schülerinnen einem Verhör über so heikle Dinge auszusetzen. Wir haben nichts Konkretes. Das ist das Problem. Nein, ich muss mich verbessern. Wir haben eine Zeugin. Eine alte Dame, die nachts öfter Polizisten in einem Hauseingang gesehen hat. Wir haben sie vorgeladen, damit sie die Männer identifiziert. Sie hätte eine Hundertschaft wiedererkannt, wenn wir sie gelassen hätten.
Und das Mädchen? Manuela?
Kranz sah einen kurzen Augenblick so aus, als versuche er sich zu erinnern, wer Manuela war.
Die – ja, die haben wir gefunden. Da hat uns ihr Klassenlehrer dann noch einen Tipp gegeben. Sie ist nicht mehr in die Schule gekommen. Die Mutter wusste nicht, wo sie sich aufhielt. Wir hatten sie im Präsidium. Der Kollege kannte sie nicht. Sie kannte ihn nicht. Sie hat uns erzählt, sie sei nur einmal in der Wohnung gewesen. Und da sei sie so betrunken gewesen, dass sie nichts mitbekommen habe. Wir haben sie dann zu Hause abgeliefert. Ich bin sicher, sie hat hinter der Gardine gestanden, gewartet, bis wir weg waren, und ist wieder abgehauen. Ich vermute, sie steht in der Nähe des Hauptbahnhofs. Sie wissen doch, wie das geht. Bis sie alt genug geworden ist, wird sie noch ein paarmal aufgegriffen werden. Falls sie überhaupt achtzehn wird. Und dann …
Frau Bentrupp wird Ihnen gesagt haben, dass ich mich eine Weile am Hoffnungsberg aufgehalten habe. Es hat ein paar Polizisten

gegeben, denen das nicht gefiel. Sie waren nachts in meiner Wohnung. Eine Freundin von mir ist niedergeschlagen worden, damit sie ungesehen verschwinden konnten.
Kranz sah Bella aufmerksam an. Damit hatte er nicht gerechnet. Und?, sagte er. Hat sie jemanden erkannt? Kann sie Beschreibungen liefern?
Bella schüttelte den Kopf. Ihr fiel der Streifenwagen ein, der sie und Willy angehalten hatte. Sie hatte weder das Gesicht des Polizisten genau gesehen noch die Nummer des Wagens. Sie sagte nichts. Auch Kranz schwieg. Lange. Auch später, als sie Willy von ihrem Gespräch mit Kranz erzählte, wusste sie nicht, was ihn bewogen hatte, das Gespräch noch einmal aufzunehmen.
Ich weiß, was Sie denken, sagte Kranz schließlich. Ich will offen sein. Er sprach leise und sah dabei auf die Tischplatte. Die ganze Sache wird so niedrig gekocht wie möglich, ohne die Anstandsgrenzen zu unterschreiten. Unsere Politiker sind damit beschäftigt, das untere Drittel festzutreten. Und diese Geschichte ist dabei hinderlich. Ich helfe ihnen. Das ist mein Job. Dafür werde ich bezahlt. Und nicht einmal schlecht. Und hin und wieder kann ich vielleicht auch etwas Nützliches dabei tun. Ja, so ist das. Staub ohne Sinn und Dauer, mehr nicht.
Es gibt verschiedene Arten, Opportunismus zu bemänteln, sagte Bella. Ihre ist bei weitem die belesenste, die mir bisher begegnet ist.
Sie stand auf und ging.

> Indessen wir, Staub ohne Sinn und Dauer,
> Der vor der Stunde blindem Schlag zerfällt,
> Hinuntersteigen in das Tal der Trauer.

Ricarda Huch. Auf dem Weg zur Bahn dachte Bella an den Brief, mit dem die alte Dame 1933 den Nazis ihren Austritt aus der Akademie der Künste hingeworfen hatte. Nein, sie hatte es nicht verdient, das durchlöcherte Gewissen eines Hampelmanns zu beruhigen. In der Bahn hörte ein junger Mann Nachrichten.

> Der Bundeskanzler besucht am Vormittag das ehemalige KZ Buchenwald. Am Nachmittag übernimmt er die Eröffnung einer Getränkeabfüllanlage,

sagte der Sprecher.

Zitatnachweis
(Quellen und Verfasser; Reihenfolge
entsprechend der im Text)

Alexander Block: Ausgewählte Werke, Bd. 1, Volk und Welt, Berlin 1977

Joseph Freiherr von Eichendorff: Der alte Garten/Das große deutsche Gedichtbuch, Athenäum, 1978

Ingeborg Bachmann: Erklär mir Liebe/Anrufung des großen Bären, Piper, München 1956

William Butler Yeats: Liebesgedichte, Luchterhand, Frankfurt 1976

Ingeborg Bachmann: Werke, Bd. 1, Piper, München 1984

Alexander Block: Ausgewählte Werke, Bd. 1, Volk und Welt, Berlin 1977

T. S. Eliot: Das wüste Land, Gesammelte Gedichte, suhrkamp taschenbuch 1567, Frankfurt 1988

Alexander Block: Lyrik und Prosa, Volk und Welt, Berlin 1982

Ricarda Huch: Der Dreißigjährige Krieg, Insel Bücherei Nr. 22, Insel Verlag, Leipzig

EIN FALL MIT LIEBE

Ungestorben aber
die finstere Zeit, umher
geht meine Sprache und ist rostig von Blut.

Johannes Bobrowski

ICH WEISS NICHT, wie Sie darüber denken, aber manchmal kommt es mir vor, als hätten unsere Eltern uns zu etwas Besonderem erzogen, sagte die Frau.
Mit einer Gabel, deren mittlere Zinken zusammengebogen waren, versuchte sie, ein Salatblatt aufzuspießen. Es gelang ihr nicht, und sie blickte auf. Bevor sie ihr Gegenüber ansah, fiel ihr Blick auf eine Reihe von Rehgeweihen, die an der Wand angebracht worden waren. Es waren sieben, und sie waren alle gleich klein.
Entschuldigen Sie mich bitte einen Augenblick, sagte der Mann, zu dem sie gesprochen hatte. Er stand auf und verließ den Raum. Die Frau sah ihm nach, bevor sie sich wieder dem Salatblatt zuwandte. Sie legte das Messer und die verbogene Gabel sorgfältig über das Blatt, die Messerkante nach außen, und schob den Teller ein Stück von sich.
Ein Bier trinke ich noch, dachte sie. Er wird nichts mehr sagen. Aber jetzt einfach weggehen, wäre dumm.
Sie trank das Glas leer und hielt es dem Mann entgegen, als er wieder zur Tür hereinkam. Die Tür war eine Schwingtür, und sie schlug heftig hinter ihm hin und her. Ein Bier noch, sagte sie lächelnd.
Der Mann kam zu ihr an den Tisch und nahm ihr das Glas ab, bevor er hinter den Tresen ging und sich an der Zapfsäule zu schaffen machte.
Ihr Vater war ein wunderbarer Mann, sagte er, während er darauf wartete, dass der erste Schaum im Glas zusammensank. Auf Ihre Eltern können Sie stolz sein. Ihre Mutter hat geholfen, wo sie nur konnte. Und Ihr Vater war wirklich ein wunderbarer Mann. Wissen Sie eigentlich, nein, das können Sie wohl nicht wissen,

was sein Lieblingsgetränk war? Apricot Brandy! Ja, da staunen Sie, was?

Wir größeren Jungens durften manchmal an seinem leeren Glas nuckeln. Warten Sie, wir trinken ein Glas auf sein Wohl, während das Bier einläuft.

Einen Augenblick lang war nur das Ticken der Uhr über der Schwingtür zu hören. Die Uhr sah aus, als sei sie eine Kuckucksuhr. Die Zeiger zeigten genau acht Uhr an, aber die Frau wartete vergeblich darauf, dass sich die kleine Tür unter dem Zifferblatt öffnete. Wahrscheinlich war der Mechanismus kaputt.

So kaputt wie alles hier, dachte die Frau.

Der Mann kam hinter dem Tresen hervor und brachte das gefüllte Likörglas an ihren Tisch. Er stellte es vor sie hin, blieb stehen und sah von oben auf sie herab.

Weshalb setzen Sie sich nicht, sagte die Frau. Es ist so angenehm, von alten Zeiten zu reden.

Sie griff nach dem Glas und nahm einen kräftigen Schluck.

Mit dir nicht, du alte Hexe, dachte der Mann, während er zusah, wie die Frau einen sehr kurzen Augenblick nach Luft rang und dann auf der Bank vor ihm zusammensank. Er hatte noch nie einen Menschen getötet, und er war nicht sicher, wie lange er warten musste, bis die Frau wirklich tot war. Also blieb er stehen und zählte, ohne die Lippen zu bewegen, bis hundert, bevor er begann, den Oberkörper der Toten aus der Bank zu ziehen. Die Frau war zu Lebzeiten leicht gewesen, und noch hatte der Tod sie nicht schwerer gemacht.

Jetzt hab ich tatsächlich eine Leiche im Keller, dachte der Mann, während er den Körper der Toten durch die Schwingtür zog. Bisher hatte es die Leiche im Keller nur in seinen Träumen gegeben.

BELLA FUHR LANGSAMER, entdeckte eine Parklücke und lenkte den Porsche nach rechts. Sie parkte ihn sorgfältig ein, beobachtet von zwei Zwölfjährigen, die das alte Modell bewunderten. Sie stellte die Zündung ab, und die Kassette sprang heraus. Sie horchte den Versen von Alexander Block nach, die sie gerade gehört hatte.

Ich lief in bunten Lappen herum
Und trug eine hässliche Maske.
Andauernd lachte ich auf den Festen
Und erzählte Geschichten.

Es war ihm wohl nicht gut gegangen, ihrem Großvater, als er das geschrieben hatte. Der Dichter als Narr.
Sie stieg aus und schloss den Wagen ab. Die beiden Jungen waren verschwunden. Auf dem Straßenschild neben dem Wagen stand: Porschestraße.
Sie hatte einen Teil des Nachmittags in der Herzog-August-Bibliothek in Wolfenbüttel verbracht, die Stadt und das Lessinghaus angesehen und nach dem sorgfältig restaurierten 18. Jahrhundert, das sie gerade verlassen hatte, erschien ihr der Anblick der Wolfsburger Innenstadt brutaler, als er vielleicht wirklich war.
Nach ein paar Schritten erreichte sie die strahlend beleuchtete Beton-Fußgängerzone. Sterne hingen über ihrem Kopf. Aus verborgenen Lautsprechern waren Weihnachtslieder zu hören. Es war kurz nach sechs Uhr, und dafür, dass die Läden um diese Zeit schlossen, waren entschieden zu viele Menschen unterwegs. Während sie langsam weiterging, eine Kneipe suchend, wurde sie ein paarmal angerempelt. Sie setzte sich in das erste Café, das sie sah, fühlte sich hinter den Scheiben in Sicherheit und bestellte Glühwein.
Vor den Scheiben wurden es immer mehr Leute. Neben ihr am Tisch saß ein Pärchen, Mann und Frau im Partner-Look. Draußen

liefen ähnliche Pärchen herum, meist zwischen dreißig und vierzig, teuer und geschmacklos gekleidet, mit gierigen Gesichtern. Manche hielten einander an den Händen gefasst, um sich im Gewühl nicht zu verlieren. Ein Trupp brüllender Kahlköpfe zog vorüber. Hinter ihr, in einer Ecke des Cafés, erzählte jemand einen Witz, in dem ein »Ossi« von einem »Wessi« betrogen wurde, ohne es zu merken. Der Witz war lang und dumm, ebenso wie das anschließende Gelächter. Als die Serviererin mit dem Glühwein kam, sah Bella zwei Paaren zu, die sich gegenseitig von einem Schaufenster mit Spielwaren zu verdrängen suchten. Kinder sah sie nicht. Die Serviererin stellte das Getränk auf den Tisch. Es duftete plötzlich nach Zimt und Orangen.

Riecht ja wunderbar, sagte Bella.

Ist unsere Spezialität, antwortete die Serviererin und wandte sich zum Gehen.

Sagen Sie, was ist hier los, fragte Bella, ich meine, weshalb sind so viele Leute unterwegs?

Die Frau drehte sich noch einmal um. Auch das Paar vom Nachbartisch sah auf.

Wieso, sagte die Serviererin, es ist doch langer Donnerstag. Sie hätte auch sagen können: Wissen Sie nicht, dass die Welt rund ist? Der Ton wäre der gleiche gewesen.

Bella sah wieder auf die Einkaufsstraße. Das Gewühl war so dicht, dass es ihr schwerfiel, einzelne Frauen oder Männer zu beobachten. Die Stimmung schien so aggressiv, dass sie froh war, durch die Glasscheibe von den Menschen getrennt zu sein. Wölfe, dachte sie, die Wolfsburger reißen sich gerade ihren Wohlstandsanteil aus den Läden. Dabei zuzusehen war kein Vergnügen.

Sie trank den Glühwein zu schnell, verbrannte sich die Zunge, legte Geld auf den Tisch und verließ das Café. Draußen empfingen sie Weihnachtslieder. Sie beeilte sich, das Auto zu erreichen. Als sie den Wagen anließ, begann ein Sprecher, die Themen der Abendnachrichten vorzulesen. Im Kommentar würde sich ein Journalist mit der Einführung der Vier-Tage-Woche bei VW in

Wolfsburg befassen. Bella stellte das Radio ab. Vor ein paar Tagen hatte Olga sie angerufen, zu früh und zu laut, wie üblich.
Bella, mein Kind, stell dir vor, was ich eben gelesen habe: Die Nazis haben diesem Porsche neunzehnhundertsiebenunddreißig die »Goldene Fahne für Musterbetriebe« überreicht!
Bella, verschlafen und ärgerlich, hatte nicht verstanden, weshalb Olga sie deshalb wecken musste. Es blieb ihr trotzdem nichts anderes übrig, als Olga zuzuhören.
Überleg doch mal: VW damals Musterbetrieb, heute Musterbetrieb!
Mutter, wovon sprichst du?
Sag mal, liest du keine Zeitungen? Also, sie machen doch jetzt die Vier-Tage-Woche, aber ohne Lohnausgleich. Die Gewerkschaft kriecht zu Kreuze, und die VW-Belegschaft geht wieder mit gutem Beispiel voran.
Bella hatte »bis später« gemurmelt und den Hörer aufgelegt. Jetzt fiel ihr das Gespräch wieder ein. Wahrscheinlich hat Olga recht, dachte sie, mustergültiger kann zurzeit wirklich niemand vormachen, wie man mit dem Trick der Vier-Tage-Arbeits-Regelung eine große Belegschaft bei der Stange hält.
Sie fuhr an und war froh, als sie die Landstraße erreicht hatte. Es waren nur wenige Autos unterwegs, erst in zwei Stunden würde der Verkehr wieder zunehmen.
Was werden die Leute tun, wenn sie mehr freie Zeit und weniger Geld haben, überlegte sie. Darüber müsste sich mal jemand Gedanken machen.
Im Schnee am Straßenrand standen die gläsernen Augen eines Fuchses. Sie fuhr langsamer, stellte das Radio an, schob die Kassette zurück und hörte Willy zu, die Gedichte von Alexander Block vortrug.
Wilhelmina van Laaken, genannt Willy, war Bellas Sekretärin, Mitarbeiterin, Diskussionspartnerin, Putzfrau – sie war unentbehrlich und fühlte sich auch so. Bella hatte sie über eine Vermittlung studentischer Arbeitskräfte kennengelernt. Willy

studierte Astrophysik und hörte nebenbei Vorlesungen über Literatur, im Augenblick gerade bei den Slawisten. Sie war klein, blond, pummelig und ungeheuer lebendig und klug. Die Kassette war eine Überraschung »für unterwegs«. Willy gab sich beim Sprechen große Mühe, und Bella lächelte. Sie war froh, bald zu Hause zu sein.

SEIT OLGA, Kommunistin und hoch in den Achtzigern, eingesehen hatte, dass sie den Sieg des Sozialismus nicht mehr erleben würde, stand sie morgens nicht mehr um sieben Uhr, sondern erst um acht auf. Der Entschluss war nicht plötzlich gefasst worden, sondern das Ergebnis längerer sorgfältiger Überlegungen. Sie hatte beschlossen, der großen Müdigkeit, die sie, wie viele andere, nach dem Zusammenfallen der DDR überkommen hatte, nicht nachzugeben. Das einzige Zugeständnis, das sie zu machen bereit war, hatte darin bestanden, morgens eine Stunde später aufzustehen.

Es war ihr nicht schwergefallen, sich zu beschäftigen, auch als die Genossen immer weniger wurden und sie schließlich das Parteibüro aufgeben mussten, weil die Zuschüsse aus dem befreundeten Ausland ausblieben. Als Beschäftigung hatte sie allerdings nicht die üblichen Tätigkeiten gewählt, mit denen Frauen im Alter gemeinhin ihre Zeit totschlagen.

Ich bin keine Köchin und keine Putzfrau, pflegte sie Bella zu antworten, wenn die, was hin und wieder vorkam, über die Unordnung in der Wohnung ihrer Mutter oder deren Vorliebe für Pommes frites mit Mayonnaise ein Wort verlor.

Früher hat sie ihre Unordnung mit der notwendigen Arbeit für die bevorstehende Revolution begründet, dachte Bella, lächelte und schwieg. Sie bewunderte Olgas Fähigkeit, flexibel auf die Veränderung der Welt zu reagieren, ohne ihre Prinzipien aufzugeben.

Olga hatte ihren Glauben an den Sieg des Sozialismus nicht verloren. Nur über den Zeitraum, der dazu noch durchmessen werden musste, machte sie keine genauen Angaben mehr. Sie wurde auch von niemandem mehr danach gefragt. Regelmäßig traf sie sich mit einigen alten Freunden. Gemeinsam analysierten und kritisierten sie, was das Zeug hielt. Aber auch in dieser Runde war niemand mehr bereit, Prognosen abzugeben, wann die ersehnte grundsätzliche Veränderung der gesellschaftlichen Verhältnisse Wirklichkeit werden würde.

Eine Zeit lang waren sie ohne Anleitung von oben geblieben, als die Strukturen der Partei zerfielen und sich niemand darum kümmerte, was die wenigen noch existierenden Mitglieder dachten, geschweige denn zu denken hatten. Trotzdem war Olga immer sehr gut über innen- und außenpolitische Ereignisse informiert gewesen und sicher, wie sie zu beurteilen waren. So hatte es sich ergeben, dass Olga bei diesen Zusammenkünften der Vorsitz zugefallen war.

Sie hatte ihre neue Tätigkeit mit Vergnügen aufgenommen. Mit diesem Amt hing zusammen, dass sie sich nicht langweilte. Olga las Zeitungen und wertete sie aus. Die Unordnung, die Bella gelegentlich kritisierte, hing damit zusammen, dass sie ein ungewöhnliches System entwickelt hatte, die Ausschnitte, die ihr wichtig erschienen, zu archivieren. Sie hatte sich, Sonderanfertigung eines mit ihr befreundeten Mannes, der sich nach einigen Jahren erfolgloser politischer Arbeit auf seine eigentlichen Fähigkeiten besonnen hatte und wieder Tischler geworden war, über zwei Wände ihres Wohnzimmers Archivkästen bauen lassen. Die Anregung dazu hatte sie aus einem Buch über Peter Weiss entnommen, dessen Werk sie bewunderte. Der Bau der Kästen war so teuer geworden, dass Olga sich zu der Bemerkung veranlasst sah: Bella, mein Kind, ich werde dir kaum Bargeld hinterlassen können.

Bevor die Ausschnitte in die sorgfältig beschrifteten Kästen gelangten, hatten sie die Zwei-Monats-Prüfung zu überstehen, die

Anlass für die Unordnung in Olgas Wohnung war. Die Ausschnitte wurden, nach Themen sortiert, auf jeder sich anbietenden Fläche gelagert.

Im Lichte der Geschichte, pflegte Olga erstaunten Besucherinnen zu erklären (sie hätte übrigens auch gern männliche Besucher empfangen, es gab aber kaum noch Altersgenossen), verlieren manche Ereignisse sehr schnell an Bedeutung. Aber das ist nicht entscheidend. Das Wichtigste ist, dass viele Lügen sich schon nach kurzer Zeit als das herausstellen, was sie sind. Oder wollt ihr, dass ich meine teuer bezahlten Archivwände mit den Lügen der Politiker anfülle?

Das Argument überzeugte immer. Die Besucherinnen versuchten, zwischen der angeblichen oder wirklichen Trunksucht des russischen Präsidenten, gerade bekannt gegebenen Arbeitslosenzahlen der europäischen Länder, Prognosen über die wirtschaftliche Entwicklung der Bundesrepublik oder zum Waldsterben in der Tschechischen Republik ein Plätzchen zu finden. Ihre Kaffeetassen hielten sie in den Händen, vergnügt und mit dem Bewusstsein, ihren Nachmittagskaffee in einer Wohnung zu sich zu nehmen, in der den Regierenden in aller Welt auf die Finger gesehen wurde.

Jetzt allerdings hatte Olga ihr Tagewerk noch nicht begonnen. Sie war wach, hatte sich vorsichtig und langsam auf den Rücken gelegt und horchte auf die Geräusche aus dem Treppenhaus. Ihre Wohnung lag im Parterre. Sie wusste, ohne es zu sehen, wer gerade die Treppe herunterkam, wer das Haus verließ und wer zurückkehrte; ein Ergebnis des Umstandes, dass sie seit mehr als dreißig Jahren in diesem Haus wohnte. Ende der fünfziger Jahre war sie, gemeinsam mit Bella und sieben anderen Familien, in das von Bomben beschädigte und wiederhergestellte Haus eingezogen. Zuerst nahm man im Haus an, dass Olga Kriegerwitwe sei, was sie bei jeder passenden Gelegenheit richtigzustellen versuchte. Sie begann dann mit ausführlichen Erklärungen darüber, dass sie Russin sei, vor Stalin nach Spanien geflohen, also eigentlich Spanienkämpferin. Deshalb habe Bella auch keinen bestimmten Vater (und sie sei nicht Witwe), sondern sei ein »Kind der Republikaner«. Selbstverständlich verwirrte diese Erklärung die Hausbewohner nur. Diese Tatsache und ihre kommunistische Überzeugung hatten ihr Verhältnis zu den anderen Mietparteien im Laufe der Jahre erheblichen Schwankungen unterworfen. Inzwischen waren die Ehemänner im Haus gestorben, begraben und lebten nur noch in der Erinnerung der zurückgelassenen Frauen. Olgas äußere Existenz unterschied sie nicht mehr von der der anderen. Jetzt schienen sie vor der Zeit alle gleich zu sein. Die Folge war, dass sich im Haus unter den acht alten Frauen eine friedliche, ein wenig wehmütige Atmosphäre entwickelt hatte, in der es sogar möglich war, einander Trost zu spenden. Auch Olga, in manchen Dingen im Alter eben doch ein wenig nachlässiger geworden, wäre durchaus bereit gewesen, sich dieser Atmosphäre, über alle Klassenschranken hinweg, hinzugeben. (Die Witwe eines Regierungsrates und eine, allerdings sehr arme, Tiermalerin, deren Mann ebenfalls Tiere bei jeder Beleuchtung gemalt hatte, gehörten nach Olgas Vorstellungen nicht unbedingt zur arbeitenden Klasse.) Nur die Person, die gerade jetzt die Treppe heruntergehumpelt kam, hinderte sie daran. Selbst in diesem Augenblick, durch Bettdecke, Flur und Wohnungstür von der Person getrennt, mit der sie in Dauerfehde lag, kniff Olga die Augen zusammen und verzog verächtlich den Mund. Die unzähligen Runzeln in ihrem Gesicht und die auf dem Kopf zusammengebundenen weißen Haare ließen sie dabei aussehen wie die Hamburger Zitronenjette auf einem alten Stich.

Olga lag und wartete darauf, dass die Person zur Tür hinaushumpelte und die Tür hinter ihr ins Schloss fiele. Stattdessen waren die Schritte plötzlich nicht mehr zu hören. Olga sah auf die Uhr. Es war kurz vor acht. Der Briefträger konnte noch nicht da gewesen sein. Besuchte die Person die Nachbarin?

Die Nachbarin im Parterre war eine flinke kleine Frau, die mit allen im Haus gut Freund, aber mit niemandem wirklich befreundet war. Sie verbrachte ihre Zeit mit Beten und Singen im nahe gelegenen Gemeindezentrum. Olga nahm ihr übel, dass sie dort nicht wenigstens etwas Nützliches tat, Wäsche flicken oder Kindern etwas vorlesen, kam aber sonst ganz gut mit ihr aus. Weshalb sollte die Person die Kirchenmaus besuchen?

Als es an ihrer Wohnungstür klingelte, war sie erstaunt. Die Abneigung, die sie für ihre Mitbewohnerin hegte, beruhte auf Gegenseitigkeit. Jetzt, es konnte nicht anders sein, stand die Person vor ihrer Tür und klingelte zum zweiten Mal.

Moment, ich komme gleich, rief Olga. Es fiel ihr schwer, schnell aus dem Bett zu klettern und sich den Morgenmantel überzuziehen. Morgens waren ihre Gelenke steif. Sie brauchte eine Weile, bis sie sich fähig fühlte, die Tür zu öffnen. Sie sagte den unfreundlichen Satz nicht, den sie sich vorgenommen hatte zu sagen, sondern öffnete die Tür etwas weiter und ließ die Person an sich vorbei ins Wohnzimmer humpeln. Da saß sie, ein Häuflein Unglück, auf dem einzigen freien Stuhl neben dem Schreibtisch und starrte vor sich hin. Olga wartete und ging dann achselzuckend ins Bad. Der Besuch war ihr unangenehm. Sie hoffte, ihn besser zu bewältigen, wenn sie gewaschen und angezogen der ungebetenen Besucherin gegenübertreten würde.

Eine Viertelstunde später erschien sie wieder, jetzt nicht mehr Schwester der Zitronenjette, sondern Schwester der Äbtissin des Klosters Lüne: korrekt gekleidet, sorgfältig frisiert und mit überlegenem Gesichtsausdruck auf den ungewöhnlichen Besuch zur ungewöhnlichen Zeit hinblickend.

Die Person saß noch immer in zusammengesunkener Haltung am Schreibtisch. Sie hielt ein Stück Papier in der Hand, einen Brief, wie es schien. Als Olga sich räusperte, sah sie hoch und nahm Haltung an. Sie richtete den Oberkörper auf und stellte die übereinandergeschlagenen Beine nebeneinander auf den Fußboden. Das Schuhband am rechten schwarzen Stiefel war unordentlich gebunden und hing auf den Boden.

Gehen Sie davon aus, dass es mir nicht leichtfällt, zu Ihnen zu kommen, sagte die Person.
Ihre Stimme nötigte Olga Bewunderung ab. Sie selbst hätte keinen kühleren Ton finden können.
Ich komme, um Sie nach der Telefonnummer Ihrer Tochter zu fragen. Ich weiß, dass sie sich mit – die Stimme zögerte einen Augenblick, genauso lange wie Olga brauchte, um den Entschluss zu fassen, Bellas Nummer auf keinen Fall preiszugeben – Ermittlungen beschäftigt. Olga antwortete nicht. Ihrem verschlossenen Gesicht war die Absicht abzulesen.
Das ist das letzte Lebenszeichen, das ich von meiner Tochter habe, sagte die Person und streckte Olga den Brief entgegen. Ihre Stimme war tonlos, alle Aggressivität war daraus verschwunden. Olga dachte an die Tochter, die schon lange nicht mehr im Haus lebte, an den Mann der Person, der inzwischen tot war, und änderte ihre Haltung nicht.
Der Brief ist vier Wochen alt. Sie schreibt darin, dass sie in zwei Tagen zurückkommen und mich dann anrufen wird. Sie hat sich nicht gemeldet.
Als Olga sich noch immer nicht rührte, ließ die Person den Arm mit dem Brief sinken und fiel in sich zusammen. Olga fühlte Mitleid und ärgerte sich darüber.
Meine Tochter hat Gründe, ihre Telefonnummer nicht bekannt zu geben, sagte sie. Im Übrigen hat sie ihren Beruf aufgegeben. Sie ermittelt nicht mehr.
Sie sprach mit Genugtuung. Bellas Arbeit war ihr immer anrüchig vorgekommen. Als Kriminalkommissarin hatte sie sich, ihrer Ansicht nach, zu sehr mit der Staatsmacht eingelassen. Als Privatdetektivin hatte sie in ihren Augen schon fast zur Unterwelt gehört.
Die Person ließ den Arm sinken und begann, vor sich hin zu schluchzen. Dann fiel ihr ein, dass sie sich auf feindlichem Territorium befand. Sie raffte sich auf und humpelte zur Tür. Der Brief fiel auf den Boden.

Lassen Sie ihn liegen, sagte Olga großzügig. Ich werde ihn meiner Tochter geben. Sie wird sich bei Ihnen melden.
Die Person humpelte zur Tür hinaus, ohne zu antworten, aber auch, ohne sich nach dem Brief zu bücken. Olga blieb in der Zimmertür stehen, sah auf den Brief und ärgerte sich über ihre Nachgiebigkeit.
Alte Nazisse, sagte sie, der Tag fängt ja gut an.

ER HATTE IMMER gewusst, dass die Frau, die er geheiratet hatte, dumm war. Sie war nicht mal besonders hübsch gewesen. Jung, ja, aber den Reiz, der darin lag, hatte er damals übersehen, weil er selbst jung gewesen war. Trotzdem hatte er sie geheiratet. Ihre Heirat war nicht einfach deshalb zustande gekommen, weil sie sich schon als Kinder gekannt hatten. Nein, er hatte sich ganz bewusst diese Frau ausgesucht. Sie besaß eine Eigenschaft, über die damals nur wenige Frauen verfügten: Sie gehörte zu der neuerdings herrschenden kommunistischen Klasse. Es gab verschiedene Gründe, weshalb für ihn keine andere Frau in Frage gekommen war als so eine. Die Gründe hatte er im Laufe der Jahre vergessen, denn seine Rechnung war aufgegangen. Er hatte sein Leben umsichtig geplant, und es war nach Plan verlaufen.
Plan – das war auch so ein Wort, das inzwischen jede Bedeutung verloren hatte. Für das neue Leben, auf das er sich seit drei Jahren mit Erfolg konzentrierte, brauchte er keinen Plan. Jetzt brauchte man Strategien, am besten mehrere, jetzt, da nichts mehr berechenbar war. Jederzeit konnten sich Änderungen ergeben, auf die man keinen Einfluss hatte, Ereignisse eintreten, die nicht vorherzusehen waren. So wie diese Frau im letzten Sommer.
Er hörte seine Frau die Küchentür schließen und dann die Treppe emporsteigen. Sie ging langsam, wegen der Mühe, mit der sie das

Tablett mit dem Glas und der Wasserflasche balancierte. Er sah auf die Türöffnung, in der sie gleich erscheinen würde, das graue Haar für die Nacht gebürstet, das Nachthemd unter dem Bademantel hervorhängend, Pantoffeln an den Füßen. Die Pantoffeln waren hübsch. Er hatte sie ihr vorhin gegeben, ein Geschenk, um sie für das bevorstehende Gespräch zugänglich zu machen. Er stand von der Bettkante auf, ging seiner Frau entgegen und nahm ihr das Tablett ab.

Das Küchenfenster war nicht zu, sagte sie.

Ihre Stimme ist wie sie selbst, dachte er, unscheinbar, aber man bemerkt sie trotzdem. Laut sagte er: Früher hätten wir auflassen können, und ärgerte sich im gleichen Augenblick über seine Worte. Früher war früher. Einmal, bald nach dem Fall der Mauer, hatte er in Berlin zu tun gehabt, in dem Teil, den sie gewohnt waren, »Hauptstadt« zu nennen. Die Straße »Unter den Linden« war voller Menschen gewesen, Menschen von drüben und von hier. Sie waren herumgeschlendert, mit schräg gehaltenen Köpfen nach Veränderungen Ausschau haltend, und wie eine dichte gewisperte Wolke hatte das Wort »früher« über ihnen gehangen. Er hörte es ununterbrochen, leise und laut, so lange, bis er genug hatte und die Stadt verließ. Er hielt nichts davon, von vergangenen Zeiten zu träumen. Das führte zu nichts. Außerdem war es gefährlich, weil es von dem ablenkte, was zu tun war. Jetzt waren andere Zeiten.

Das einzige Problem, das er darin sah, auch die neuen Zeiten erfolgreich zu bestehen, war das Alter. Man konnte nicht übersehen, dass man nicht mehr zwanzig, sondern fünfundsechzig war. Die Kräfte ließen nach, und jeder Gedanke an früher verhinderte die unbedingt notwendige Konzentration auf heute. Heute – er hatte seiner Frau das Tablett abgenommen, war zurück auf seine Seite des Ehebetts gegangen, blieb dort stehen und sah vor sich hin. Er verstand noch immer nicht, weshalb dieses Heute ihm von Anfang an so vertraut vorgekommen war, obwohl alle Welt damit Schwierigkeiten hatte.

Während er eigentlich nichts weiter zu tun brauchte, als in sich hineinzuhören, dabei lange vergessen geglaubte Worte wiederzufinden und zu beginnen, ein neues Leben zu entwickeln, quälte sich seine Frau mit vergangenen Strukturen, die sie vergeblich in der neuen Zeit suchte. Natürlich gab es jetzt weniger Arbeit für Frauen. Aber war es so schlecht, dass die Mütter sich wieder mehr um ihre Kinder kümmern konnten? Was war falsch daran, wenn die jungen Frauen im Familienbetrieb aushalfen und sich dabei ein schönes Taschengeld verdienten? Seiner Tochter jedenfalls ging es nicht schlecht. Natürlich war dies alles erst der Anfang. Damals –

Willst du dich nicht hinlegen?, fragte die Frau. Sie saß im Bett, die Decke bis zu den Schultern hochgezogen, und sah aufmerksam zu ihm hinüber. Sie lebten zu lange miteinander, als dass ihr hätte entgehen können, wie sehr sich ihr Mann verändert hatte, seit die Fremde da gewesen war. Doch, natürlich, sagte er. Ich überlege nur gerade, wie ich es dir erklären soll.

Was erklären, fragte die Frau.

Sie war beunruhigt. Sie spürte etwas Neues auf sich zukommen, etwas, das vielleicht über das Neue hinausging, das zu lernen ihr in den letzten Jahren so schwergefallen war. Sie liebte und bewunderte ihren Mann. Sie hatte ihn von Anfang an bewundert, beinahe von Anfang an, erinnerte sie sich. In den Wochen bevor der Krieg zu Ende ging, ihr Vater war noch im Konzentrationslager, und sie war mit ihrer Mutter allein geblieben, war er jeden Tag in seiner HJ-Uniform als Briefträger zu ihnen gekommen. Ihre Mutter sah es nicht gern, dass sie ihn anhimmelte. Ja, anhimmelte, so hatte sie gesagt. Das war ihr peinlich gewesen. Deshalb hatte sie ihn dann heimlich getroffen. Nur ein paarmal. Einmal war er sehr verstört gewesen. Er hatte etwas gesagt oder getan – es war ihr nicht klar geworden, worum es ging. Und dann war der Krieg vorbei gewesen. Alles war plötzlich anders. Sie hatte Angst gehabt, er würde sie vergessen. Aber er war hin und wieder gekommen, zuerst heimlich, dann bald ohne Scheu. Die ganze Zeit über, acht Jahre lang, hatte sie gehofft. Neunzehnhundertdreiundfünfzig war ihre Hoffnung in Erfüllung gegangen: Er hatte sie geheiratet. Ein paar Monate nach ihrer Hochzeit war er in die Partei eingetreten. Von da an hatte ihm ihre Bewunderung uneingeschränkt gehört. Es war so gewesen, als sei damit die letzte Schranke zwischen ihnen gefallen.

Jetzt, im Bett sitzend und ihrem Mann dabei zusehend, wie er sich umständlich zurechtsetzte, fiel ihr staunend der Abend wieder ein, an dem er spät von einer Versammlung nach Hause gekommen war. Er sprach darüber, was auf der Versammlung beschlossen worden war. Und dass er den Antrag gestellt hätte. Sie hatte damals nicht nach seinen Gründen gefragt. Wortlos war sie zu ihm hinübergerutscht, einfach in dem Bedürfnis, die politische Nähe, die er damit zwischen ihnen hergestellt hatte, durch körperliche Nähe zu ergänzen. Sie waren lange stumm nebeneinander liegen geblieben. Jetzt, sie wusste nicht weshalb, aber es war so, erst jetzt kamen ihr plötzlich Zweifel daran, dass sie damals das Gleiche gedacht und gefühlt hatten.

Erinnerst du dich an die Frau, die im Sommer hier war? Sie hatte es gewusst, nickte nur stumm mit dem Kopf. Sie hatte es schon geahnt, als sie die Frau beim ersten Mal über den Plattenweg durch den Garten kommen sah. Niemand von hier ging so, in dem Alter mit Turnschuhen und die Hände in den Jackentaschen. Später, als die Frau am Stammtisch saß und aß, war sie aus der Küche in den Schankraum gegangen, um zu hören, was ihr Mann mit der da zu reden hatte. Es ging um früher, die Zeit, als sie und ihr Mann sich noch nicht näher kannten, weil ihre Familien, wie er sich einmal ausgedrückt hatte, an verschiedenen Enden am Seil zogen. Gerade dieses Seil, an dessen Enden angeblich nach Westen und nach Osten gezogen wurde, war ihr wieder eingefallen, als sie ihren Mann sah, ins Gespräch vertieft mit dieser Fremden. Sie war nie ganz davon überzeugt gewesen, dass es nur darum gegangen war, in die verschiedenen Himmelsrichtungen zu ziehen. Ihr Vater jedenfalls war anderer Meinung gewesen.

Ihm war es darum gegangen, die braune Pest zu bekämpfen. Vom Seil war da nie die Rede gewesen.
Als ihr Mann sie der Fremden nicht vorgestellt hatte, war sie zurück in die Küche gegangen. Er würde ihr später sagen, was die Frau wollte. Denn dass sie etwas wollte, war klar. Weshalb hätte sie sonst an einem ganz gewöhnlichen Dienstagnachmittag in das Lokal kommen sollen?
Sie sah die Frau über den Plattenweg davongehen, die Hände in den Jackentaschen, die Schultern ein wenig hochgezogen, und in der Dämmerung verschwinden. Weshalb bog sie nicht nach rechts ab, auf die Straße, die zum Dorf führte? Weshalb schlug sie den Weg in den Wald ein?
Eine leichte Unruhe war in ihr zurückgeblieben. Die gleiche Unruhe meinte sie bei ihrem Mann zu spüren, nachdem die Frau gegangen war. Aber sie fragte ihn nicht. Es war besser zu warten, bis er sich entschließen würde, mit ihr über den Besuch zu sprechen.
Jetzt war es so weit. Erwartungsvoll sah sie ihn an.
Hast du sie erkannt, fragte er. Sie schüttelte den Kopf.
Nein, sagte sie, nur, dass sie von drüben war.
Ja, jetzt, antwortete er. Ist auch besser so. Sie ist tot, ich habe sie umgebracht.
Seine Hände fuhren auf der Bettdecke hin und her wie zwei Teile, die nicht zu ihm und nicht zueinander gehörten. Sie trafen sich zufällig, hielten sich fest und blieben vor ihm auf der Decke liegen. Die Frau spürte Angst. Sie kroch langsam ihre Waden hoch, saß in den Knien, sie wusste, sie hätte jetzt keinen Schritt tun können, kroch die Oberschenkel herauf in den Leib, kroch in den Magen und saß da fest. Sie begann zu zittern. Ihre Zähne schlugen aufeinander. Sie zog die Bettdecke zum Gesicht und drückte die Decke mit beiden Händen gegen ihren Kiefer. Sie versuchte, den Kopf zu schütteln. Sie wollte sagen, dass sie den Worten ihres Mannes nicht glaubte, aber es gelang ihr nicht. Schließlich brach sie in Tränen aus.

Der Mann war erleichtert. Der Anblick der zitternden, mit beiden Händen den Kiefer haltenden Frau war ihm unerträglich gewesen. So wie jetzt, schluchzend und stöhnend, kannte er sie. Er musste sie nur gewähren lassen.
Nach einer Weile hob sie den Kopf.
Aber warum, sagte sie.
Einen Augenblick dachte er, sie würde von neuem anfangen zu weinen. Aber sie nahm sich zusammen.
Das war die Frage, auf die er gewartet hatte. Seit die Frau tot war, hatte er darüber nachgedacht, ob er seiner Frau den Grund sagen sollte, sie an das erinnern sollte, was er ihr vor sehr langer Zeit unüberlegt und krank vor Angst und Ekel gesagt hatte. Er hatte beschlossen, es nicht zu tun. Er wollte sie um ihre Hilfe bitten, sie bitten, ihm zu vertrauen, wie sie es in den ganzen Jahren getan hatte. Er wollte es nicht allein durchstehen, und er wusste, wenn sie sich darauf einließe, würde alles gut werden.
Du musst mir helfen, sagte er statt einer Antwort. Ich will nicht, dass sie hier im Keller bleibt. Sie muss verschwinden.
Er sah, wie der Unterkiefer seiner Frau erneut zu zittern begann, meinte zu hören, dass ihre Zähne aufeinanderschlugen, beugte sich zu ihr hinüber und nahm sie in die Arme. Nach einer Weile hörte sie auf zu zittern und lag schlaff vor seiner Brust. Er dachte ungläubig, sie sei eingeschlafen, schüttelte sie ein wenig, spürte, dass sie wach war und schob sie behutsam zurück auf ihre Seite des Bettes. Sie lag stumm da, die Augen geschlossen. Die Hände, zu Fäusten verkrampft, hielten die Bettdecke auf den Schultern.
Ich geh und hol dir ein Schlafmittel, sagte er. Morgen werden wir sie wegbringen. Es wird nichts passieren, glaub mir. Ich hab mir alles genau überlegt. Sie hat allein gelebt. Niemand wird nach ihr fragen. Wer weiß denn, dass sie hier gewesen ist. Manchmal verschwinden Leute. Das ist so. Es hat doch sowieso niemand Zeit, sich darum zu kümmern.

Als sie nicht antwortete, stand er auf und ging ins Bad. Er zögerte, das Licht anzumachen. Die Neonröhre über dem Spiegelschrank würde sehr hell sein. Einen Augenblick blieb er neben dem Fenster stehen und sah hinaus. Es hatte nicht mehr geschneit. Das schwarze Band des Plattenweges reichte bis an den Zaun. Auf den Zaunpfählen saßen Schneehauben. Das Land hinter dem Zaun war weiß und weit. Als er seine Frau stöhnen hörte, machte er das Licht an und begann, im Schrank nach einem Schlafmittel zu suchen.

BELLA STAND vor der Tür des Hauses, in dem Olga wohnte, und drückte den Klingelknopf. Sie war daran gewöhnt, mehrmals zu klingeln, bevor ihre Mutter öffnete. Olga bestritt, dass ihr Hörvermögen nachließ, aber Bella wusste, dass sie die Klingel nicht nur deshalb überhörte, weil sie zu beschäftigt war. Endlich wurde von innen der Türöffner in Gang gesetzt. Bella trat ein und winkte ihrer Mutter zu, die in der offenen Wohnungstür stand und ihr kampflustig entgegensah.

Hier, sieh dir das an, rief sie, einen Zeitungsausschnitt hochhaltend wie der Kapitän einer Fußballmannschaft den eben gewonnenen Wanderpokal.

Lass mich erst mal reinkommen, sagte Bella, begrüßte ihre Mutter mit einem Streicheln über die Schultern und betrat die Wohnung. Es war das übliche Chaos.

In die Küche, mein Kind, wir setzen uns in die Küche. Bella hasste Küchengespräche, ging aber gehorsam dorthin.

Bist du sicher?, fragte sie. Sie stand neben dem Küchentisch und sah sich ratlos um.

Diese Sachen nehmen wir runter, sagte Olga neben ihr und begann, Papiere von den Stühlen zu räumen und neben dem Herd zu stapeln.

Eines Tages wirst du das Zeug auf die heiße Herdplatte legen

und die Wohnung in Brand setzen. Bella schob die Zeitungsausschnitte beiseite, ließ Wasser in einen Kessel laufen und schaltete eine Herdplatte ein.
Zeug, meine Liebe, ist vielleicht nicht ganz der richtige Ausdruck für das hier. Sie las laut und langsam:
»Man möge leise reden, es ist ein Sterbender im Zimmer. Die sterbende deutsche Kultur, sie hat im Innern Deutschlands nicht mal mehr Katakomben zur Verfügung. Nur noch Schreckenskammern, worin sie dem Gespött des Pöbels freigegeben werden soll; ein Konzentrationslager mit Publikumsbesuch. Das wird toll und immer toller.«
Was ist das, fragte Bella. Was redest du da von Konzentrationslagern?
Doch nicht jetzt, neunzehnhundertsiebenunddreißig. Ich habe dir gerade vorgelesen, was Ernst Bloch über die Ausstellung »Entartete Kunst« gesagt hat.
Wozu hebst du das auf? Ich denke, es ist die Tagespolitik, die dich interessiert. Bella überlegte einen Augenblick. Dann fragte sie: Sag mal, meinst du den Bloch, den die DDR in den siebziger Jahren nicht für wert befunden hat, in ihr zwanzigbändiges Lexikon aufgenommen zu werden?
Olga überhörte die grobe Anspielung auf einen der Irrtümer ihrer politischen Vergangenheit.
Du wirst es nie lernen, mein Kind, antwortete sie bekümmert und fröhlich zugleich. Man kann die Tagespolitik nur auf dem Hintergrund fundierter geschichtlicher Kenntnisse verstehen. Während ich in der fraglichen Zeit in Spanien gegen Franco meinen Mann stehen musste – Mutter, unterbrach Bella eine Rede, die sie so oder ein wenig anders nur zu gut kannte, erstens einmal MUSSTEST du nicht nach Spanien gehen, zweitens ehrt es dich, dass du dort gewesen bist, und drittens: Gibt es in dieser Wohnung irgendetwas, das man, in Form von Kuchen oder Keksen vielleicht, zum Kaffee zu sich nehmen könnte?
Olga sah ihre Tochter an, drehte sich wortlos um und ging ins

Wohnzimmer. Bella hörte sie in der Schublade kramen, in der sie im Allgemeinen Kekse aufbewahrte. Sie hörte sie »ach, du lieber Himmel« sagen und sah ihr entgegen, als sie ohne Kekse zurückkam.

Nichts, es ist nichts da, mein Kind. Willst du schnell zum Bäcker laufen?

Lass nur, sagte Bella, die sah, dass ihre Mutter einen Brief in der Hand hielt, aber so tat, als hielte sie nichts.

Ist der für mich, fragte sie.

Die Nazisse hat ihn abgegeben, sagte Olga überhaupt nicht schuldbewusst. Du sollst ihn wohl haben. Ich hab's einfach vergessen. Was kann auch schon drinstehen.

Bella kannte das gespannte Verhältnis Olgas zu ihrer Mitbewohnerin. Die Frau war überzeugte Faschistin und hatte ihrem Glauben auch neunzehnhundertfünfundvierzig nicht abgeschworen. In ihrer Wohnung hing, wenn auch nicht immer an deutlich sichtbarer Stelle, ein Bild des »Führers«. Im Haus erzählte man sich, dass dieses Bild seit einiger Zeit im Wohnungsflur angebracht sei, so dass jeder, der einen Blick in die Wohnung werfe, sofort »den Schnauzbart« zu sehen bekäme. Bella hatte vor Jahren, sie konnte sich nicht erinnern, weshalb sie in der Wohnung der Frau gewesen war, mehrere Hakenkreuzwimpel gesehen, die an Tischgestellen aus hellem Holz angebracht waren und so aussahen, als würden sie häufig gewaschen und gestärkt. Olgas Abneigung war begründet, wenn auch die Form, in der sie die zum Ausdruck brachte, mitunter übertrieben war. Andererseits war Olgas politische Einstellung ebenfalls im Haus bekannt, und die Nazisse, wie Olga sie nannte, stand ihr in nichts nach, wenn es darum ging, Verachtung zu demonstrieren. Bella war deshalb erstaunt, von dem Besuch zu hören.

Diese Frau war bei dir?, fragte sie.

Vor drei Wochen. Also, ich kann dir sagen, etwas Unangenehmeres als diese Person –

Zeig mal her, sagte Bella und griff nach dem Brief.

Olga gab ihn bereitwillig heraus. Er war an Charlotte Böhmer adressiert, Olgas Intimfeindin.
Ich sollte ihn haben?, fragte Bella, während sie den Brief öffnete und ein Blatt Papier herausnahm, das aus einem Ringblock herausgerissen worden war.
»Liebe Mutter«, las sie, »ich bin froh, allein hierhergefahren zu sein.« Bella sah auf die Rückseite des Umschlags. Dort stand »Christa Böhmer« und der Name einer Stadt an der Ostsee in Vorpommern. Sonst nichts. »Ich werde noch zwei oder drei Tage hierbleiben. Mehr brauche ich nicht, um zu erfahren, was ich wissen will. Dann komme ich zurück, und wir werden weitersehen. Grüße! Christa. PS: Ich brauche nicht zu schreiben, wie schön es hier ist.«
Bella sah auf das Datum.
Der Brief ist zwölf Wochen alt, sagte sie. Hat er die ganze Zeit bei dir gelegen?
Natürlich nicht. Olga war beleidigt, vergaß es aber, weil der Wasserkessel zu pfeifen begann.
Ja, sagte Bella, und was soll ich nun damit? Sie schob Papier zur Seite, um auf dem Küchentisch Platz für die Kaffeetassen zu machen.
Du sollst mit ihr reden, antwortete Olga. Diese Tochter (sie sprach das Wort so aus, wie man vor hundert Jahren »Bankert« ausgesprochen hätte) hat nichts mehr von sich hören lassen. Das scheint ihr an die Nieren zu gehen. Wer weiß, was die da drüben treibt. Da amüsiert sich ja inzwischen alles mögliche Gesindel.
Bella schenkte den Kaffee ein, sagte aber nichts. Sie spürte, dass sie sich über Olga zu ärgern begann. Das Telefon klingelte, und Olga verschwand aus der Küche. Als sie zurückkam, erklärte sie, dass gleich zwei Genossinnen kämen, mit denen sie eine Besprechung zu führen hätte.
Stell doch noch eine Tasse auf den Tisch, sagte sie. Bella erhob sich, froh, gehen zu können. Sie hielt den Brief noch immer in der Hand.

Wenn ich du wäre, hätte ich Besseres zu tun, als mich um solche Leute zu kümmern, sagte Olga noch, aber da war Bella schon halb aus der Tür.
Vor dem Haus stand die Böhmer. Sie hatte offenbar auf Bella gewartet.
Meine Mutter hat mir Ihren Brief gegeben, sagte Bella. Ich glaube kaum, dass ich in dieser Sache etwas für Sie tun kann. Dafür, dass Ihre Tochter sich nicht mehr gemeldet hat, kann es viele Gründe geben. In solchen Fällen ist die Polizei die sicherste Adresse. Haben Sie dort nachgefragt?
Ich habe ein Paket bekommen, sagte die Frau. Alle ihre Sachen waren drin. Es war kein Absender dabei. Hier – sie hielt Bella einen Block entgegen –, wenn Sie das lesen würden. Vielleicht gibt es Ihnen einen Anhaltspunkt.
Bella nahm der alten Frau den Block aus der Hand und verabschiedete sich, so schnell sie konnte. Sie würde nichts von dem lesen, was in dem Block stand, ihn nach ein paar Tagen in einen Umschlag stecken und mit dem Rat, sich an die Polizei zu wenden, zurückschicken. Sie hatte genug von alten Frauen, heute und überhaupt. Immer noch war sie gekränkt, wenn sie, so wie gerade eben, für irgendwelche Genossen das Feld zu räumen hatte. Was sie jetzt brauchte, war ein langer Spaziergang und ein paar Gläser Wodka mit Orangensaft. Und eine Partie Billard, dachte sie belustigt. Zwei alte Damen kamen langsam die Straße entlang, und sie startete den Wagen schneller und lauter, als es nötig gewesen wäre.
Es war zu früh, zu Eddy zu fahren. Bella erinnerte sich nicht mehr, wie es gekommen war, aber schon seit Langem stand fest, dass ihre Treffen nachts stattfanden. Sie fuhr langsam, und als neben ihr die Lichtreklame eines Kinos auftauchte, suchte sie einen Parkplatz und stieg aus. Kino war genau das Richtige, um die Zeit totzuschlagen. Sie hätte auch nach Hause fahren können. Aber vermutlich saß dort Willy und erwartete einen Bericht darüber, wie der Besuch bei Olga verlaufen war.

Willy bewunderte Olga ohne Einschränkung. Sie selbst kam aus einem kleinbürgerlichen – klitzekleinbürgerlich, wie Willy sagte – Elternhaus. Olgas russische Herkunft, ihre politische Vergangenheit, ihre kommunistische Überzeugung, die sie nicht verleugnete, sondern stolz vor sich hertrug, all das war für Willy Anlass zur Bewunderung. Den gereizten Ton, den Bella manchmal anschlug, wenn von Olga die Rede war, verstand sie nicht, ja, sie missbilligte ihn zutiefst. Bella hatte dann das Gefühl, sich für die ambivalenten Gefühle, die sie ihrer Mutter gegenüber hegte, rechtfertigen zu müssen. Dazu aber hatte sie gerade jetzt keine Lust.

Die Frau an der Kasse sah so gelangweilt aus, wie es ihrem langweiligen Job entsprach. Bella erkundigte sich nach der Länge der Filme. Sie kaufte eine Karte für »Lebwohl, meine Konkubine«. Nach drei Stunden verließ sie das Kino, niedergeschlagener, als sie gekommen war, und in der festen Überzeugung, dass der Urgrund für die Fehlentwicklung der Welt in der Übernahme der Macht durch das männliche Geschlecht zu sehen war und dass die Frauen dabei die erbärmliche Rolle gespielt hatten, die sie auch heute noch bevorzugten. Die Tatsache, dass sie diese Erkenntnisse auch früher schon gehabt und dass der Film sie nur wieder aufpoliert hatte, verbesserte ihre Stimmung nicht.

Während sie im Kino gewesen war, hatte es geschneit. Da keine Wahlen bevorstanden, lag eine dicke Salzschicht auf den Straßen, so dass die Autos unbehindert fahren konnten. (Fiel die Frostperiode in eine Vorwahlzeit, so ließ die Stadtverwaltung Sand streuen, um umweltbewusste Wählerstimmen zu gewinnen. Da schon seit Jahren in der Stadtreinigung Stellen eingespart wurden, hatte das für gewöhnlich ein Verkehrschaos zur Folge, denn die wenigen Arbeiter schafften es nicht, alle Straßen gleichzeitig zu streuen. Bei Salz war das einfacher. Man streute es zu Beginn der Frostperiode sehr dick, und dann blieb es den Winter über liegen.)

Eddys Laden war voll wie immer. Die weibliche Ware, die sich an den Straßenrändern anbot, war trotz der Kälte hübsch leicht verpackt, so dass der Umsatz an Rumgrog und hochprozentigen Schnäpsen beträchtlich sein musste.
Bella sah ein überraschtes Lächeln auf Eddys Gesicht, aus dem sie schloss, dass er sich über ihren Besuch freute, und suchte sich einen Platz. Eddy schickte den Kellner mit einem Wasserglas, das aussah, als sei es mit Orangensaft gefüllt. Mindestens die Hälfte der Flüssigkeit war sicher kein Orangensaft.
Er sagt, in einer halben Stunde kommt Ablösung, sagte der Kellner, während er das Tablett absetzte.
Bella nickte ihm zu. Ich hab's nicht eilig, antwortete sie. Der Kellner drängte sich zum Tresen zurück. Bella begann, Eddys Gäste zu betrachten. Im Winter war die Zusammensetzung anders als im Sommer. Jetzt fehlten die Wohlstandsbürger-Paare, die sich einen interessanten Abend machen wollten. Man saß zu Hause, hatte Freunde eingeladen und spielte Doppelkopf. Die, deren sexuelle Bedürfnisse auch im Winter funktionierten und die sich zur Befriedigung dieser Bedürfnisse nicht nur den eigenen Mann oder die eigene Frau ausgesucht hatten, waren dabei, intime Partys zu arrangieren, deren Höhepunkt in einem Spiel bestand, das »Flaschendrehen« hieß. Oder sie verwendeten beträchtliche Phantasie darauf, zu begründen, weshalb in der Firma, in der sie beschäftigt waren, an mehreren Wochenenden in der Vorweihnachtszeit Überstunden angesetzt worden waren, Weihnachtsfeiern abteilungsweise stattfanden oder auswärtige Seminare besucht werden mussten.
Ein Mann mit einer Weihnachtsmann-Mütze auf dem Kopf kam zur Tür herein. In der Hand hielt er einen Packen Zeitungen. Er begann, an den Tischen nach Abnehmern zu suchen. Bella wartete darauf, dass Eddy ihn rauswarf. Aber Eddy winkte dem Mann nur freundlich zu.
Sie kaufte eine Zeitung. Die Hand des Mannes zitterte, als er das Geld dafür entgegennahm. Bella sah ihm nach und sah ei-

nen angetrunkenen Bettler aufstehen und den Zeitungsverkäufer anrempeln.
Bist wohl was Besseres, hörte sie.
Was heißt denn das: besser als betteln. Was dagegen, wie ich meine Kohle zusammenhole? Was dagegen?
Der Mann schrie fast. Eddy wurde aufmerksam, sprach kurz mit dem Kellner, blieb aber hinter dem Tresen stehen. Der Zeitungsverkäufer nahm die rotweiße Zipfelmütze ab und zog den Aufgebrachten an einen Tisch. Die Zeitungen rutschten über den Boden.
Da hast du den Scheiß, rief der Bettler und stieß mit dem Fuß dagegen. Der Kellner kam mit einem Glas Bier, sagte ein paar leise Worte zu dem Krakeeler, drückte ihm das Bier in die Hand und half, die Zeitungen aufzuheben. Bella erwartete, dass der Zeitungsverkäufer die Kneipe verließe, aber er tat es nicht. Er setzte sich mit dem Bettler an den Tisch und begann auf ihn einzureden. Der Lärm war nicht geringer geworden. Niemand hatte sich für die Szene interessiert.
Bella nahm die Zeitung zur Hand. Sie hieß »Hinz und Kuntz« und war gegründet worden, um Obdachlose zu organisieren. Die Verkäufer waren obdachlos und am Umsatz beteiligt. Sie hatten sich verpflichtet, während des Verkaufs keinen Alkohol zu trinken. Bella begriff, weshalb Eddy nur ein Glas Bier geschickt hatte. Als sie aufsah, verließ der Verkäufer gerade die Kneipe. Er hatte die Mütze wieder aufgesetzt. Kalte Luft kam durch die Tür. Bella meinte Schnee riechen zu können. Am Tisch saß der Bettler und sah auf die vor ihm liegende Zeitung. Die Tatsache, dass er schon mehr als ein Bier getrunken hatte, hinderte ihn am Lesen.
Es dauerte fast eine Stunde, bis Eddys Ablösung erschien, ein älterer Mann, der aussah, als sei er der Zwillingsbruder des Kellners, der schon seit Jahren bei Eddy beschäftigt war. Die beiden taten so, als seien sie sich fremd. Bella begann, vom Wodka leicht beflügelt, über Verwandtschaftsbeziehungen nachzudenken, beendete den Ausflug in schmerzliche Gefilde jedoch, als sie Eddy

im Billardzimmer verschwinden sah. Sie bahnte sich einen Weg durch das Gedränge und den Gestank von Grog, Rauch, Bier und Schnee und folgte ihm.

Für längere Zeit der letzte Gedanke, der ihr durch den Kopf ging, war die Vorstellung, dass Olga sie sehen könnte: außerordentlich spärlich bekleidet neben Eddy auf dem Billardtisch, der große Raum angenehm wenig beleuchtet, leise klingelnde Eisstücke in den Gläsern, mit denen sie sich zutranken und das aufmerksame Glitzern in Eddys Augen.

Miles Davis. Wo hast du denn die aufgetrieben, fragte sie, hast du gewusst, dass ich ihn gern höre?

Ich glaube nicht, dass das alles ist, was ich von dir weiß, antwortete Eddy, und sie sagte sich, dass er damit vermutlich recht habe.

Später lagen sie nebeneinander auf zwei wackeligen Campingliegen, hörten die Geräusche aus der Kneipe und hin und wieder ein Auto, das draußen vorbeifuhr. Was ist los, sagte Eddy endlich. Erzähl schon.

Ich könnte einen Auftrag annehmen, antwortete Bella.

Dann tu's. Eddy stand auf, wickelte sich die Wolldecke um die Hüften und ging hinüber zur Fensterbank, auf der vor der heruntergelassenen Jalousie das Tablett mit den Flaschen stand.

Das Eis ist hin, sagte er, willst du neues?

Nein, sagte Bella, der Haken ist, die Sache wird sich vermutlich drüben abspielen.

Oh, sagte Eddy. Und dann: Fahr einfach mit der Bahn. Bella lachte. Eddy kam zurück und setzte sich neben sie. Was hast du gegen drüben, fragte er, es heißt, sie könnten nicht Auto fahren, aber sonst? Und das mit dem Autofahren kann auch daran liegen, dass sie nicht die richtigen Straßen haben. Obwohl –

Lass den Quatsch, sagte Bella. Ich hab mein Leben ganz gut eingerichtet. Ich vermisse diese Arbeit nicht.

Worum geht's denn, fragte Eddy.

Bella sagte es ihm. Er schwieg einen Augenblick.

Du weißt so gut wie nichts, sagte er schließlich. Das muss dich doch reizen. Ehrlich gesagt, ich glaube, du willst nur, dass ich deinen Entschluss bestätige.
Westler sind da nicht gerade beliebt, antwortete Bella.
Ach ja? Aber hier bist du beliebt, was? Mach dich nicht lächerlich. Was du brauchst, ist eine interessante Unterbrechung in deinem gut eingerichteten Leben.
Du meinst, wie die ganzen abgehalfterten Westluschen, die sich da drüben zurzeit eine goldene Nase verdienen?
Eddy zog es vor zu schweigen. Schließlich, als das Schweigen lange genug gedauert hatte, sagte er: Ich vermute, du wirst von dieser Frau sowieso kein Geld nehmen.
Natürlich nicht, antwortete Bella. Du hättest sie sehen sollen. Das Kleid, das sie trug, war mindestens dreißig Jahre alt. Weiß der Himmel, weshalb gerade solche Leute immer auf die falschen Propheten reinfallen. Ich glaub, ich werd jetzt nach Hause fahren und mir mal den Block ansehen, den sie mir in die Hand gedrückt hat.
Vielleicht solltest du erst mal schlafen. Sagst du mir Bescheid, wann du fährst?
Wieso das denn, fragte Bella. Das wäre ja ganz neu. Vielleicht ruf ich dich an, wenn ich die Tochter gefunden habe. Damit du meine detektivischen Fähigkeiten bewundern kannst.
Du ahnst ja nicht, wie sehr ich deine Fähigkeiten bewundere, sagte Eddy. Der anzügliche Ton in seinen Worten ließ Bella einen Augenblick darüber nachdenken, ob sie schon gehen sollte. Eddy spürte ihre Überlegungen und streckte die Hand nach ihr aus. Als habe er damit ein Zeichen gegeben, stand sie auf und begann sich anzuziehen. Ich würd gern mal mit dir in Urlaub fahren, sagte Eddy. Er saß auf der wackeligen Liege und sah ihr zu. Ach ja?, sagte Bella. Ich nicht. Draußen fiel wieder Schnee. Die Frauen waren vom Straßenrand verschwunden. Der Schnee fiel dicht und gerade, so, wie er an einem bestimmten Abend in Moskau gefallen war.

Alle Leere hält mich umdunkelt
letzter Schlaf umfängt meine Schar.
Und der Stern von Bethlehem funkelt
Wie die Liebe hell und klar.

Manchmal warst du ganz schön kitschig, Großvater, dachte Bella, während sie zum Wagen ging. Der Schnee hatte eine Haube auf den Seitenspiegel gesetzt.

DEN GANZEN TAG über war es ruhig gewesen. Der Schnee hatte die Leute wohl abgehalten, aus dem Haus zu gehen. Sie hätten eigentlich schließen können. Die Tochter kam einmal aus der Küche und fragte, ob sie nicht zumachen wollten. Der Mann und die Frau hatten so schnell abgelehnt, dass die Tochter sie erstaunt angesehen und dann achselzuckend den Schankraum wieder verlassen hatte. Erst gegen Abend waren fünf Jäger in das Lokal gekommen. Als die Jäger kamen, saß sie in der Küche und langweilte sich. Die Frau war in die Wohnung gegangen. Der Wirt begrüßte die Jäger allein. Sie verlangten etwas zu essen, aber vor allen Dingen brauchten sie Schnaps. Sie waren den ganzen Tag, bis zum Einbruch der Dunkelheit, unterwegs gewesen. Die Verpflegung und der Schnaps in den Taschenflaschen hatte nicht lange gereicht. Sie waren durchgefroren, stellten ihre Gewehre, Büchsen und Flinten, zwei Drillinge waren dabei, alles neu und sehr teuer, neben die Stühle, schlugen mit den Armen umeinander, schlugen sich gegenseitig auf die Schultern und verlangten lautstark nach der Bedienung. Die Tochter, erfreut über die Unterbrechung, kam mit Speisekarten aus der Küche gelaufen. Sie trug ein schwarzes Kleid und eine weiße Schürze, hatte die blonden Haare hochgesteckt und wurde von den Jägern mit lautem Hallo begrüßt. Der Wirt zapfte Bier und holte sechs geeiste Gläser aus dem Kühlfach, in die er den ölig fließenden, eiskalten Aquavit eingoss.

Ich bring schon mal 'ne Runde, sagte er, während er mit dem Tablett an den Stammtisch ging. Er reichte den Männern die Gläser, nahm das sechste Glas in die Hand und trank ihnen zu. In seinem Rücken hörte er die Frau den Gastraum betreten, einen Augenblick stehen bleiben und in die Küche gehen. Es wäre ihm lieber gewesen, sie hätte nicht gesehen, dass er den Männern zutrank.

Die Jäger bestellten ein ausgiebiges Essen, tranken, bis ihnen warm wurde, verlangten Wein, als das Essen kam, und tranken ein paar Flaschen Roten, während er aufmerksam hinter dem Tresen stehen blieb und darauf achtete, dass es ihnen an nichts mangelte. Die Leute waren aus dem Westen. Er hörte es an ihrer Sprache, die laut war und ungeniert. Er war sicher, sie hätten sich genauso verhalten, wenn sie nicht die einzigen Gäste gewesen wären. So ist das, dachte der Wirt, wenn einem die Welt gehört. Und uns wird sie auch gehören. Den Leuten gefällt's doch bei mir. Nichts mehr von dem alten Mief. Das merken die gleich. Im Sommer werden wir anbauen. Da kommen die Touristen haufenweise, wenn sie erst merken, wie gut sie hier bedient werden. Hin und wieder, wenn der Laden richtig läuft, werden wir ein paar Tage in Urlaub fahren und so internationale Aufkleber mitbringen, Aschenbecher, was weiß ich. Wir kriegen das schon hin.

Mit den Jägern war nicht alles so, wie es sein sollte. Der Wirt bemerkte es im Laufe des Abends, während er hinter dem Tresen stand und sie beobachtete. Die Gewehre waren nicht aus Suhl. Da kannte er sich aus. Er war selbst Jäger. Beim letzten Treffen der Hegegemeinschaft war über Leute aus dem Westen gesprochen worden, die hierherkamen und ohne Genehmigung in der Gegend rumballerten, angeschossenes Wild liegen ließen oder den Aufbruch nicht waidgerecht vornahmen.

Die sind bloß wild auf die Waffen, hatte einer gesagt. Die Kadaver mit abgeschnittenen Köpfen, die man gefunden hatte, gaben ihm recht. Sollte er sie ansprechen? Er hätte sie nach ihrer Jagderlaubnis fragen können, aber er ließ es sein, starrte bloß auf die neuen Hirschfänger, die sie am Gürtel trugen, und achtete darauf, dass sie alles bekamen, was sie verlangten.

Die Männer wollten zum Schluss noch einen Kaffee, gaben der Tochter freundliche Worte und sagten, es täte ihnen leid, dass sie diesen Laden hier erst so spät entdeckt hätten. War bisher nicht so doll, sagte einer von ihnen, während sie ihre Jacken anzogen. Sie können sich ja nicht vorstellen, in was für Bruchbuden wir schon gegessen haben. Morgen noch, dann geht's wieder in den goldenen Westen. Sie lachten laut, als sie hinausgingen und versprachen mit nicht ganz sicherer Stimme, morgen noch mal wiederzukommen. Er hielt ihnen die Tür auf, und sie stapften durch den Schnee hinter dem Zaun zur Straße zurück. Dort stand ihr Wagen, Landrover, sie hätten nicht gewusst, ob sie noch über einen Graben gemusst hätten, um den Laden hier zu erreichen.

Der Wirt sah hinter ihnen her, bis ihm bewusst wurde, dass er gern einer von ihnen gewesen wäre, einer, der dieses Haus lachend verlassen und nach Westen gehen konnte. Der Gedanke erschreckte ihn. Er schloss die Tür, ging durch den Flur zurück in den Schankraum und wollte den beiden Frauen in der Küche zurufen, dass für heute Schluss sei. Als er auf die Armbanduhr sah und feststellte, dass sie erst acht Uhr anzeigte, rief er nicht, sondern begann aufzuräumen. Nach einer Weile kam die Tochter aus der Küche und sah ihn fragend an.

Ich halt noch ein bisschen auf, sagte er, du hast jetzt Feierabend. Hast ja genug Umsatz gemacht.

Er lächelte ihr zu, und sie winkte und ging. Ihm war klar, dass an diesem Abend keine Gäste mehr kommen würden. Aber es war noch zu früh für das, was sie zu erledigen hatten. Sie mussten noch ein paar Stunden warten.

Später, die Frau hatte die Küche aufgeräumt und ihm ein paar klein geschnittene, belegte Brote in den Schankraum gebracht, saß er allein am Fenster und sah hinaus. Sie würden Spuren im Schnee hinterlassen. Gut, dass die Männer vorhin da gewesen waren, da war wenigstens nicht mehr alles so weiß und unberührt. Vielleicht schneit's auch noch einmal, dachte er, keine Sterne am Himmel, das ist ein gutes Zeichen. Als die Frau nicht wiederkam, ging er nach oben und sah nach ihr. Sie saß in dem dunklen Zimmer vor dem Fernseher und sah den BERICHT AUS BONN. Er stellte sich neben sie und tätschelte ihre Schulter.

Ich bin unten, sagte er, bis elf hab ich auf. Wenn du dann kommen würdest.

Sie nickte ihm zu. Im Licht des Fernsehers waren die Falten in ihrem Gesicht schwarz. Auch fand er ihr Gesicht merkwürdig klein. Sie tat ihm leid, und bevor er wieder hinunterging, brachte er ihr eins von den leichten Beruhigungsmitteln aus dem Badezimmer. Die Kälte nachher draußen würde sie schon wach halten.

Zieh feste Schuhe an, sagte er, es ist kalt draußen, ziemlich viel Schnee.

Kurz vor elf Uhr schaltete er das Wirtshausschild vorn an der Straße aus, löschte auch die Lampen im Gastraum und setzte sich zurück an den Tisch. Er hörte die Frau die Treppe herunterkommen. Sie öffnete die Tür und sah ihn nicht gleich.

Werner?, rief sie halblaut, Werner?

Er meinte, ein wenig Angst in ihrer Stimme zu hören, aber noch mehr Schläfrigkeit.

Hier, sagte er, ich – bitte, komm mit.

Er kam vom Fenster her. Die Frau, deren Augen sich rasch an die Dunkelheit gewöhnt hatten, sah seinen Schatten gegen das Schneelicht von draußen. Er ging vor ihr her, und sie folgte ihm zur Kellertür. Als ihr Fuß gegen den Schlitten stieß, der davor an der Wand lehnte, erschrak sie und blieb stehen.

Den brauchen wir doch, sagte er. Ich hab ihn schon rausgestellt. Unten ist alles klar. Du musst nur noch mit anfassen.

ES DAUERTE NOCH ein paar Tage, bis Bella endgültig den Entschluss fasste, nach der Tochter der alten Frau zu suchen. Willy war begeistert, erbot sich sofort mitzufahren und war nur dadurch davon abzuhalten, dass Bella ihr klarmachte, wie wichtig es sei, dass das Büro besetzt bliebe. Außerdem sollte sie inzwischen Olga besuchen und die Böhmer informieren, ohne ihr aber zu große Hoffnungen zu machen. Da Bella beschlossen hatte, mit der Bahn zu fahren, würde Willy auch den alten Porsche zu ihrer Verfügung haben, was sie endgültig davon überzeugte, dass das Zurückbleiben nicht nur Nachteile hatte.

Jetzt, am Sonntagmorgen, war Bella auf dem Weg zur Bahn. Um sich vor der langen Reise Bewegung zu verschaffen und um Willy, die sonntags gern lange schlief, nicht zu stören, hatte sie beschlossen, zu Fuß zum Bahnhof zu gehen. Auf der Elbe trieben erste Eisschollen. Der Elbhang trug eine dünne Schneedecke, und ein scharfer Ostwind blies ihr ins Gesicht. Was für ein herrlicher Wintermorgen, dachte Bella, keine Menschen unterwegs, die vereisten Weidenstämme im Wasser so tot, als würden sie nie mehr ausschlagen, schwarzes Pfützenglas, ein paar aufgeschreckte Drosseln in den Büschen, einfach wunderbar!

Ihre Begeisterung ließ nach, als sie der Stadt näher kam. Die Menschen, die ihr jetzt begegneten, hatten, sie konnte es nicht anders nennen, einen Ausdruck stumpfer Gier und gleichzeitiger Besessenheit in ihren Gesichtern, der nicht zu der erstarrten Natur um sie herum passte. Auch die immergrünen Gewächse, die einige von ihnen im Arm trugen, wirkten merkwürdig unpassend im kalten Wind. Die Menschen, die mehr wurden, je näher sie den Landungsbrücken kam, waren auf dem sonntäglichen Fischmarkt gewesen. Neben dem Fenster eines Fischrestaurants blieb Bella stehen und sah dem Schauspiel zu, das sich ihr bot. Da drüben machten holländische Händler sich die Eigenheit der Käufer zunutze, gierig nach Waren zu greifen, die sie für billig hielten. Die Händler standen auf den Ladeflächen ihrer LKWs und boten Topfblumen, Bananen oder Räucherfisch an. Sie waren umringt von einer Meute Gläubiger. Alle, die da standen und darauf hofften, etwas geschenkt zu bekommen, waren in der Lage, im nächsten Laden das Objekt ihrer Begierde zu kaufen. Waren sie am LKW erfolgreich gewesen, schleppten Vater, Mutter und Kinder Gummibäume und Zimmerpalmen nach Hause, verfolgt von den scheelen Blicken derer, die gerade diesen Gummibaum oder diese Zimmerpflanze – die Pflanzen wurden industriell hergestellt und glichen sich wie ein Ei dem anderen – unbedingt selbst hatten erwerben wollen.

Bella stellte sich vor, wie der triumphale Abmarsch vom Fischmarkt überging in eine genüsslich ausgekostete Fahrt mit der Bahn oder mit dem Auto nach Hause, während der die Pflanze der Sehnsucht demonstrativ in die Gegend gehalten werden würde. Das ganze Spektakel würde enden in einer von den Nachbarn genau beobachteten Heimkehr – am Sonntagvormittag sah man aus den zum Lüften der Betten geöffneten Fenstern oder stand hinter geschlossenen Gardinen, neidete den Ankömmlingen den günstigen Kauf und beschloss, am nächsten Sonntag selbst auf den Fischmarkt zu gehen. Es musste doch möglich sein, einen mindestens doppelt so großen Gummibaum für die Hälfte des Preises zu erwerben, den der Nachbar gezahlt hatte.

Betrunkene Männer, die die Nacht in den Lokalen der nahe gelegenen Reeperbahn verbracht hatten, gingen an ihr vorbei. Sie zogen Salzheringe an Bändern hinter sich her. Sie sangen, was betrunkene Männer morgens auf dem Fischmarkt singen: Wir wollen unsern alten Kaiser Willem wieder ham, aber nur, aber nur, aber nur mit Bart; Auf der Heide blüht ein kleines Blümelein, und das heißt Eeerika; Schwarzbraun ist die Haselnuss und noch ein paar andere Perlen aus dem Schatzkästlein deutschen Liedguts.

Im Hauptbahnhof frühstückte sie ausgiebig beim Spanier. Der Spanier war ein echter Spanier, was nicht nur daran zu erkennen war, dass Fotos aus der Zeit, als er als Torero gearbeitet hatte, hinter der Bar hingen. Er war ein schöner, melancholischer, al-

ternder Mann, der wunderbare spanische Sachen kochte, zärtlich mit seiner Frau umging und die farbigen Hilfskräfte hinter dem Tresen freundlich behandelte.
Sie aß ein Gericht, das aus Leber und Zwiebeln bestand, und trank dazu einen schweren dunklen Rotwein, während um sie herum Hummer verkauft wurde, Trinker ihr erstes Glas Bier hinunterstürzten und halb verhungerte Fixer sich in den Eingängen der MARKTHALLE genannten Restaurantzone herumdrückten. Als sie ging, nickte ihr der Spanier freundlich zu. Er kannte sie, weil sie manchmal bei ihm aß, war aber zu zurückhaltend, um sie anzusprechen. Der schwarze Wein hatte eine durchsichtige Wand zwischen sie und ihre Umgebung gestellt. Sie ging unbeeindruckt an zwei blauuniformierten Wachmännern vorbei, die zum Schutz der Hummeresser engagiert waren, suchte auf der Anzeigetafel das Gleis, an dem ihr Zug abfahren sollte, drückte einem jungen Mädchen, entsetzlich dünn und blaugefroren, etwas Geld in die Hand und saß schließlich im überheizten Abteil. Sie blieb allein und schlief sofort ein. Als sie erwachte, hatte der Zug Westdeutschland schon verlassen. Sie sah es an den lang gestreckten niedrigen Gebäuden der Landwirtschaftlichen Produktionsgenossenschaften, die leer, mit geöffneten Türen und eingeschlagenen Fensterscheiben neben der Strecke lagen. Trotz des Schnees, der den Anblick milderte, verbreiteten sie eine stumme Trostlosigkeit. Als sie spürte, dass der Blick aus dem Fenster sie deprimierte, holte Bella den Block, den ihr die Böhmer gegeben hatte, aus der Reisetasche. Sie hatte den Text nicht gründlich gelesen, vielleicht fand sich ein Anhaltspunkt darin, wo sie mit der Suche beginnen würde. Die erste Eintragung war vom achten September:
»Nichts geht verloren. Alles, was ich gehört, gesehen, erlebt habe, ist noch da. Es muss nur wachgerufen werden. Das Erstaunlichste ist der Anblick des Namens. Jedes Mal, wenn ich den Namen der Stadt, in der ich geboren wurde, irgendwo lese, auf einem Straßenschild, im Kopf der Zeitung, in einem beliebigen

Text, löst der Anblick in mir einen kleinen Schock aus, so, als sei gerade diese Verbindung von Buchstaben für mich von besonderer Bedeutung, einem Klang ähnlich, an den man sich immer wieder erinnert, weil er ein körperliches Wohlbehagen auslöst oder einen Geschmack, den man liebt und den man immer wieder schmecken möchte. Dann sehe ich die Menschen um mich herum an und bin voller Neid. So, wie gestern im Restaurant des Stadttheaters. Ich war hingegangen, um zu prüfen, welche Erinnerungen der niedrige Saal in mir hervorrufen würde. Am Nebentisch saßen sechs Frauen, vielleicht ein Arbeitskollektiv aus vergangenen Zeiten. Ich hörte sie lachen und sprechen. Ich hörte ihre breite dialektgefärbte Sprache, und mein Neid auf sie, die nie diesen Ort verlassen hatten, die immer zu Hause gewesen waren, wurde so groß, dass ich aufstand und ging, ohne etwas zu bestellen. Ich wäre sonst in Versuchung geraten, mich an ihren Tisch zu setzen. Ich will hierher zurück, ich weiß es jetzt genau. War es wirklich notwendig, dass wir damals von hier fortgegangen sind?«

Bella legte den Block beiseite und sah aus dem Fenster. »Damals« war vermutlich im Winter 1944 oder im Frühjahr 1945 gewesen. Da begannen selbst die überzeugtesten Nazis zu fürchten, dass der Krieg verloren sein könnte. Aus Angst vor der näher kommenden Roten Armee zog ein Heer von faschismusgläubigen Frauen mit ihren Kindern nach Westen. Sie konnten es nicht sicher wissen, aber eine Art Instinkt sagte ihnen, dass sie dort nach dem Krieg besser aufgehoben sein würden als im Osten. Wenn die Bekämpfung und Vernichtung des bolschewistischen Untermenschentums schon nicht siegreich geendet hatte, so wollten die Frauen sich und ihre Kinder auf jeden Fall nicht der Rache der in ihren Augen entmenschten Horden aussetzen.

Oder waren die Böhmer und ihre Tochter erst bei der zweiten Welle der Flüchtlinge dabei gewesen? Nach dem Ende des Krieges, als die übrig gebliebenen Männer aus der Gefangenschaft entlassen worden waren, hatten viele bekannte Nazis sich nicht mehr in ihre Heimatorte zurückzukehren getraut, wenn sie im Osten lagen. Sie hatten darauf bestanden, in den Westen entlassen zu werden. Die Frauen und Kinder waren ihnen später gefolgt.

Hat schon mal jemand untersucht, dachte Bella, inwieweit das reaktionäre Klima der Nachkriegszeit im Westen auch mit dieser Wanderungsbewegung zusammenhängt? Oder war eine solche Untersuchung sinnlos, weil ja, wie inzwischen bekannt, auch die im Osten zurückgebliebene Bevölkerung nur durch Zwang zur Demokratisierung zu bewegen gewesen war.

Und wenn beides nicht stimmte? Konnten die Böhmers nicht auch Bauern gewesen sein, die geflohen waren, weil sie sich mit der Kollektivierung der Landwirtschaft nicht abfinden wollten? Oder ganz normale Leute, die das Land verließen, weil es ihnen zu lange dauerte und zu mühsam erschien, im Osten zu Wohlstand zu kommen, wo doch im Westen alles schneller ging? Nein, die Vergangenheit des Mannes hatte eine Rolle gespielt. Sie erinnerte sich, dass Olgas Feindschaft sich auch auf ihn erstreckt hatte. »Der konnte sich da drüben nicht mehr sehen lassen, aber hier spielt er sich natürlich auf«, hatte sie oft von Olga gehört, wenn es Ärger mit der Familie Böhmer gegeben hatte. An die Tochter, die in ihrem Alter sein musste, erinnerte sie sich kaum. Nur daran, dass sie in einem Internat gelebt hatte und ihre Eltern auch in den Ferien selten besuchte. Dafür fuhren die Eltern im Urlaub nach Berchtesgaden und trafen sich dort mit ihr, was Olga jedes Mal zu spitzen Bemerkungen über »Besuche im Führerhauptquartier« veranlasste.

Vor dem Fenster veränderte sich langsam das Licht. Die Grenze zwischen Schnee und Himmel verschwand. Gänse zogen durch die Dämmerung. Dann fuhr der Zug an vereisten Wiesen vorüber, auf denen Kraniche zur Rast eingefallen waren. Die großen grauen Vögel standen ruhig in der Erwartung der Nacht. Wenig später sah Bella ein mit Graugänsen bedecktes Feld. Der

Schwarm hatte sich gerade niedergelassen, die Vögel suchten noch ihre endgültigen Schlafplätze. Das Geräusch des fahrenden Zuges übertönte die suchenden, singenden Laute der Gänse, aber Bella meinte, sie trotzdem zu hören. Als sie einen Bahnhof erreichten, war es draußen dunkel geworden. Plötzlicher Nebel hüllte die Bahnsteige ein, auf denen sich nur wenige Menschen bewegten. Die Schlaf suchenden Vögel auf vereisten Wiesen, der in der Dämmerung verschwindende Horizont, der in roten Nebel gehüllte Bahnhof gaben Bella ein Gefühl von Unwirklichkeit. Es war, als führe sie tatsächlich und nicht nur in ihren Gedanken in die Vergangenheit. Sie stand auf und ging in den Speisewagen. In den Abteilen saßen nur noch wenige Menschen. Kälte schlug ihr entgegen, als sie den Speisewagen betrat. An den Tischen saß niemand. Aus der Küche kam ihr ein Mann mit weißer Kochmütze im Wintermantel entgegen.

Die Heizung ist ausgefallen, sagte er, schon die ganze Fahrt. Ich nehm ja nicht an, dass Sie sich setzen wollen.

Nach dem überheizten Abteil empfand sie die Kälte als besonders unangenehm.

Zu trinken werden Sie doch haben, antwortete Bella. Ich hol meinen Mantel. Wär schön, wenn Sie inzwischen einen doppelten Wodka einschenken würden.

Als sie zurückkam standen zwei Gläser auf der Theke zum Bistro. Der Zug fuhr gerade langsamer und hielt auf offener Strecke. Ein Schaffner lief durch den Wagen, sah die Gläser, rief »mir auch, ich komme gleich«, und verschwand.

Natürlich dürfen wir im Dienst nichts trinken, sagte der Mann hinter der Theke, während er das dritte Glas füllte. Aber erstens sind wir ja nun bald da und zweitens: sollen die doch mal stundenlang diese Kälte aushalten, und drittens ist das hier wirklich der größte Scheißjob, den man sich vorstellen kann. Prost.

Bella trank ihm zu. Sie müssen ja nicht hier arbeiten, oder?, sagte sie. Der Mann sah sie an, als habe er von einer Frau, die ihren Mantel holte, um im Speisewagen Wodka trinken zu

können, eine intelligentere Antwort erwartet. Speck?, fragte er, Gurken?
Als Bella nickte, holte er ein Brett hervor, säbelte von einem unangebrochenen Speckstück die erste bräunliche Scheibe herunter, legte sie beiseite und schnitt kleine weiße Speckscheiben ab, die innen rosa waren und Bella zum zweiten Mal in den letzten Tagen an Moskau denken ließen. Der Kellner legte Gurkenscheiben neben den Speck, die er aus einem Glas fischte.
Polnische, sagte er zufrieden, das können sie.
Der Zug fuhr langsam weiter. Als der Schaffner kam, füllte er ihre Gläser nach, und sie tranken ihm zu.
Und was treibt Sie in diese Gegend, fragte er, als sie aufatmend die Gläser abgesetzt hatten. Der Wodka war wirklich eisig.
Dies und das, sagte Bella. Ich seh mich einfach mal ein bisschen um. Sie hielt die Hand über das Glas, um zu verhindern, dass es zum dritten Mal gefüllt wurde.
Nicht so schnell, sagte sie, ich muss nachher noch ein Quartier suchen.
Der Schaffner sah sie an. Das mögen die Leute hier, sagte er, diese Westler, die ihnen über die Zäune sehen, über die bröckeligen Fassaden meckern und die wählen, die uns den Stuhl unterm Hintern wegziehen.
Er setzte sein Glas hart auf und verließ den Wagen.
Nehmen Sie's nicht krumm, sagte der Kellner. Sie wollen ihm gerade sein Haus wegnehmen. Wohnt er jetzt zwanzig Jahre drin, hat alles in Selbsthilfe renoviert, innen. Es fehlte wirklich nur die Fassade. Und nun ist Schluss. Soll ich Ihnen ein Quartier besorgen?
Er hatte das Glitzern in den Augen und den Ton in der Stimme, den Männer im Allgemeinen bekommen, wenn eine Frau, die allein ist, mit ihnen trinkt. Bella legte zwanzig Mark auf den Tisch und ging zurück in ihr Abteil. Der Block lag noch immer neben ihrem Sitzplatz, und sie setzte sich und las weiter.
»Heute lieh ich ein Fahrrad und fuhr aus der Stadt, am Ufer

des Flusses entlang. Bei den Speichern, braunrote Ziegelsteine, schwere Quader gegen den Himmel, begann das Gefühl, in die Vergangenheit zu fahren wie in einen Tunnel. Am Anfang wagte ich nicht zu atmen, aus Furcht, der Tunnel könne sich auflösen, verschwinden, und ich sei wieder ohne Erinnerung. Aber er verschwand nicht. Ich fuhr, in der Ferne sah ich, wie ein Licht am Ende des Tunnels, die alte Zugbrücke. Da wollte ich ankommen und unterwegs begreifen, was damals geschehen war auf diesem Fluss, der jetzt flach und ruhig an meiner linken Seite dahinfloss. Einmal kam mir ein kleines Segelboot entgegen. Es geschah nichts, aber der Tunnel war noch da. Und dann, kurz vor der Brücke, der Radweg war schon in die Betoneinfassung des Ufers übergegangen, stieg ich vom Rad. Plötzlich kannte ich jeden Stein des Kopfsteinpflasters, das sich vor mir in einer kleinen Erhebung bis zur Brücke hinzog. Mehr als vierzig Jahre hatte ich diese Steine nicht gesehen, und ich erkannte jeden einzelnen. Ich sah auf den Fluss. Dort fuhr ein Schiff, eine Art Lastkahn, flach. An der Reling standen Männer und winkten zum Ufer herüber. Und wir, Kinder und Frauen, ich trug einen dunkelblauen, gestrickten Rock und einen weißen Pullover, mir war warm, wir winkten zurück. Neben mir klatschten ein paar Frauen in die Hände. Am Heck des Schiffes war ein Seil befestigt, das ins Wasser führte. An dem Seil hing ein Mann. Ich sah nur die Füße und ein Stück der Unterschenkel, die ein wenig über die Wasseroberfläche hinausragten, und hin und wieder, wenn die Heckwelle ihn frei ließ, den Körper. Der Mann war tot. Er bewegte nicht die Arme, machte keinen Versuch, das Gesicht über Wasser zu halten, wie er es gemacht haben musste, bevor das Schiff unter der Zugbrücke hindurch vom Bodden hergekommen war. Ich sah auf das Bündel im Wasser, sah einen der Männer an der Reling die Hände an den Mund legen und hörte ihn rufen. Er rief: Der tut uns nichts mehr. Abgeschossen. Wir haben ihn aufgefischt. Neben mir klatschten die Frauen. Auch ich hob die Hände, um zu klatschen. Der Druck des Fahrradrahmens, der gegen meine Hüfte fiel, ließ mich innehalten. – Ich möchte wissen, weshalb sie geklatscht haben. Und wo mein Vater war. Es muss hier Menschen geben, die sich erinnern können. Aber wo?«

Hier brachen die Aufzeichnungen ab. Es gab noch eine kurze Liste mit Stichworten, vielleicht eine Art Arbeitsprogramm: Stadtarchiv/Elisenhain/Utkiek/Flugplatz/Bierkeller stand da.

Eigentlich merkwürdig, dachte Bella, dass sie über diese Orte keine Aufzeichnungen gemacht hat. Sie war doch lange genug da.

Der Zug fuhr wieder langsamer. Sie sah aus dem Fenster. Eine Mauer erschien, auf der Reklametafeln angebracht worden waren. Im Vorbeifahren las Bella:

»Kinder sind dankbarer als jeder Chef.«
»Kinder brauchen Aufmerksamkeit.«
»Kinder sind spannender als jeder Krimi.«

Sie sah ein nacktes Paar, Bierdosen in der Hand, die Produktion eines Kindes, mit der sie offensichtlich gerade beschäftigt waren, unterbrechend.

»Kinder machen glücklicher als Geld.«

Mit der Reklame leistete ein Kaufhaus-Konzern seinen Beitrag zur Beruhigung der Frauen, die in den letzten drei Jahren durch die Zerstörung der Einzelhandelsstrukturen arbeitslos geworden waren.

Als der Zug am Bahnhof hielt, stiegen außer Bella noch zwei Fahrgäste aus, die so schnell verschwanden, dass sie den Eindruck hatte, sie sei allein mit dem Zug gekommen. Die Bahnhofshalle war leer, alle Schalter geschlossen. Ein Restaurant gab es nicht. Bella hatte keine Lust, auf den Kellner zu warten, um ihn nach einem Hotel zu fragen. Vielleicht – aber es gab auch kein Taxi. Der Platz vor dem Bahnhof war der kälteste und unfreundlichste Anblick, der ihr seit Jahren begegnet war. Sie schulterte ihre Reisetasche und ging los. Irgendwo dahinten schienen die Lichter

einer Kneipenreklame zu leuchten. Vor ihr lagen ein paar hundert Meter verschneiten Bürgersteigs. Es war so kalt, dass aus den Sielen Dampf entwich. Im Licht der Straßenlaternen färbte sich der Dampf schwefelgelb.
Wenigstens unter der Erde scheint noch Leben zu sein, dachte Bella. Trotz der langen Fahrt und der unfreundlichen Umgebung fühlte sie sich plötzlich wunderbar. Was konnte es Schöneres geben, als in eine fremde Stadt zu kommen, in der niemand etwas von ihr erwartete. Sie war frei, ihre Schritte dahin zu lenken, wohin es ihr allein sinnvoll erschien. Sie hatte sich eine Aufgabe gestellt, von der niemand wusste, auch die nicht, die sie kennenlernen würde, weil sie mit ihrer Aufgabe zu tun hatten. Sie wusste nicht, wo sie die Nacht verbringen würde, war neugierig und verstand nicht mehr, was sie dazu bewogen hatte, in den letzten zwei Jahren zu Hause zu hocken.
In Wirklichkeit bist du nichts weiter als eine gewöhnliche Schnüfflerin, Bella Block, dachte sie und grinste sich zu. Eine, die es genießt, Macht zu haben, weil ihre Arbeit von den Schwächen anderer lebt. Die davon begeistert ist, sich anzuschleichen, wenn das Opfer noch nicht mal eine Ahnung hat, was ihm droht. Die so gefährlich ist, dass ihr Name die Bösen erzittern und die Guten jauchzen lässt. Das Licht erwies sich tatsächlich als zu einer Gastwirtschaft gehörend. Bella öffnete die Tür, stand im Dunkeln, schob den dicken Filzvorhang zur Seite und war angekommen. Es zitterten nicht die Bösen und jauchzten nicht die Guten. Dafür starrten zwei heruntergekommene Männer in ihre fast leeren Biergläser und eine müde Wirtin auf das Bild des über der Tür angebrachten Fernsehers. Sie sah so endgültig über Bella hinweg, dass die kurz daran dachte, die gastliche Stätte schnell wieder zu verlassen.
Sie ging zu einem Tisch am Fenster. Die Gaststube hatte sehr große Fenster, wegen der Kälte war die untere Hälfte mit einer Decke verhängt worden. Die Art der Befestigung der Decken ließ darauf schließen, dass sie schon seit mindestens dreißig Jahren in

jedem Winter auf die gleiche Weise befestigt wurden. Der Kälteschutz war sicher sinnvoll, denn die Heizung reichte nicht aus, um den großen Raum zu erwärmen.
Hier können nur Leute sitzen, bei denen es zu Hause noch kälter ist, dachte Bella.
Unvermittelt stand die Wirtin vor ihr. Bella bestellte Tee und Wurstbrote. Die Wirtin war nicht unfreundlich, eher schien es, als hätte sie es aufgegeben, irgendetwas zu erwarten. Bella beschloss, sie nach einem Quartier zu fragen, wenn sie aus der Küche zurückkäme. Ein leichtes Klacken erweckte ihre Aufmerksamkeit. In einer Ecke des großen Raumes stand im Halbdunkel ein Billardtisch. Sie erkannte eine junge Frau in einem kurzen, engen Rock und hohen Stiefeln. Die Frau war sehr groß und sehr dünn. Sie hantierte so selbstverständlich mit dem Queue, als sei sie damit zur Welt gekommen.

SIE HATTE auf Anweisung ihres Mannes den Schlitten vor das Gartentor gestellt. Aus dem Keller hörte sie ein Geräusch, so, als schlüge jemand an eine Blechtonne. Die Tonne. Sie wusste sofort, was das zu bedeuten hatte. Die Tonne hatte schon im Keller gestanden, als sie in das Haus gekommen war. Sie war nicht weggeworfen worden, weil man nichts wegwarf, was man vielleicht irgendwann noch einmal gebrauchen konnte. Im Laufe der Jahre war sie von einer Ecke in die andere gewandert, zuletzt hatten sie sie wohl bewegt, als das Haus auf Zentralheizung umgestellt worden war. Damals hatten die Handwerker sie zur Seite gerückt, sie hatte sie danach ganz aus den Augen verloren.
Er hatte die Frau in die Tonne getan, und sie würden sie jetzt wegbringen.
Während sie in den Keller hinunterstieg, hielt sie sich am Geländer fest. Sie fühlte ihre Beine schwer und sich selbst ganz ruhig. Wie in Watte, dachte sie.

Der Mann hatte die Tonne mit Stoff umwickelt. Er schätzte die Kraft seiner Frau richtig ein. Wenn sie es schaffte, gemeinsam mit ihm die Tonne die Treppe hinaufzutragen, wäre sie oben nicht mehr in der Lage, weiterzumachen. Er würde die Tonne über den Plattenweg rollen müssen. Der Stoff sollte verhindern, dass dabei Lärm entstand.

Wo hat sie nur gestanden, dachte die Frau. Sie war am Fuß der Kellertreppe angekommen. Ihr Mann stand neben der Tonne, die umgekippt am Boden lag. Er ging ihr entgegen, legte einen Arm um ihre Schultern und führte sie ein Stück zur Seite.

Ich rolle sie bis dicht an die Treppe. Dann fasst du vorn an, und wir hieven das Ding gemeinsam hoch.

Das Ding, sagte sie. Ihre Stimme war vollkommen tonlos. Er ließ sie stehen, ging zurück und rollte die Tonne auf die Treppe zu. Von innen kam ein klatschendes Geräusch. Er rollte langsamer, als er sah, dass seine Frau einen panischen Ausdruck im Gesicht hatte. Vor der Treppe blieb er stehen.

Komm jetzt, sagte er, es ist gleich vorbei.

Gehorsam kam die Frau an die Treppe.

Da sind Griffe, sagte er.

Erst jetzt sah sie, dass er um das obere Ende der Tonne ein dickes Seil geschlungen hatte, das rechts und links zwei Halteschlaufen bildete. Sie griff in die Schlaufen, stieg rückwärts eine Stufe hoch und dann noch eine und noch eine. Langsam wuchteten sie die Tonne die Kellertreppe hoch.

Das Seil, sagte sie. Sie spürte, wie es über den Rand der zugeschweißten Tonne zu rutschen begann.

Setz ab.

Da waren sie auf der dritten Stufe von oben angekommen, und er konnte die Tonne kippen. Wieder gab es innen ein klatschendes Geräusch. Er sah, dass die Frau nicht mehr lange durchhalten würde.

Geh schon vor, sagte er, warte am Schlitten.

Sie wandte sich langsam um, so, wie man sich im Traum bewegt, langsam und unfähig, dem Entsetzlichen zu entgehen, von dem man verfolgt wird. Er sah ihr nach. Hatte er ihr zu viel zugemutet? Doch dann sah er sie zurückkommen, Holzstücke in der Hand, mit denen sie die beiden Türen festklemmte, die sie vom Plattenweg trennten. Als er mit der Tonne den Weg erreicht hatte, ging sie, an ihm vorbei, zurück und entfernte die Holzstücke unter den Türen. Sie schloss die Haustür ab. Er stand schon neben dem Schlitten und wartete. Gemeinsam hoben sie die Tonne auf den Schlitten. Ohne dass er etwas zu sagen wagte, nahm sie ihm das Seil aus der Hand und zog an. Leicht und schnell glitt der Schlitten durch den Schnee. Ihm blieb nicht anderes übrig, als neben dem Schlitten herzulaufen und die Tonne festzuhalten. Als sie die Straße erreichten, blieb sie stehen und sah sich um. Sie sprach nicht, aber es war klar, dass sie wissen wollte, wohin sie zu gehen hatte.

In den Bierkeller, sagte er, und sie zog sofort an und ging weiter. Die Straße war vereist. Sie ging so schnell, dass er Angst bekam, sie würde stürzen. Einmal kam ihnen mit aufgeblendeten Scheinwerfern ein Auto entgegen, aber auch da wurde sie nicht langsamer. Der Fahrer musste ihnen ausweichen, weil sie in der Mitte der Straße gingen. Fast wäre das Auto dabei im Graben gelandet.

Das hätte uns noch gefehlt, dachte er und war froh, als sie den Nebenweg erreichten. Der Weg war nicht gepflastert. Frost hatte die tiefen Furchen im Boden hart gefroren. Sie musste langsamer gehen, weil der Mann Schwierigkeiten hatte, die Tonne auf dem Schlitten zu halten.

Das, was die Ortsansässigen Bierkeller nannten, hatte diese Funktion schon lange nicht mehr. Der Keller lag tief unter der Erde. Die Bäume, die auf dem kleinen Hügel wuchsen, der die Decke bildete, waren alt, hundert oder zweihundert Jahre. Hinter der Eingangstür führte eine tiefe Treppe nach unten. Zur Lüftung waren an allen Seiten des Kellers steil nach unten gehende Schächte eingelassen worden. Das Gelände rund um den Bierkeller

hatte man eingezäunt, nur den Platz vor der Eingangstür hatte man frei gelassen. Im Krieg hatte der Keller als Luftschutzkeller gedient. Jetzt war es schon seit langer Zeit nicht mehr erlaubt, ihn zu betreten, weil sich dort Kolonien von Fledermäusen eingenistet hatten. Beide, der Mann und die Frau, hatten als Kinder bei Fliegeralarm in dem Keller gehockt. Sie hatten auch darin gespielt, obwohl das schon damals verboten gewesen war. Der Frau fiel ein, dass ähnliche Tonnen wie die, die sie auf dem Schlitten hinter sich herzog, damals auch da unten gewesen waren.
Durch den Schacht?, fragte sie. Ihre Stimme war etwas lebhafter, wohl durch die Anstrengung und das schnelle Tempo, mit dem sie den Schlitten gezogen hatte.
Er wusste, dass es am einfachsten gewesen wäre, die Tonne durch einen der Schächte nach unten rollen zu lassen und sich dann davonzumachen. Aber dazu hätten sie den Zaun zerstören müssen, um an einen der Lüftungsschächte zu kommen. Außerdem wusste er nicht mehr, an welcher Stelle da unten die anderen Tonnen standen. Hin und wieder wurde der Keller von einem Vogelschützer aufgesucht, der nach den Fledermäusen sah. Es würde auffallen, wenn eine Tonne allein irgendwo herumlag. Deshalb war er am Abend vorher da gewesen und hatte den Eisenbeschlag an der Eingangstür gelockert, so dass er jetzt das Schloss leicht entfernen konnte.
Nein, hier vorn, antwortete er. Sie standen direkt vor der Tür. Obwohl der Beschlag gelockert war, dauerte es eine Weile, bis er die Nägel aus dem dicken Holz der Tür herausgezogen hatte. Er hätte ein Werkzeug gebraucht, aber außer einer Taschenlampe hatte er nichts mitgenommen. Die Frau neben ihm wartete gleichmütig. Ihr Atem hatte sich beruhigt. Schließlich hing das Schloss, zusammen mit dem Eisenbeschlag, auf dem linken Türflügel. Die Tür ließ sich leicht öffnen. Im Lichtkegel der Taschenlampe lag die breite Treppe vor ihnen. Aufgescheuchte Fledermäuse schossen ihnen entgegen. Die Treppe ging tief hinunter. Er begriff sofort, dass sie es nicht schaffen würden, die Tonne dort

hinunterzutragen. Er hatte die Treppe flacher und nicht so lang in Erinnerung gehabt.
Geh nach draußen und mach die Tür hinter mir zu, sagte er. Er schob sie zurück, und sie setzte sich gehorsam in Bewegung. Draußen stand sie neben dem leeren Schlitten und wartete. Das Seil, mit dem sie den Schlitten gezogen hatte, lag auf dem vereisten Schnee. Hinter der Kellertür hörte sie ihren Mann rumoren. Sie bückte sich und versuchte, das Seil loszuknoten. Es war steif gefroren. Im Keller gab es einen dumpfen Knall. Er hatte die Tonne nach unten gestoßen. Jetzt würde er hinuntergehen und sehen, wo er sie verstecken könnte. Aber er kam heraus und hielt ihr die Taschenlampe hin.
Leuchte, sagte er, ich will das Schloss in Ordnung bringen.
Sie ließ das Seil nicht los und hielt die Lampe dicht neben seine Hände. Er knipste sie aus, als er fertig war.
Ich lass dich doch nicht allein hier stehen, sagte er. Morgen ist auch noch ein Tag. Der Rest ist ein Kinderspiel.
Er nahm ihr das Seil aus den Händen, legte den Arm um ihre Schultern und drängte sie zu gehen. Sie gingen schweigend nebeneinander her. Als sie die Straße erreichten, begann es wieder zu schneien.
Das ist gut, sagte er, keine Spuren.
Sie antwortete nicht, aber er hörte sie einen tiefen Seufzer ausstoßen, den er für einen Seufzer der Erleichterung hielt.

DIE WIRTIN nannte Bella nicht nur eine Pension in einem kleinen Dorf hinter der Stadt, sondern es stellte sich auch heraus, dass ihr Mann einen Autoverleih betrieb. Er kam eine Viertelstunde später mit einem ziemlich gut erhaltenen Wartburg, nachdem Bella ihm am Telefon erklärt hatte, sie wolle ein möglichst unauffälliges Auto, und sie würde ihn wieder vor seiner Wohnung absetzen. Das, so schien ihr, als sie ihn sah, war auch dringend nötig. Der Mann war nicht mehr nüchtern. Er trug zu dem Trainingsanzug, in dem er auf dem Sofa gelegen und ferngesehen hatte, ein kariertes Jackett und roch nach Rauch und irgendetwas Undefinierbarem. Die Wohnung lag nur ein paar Häuserblocks vom Lokal entfernt, und Bella war erleichtert, als sie ihn vor seiner Haustür abgesetzt hatte. Sie fuhr ein Stück durch die Stadt, vorsichtig, denn die Straße schien glatt zu sein. Einige der Häuser, an denen sie vorüberfuhr, waren nicht mehr bewohnt. Leere Fensterhöhlen, zerbrochene Scheiben, vernagelte Ladenfenster und Haustüren konnte sie vom Auto aus sehen. Sie war froh, als sie die Stadt hinter sich hatte.

Das Dorf, in dem sie unterzukommen hoffte, lag zehn Kilometer entfernt in Richtung Osten. Auf dem Weg dahin, gleich hinter der Stadt, während sie an ein paar Häusern vorbeifuhr, die vielleicht früher einmal ein selbständiges Dorf gewesen waren, liefen ihr beinahe zwei Menschen in den Wagen, die einen Schlitten hinter sich herzogen. Sie hatte Mühe, den Wagen auf der glatten Straße vor dem Ausbrechen zu bewahren.

Der Gasthof »Zur Sonne« war nicht zu übersehen. Das Dorf bestand nur aus wenigen Häusern, und das Gasthausschild war beleuchtet. Sie parkte den Wagen neben der Eingangstür, nahm ihre Tasche und ging ins Haus. Der Flur hinter der Eingangstür war dunkel, aber von rechts drang Licht durch die Türritzen. Dort musste der Gastraum sein. Sie öffnete die Tür, sagte guten Abend, stellte die Tasche ab und schloss die Tür hinter sich. Dann sah sie sich um. Vor ihr am Tresen saß ein Mann, gekleidet, als sei er gerade von draußen gekommen oder als wolle er gerade gehen. Das Bierglas, das er vor sich hatte, war voll. Hinter der Theke stand der Wirt. Er bemühte sich nicht, Bellas Gruß zu beantworten. Die beiden Männer sahen sie an.

Ich hoffe, Sie haben noch ein Zimmer für mich, sagte Bella. Sie war sicher, ein Zimmer zu bekommen. Es stand kein Auto vor der Tür, und die Dorfbewohner schliefen im eigenen Bett.

Sind Sie aus dem Westen?, fragte der Wirt statt einer Antwort.

Er kam hinter dem Tresen hervor auf sie zu, und seine Haltung wirkte kampflustig.
Bella musste unwillkürlich lachen.
Allerdings, tut mir leid, sagte sie.
Das kann Ihnen auch leidtun. An euch vermiete ich nämlich nicht mehr. Von euch hab ich die Schnauze voll. Er hatte sich vor Bella aufgebaut und fuchtelte mit den Armen in der Luft herum.
Fred, sie kann doch nichts dafür. Der Mann am Tresen versuchte, den Wirt zu beruhigen.
Wofür, fragte Bella, wofür kann ich nichts?
Der Wirt trat einen Schritt zurück und holte tief Luft.
Ich sag's Ihnen, keine Bange. Ich werd Sie darüber aufklären, was mit Ihnen los ist. Hier haben die ganze Woche fünf Jäger gewohnt, aus dem Westen. Das Haus hier hat Ofenheizung. Meine Frau ist jeden Morgen um fünf aufgestanden, hat den Ofen angemacht, die Gaststube geheizt, den Herren Frühstück hingestellt, bloß damit die rechtzeitig loskamen. Abends waren sie zurück, haben mit ihren Dreckstiefeln das Haus von oben bis unten eingesaut – hätten ja mal die Stiefel ausziehen können, machen die doch zu Hause auch, nicht, sagte der Mann vom Tresen her.
Kein Gedanke, den ganzen Lehm musste die Frau wegwischen, ihnen abends Essen kochen und auch noch freundlich sein.
Ja und?, sagte Bella.
Was, ja und? Der Wirt brüllte fast. Was, ja und! Heute Morgen kommt sie runter und macht ihnen Frühstück, wie gewöhnlich. Sie sieht die Taschen, denkt sich aber nichts dabei. Und nach dem Frühstück erklären die Herren ihr, sie würden jetzt abreisen. Und zahlen würden sie nicht. Es sei ihnen bei uns zu primitiv gewesen.
Der Wirt schrie jetzt wirklich. Wenn ich das geahnt hätte, ich wäre heute Nacht aufgestanden und hätte ihnen die Reifen zerstochen. Jawohl, das hätte ich. Ich hab die Schnauze voll von den Westlern. Ihr könnt mich mal – Mann, dafür kann ich doch

nichts, sagte Bella. Im Stillen dachte sie: Wie wär's denn gewesen, wenn du morgens um fünf aufgestanden wärst, um das Haus zu heizen und Frühstück zu machen? Vielleicht hätten die Kerle sich heute Morgen nicht getraut, einfach abzuhauen, wenn der Herr des Hauses nicht noch mit dem Hintern im Bett gelegen hätte?
Nein, natürlich nicht, sagte der Wirt. Aber das sag ich Ihnen: bei mir nur noch gegen Vorkasse.
Könnte ich vielleicht das Zimmer vorher sehen?, fragte Bella.
Thea, rief der Wirt, Thea.
Aus dem Hintergrund des Schankraumes kam eine kleine Frau mit graublonden Haaren. Sie trug Pantoffeln und eine Kittelschürze.
Tut mir leid, sagte sie und zeigte an sich herunter. Ich hatte nicht mehr damit gerechnet, dass noch jemand kommt. Irgendwann macht man mal Schluss. Der Tag ist lang genug. Und die Wäsche will auch in Ordnung gebracht sein.
Die Frau ging voran. Sie machte Licht in dem dunklen Hausflur, stieg vor Bella die Treppe hinauf und zeigte ihr ein einfach eingerichtetes Zimmer.
Die Dusche ist über den Gang, sagte sie. Der Gang ist nicht geheizt. Aber Sie können sich natürlich auch hier waschen. Dabei zeigte sie auf das Waschbecken, das in einer Ecke zwischen Wand und Schrank angebracht war. Das Zimmer war scheußlich. Vermutlich würde es zu teuer sein. Aber Bella hatte keine Lust mehr, nach etwas anderem zu suchen.
Ich zahle für ein paar Tage im Voraus, vielleicht bleibe ich länger, dann sag ich Bescheid, sagte sie.
Die Frau nickte erleichtert. Ziemlich sicher hatte ihr Mann sie für die Zechprellerei der Jäger verantwortlich gemacht.
Das macht achtzig Mark pro Nacht, sagte sie, aber dafür haben Sie auch einen Fernseher.
Bella zahlte, sagte, sie habe schon gegessen, morgens wolle sie ausschlafen und jetzt schlafen gehen. Die Frau ließ sie allein.

Sie sah sich um. Die Vorhänge vor den Fenstern waren rot, die Läufer vor den Betten gelb. Die Tapete hatte ein grünbraunes Rhombenmuster, und das Gestell des Lampenschirms auf dem Nachtschrank war mit rosa Wollfäden bespannt. Dem hellbraunen Kleiderschrank war in der Mitte eine Spiegelscheibe aufgeklebt worden. Bella sah sich ratlos im Zimmer stehen und musste lachen.
Na gut, dachte sie, auspacken, das Licht ausmachen und den Fernseher einschalten. Das Gerät hatte sogar eine Fernbedienung. Sie saß im Bett, schaltete, und auf dem Bildschirm erschien der Verteidigungsminister. Er schritt mit dummem Gesichtsausdruck an einer Reihe dumm blickender, uniformierter Männer vorüber, die vom Sprecher als Kern des Euro-Corps bezeichnet wurden.
Also nicht fernsehen, dachte Bella und schaltete das Gerät aus. Sie legte sich in den Kissen zurecht, schob noch einmal den Arm unter der Decke hervor und knipste die Nachttischlampe aus. Im Halbschlaf hörte sie zwei Männerstimmen vor dem Haus. Der Wirt und der Mann am Tresen, dachte sie, der geht jetzt nach Hause. Als unten die Tür ins Schloss fiel, schlief sie schon.

MORGENS ERWACHTE SIE von einem Geräusch, das sie nicht kannte, einem metallischen Klappern. Neugierig ging sie ans Fenster. Vor dem Haus stand ein dunkelbrauner Kombi. Ein krummer alter Mann war damit beschäftigt, große Milchkannen auf der Ladefläche zurechtzurücken. Auf den steinernen Stufen stand die Wirtin, zwei große Glasgefäße mit Milch neben sich. Sie wartete, bis der Mann abfuhr, winkte ihm nach und trug vorsichtig eines der Gefäße ins Haus.
Auf der gegenüberliegenden Straßenseite stand ein niedriges Haus mit zerfleddertem Strohdach. Hinter dem geöffneten Fenster neben der Haustür saß eine alte Frau auf der Bettkante und begann mühsam aufzustehen. Die Frau war nackt. Sie angelte

mit dem Bein einen Schemel heran und versuchte, auf die Sitzfläche gestützt, vom Bett hochzukommen. Ihre Bewegungen waren kraftlos, woher hätte sie die Kraft auch nehmen sollen. Keine Muskeln, nur dünne Haut, so schien es, umgab ihre Knochen. Als sie sich vorbeugte, um sich abzustützen, hingen die Brüste vor ihr herab wie leere Tüten. Gegenüber vom Haus lag eine Wiese. In den Disteln am Rand hing der Schnee wie reife Baumwolle. Das Gras bewegte sich nicht. Die Welt draußen schien vor Kälte erstarrt, und die mühsamen Bewegungen der Alten wirkten darin obszön lebendig.

Als Bella in der Gaststube erschien, hatte die Wirtin das Frühstück schon bereitgestellt: Wurst, Marmelade, Butter, Brot und ein Ei, dazu eine Kaffeekanne, die mit einer gehäkelten Kaffeemütze warm gehalten wurde. Die Wirtin legte eine Zeitung auf den Tisch, wünschte guten Appetit und verschwand. Bella frühstückte ausgiebig und sah anschließend in die Zeitung. In einer nahe gelegenen Kleinstadt hatten einfallsreiche oder sensationslüsterne Journalisten einen Aufsatzwettbewerb unter Schülern veranstaltet, Thema: Keine Gewalt an Schulen! Die Kinder hatten die Aufsätze anonym abgeben dürfen. Das Ergebnis war so deutlich ausländerfeindlich ausgefallen, dass selbst die Zeitungsleute erschrocken waren. Jetzt trösteten sich Lehrer und Journalisten damit, dass die Menschen in dieser Gegend, die lange Zeit ein hinterwäldlerisches Dasein hätten führen müssen, alles Fremde argwöhnisch beobachteten. Schließlich hätten die Schüler zu Menschen aus anderen Staaten bisher kaum Kontakt gehabt, sagten die Lehrer. Sie wüssten nicht so richtig, was ein Ausländer sei. Ein besonders kluger Schulleiter erklärte: Die Kinder reden, was sie von den Eltern hören.

Da hat er recht, dachte Bella. Während des Krieges hat man hier gefangene Untermenschen auf den Feldern arbeiten lassen. Die Eltern haben ihre Eltern über dreckige Polacken und verlauste Russen reden gehört. Und den lieben Kleinen fällt jetzt dazu ein:

»Wenn es nach mir ginge, würde ich an der deutsch-polnischen Grenze einen Todesstreifen errichten und jeden Ausländer, der nicht in Not ist, erschießen.«

Die Wirtin erkundigte sich, ob das Frühstück in Ordnung gewesen sei. Bella fragte sie nach der Adresse des Stadtarchivs der Kreisstadt. Die Wirtin wusste nicht, ob es überhaupt eines gab, erbot sich aber, auf dem Amt anzurufen und zu fragen.

Später, Bella saß wartend am Fenster, die alte Frau von gegenüber war verschwunden, das Fenster stand noch immer offen, kam sie mit der Adresse ins Zimmer.

Am späten Vormittag fuhr Bella in die Stadt. Sie fuhr langsam, die abgelegene Straße war vereist, aber auch, um die Schönheit der Landschaft zu genießen. Endlose verschneite Wiesen, hin und wieder ein Feld und ein Trecker vor einem Pflug, der einen Streifen dunkelbrauner Erde freilegte, gefolgt von einem Krähenschwarm. Schlehengebüsch stand wie weißes Gespinst an den Straßengräben. Der Tag war klar und hell, aber er würde so nicht bleiben.

Das Stadtarchiv war bald gefunden. Die Eingangstür der Baracke war verschlossen. Bella klingelte, ermutigt durch ein Schild mit den Öffnungszeiten. Eigentlich hätte jetzt geöffnet sein müssen. Ziemlich bald hörte sie Schritte hinter der Tür. Eine freundliche Frau, etwa im gleichen Alter wie sie selbst, öffnete und ließ sie ein.

Wir schließen immer ab, sagte die Frau, so als sei das eine Erklärung. Im Inneren der Baracke hing ein Geruch, der dem in den Kontrollstellen an der früheren DDR-Grenze ähnelte und Bella auf den Gedanken brachte, dass sich das »immer« auch auf die Zeiten vor der Grenzöffnung bezog. Wahrscheinlich war, was früher als Vorschrift galt, jetzt als Gewohnheit zurückgeblieben. Ihre Befürchtung, die Archivarin würde auch so unzugänglich sein, wie sie früher vielleicht hatte sein müssen, bewahrheitete sich nicht.

Ich habe hier ein paar Stichworte, fragte sie. Wäre es möglich,

dass Sie mir sagen, was die Worte zu bedeuten haben und ob es bei Ihnen Material darüber gibt?
Nehmen Sie Platz und fangen Sie an, sagte die Archivarin. Wir haben hier nicht viel, aber vielleicht kann ich helfen. Bella setzte sich neben den Schreibtisch, ein schweres, altes Ding, das vielleicht einmal im Herrenzimmer einer Villa gestanden hatte. Durch das Fenster sah sie auf einen Haufen verschneiter Kohlen. In ihrem Rücken bollerte ein Kanonenofen. Die Archivarin notierte Elisenhain, Utkiek, Flugplatz, Bierkeller, ohne eine besondere Regung zu zeigen. Mehr nicht?, fragte sie.
Nein, sagte Bella, oder fehlt noch was?
Statt einer Antwort erhob sich die Frau, ging in einen Nebenraum und kam mit zwei schweren Mappen zurück, die sie vor Bella auf den Tisch legte.
Hier, sagte sie, über Utkiek, Flugplatz und Bierkeller finden Sie hier alles, was wir haben. Zu Elisenhain habe ich nichts. Ich kann Ihnen nur sagen, dass das ein Wald ist, hier ganz in der Nähe, praktisch bei – sie nannte den Namen der Häuseransammlung, durch die Bella auf ihrer Fahrt in die Stadt gekommen war –, ein sehr schöner Wald übrigens. Jetzt im Winter, ich weiß ja nicht, aber so um Pfingsten rum, da müssten Sie mal hingehen.
Daraus wird wohl nichts werden, sagte Bella, so oft bin ich nicht hier.
Ich geh dann nach nebenan, sagte die Archivarin, wenn Sie mich brauchen, rufen Sie einfach.
Danke, sagte Bella. Ich glaube, Sie arbeiten hier nicht erst, seit es die DDR nicht mehr gibt, oder?
Nein, antwortete die Archivarin, ich bin hier schon lange. Ich war nie dafür, nur deshalb bin ich noch da. Außerdem: Wenn man sich einrichtete und nichts gegen »oben« sagte, ging es ja gut.
Sie stand auf und verließ das Zimmer. Der Bretterboden knarrte unter ihren Schritten. Bella setzte sich vor den Schreibtisch, schob die schweren Mappen auseinander und begann, die darin enthaltenen Fototafeln durchzusehen.

Der Utkiek war ein an der Flussmündung gelegenes Ausflugslokal mit einer großen, altmodischen Glasveranda. Einige der Fotos waren im Winter aufgenommen worden, nicht wegen des Lokals, sondern wegen des Ereignisses, das stattgefunden hatte, ein sogenannter Eintopfsonntag. Sie sah fröhliche, dick vermummte Menschen, meist Frauen und Kinder, mit Kochgeschirren vor einem Metallkübel stehen. Uniformierte, auf kleinen Treppen stehend, füllten mit großen Kellen Suppe in die bereitgehaltenen Näpfe. Sie meinte, die heiße Suppe in der kalten Luft dampfen zu sehen. Die Winterfotos waren 1943 aufgenommen worden. Keines der Fotos ließ einen Schluss darauf zu, was Christa Böhmer daran interessiert haben könnte. Immerhin war es möglich, dass sie jetzt am Utkiek gewesen war.

Bella legte die Mappe zur Seite und ging in das benachbarte Zimmer. Die Archivarin sah auf.

Gibt's dieses Lokal, diesen Utkiek, noch, fragte Bella.

Ich glaube schon, sagte die Archivarin, aber wahrscheinlich nicht mehr lange.

Die Aufnahmen zum Thema Flugplatz zeigten Flugzeughallen, ausgedehnte Rollfelder und, mehrfach fotografiert, die pompöse Beerdigung eines Militärs. Neben einem dreimotorigen Flugzeug waren vier Kompanien von Soldaten und SS-Männern angetreten. Hinter einem Sarg, der auf einer Lafette zum Flugzeug gefahren wurde, gingen Offiziere und eine schwarz gekleidete, verschleierte Frau.

Sie ging noch einmal nach nebenan.

Und den Flugplatz, gibt's den noch?

Nee, den haben die Russen gesprengt, sagte sie, jedenfalls die Hallen und das Eingangstor mit Adler und Hakenkreuz. Der Adler mit dem Hakenkreuz, der muss sie zu sehr gereizt haben. Um die Hallen hat's ihnen wahrscheinlich später leidgetan. Die Munitionsbunker sind dann jedenfalls heil geblieben. Die Volksarmee hat sie genutzt. Und nun wohl die Bundeswehr.

Und der Bierkeller?, fragte Bella.

Den gibt's noch ganz, antwortete die Archivarin. Nur rein darf man nicht mehr. Der gehört jetzt den Fledermäusen.
Und früher durfte man ihn betreten?
»Durfte« ist gut. Da musste man rein, immer wenn Fliegeralarm war. Ich bin selbst als Kind drin gewesen. Die Fledermäuse gab's schon damals. Für uns Kinder war der Keller ein einziges Vergnügen. Die Gänge, viele kleine Räume, die schrägen Schächte nach draußen. Wenn man schnell war, konnte man die in einem Anlauf schaffen. Denkt man nicht, aber war eine schöne Kindheit, obwohl Krieg war. Heute hat der Naturschutz den Keller mit Beschlag belegt, für die Fledermäuse eben.
Bella ging zurück und sah sich auch die Bilder, die den Bierkeller zeigten, an. Es waren Innenaufnahmen, auf denen sich schmale Schächte mit dicken, weißen Wänden in die Tiefe senkten.
Sie wusste nun, was Christa Böhmer sich angesehen hatte oder ansehen wollte. Gab es einen besonderen Grund, weshalb sie gerade an diesen Orten interessiert gewesen war?
Bella klappte die Mappen zu. Die Archivarin kam zurück. Und?, sagte sie, brauchen Sie Fotokopien?
Nein, antwortete Bella, ich wollte nur wissen, worum es überhaupt geht. Danke für Ihre Hilfe.
Das mach ich doch gern, antwortete die Archivarin. Der anderen hab ich Kopien von den Sachen gemacht. So viel ist ja nicht zu tun. So was kann ich immer dazwischenschieben.
Der anderen?, fragte Bella.
Ja, die wollte sogar die Einwohnerlisten, hatten wir nur bis 1942, aber das war ihr dann auch recht.
Sie meinen Frau Böhmer, sagte Bella.
An den Namen erinnere ich mich nicht genau, aber der ist hier irgendwo eingetragen. Ist ja schon 'ne Weile her. Die Archivarin holte ein Heft aus der Schreibtischschublade.
War irgendwann im Sommer, mein ich, sagte sie, während sie blätterte.
Bella ging zu ihr hinüber und sah ihr über die Schulter. Alle Ko-

pien waren ordentlich mit Stückzahl, Name, Adresse und Gebühr eingetragen. Christa Böhmer hatte am 24. August, vor mehr als drei Monaten also, acht Kopien anfertigen lassen. Das hatte sie vier Mark gekostet. Und möglicherweise ihr Leben.

Die Einwohnerliste würde mich auch interessieren, sagte Bella.

Wie sie erwartet hatte, fand sie darauf die frühere Adresse der Familie Böhmer. Jedenfalls nahm sie an, dass mit dem Mann auch die Familie dort gewohnt hatte. Die Liste enthielt nur Männernamen, die allerdings auch gleich mit Berufsbezeichnung. Der Vater der Böhmer war auf dem Flugplatz beschäftigt gewesen.

Ein SS-Mann wahrscheinlich, sagte sie halblaut, nicht gerade das, was man sich als Vater wünscht.

Ach, sagte die Archivarin, das will ich nicht sagen. Unsere Väter waren doch alle SA oder SS oder in der Wehrmacht. Trotzdem waren sie in Ordnung.

Gibt's eigentlich noch Akten über die Leute, fragte Bella, hier im Archiv?

Nein, hier in der Stadt nicht. Das wurde ja alles kurz vor Kriegsschluss noch vernichtet. Ist doch verständlich. Wurde ja nach der Wende auch gemacht. Da gibt's nichts mehr.

Ist ja auch egal, sagte Bella, die das Gefühl hatte, die freundliche Haltung der Frau ändere sich. Jedenfalls danke ich Ihnen.

Während die Archivarin sie hinausbegleitete, vorbei an dem heißen Kanonenofen, über die knarrenden Flurbretter zur verriegelten Tür, wiederholte sie still für sich den Namen des Hotels, in dem Christa Böhmer gewohnt hatte, und beglückwünschte sich gleichzeitig. So schnell hatte sie nicht damit gerechnet, eine Spur zu finden.

Das Hotel erwies sich als ein großer Kasten außerhalb der Stadt. Es lag an der Straße, die zurück in das Dorf führte, in dem ihre Pension lag, war vor Jahren in Plattenbauweise aufgestellt worden und sah inzwischen ziemlich mitgenommen aus. Ein niedriger Anbau diente als Foyer. Die neuen Sitzmöbel reichten nicht aus, um den heruntergekommenen Eindruck zu verwischen. An der Rezeption stand eine junge Frau in durchsichtiger weißer Bluse. Sie unterhielt sich mit einem Wichtigtuer im blauen Anzug, der den Aktenkoffer, das Zeichen seiner Bedeutung, neben sich abgestellt hatte. Der Aktenkoffer war eine Billigausgabe, aber offenbar hier noch geeignet, zu beeindrucken. Bella wartete eine Weile. Als sie keine Lust mehr hatte, dem Geschwätz des Kofferträgers zuzuhören – er war dabei, eine Textilfirma aufzubauen, in der Hunderte Arbeit finden würden, es fehlten ihm nur noch die Ersparnisse der Frau, mit der er sprach –, machte sie sich bemerkbar. Die Frau hatte keine Lust, sich mit ihr abzugeben. Wahrscheinlich sah sie sich gerade als Unternehmersgattin über Fabrikgelände schreiten.

Keine Ahnung, antwortete sie auf Bellas Frage nach der Böhmer, ich bin erst seit gestern hier. Fragen Sie die Alte, wenn Sie etwas wissen wollen.

Sie zeigte in den Hintergrund. Dort, ein paar Stufen hoch, war im Halbdunkel eine Garderobe zu erkennen.

Bemüh dich nicht, Mäuschen, sagte Bella. Sie wandte sich um und stieß gegen den Aktenkoffer. Er fiel um. Die darin aufbewahrte Zahnbürste klapperte gegen eine Seitenwand.

Erst als sie ganz nahe war, sah Bella die alte Frau, die in einer Ecke der Garderobe saß. Sie hatte eine Flasche Milch und eine Schachtel mit Broten vor sich auf einen kleinen Tisch gestellt. Als Bella sie ansprach, stand sie auf und kam aus dem Halbdunkel nach vorn.

Kommen Sie, setzen Sie sich zu mir, sagte sie freundlich.

Sie war winzig klein. Als sie ein Stück des Garderobentresens hochklappte, um Bella den Weg frei zu machen, reichte sie kaum über die Tischplatte.

Sie stören mich nicht, sagte sie, während sie vor Bella her zurückging in den Hintergrund. Um diese Zeit sitze ich hier sowieso nur herum. Eigentlich sitze ich überhaupt nur herum. Hat vielleicht

noch keiner gemerkt. Oder interessiert hier keinen. Nehmen Sie den anderen Stuhl, der da ist nicht in Ordnung.
Bella nahm den Stuhl, der in Ordnung war, und setzte sich an den Tisch.
Eine zweite Tasse hab ich nicht, tut mir leid, sagte die Alte. Ich hab ja sonst hier keinen Besuch.
Ein einzelner Mantel hing an einem der Garderobenhaken. Der Größe nach konnte er nicht der alten Frau gehören.
Vielleicht erinnern Sie sich, sagte Bella. Im Sommer hat hier eine Frau gewohnt, eine aus dem Westen. Ungefähr in meinem Alter. Sie hat ihre Sachen hiergelassen. Sie sind nachgeschickt worden.
Natürlich erinnere ich mich, sagte die Alte. Hier ist doch alles durcheinander. Da vorn an der Rezeption ist schon die dritte in diesem Jahr. Die gehen alle wieder weg, mit Westmännern. Die haben mehr zu bieten. Dass ich nicht lache. Da vorn stehen sie und führen große Reden. Aber keine Mark für die Garderobenfrau. Die Mäntel lassen sie im Auto.
Bella sah zur Rezeption hinüber. Ein weiterer Mann kam gerade zur Tür herein. Er trug einen dunklen Anzug und stellte seinen Aktenkoffer auf den Boden, bevor er sich in das Gespräch der beiden anderen einschaltete.
Der lungert hier auch schon ein paar Tage rum, sagte die Alte. Die denken, ich hör nichts und seh nichts. Gestern hat er versucht, sich von mir Geld zu leihen. Abends hat er plötzlich Geld gehabt. Wer weiß, wie sie es anstellen. Hat wahrscheinlich ein Haus verkauft, das ihm nicht gehört. Bei meiner Tochter hat auch schon einer geklingelt. Hat ein schönes Haus, direkt am Wasser. Bar auf die Hand, hat er gesagt, wenn sie auszieht, kriegt sie das Geld bar auf die Hand. In drei Wochen sollte sie raus sein. Sie ist nicht drauf reingefallen. Anders als die da.
Sie wies mit dem Kopf auf die junge Frau an der Rezeption.
Wenn die in zwei Wochen noch hier ist, fress ich 'nen Besen. So, wie die sich rausputzt.

Und die Frau aus dem Westen, sagte Bella. Der man die Sachen nachgeschickt hat. Was war mit ihr?
Die Alte sah Bella an. Ihr Blick war klar und aufmerksam.
Sind Sie mit der verwandt?
Nein, sagte Bella. Sie ist verschwunden. Ich suche sie. Im Auftrag ihrer Mutter.
Das Gesicht der Alten verfärbte sich. Es wurde bläulich, und ihre Hände griffen fahrig auf dem Tisch herum. In der Tasche, sagte sie. Ihre Stimme klang angestrengt. Sie zeigte auf eine zerrissene Stofftasche, die zwischen den leeren Garderobenständern stand. Bella holte sie und fand zwischen Schlüsseln, Taschentüchern und Geldbörse eine Tablettenschachtel. Zwei, krächzte die Alte, während Bella sich bemühte, die Tabletten schnell aus der Packung zu holen. Die Frau steckte zwei rote Tabletten in den Mund, trank mühsam etwas Milch und lehnte sich zurück.
Es geht gleich wieder, sagte sie.
Bella wartete und sah sich in der Garderobe um. Braun gestrichenes Holz, schwarze, eiserne Haken, in den Ecken ein paar Kartons und ein aufgerollter Läufer, der Fußboden aus Zement, grün angestrichen und zwischen den Garderobenständern abgelaufen. Ein trostloser Arbeitsplatz, dachte sie.
Die alte Frau erholte sich schnell.
Ist ein Westmedikament, sagte sie. Ich halte nichts von denen. Kommen hierher und wissen alles besser. Nichts wissen die. Woher auch. Wissen Sie, weshalb die in Wirklichkeit hier sind? Die wollte drüben keiner mehr haben. Ich seh sie mir genau an. Und wenn ich hier fertig bin, geh ich nach Hause und mach den Fernseher an. Da kann man sie auch bewundern. Und in der Zeitung. Das ist nicht mal die zweite Garnitur. Die machen alles kaputt, verdienen sich eine goldene Nase dabei, und unsere Leute sind zu blöd, um das zu begreifen. Eines Tages werden die hier wieder abziehen, das garantiere ich Ihnen. Verbrannte Erde werden sie hinterlassen, nichts als –
Bitte, sagte Bella, regen Sie sich nicht auf. Ich möchte doch nur

wissen, was mit dieser Frau geschehen ist. Was hat sie hier gemacht? Haben Sie mit ihr gesprochen?
Wenn Sie nicht verwandt sind, kann ich es Ihnen ja sagen. Sie war harmlos, aber ich konnte sie trotzdem nicht ausstehen. Eine von der Sorte, die jetzt plötzlich ihre Heimat wieder entdecken. Vierzig Jahre haben sie nicht gewusst, was ihre Heimat war, und jetzt kommen sie hierher, laufen rum, starren alles an mit glänzenden Augen und wollen »wiederkommen«. Als ob wir auf sie gewartet hätten. Die kam jeden Abend hier an meine Garderobe und wollte mit mir von alten Zeiten reden. Hat behauptet, dass ihre Mutter und ich uns gekannt hätten. Natürlich hab ich die gekannt. Aber ich hatte keine Lust, jeden Abend die alten Geschichten aufzuwärmen. Wissen Sie, was ich bemerkt habe?
Sie hatte sich so in Rage geredet, dass Bella einen neuen Anfall befürchtete.
Nein, sagte sie. Bitte, regen Sie sich nicht auf. Erzählen Sie mir, was Sie bemerkt haben.
Es ist etwas mit der Zeit, sagte die Alte. Erst dachte ich, es stimmt etwas nicht. Aber es ist alles in Ordnung. Es ist so, dass es zwei Arten von Zeit gibt. Die äußere und die andere. Die Leute glauben, dass allein die äußere Zeit existiert. Also, die Tage, die Wochen, die Monate, na, Sie wissen schon, Kalender eben, man hat Geburtstag und wird älter und stirbt. Aber das ist alles unwichtig. In Wirklichkeit leben sie nicht nach dem Kalender. Sie leben nach der anderen Zeit, nach dem, was in ihrem Inneren vorgeht, was für sie ganz allein wichtig ist. Diese Frau, wie alt war sie, vielleicht fünfzig. Das war für sie ganz ohne Bedeutung. Sie erinnerte sich an früher, so, als wäre es heute. Sie war wieder ein Kind. Sie versuchte, ihr Leben da wieder aufzunehmen, wo es einmal abgebrochen worden war. Sie hat mir erzählt, sie wäre damals lieber hiergeblieben, als ihre Mutter mit ihr in den Westen zog. Wegen des Nazi-Vaters. Da sind ja eine Menge Leute abgehauen. Meinen Mann haben die Russen eingesperrt. Als er wiederkam, sah er aus wie ein Ballon, so aufgeschwemmt. Hat's

nicht mehr lange gemacht. Aber ich seh ihn immer noch vor mir. Damals hab ich mir –

Die Frau, sagte Bella, hat sie hier noch andere Leute aufgesucht? Wen wollte sie wiedersehen?

Sie sind zäh, was?

Bella lächelte. Die alte Frau gefiel ihr, obwohl sie beim Reden dauernd den Faden verlor. Wahrscheinlich lebte sie allein und hatte wenig Menschen, mit denen sie sprechen konnte.

Ich hör Ihnen gern zu, sagte sie, ich möchte bloß zwischendurch auch eine Antwort auf meine Fragen. Wissen Sie, wen sie sonst noch aufgesucht hat?

Was das angeht, da können Sie froh sein, dass die so schnell wieder abgereist ist. Wenn sie hiergeblieben wäre, hätte sie bestimmt zwanzig Leute aufgesucht. Hat sich nach allen erkundigt, mit denen sie zur Schule gegangen ist. Und nach den Nachbarn. Von denen ist aber nur noch einer da. Die meisten sind gegen Kriegsende abgehauen. War so 'ne Art Bonzensiedlung, wo wir gewohnt haben. Deshalb hat man ja damals auch meinen Mann abgeholt. Dabei war der nun wirklich ein harmloser Marschierer: Aber kann man ihnen das übel nehmen? Wie sollten die denn unterscheiden? Drei Monate haben wir noch zusammengelebt, als er zurück war. Erst dachte ich, er würde platzen. Und dann ist er plötzlich zusammengeschrumpft. Er wurde immer kleiner. Da wusste ich, jetzt geht's mit ihm zu Ende. Gott sei Dank war das im Sommer. Der Opa, ein paar Häuser weiter, ist im Winter gestorben. Was glauben Sie, wie schwer es war, ein Grab auszuschaufeln. War doch niemand da, der einigermaßen Kraft hatte. Bei uns konnte das sogar ein Junge machen, der vom Nachbarn. Zu dem ist sie ja dann auch.

Zu wem?

Na, zu dem Giese. Damals war er gerade vierzehn. War ein richtig strammer Hitlerjunge. Aber damit war ja bald Schluss. Hat sich überall nützlich gemacht. Ein netter Junge. Das werd ich nie vergessen, wie die ihren Opa beerdigt haben. Ich bin hin, schließlich

kannten wir uns lange. Sie hatten den Alten im Wohnzimmer aufgebahrt. Da war er auch gestorben, beim Essen, hieß es. Die Möbel waren ausgeräumt, und er lag da in der Mitte, gelb und vertrocknet. Aber wenn man reinkam, ein Geruch, sehr merkwürdig. Er hatte da zu lange gelegen. Sie haben keinen Pastor gekriegt, die waren ja auch alle in Gefangenschaft. Schließlich haben sie irgendwo einen aufgetrieben, der hatte einen Schaden. Nein, nein, er war ganz in Ordnung, er konnte nur seinen Kopf nicht gerade halten. Er drehte ihn zur Seite, ruck, und dann lief er der Nase nach. Landete natürlich immer in irgendeiner Ecke, nie da, wo er hin wollte. Das war eben einer von den Übriggebliebenen, den hätten sie im Krieg ja auch schlecht gebrauchen können.
Und der Junge, dieser Giese?
Fix, sag ich Ihnen, sehr fix. Er hat den Pastor am Arm genommen, vor den Sarg geführt und ihn da festgehalten, bis er fertig war. Ging ganz gut mit dem Predigen, wenn er erst mal stand. Na, und dann sind wir los. Wie sie den Sarg die Treppe runtergebracht haben, weiß ich nicht mehr. Unten stand ein Pferdewagen, ach was, der kleine Leiterwagen aus dem Dorf, der so klapprig war, dass selbst die Russen ihn nicht gebrauchen konnten. Das Pferd konnte einem nur noch leidtun. So was Dünnes! Und keine Straßen, so wie heute. Der Weg zum Friedhof war hart gefroren. Der Sarg wäre vom Wagen gerutscht, so holperig war die Erde, aber wieder der kleine Giese. Er und der versoffene Schwager vom Opa haben aufgepasst, dass der nicht runterrutschte. Ich seh noch seine rotgefrorenen Hände. Waren doch viel zu kurz, die Ärmel seiner Jacke. Die HJ-Uniform hätte er ja schlecht anziehen können. Wär wohl das Einzige gewesen, was ihm gepasst hätte. Und das alles bei zwanzig Grad unter null. Dass wir uns nicht die Beine gebrochen haben in den harten Furchen.
Und dieser Giese, der lebt noch?
Warum sollte er nicht? Dem geht's wunderbar. Der hat jetzt ein Lokal. Das ist einer von der Sorte, denen es immer gut geht. Obwohl – die Alte kicherte fast, und sie sah plötzlich bösartig aus –,

ein Problem hat er ja doch. Bella nahm ihr Notizbuch heraus, fischte einen Bleistiftstummel aus der Jackentasche und schob beides über den Tisch. Schreiben Sie mir die Adresse auf?

Die Alte kritzelte, ohne zu zögern, die Adresse in das Notizbuch.

Sein Problem ist sein Sohn, sagte sie aufsehend. Er hat zwei Kinder, Sohn und Tochter, und davon ist der Sohn missraten. Aus ihrer Stimme klang Zufriedenheit und Schadenfreude. Es war offensichtlich, dass sie diesem Giese sein Unglück gönnte. Bella brachte es nicht übers Herz, das Gespräch abzubrechen, bevor sie die Geschichte des missratenen Sohnes gehört hatte.

Als sie ging, überlegte sie, dass es durchaus möglich sein mochte, dass dieser Sohn einer der wenigen im Dorf war, mit dem ein vernünftiges Gespräch zu führen war.

Sie hatte Hunger und beschloss, essen zu gehen. Einfach war das nicht. Sie fand erst nach längerem Suchen ein einigermaßen annehmbar aussehendes Restaurant. In einer altmodischen Glasveranda saßen einige Männer und Frauen um freundlich leuchtende Lampen. Von innen betrachtet, an einem Tisch hinter den Glasfenstern sitzend, sah die Welt anders aus. Der ältliche Kellner hatte zu viel getrunken. Sein dunkelroter Anzug war zerknittert und bekleckert. Zwei ihm ähnelnde Kollegen hingen an der Bar im Hintergrund herum. Sie störte mit ihrer Bestellung offensichtlich ein wichtiges Gespräch. Es roch nach Bratenfett und Fichtennadeln. Da kein Tannengrün zu sehen war, nahm sie an, jemand habe die Klotür offen gelassen. Sie bestellte einen doppelten Wodka mit Orangensaft und beschloss, auf das Essen zu verzichten. Ihre Bestellung löste beim Kellner eine Art Verbrüderungseffekt aus, der sich auch auf seine Kollegen übertrug. Während sie trank, hoben die Herren an der Bar mehrmals das Glas in ihre Richtung. Sie beeilte sich, die gastliche Stätte zu verlassen.

Die Luft draußen war sehr kalt. Es waren kaum Menschen zu sehen. Und die wenigen beeilten sich, nach Hause zu kommen.

Bella ging durch die leere, schlecht beleuchtete Fußgängerzone, vorbei an Häusern mit zugenagelten Schaufenstern, schnell und billig zurechtgemachten Klamottenläden, altmodischen Friseurgeschäften mit Scheibengardinen, die nur mühsam verdeckten, dass die Einrichtung im Inneren eher einer Zahnarztpraxis vor vierzig Jahren als einem Frisiersalon glich. Einige Häuser waren gründlich saniert worden. Ihre glatten, farbigen Fassaden boten einen obszönen Anblick inmitten der Trümmerlandschaft. So, wie Obszönität meist eine Reaktion hervorruft, hatte auch ihr Anblick Reaktionen hervorgerufen. Sie waren mit Farbbeuteln beworfen worden.
Bella hatte den Wodka zu schnell getrunken. Er wirkte nicht als gläserne Wand, die sich wie sonst zwischen sie und die Umwelt schob. Sie fühlte einen brennenden Klumpen im Magen und sah zerfallende Häuser. Ihr Wagen stand auf einem vereisten, dunklen Parkplatz. Er stand da als einziger. Sie war sicher, wenn sie ihn jetzt nicht wegnähme, würde er am nächsten Morgen festgefroren sein. Unter den Rädern knirschte das Pfützeneis, als sie den Parkplatz verließ. Völlig unbegründet, wenn nicht die vereisten Pfützen den Grund abgaben, fielen ihr Verse ein:

Eine Winternacht kommt für uns, lässt
Uns versinken in rauschendem Licht,
Diabolisch entfesseltem Fest,
Wo dein Auge, dein Dolch – mich ersticht.

Sie würde zurückfahren ins Gasthaus, etwas essen und dann schlafen. Ihre Beunruhigung musste damit zu tun haben, dass sie diese Arbeit nicht mehr gewohnt war. Sie verließ die Stadt über die holprige Ausfallstraße, vorbei an dem Hotel, in dem sie die alte Frau gesprochen hatte. In dem trostlosen Kasten waren nur wenige Fenster erleuchtet. Sie brachte die Häuseransammlung hinter sich, in der sie ihre Nachforschungen fortsetzen würde, denn dort irgendwo lag Gieses Lokal.

Nach ein paar Minuten kamen ihr von Fackeln beleuchtete Trecker entgegen. Sie fuhr an den Straßenrand. Die Trecker beanspruchten die Fahrbahn ganz. Im Licht der Fackeln sah sie Männer auf den Anhängern sitzen. Sie hielten Spruchbänder in den Händen. Ihre Gesichter waren von einer Art, wie Bella sie noch nicht gesehen hatte: derb und verwittert, voller Wut, mit vorgeschobenen Kinnladen, dabei lachten sie, als seien sie sich ihrer Kraft bewusst.

»Wollt ihr einen Bauernaufstand«, las sie auf einem der Transparente.

Ein bisschen spät, Jungs, dachte sie, während sie den Wagen auf die Straße zurückfuhr, nachdem der letzte Trecker an ihr vorbeigefahren war.

Die Laterne über dem Eingang des Gasthofs, in dem sie ihr Zimmer gemietet hatte, brannte noch. Aus den Fenstern der Gaststube schien ein trübes Licht. Vor den Eingangsstufen stand ein Geländewagen.

Vielleicht sind die Jäger zurückgekommen, um ihre Rechnung zu bezahlen, dachte Bella. Sie hatte noch immer Hunger. Die Wirtin würde ihr sicher etwas zu essen machen. Sie öffnete die Tür zur Gaststube. Die Wirtsleute standen hinter dem Tresen, ein paar Männer aus dem Dorf davor. Alle sahen schweigend auf den runden Tisch mit dem Schild Stammtisch.

An diesem Tisch saß ein Mann mit zwei Frauen. Sie hatten große, frisch gefüllte Biergläser vor sich stehen und eine Platte mit belegten Broten, bei deren Anblick Bella das Wasser im Mund zusammenlief. Der Mann am Tisch, ein kleiner dicklicher Mensch, vielleicht fünfunddreißig Jahre alt, mit kurzen Armen und dicken Patschhänden, die aus den Ärmeln eines Missoni-Pullovers sahen, führte das große Wort. Die beiden Frauen, eine junge und eine ältere, die sich als jung ausgab, hingen schweigend an seinen Lippen. Wenn sie sprechen würden, dann nur, um dem Gegenstand ihrer Bewunderung Fragen zu stellen, die seinen Redefluss in Gang hielten. Die schwarzen Kleider, die sie trugen, waren so

billig, dass der elegante Eindruck, den sie hervorrufen sollten, unter Knitterfalten und Fusseln verborgen blieb.
Herein, meine Dame, rief der Kleine, geben Sie ihr ein Bier, und wandte sich dann seinen Begleiterinnen wieder zu. Das ist doch kein Problem. Was glaubt ihr, wie sich die Leute in Berlin um das Projekt reißen. Wohin sollen die denn mit ihren Alten? Das habt ihr doch gehört, was da für Preise für Bauland genommen werden. Seniorenanlagen sind da nicht mehr drin. Ist ja alles gut und schön, Familie und Zusammenhalten und so. Aber wer will denn heutzutage noch die Alten bei sich in der Wohnung haben. Von den Geldleuten meine ich. Partys, Empfänge, Geschäftsbesuche und die Omma immer mittendrin. Nee, da liegen wir schon richtig.
Aber gleich zwanzig Kilometer Küste, sagte die Junge. Sie sagte es bewundernd. In ihrer Stimme war der breite Dialekt der Einheimischen zu erkennen.
Natürlich, hier muss man klotzen, nicht kleckern.
Herbert ist eben keiner, der sich mit kleinen Sachen abgibt, sagte die Ältere. Auch sie war aus der Gegend. Der Ausschnitt ihres Kleides war entschieden zu tief für das Abendbrot in einer Dorfkneipe. Vielleicht war er der Grund, weshalb die Männer an der Theke nur staunten, aber nichts sagten. Herbert legte die Arme um beide Frauen, zog sie an sich, ließ sie wieder los und griff nach seinem Bierglas. Sein Gesicht war so aufgequollen, dass die Augen darin fast verschwanden.
Zahlt er auch wirklich, fragte Bella leise die neben ihr stehende Wirtin. Die sah sie unwillig an, sagte nichts und wandte ihren Blick wieder Herbert zu.
Ein Altenpark, wie in Florida. Ein Milliardenprojekt, Euro-Maßstab, ach, was sage ich: Weltmaßstab. Dann ist es hier vorbei mit der Arbeitslosigkeit. Solche Leute wollen bedient werden, gepflegt, bekocht.
Is ja alles gut und schön, sagte einer der Männer vom Tresen her. Aber hier is nu mal nicht Florida; von wegen dem Wetter.

Damit hatte er Herbert sein Stichwort gegeben. Mit einer beinahe würdevollen Kopfbewegung wandte er sich dem Mann an der Theke zu.
Ich wundere mich, sagte er, ich wundere mich immer wieder. Aber Sie können ja nichts dafür. So ein System, das die Leute in Unwissenheit hält, ist eben verbrecherisch. Guter Mann, solche Dinge baut man heute mit Innenhöfen unter Solarbeschuss. Schon mal was davon gehört? Da werden die alten Leutchen noch im Alter brauner, als eure Broiler es je gewesen sind.
Ist das denn gesund, Herbert? Die Junge schmiegte sich an und wartete mit hochgeklappten Augendeckeln auf eine Antwort.
Bella betrachtete die Wirtsleute und die Männer am Tresen. In ihren Gesichtern überwog die Hoffnung, dass wahr sein möge, was ihnen der Dicke gerade erzählte. Wahrscheinlich hatten die Männer keine Arbeit mehr. In solarbeschossenen Innenhöfen Blumenbeete zu pflegen mochte ihnen als wunderbare Alternative erscheinen.
Wie als Antwort auf Bellas Überlegungen begann Herbert wieder zu reden. Den Gesundheitseinwand hatte er wohl überhört.
Sie nehmen es mir nicht übel, Herr Wirt, wenn ich feststelle, was sowieso schon jeder sehen kann: Hier ist doch nichts los. Der Laden ist doch tot.
Früher, begann der Wirt, aber Herbert unterbrach ihn. Früher, früher – da haben hier vielleicht eure Kolchosbauern ihr Feierabendbier getrunken. Wenn ihr damit zufrieden wart, na gut, das ist eure Sache.
Wen meinen Sie eigentlich mit »ihr«?, fragte Bella.
Alle Gesichter wandten sich ihr zu, die Männer am Tresen stumpf, die Wirtsleute ängstlich – was fürchten sie eigentlich –, die Damen dumm kichernd. Herbert schien entzückt über die neue Gesprächspartnerin, aber Bella sah gleichzeitig ein wachsames Funkeln in den Augen des Dicken. Er hatte sie erkannt. Sie war aus dem Westen und vorsichtiger zu behandeln als die Einheimischen.

Gute Frau, sagte er, das klingt aber sehr böse. Dafür gibt's überhaupt keinen Grund. Wenn Sie nicht zu den Miesmachern gehören, natürlich. Solche Miesmacher – er wandte sich an die Wirtsleute –, solche Miesmacher gibt's zurzeit überall; das können Sie mir glauben. Ich komme weit rum in der Welt –
Er kommt gerade aus Marbella, sagte die Junge, aber niemand hörte hin.
– Alles starrt gebannt auf die Deutschen. Werden sie mit der neuen Herausforderung fertig? Aber denen werden wir's zeigen. Und was den Umweltschutz angeht, da sind wir sogar Spitze. Wollen Sie wissen, wie hoch der Anteil für Umweltschutz ist, den wir bei unserem Projekt einplanen?
Lassen Sie mich raten, sagte Bella. Hundert Millionen? Hundertvierzig, sagte die Ältere strahlend, so strahlend, als hätte sie die Millionen gerade im Lotto gewonnen.
Da hören Sie es aus berufenem Munde. Soeben hat Ihnen die Umwelt-Dezernentin des Landkreises eine Auskunft gegeben, die eigentlich noch nicht unter die Leute sollte. Also, Schweigen bitte. Sie gefährden sonst den Job dieser Dame.
Er kniff der Umwelt-Dezernentin in den rundlichen, nackten Oberarm und lachte dabei in die Runde.
Ich geh nach oben, sagte Bella zur Wirtin. Würden Sie mir ein paar belegte Brote bringen? Ich find's heute Abend hier ausgesprochen laut.
Sie verließ den Raum, ohne eine Antwort abzuwarten. Der Hausflur war kalt. Oben hatten sich auf den Fensterscheiben Eisblumen gebildet. Im Zimmer empfing sie muffige Wärme. Sie machte kein Licht und tastete sich im spärlichen Schein der Außenlampe zu den Fenstern.
Die Laterne am Gasthaus war das einzige Licht, das die Dorfstraße beleuchtete. Auf dem Anger gegenüber glitzerte der Schnee, wurde blau und dunkel, löste sich in Finsternis auf. Die Fenster der Häuser waren schwarz. Als sie lange genug in die Dunkelheit gesehen hatte, erkannte sie Eiszapfen an den Rändern der nied-

rigen Strohdächer. Von unten aus der Gaststube hörte sie kurz ein lautes Lachen, als die Tür aufgemacht und gleich danach wieder geschlossen wurde. Die Wirtin kam die Treppe herauf. Sie klopfte und öffnete die Tür.

Mein Gott, Sie haben ja gar kein Licht gemacht, sagte sie.

Bella ging ihr entgegen, drückte auf den Schalter neben der Tür und nahm der Wirtin das Tablett aus den Händen. Ist manchmal auch ganz schön im Dunkeln, sagte sie. Manche Sachen sieht man da besser.

Die Wirtin blieb in der Tür stehen und antwortete nicht. Ich wollt, ich könnt auch ins Bett gehen, sagte sie schließlich. Gott sei Dank werden die hier nicht übernachten. Es macht Ihnen doch nichts aus, wenn ich den Ofen morgen früh erst um sieben anmache? Das wird noch eine lange Nacht da unten. Wer weiß, was der noch aus der Küche will. Solche Leute haben manchmal die sonderbarsten Wünsche.

Nein, es macht mir nichts aus, sagte Bella. Ich möchte sowieso gern lange schlafen.

Dann gute Nacht, sagte die Wirtin. Sie schloss die Tür hinter sich. Bella hörte sie die Treppe hinuntergehen. Sie sah auf den Teller mit Wurstbroten. Er sah appetitlich aus. Sie würde die belegten Brote schnell essen, bevor die Fettstücke in der Mettwurst zu glänzen begannen.

IHRE ARBEIT in der Garderobe des Hotels war gegen zweiundzwanzig Uhr beendet. Das war früher so gewesen, und die neuen Besitzer, von denen niemand wusste, wer sie eigentlich waren, hatten daran nichts geändert. Die alte Frau packte die leere Milchflasche und die Brotdose in einen Beutel, zog ihren Mantel an und ging. An der Rezeption war niemand, und so ging sie, ohne sich zu verabschieden.

Im Sommer, wenn es abends lange hell blieb, war der Nachhauseweg auf dem Fahrrad der schönste Teil des Tages. Die Autos waren weg, das Licht über dem Wasser schien dunkel und durchsichtig zugleich. Wenn sie das Dorf am Stadtrand und die Ruinen des Klosters erreicht hatte, sausten die Schwalben mit kleinen Schreien über ihr in der Luft herum; und ein Stück hinter dem Dorf, auf der Landstraße in Höhe des Bierkellers, flatterten lautlos die Fledermäuse. Manchmal, in den langen Sommernächten, brauchte sie nicht einmal das Licht anzumachen, wenn sie zu Hause angekommen war. Jetzt, im Winter, war es schon dunkel, wenn sie zur Arbeit fuhr. Der Weg vom Dorf zum Hotel war beinahe drei Kilometer lang. An manchen Stellen gab es neben der Straße einen Fahrradweg, da fuhr es sich sicherer. Jedenfalls auf dem Heimweg, wenn die Straße von vorüberfahrenden Autos beleuchtet wurde. Jetzt, auf dem Rückweg, war es sehr dunkel. Die alte Frau war froh, dass sie den Weg gut kannte.

Wie oft um diese Jahreszeit kam der Wind von Osten. Aber er war so leicht, dass sie nicht absteigen und das Rad schieben musste. Nur die Hände wurden kalt.

Es fiel ihr schwer, den Schlüssel aus der Manteltasche zu ziehen und in das Schlüsselloch zu stecken. Als sie die Treppe emporstieg, bemühte sie sich, keinen Lärm zu machen. Sie kannte das Haus genau. Auch die Treppe kannte sie seit fünfzig Jahren. Von Anfang an hatten die dritte und die achte Stufe geknarrt. Früher waren ihr die Geräusche, die die Treppe machte, gleich gewesen. Sogar als die Kinder hundertmal am Tag hinauf- und hinuntergelaufen waren, hatte sie das Knarren nicht gestört. Inzwischen waren die Kinder aus dem Haus. Sie war einverstanden gewesen, dass das Haus verkauft wurde. Sie bekam oben das kleine Zimmer und blieb dort. Es war so, wie die Kinder es ihr vorausgesagt hatten: Du bleibst in deiner vertrauten Umgebung, und wir haben das Geld, um uns ein neues Haus zu bauen. Und um den Garten brauchst du dich auch nicht mehr zu kümmern.

Nur, dass sie sich angewöhnt hatte, die dritte und die achte Stufe nicht mehr zu benutzen. Und abends, wenn sie nach Hause kam, im Treppenhaus kein Licht zu machen.

In ihrem Zimmer war es warm. Die neuen Besitzer hatten bald nach dem Einzug im ganzen Haus Zentralheizung einbauen lassen. Sie zog ihren Mantel aus, stellte sich mit dem Rücken an die Heizung, hielt die kalten Hände hinter sich auf den Heizkörper und sah auf das Puppenhaus neben dem Fußende des Bettes. Die winzige Stehlampe darin beleuchtete einen kleinen orangeroten Tisch und zwei Sessel. Sie hatte zu viel geredet am Nachmittag. Diese Sache mit der Zeit – wen geht das was an. Ich weiß nicht, was da auf einmal über mich gekommen ist, dachte sie, jedenfalls, gelacht hat sie nicht.

Sie wartete, bis ihre Hände warm und beweglich geworden waren. Die Hausschuhe standen unter dem Bett. Sie zog sie an und setzte sich auf den Hocker, der vor dem Puppenhaus stand. Oma spinnt ein bisschen, hatten die Kinder zuerst gesagt. Aber dann, als die Einrichtung nach und nach vollständiger wurde, sie die Stoffe erkannten, aus denen die Kleider und Anzüge der Puppen gemacht waren und die Tapeten in den Zimmern genau so aussahen, wie die Tapeten früher im Haus ausgesehen hatten, da waren sie still geworden. Und als die Älteste irgendwann mal gesagt hatte: Mutter, der Platz des Kachelofens stimmt nicht. Der türkisgrüne stand im anderen Zimmer, da hatte sie gewusst, dass sie nicht mehr über sie lächelten. Die Dauerbeleuchtung in der Stehlampe war eine Idee des Schwiegersohns gewesen. Er arbeitete als Elektroingenieur. Irgendwann, als sie ihm wieder einmal wegen einer neuen Batterie in den Ohren gelegen hatte, war er mit einem Trafo und ein paar dünnen Leitungen aufgetaucht und hatte eine Verbindung zur Steckdose hergestellt.

Ihr Blick fiel auf die winzige männliche Puppe, die in der Küche neben dem Herd stand. Sie nahm die Puppe in die Hand und tastete leicht mit den Fingerspitzen über den Anzugstoff. Damit hatte es angefangen. Das Puppenhaus war schon da gewesen. Der Mann hatte es für die Älteste gebaut, bald nachdem sie hier eingezogen waren, eine genaue Nachbildung des großen Hauses. Später hatte es jahrelang auf dem Boden herumgestanden. Mit dem Anzug, den sie sich geweigert hatte wegzuwerfen, und zusammen mit den alten Kleidern der Kinder hatte sie es in ihr Zimmer geholt, als das Haus verkauft worden war. Damals, als sie völlig unvorbereitet und ohne sich etwas dabei zu denken, den Anzugstoff berührte, war plötzlich die Erinnerung an den Mann, der seit sechzehn Jahren tot war, so heftig gewesen, dass sie sich setzen musste. Sie hatte die Augen geschlossen und seine Arme um ihre Schultern gespürt und den Stoff seines Jacketts in ihren Handflächen. Später, als das Gefühl in den Händen nachließ und sie die Augen öffnete, war ihr beim Anblick des verstaubten Puppenhauses und des Haufens alter Kinderkleider die Idee gekommen, alles nachzubauen.

Das war nicht einfach gewesen. Was für ein Freudentag, als sie in der Stadt vor dem Tapetengeschäft auf einem Abfallhaufen das Buch mit den Mustern gefunden hatte. Der Ladeninhaber hatte es weggeworfen. Sicher gab es die Fabrik nicht mehr, die die Tapeten hergestellt hatte. Für sie war der Fund ein richtiger Schatz gewesen. Oder, als unten im Haus die Kachelöfen herausgerissen wurden, da waren ein paar Scherben in ihrem Beutel gelandet. War ziemlich mühsam gewesen, daraus die kleinen Öfen zu kleben.

Sie setzte die Puppe zurück in die Küche und stand auf. Die Knie taten ihr weh. Sie freute sich darauf, ausgestreckt im Bett liegen zu können. Unten im Haus ging eine Tür auf und wieder zu. Manchmal, wenn sie im Bett lag, hatte die alte Frau das Gefühl, als warteten die da unten auf ihren Tod oder darauf, dass sie ins Heim ging. Aber tagsüber, wenn sie sich trafen, waren sie immer freundlich zu ihr. Sollten sie warten. Sie hatte noch Zeit. In ihrer Familie wurden die Frauen alt. Was hatte sie nur geredet zu der Frau im Hotel. So aufdringlich. Ach was, die hätte ja weggehen können. Weshalb sie wohl die Böhmer suchte. Böhmer, das war auch so ein Kapitel für sich. Meinen haben sie eingesperrt. Der

Böhmer hat sich hier gar nicht erst blicken lassen. Denen ist es bestimmt nicht schlecht gegangen da drüben. Damals konnten sie nicht schnell genug hier wegkommen. Die Christa hätte ich nicht wiedererkannt. Sieht ihrer Mutter gar nicht ähnlich. Ein grünes Kleid hatte sie an, so grün –

SIE WAREN DARAN gewöhnt, nicht früh schlafen zu gehen. Das brachte der Betrieb so mit sich. Als sie aus dem Bierkeller zurückkamen, war es kurz nach Mitternacht. Nicht besonders spät also. Er war in das Restaurant gegangen und hatte ihnen beiden Schnaps eingegossen. Sie trank sonst keinen Schnaps. Aber er hatte geglaubt, der Alkohol würde die Frau aus der Erstarrung holen. Irgendwann unterwegs hatte sie sich aus seinem Arm losgemacht. Er hatte gespürt, wie diese merkwürdige Starre in sie zurückkehrte. Das war ihm unheimlich. Sie tranken schweigend die Gläser leer. Er schenkte noch ein zweites Glas ein. Sie trank auch das ohne Widerspruch leer, fast gierig, so, als hätte sie selbst den Wunsch, die Wirkung des Beruhigungsmittels zu vertreiben. Erst nach dem dritten Glas sprachen sie miteinander. Er hatte nur die Notbeleuchtung hinter dem Tresen eingeschaltet. Sie konnten sehen, wie draußen vor den Fenstern der Schnee in dichten Flocken fiel.
Es schneit noch immer, sagte er.
Ja, sagte sie. Wann sagst du es mir?
Ist das denn so wichtig, sagte er. Was geschehen ist, ist geschehen. Weshalb willst du es wissen.
Ich bin deine Frau, sagte sie, und ich kann nicht –
Als sie nicht weitersprach, sah er sie an. Ihr Gesicht war grau wie ihre Haare. Auf die Wangenknochen hatte der Schnaps zwei rote Flecken gezeichnet. Er konnte sehen, dass sie mit ihren Gedanken weit weg war, irgendwo, wo er keine Rolle spielte. Er wollte ihr nicht sagen, weshalb er die Frau getötet hatte. Aber er begriff,

dass sie für ihn eine Gefahr werden konnte. Er musste sie vertrösten, sie hinhalten, bis sie sich wieder beruhigt hatte.
Natürlich, sagte er, du bist meine Frau. Alles teilen, wie? Die guten und die bösen Tage. So soll es sein. Du musst dich nur erst mal beruhigen. In zwei, drei Tagen. Was hältst du davon, wenn wir ein paar Tage wegfahren. Den Laden hier machen die Kinder auch allein.
Nein, sagte die Frau. Wegfahren nicht.
Geht auch gar nicht, sagte er, war mir nur so eingefallen. Übermorgen ist Gemeinderatssitzung. Da wird über meinen Antrag entschieden, du weißt doch, den Utkiek. Sieht wohl nicht gut aus, wenn ich nicht dabei bin. Ich bin sicher, der Antrag geht durch. Kannst du dir das vorstellen? Du als Wirtin vom Utkiek? Was meinst du, vielleicht solltest du dann deine Haare färben. Wir sind ein bisschen spät dran mit dem neuen Leben. Aber zu alt sind wir nicht.
Er lachte sie aufmunternd an. Sie verzog die Lippen mit Mühe zu einem Lächeln. Sie wirkten, als seien sie gelähmt und nur schwer zu bewegen.
Möchtest du noch etwas trinken, fragte er. Sie schüttelte den Kopf. Er brachte die Gläser und die Flasche zurück. Die Gläser wusch er ab. Sie sah zu ihm hinüber.
Du verwischst unsere Spuren, sagte sie. Es klang jetzt wie ein Lallen, wenn sie sprach. Das ist gut, alles abwischen. Er sah erschrocken zu ihr hin. Weshalb sagte sie das? Was ging sie die ganze Sache an, verdammt. Er hätte ihr nichts sagen sollen. Er musste sich zusammennehmen, um sie nicht anzuschreien.
Komm jetzt, sagte er. Wir gehen schlafen. Du wirst bestimmt gleich schlafen.
Aber sie schlief nicht. Sie lag ruhig da, wie es ihre Art war, gerade auf dem Rücken, den Kopf tief ins Kissen gedrückt, mit geschlossenen Augen.
Was hältst du davon, fragte er nach einer Weile. Ich hatte gedacht, wenn der Antrag durch ist, machen wir da oben einen

Eintopfsonntag. Jetzt, wo's so schön kalt ist. Das könnte doch 'ne gute Reklame für uns sein. Ich kenn den Chef der Truppe, die am Flugplatz liegt. Er war schon ein paarmal hier. Die leihen uns bestimmt ihre Gulaschkanone. Wenn ich das in der Gemeinderatssitzung sage, bei den vielen Arbeitslosen, mit denen die sich rumquälen. Das wär doch mal was. Könnten wir jeden Winter machen.

Noch hast du den Utkiek nicht, sagte sie. Sie sprach lauter, als er erwartet hatte. Etwas wie Trotz meinte er in ihrer Stimme zu hören. Er griff nach ihrer Hand. Sie war kalt und erwiderte seinen Druck nicht. Eine Weile versuchte er, ihre Hand zu wärmen. Er rückte dichter an sie heran und zog die Hand schließlich unter seine Decke. Sie zog die Hand nicht zurück, als er sie zwischen seine Beine schob. Sie wehrte sich auch nicht, als er sich ihren Körper so zurechtlegte, dass er sie bequem beschlafen konnte.

Er war längst eingeschlafen, als sie noch immer wach dalag und gegen die Decke sah. Ihre Hände waren kalt geblieben. Manchmal legte sie die Handflächen gegeneinander, um zu prüfen, ob die Hände wirklich leer waren. Sie waren leer, aber das Gefühl, das das Seil des Schlittens in ihnen hervorgerufen hatte, war trotzdem da. Wenn ihr doch nur einfiele, was Werner ihr damals erzählt hatte – Irgendwann dachte sie an ihren Vater. Sie hätte ihn gern gefragt, was sie tun sollte. Er hatte immer auf alles eine Antwort gewusst. Aber dies – hätte sie ihn dies fragen können? Sie wusste, es wäre unmöglich gewesen. Er hätte von ihr verlangt, zu handeln. Es gab nichts zu fragen. Für ihn war immer alles ganz einfach gewesen. Sie erinnerte sich an einen kalten Regentag. Sie hatten die Schule vorzeitig beendet und waren auf das Feld geschickt worden, um Kartoffelkäfer abzusammeln. Verdreckt, mit steifen Fingern, war sie nach Hause gekommen und hatte vor Erschöpfung geweint. Heul nicht, hatte er gesagt, wenn sie etwas von dir verlangen, das du nicht schaffst, dann sag es ihnen. Aber heul nicht.

Wie schön wäre es gewesen, wenn der Älteste mehr von ihrem

Vater gehabt hätte. Er sah ihm ähnlich, das war richtig. Aber sonst? Nein, daran wollte sie nicht denken. Nicht an diesen Sohn. Der Mann neben ihr schnarchte. Er war so lebendig. Er hatte Pläne. Sie dachte nicht: Weshalb hat er die Frau getötet. Sie dachte: weshalb hat er »das« getan. Sie versuchte, darüber nachzudenken, was sie tun sollte, ohne daran zu denken, was geschehen war. Wieder spürte sie das kalte Seil in ihren Handflächen. Sie kroch leise aus dem Bett, ging ins Bad und begann in der Kommode zu kramen, die hinter der Tür stand. In der untersten Schublade fand sie die Schachtel mit dem Heizkissen. Vorsichtig, um den Mann nicht zu wecken, suchte sie im Dunkeln den Stecker der Nachttischlampe, zog ihn heraus und steckte den Stecker des Heizkissens in die Steckdose. Dann kroch sie zurück ins Bett, zitternd vor Kälte, legte sich das Heizkissen auf den Bauch und wartete darauf, dass es warm wurde. Sie hatte die Hände auf das flache Kissen gelegt. Ganz langsam verschwand das Seil aus den Handflächen. Sie schlief ein.

Ja, Vater, sagte sie im Traum. Er hatte sie an die Hand genommen und ging mit ihr auf den Strand zu. Es roch nach Seetang. Die scharfen Kanten der Muscheln drückten sich in ihre nackten Füße. Ja, sagte sie, ich bleibe hier sitzen, bis du zurückkommst. Sie bemühte sich zu lachen, aber sie hatte furchtbare Angst. Der Vater ließ ihre Hand los und ging ins Wasser. Das Wasser war flach. Er ging sehr weit hinaus. Sie sah seine flatternde schwarze Badehose, als er auf einen Stein stieg und ihr zuwinkte. Sie wollte den Arm heben, um zurückzuwinken, aber der Arm war steif. Sie konnte ihn nicht hochheben. Sie konnte sich überhaupt nicht mehr bewegen. Der Vater war verschwunden. Das Wasser stieg. Es umspülte ihre nackten Füße, kam glucksend und gurgelnd näher. Schließlich erreichte es ihren Bauch, dann die Brust. Einmal tauchte weit hinten im Meer der Vater auf. Sie versuchte zu rufen, und das Wasser lief ihr in den geöffneten Mund, und hustend und gurgelnd, nass von Schweiß und kalt unter der Decke, trotz des Heizkissens, erwachte sie.

Durch die schmalen Ritzen neben den schwarzen Papprollos kam graues Licht. Sie hatten verschlafen. Der Mann neben ihr saß aufrecht im Bett. Vielleicht hatte ihn ihr Husten geweckt. Er sah nicht zu ihr hinüber, setzte die Beine aus dem Bett, stand auf und zog die Papprollos hoch.
Hat die ganze Nacht geschneit, sagte er. Sieht schön aus draußen. Da kommt bestimmt heute noch mehr runter. Er verließ das Schlafzimmer. Sie hörte ihn im Badezimmer rumoren. Das Heizkissen war kalt. Der Stecker war nicht fest genug eingesteckt gewesen. Im Bett sitzend, zog sie die Schnur vom Boden zu sich herauf. Da war es wieder, dieses Gefühl, das das kalte Seil in ihren Handflächen hinterlassen hatte.

ÜBER DER TÜR hing ein Brett, ein Stück Treibholz mit abgeschliffenen Kanten. Es hing schief, so dass Bella den Kopf zur Seite legen musste, um die Aufschrift zu entziffern, die mit schwarzer Ölfarbe daraufgemalt worden war:

> Nichts wäre besser in dieser verfallenen Schenke als keine Ankunft, kein Aufenthalt und kein Abschied.

Diesmal hatte sie die Stadt in Richtung Süden verlassen. An Neubauvierteln und oberirdischen Heizungsrohren vorbei war sie eine Viertelstunde auf der Landstraße gefahren, bevor sie auf der rechten Seite den Hügel sah und den Hof, den sie für das Haus des Malers hielt. Nun stand sie davor und blickte sich um. Ein paar hundert Meter entfernt stand der Wagen, mit dem sie gekommen war, am Straßenrand. Sie hatte ihn dort stehen gelassen, weil der Feldweg, der zu dem einzeln liegenden Hof führte, zu verschneit war, als dass sie ihn hätte nehmen können. Der Weg war seit Tagen nicht befahren worden. Eine dünne Fußspur war zu erkennen, die nicht alt sein konnte. Sie sah hoch. Aus dem

Schornstein im Strohdach stieg leichter grauer Rauch. Der graue Himmel hing so tief über dem Dach, dass der Rauch nicht lange zu sehen war. Bella trat nahe an die Haustür heran. Eine Klingel gab es nicht. Sie schlug kräftig mit der flachen Hand gegen das Holz. Sie hatte sich bemerkbar machen wollen, in der Hoffnung, hereingebeten zu werden. Stattdessen gab die Tür langsam nach, aber niemand sagte etwas. Sie wartete einen Augenblick, klopfte und schob die Tür auf, obwohl sie keine Antwort bekam. Schnee rutschte der Tür nach. Sie trat schnell ein und schloss die Tür hinter sich. Von außen hatte das Haus ausgesehen wie die alten, mit Stroh gedeckten Fischerhäuser, die in der Gegend seit Hunderten von Jahren gebaut wurden. Auf einer großen Grundfläche versammelten sie viele kleine Räume unter dem tiefgezogenen Dach. In diesem Haus gab es innen keine Wände. Ein einziger großer Raum, freigelegte Dachspanten, in der Ecke, dort, wo früher einmal der Herd oder der Kamin gestanden haben mochte, war ein russischer Ofen gebaut worden. Auf der hohen Ofenbank lagen Decken.

Auf den übrigen hundertfünfzig Quadratmetern herrschte die Art Unordnung, die entsteht, wenn jemand nur seiner Arbeit lebt; Unordnung nur für die anderen. Sie war sicher, dass der Mann, der an der Wand gegenüber der Tür stand und ihr den Rücken zuwandte, jedes Stück, das er brauchte, sofort finden würde.

Du kommst spät, sagte er. Als Bella nicht antwortete, wandte er sich um und sah sie an.

Hau'n Sie ab, sagte er. Seine Stimme klang nicht gleichgültig, sondern verächtlich. Ich verkaufe nicht an Museen.

Er stand mit dem Rücken zum Fenster. Sie konnte sein Gesicht nicht erkennen, aber die Stimme und seine Gestalt gefielen ihr. Er erinnerte sie ein klein wenig an Eddy, aber sie war sicher, der Eindruck würde bald schwinden. Der da war Persönlichkeit genug, um für sich allein zu stehen. Zwischen den Scheiben des Doppelfensters in seinem Rücken standen Flaschen; Wodka, Schnaps und Wein, soweit sie erkennen konnte.

Ich kaufe keine Bilder, sagte sie. Ich will mit Ihnen reden. Sie hätten wohl nicht zufällig einen Wodka für eine Frau mit kalten Füßen?
Soll das ein Witz sein, fragte er, wandte sich aber um und öffnete den inneren Fensterflügel, um eine Flasche Wodka aus dem Kühlfach zu holen. Bella tat ein paar Schritte und sah sich nach einer Sitzgelegenheit um. Sie sah nichts außer einer niedrigen Holzbank um den Ofen herum und ging darauf zu.
Raus aus meinem Schlafzimmer, brüllte hinter ihr der Maler. Sie blieb stehen und wandte sich um. Sie sahen sich an. Bella konnte jetzt sein Gesicht sehen. Er war mindestens fünfzehn Jahre jünger als sie, sah aber nicht jünger aus. Er sah aus wie jemand, der lebt, während die anderen schlafen, und der zu viel trinkt. Eigentlich sah er genau so aus wie der, auf den Bella gerade Lust hatte.
Sie dachte an die Fahrt, die sie hinter sich hatte, den tiefen grauen Himmel und die weißen Felder. Weiden im Schnee hatte sie gesehen, Erlkönigs Töchter bei Tage. In einem verschneiten Schrebergarten hatte, einziger Farbfleck, an einem halbhohen Mast eine DDR-Fahne wie Hilfe suchend geflattert. Einmal war eine Schar Gänse über sie hinweggeflogen. Sie hatte das Fenster des Wagens aufgemacht und, langsamer fahrend, auf die feinen Schreie aus der Luft gehört. Am Weg, den sie bis zum Haus zu Fuß gegangen war, standen zu beiden Seiten verschneite Schlehenbüsche. Unter dem letzten hatte eine erfrorene Drossel gelegen, schwarz wie die dicken Schlehen, die hier und da an den verschneiten Zweigen zu erkennen waren.
Ich hab nichts gegen Schlafzimmer, sagte sie langsam. Sie war nicht ganz sicher, wie er reagieren würde. Sie kannte ihn seit zwei Minuten, und was sie über ihn gehört hatte, war nicht gerade viel.
»Verlumpt«, hatte die Alte im Hotel gesagt. Die Wirtin in ihrer Pension kannte den Maler nur vom Hörensagen und wusste, er sei »überall rausgeflogen«. Aber was hatte sie zu verlieren, »Überall rausgeflogen« war doch eigentlich eine Empfehlung.

Kann schiefgehen, wenn sich die Schneekönigin auf einen Ofen setzt, hörte sie den Maler langsam sagen. Er grinste und setzte sich in Richtung Ofenbank in Bewegung. Bella ging vor ihm her. Sie spürte seine Blicke auf ihrem Hintern.

Der warme Ofen im Rücken war angenehm. Der Maler stellte die beschlagene Flasche auf die Bank und suchte aus einem Stapel Wassergläser zwei einigermaßen saubere heraus.

Sie tranken sich zu. Er sah sie neugierig an.

Erst die Arbeit?, sagte er.

Erst die Arbeit, antwortete Bella. Ich möcht gern etwas über Ihren Vater wissen. Was ist er für ein Mensch? Sie sah, dass er kurz überlegte, ob er sie noch einmal rauswerfen sollte, diesmal endgültig. Dann grinste er hinterhältig.

Der hat eine Rechnung zu begleichen, dachte Bella. Vorsicht!

Mensch – ich weiß nicht, ob das das richtige Wort ist. Schwein wäre besser, opportunistisches Schwein, würde ich sagen. Er ist zurzeit in der CDU. Das bekommt seinen Plänen am besten. Davor war er in der SED. Und wissen Sie, wohin er gehen wird, wenn die Zeit der CDU vorbei ist? Und die ist bald vorbei, das garantiere ich. Moment, ich zeig's Ihnen.

Er stand auf, ging durch den Raum und begann an der gegenüberliegenden Wand in einer Kiste zu kramen. Es sah aus, als suche er zwischen Büchern herum. Schließlich fand er, was er gesucht hatte. Er hielt Bella ein schmales dunkelrotes Buch mit der Aufschrift »Auerbachs Deutscher Kinderkalender 1942« entgegen.

Ich werde Ihnen etwas vorlesen, sagte er, damit Sie begreifen, welche Sorte Schwein ich meine. Er blätterte nicht, sondern öffnete das Buch an einer Stelle, die durch eine umgeknickte Seite gekennzeichnet war.

Verehrte Dame!

Ein Wort im Vertrauen! Sie sind mit dem Aussehen Ihres Gesichts nicht zufrieden. Sie sind zwar schön, aber doch wohl nicht

schön genug. Sie merken das zu Ihrem Kummer bei mancherlei Gelegenheit, z. B. kommt es vor, dass ein Pferd, an dem Sie vorübergehen, ruckartig den Kopf nach der anderen Seite wendet, um Sie nicht ansehen zu müssen.
Ja, als Sie kürzlich im Zoo waren, reichte Ihnen der hässlichste Affe seine Hand durchs Gitter und sagte: »Sei gegrüßt, liebe Verwandte, wir werden uns von Tag zu Tag ähnlicher!«
Derlei kränkt.
Wir wissen es und empfinden aufrichtiges Mitleid an Ihrem Kummer, den Ihnen Ihre große, aber doch nicht ausreichende Schönheit bereitet. Aber verzagen Sie nicht! Wir reichen Ihnen die Hand. Und was haben wir in der Hand?
Camillo Schlechtwetters Schönheitswundercreme:
»Ich bin die Schönste«, abgekürzt »IBIDISCHOE«.
Die Wirkung ist verblüffend. Wenn Sie eine Woche lang Ihr allerliebstes ledergelbes Gesichtchen damit einreiben, explodiert am siebten Morgen Ihre Haut und fliegt mit klatschendem Geräusch gegen die Wand. Darunter wird eine zarte, pfirsichfarbene, völlig neue Haut sichtbar. So wirkt »Ibidischö«. Aber »Ibidischö« tut noch viel mehr. Ihre hübschen, abstehenden Ohren, die so groß sind, dass ganze Geschwader faustgroßer Maikäfer sie als Anflugplatz benutzen können, legen sich von selbst an den Kopf und werden winzig klein. Ihre reizenden, wulstigen und schaufelförmigen Lippen –

Hören Sie auf, sagte Bella, das reicht. Sie werden mir nicht erzählen wollen, dass diese primitive antisemitische Hetze heute noch irgendeine Rolle im Leben Ihres Vaters spielt. Damals war er ein Kind. Wenn er solche Sachen gelesen hat –
Es ist mir scheißegal, was er damals gelesen hat, sagte der Maler. Er legte den Kinderkalender neben sich auf die Bank und schüttete Wodka in sein Glas. Das letzte Mal, als ich ihn so ähnlich reden gehört habe, muss er so um die vierzig gewesen sein. Allerdings besoffen. Prost.

Schade, dachte Bella. Sie schüttelte den Kopf, als der Maler die Flasche hochhielt. Männer mit Vaterkomplex waren ihr zuwider. Klein-Bubi braucht ein Vorbild. Und wenn's damit nicht klappt, wird er ungemütlich. Oder zynisch. Oder säuft. Sie stand auf und setzte ihr Glas auf die Bank.

Ich würd mir gern Ihre Bilder ansehen, darf ich?

Er sagte nichts, hob die Schultern und wies mit der Hand, die das Glas hielt, in den Raum. Die ersten Bilder gefielen ihr nicht. Sie ging von einem zum anderen und begriff erst allmählich, was sie sah: von Menschen leere Landschaften, hinter deren äußerer Schönheit Entsetzen hervorkroch, manchmal als hässliche Fabelgestalt, dann wieder als blutiger Klumpen Fleisch oder verfaulendes Tier. Es waren die Landschaften, die sie bewundert hatte, als sie im Zug hierhergefahren war, nur zeigten sie eine untergehende Welt. Die tote Drossel im Schnee fiel ihr ein und die Idylle, die sie damit verbunden hatte, als sie sie dort liegen sah. Sie machte einen mühsamen Versuch, sich zu verteidigen.

Aber es ist noch nicht entschieden, oder?, sagte sie und wusste im gleichen Augenblick, dass sie unrecht hatte, in seinen Augen jedenfalls und wahrscheinlich auch, wenn sie genau darüber nachdachte.

Komm her, sagte er statt einer Antwort. Sie sah sich um. Seine Kleider lagen auf dem Boden. Er war auf die obere Ofenbank gestiegen, hatte eine Wolldecke um sich gezogen und sah sie an. Sie ging zurück an den Ofen, nahm ihr Glas und hielt es ihm entgegen.

Während er das Glas füllte, sagte er:

Mein Herz schlägt nach dem Unerreichten,
Und jung mein rasches Blut erblüht,
Wenn hinter Wolken, fedrig leichten,
Vor mir die erste Liebe glüht.

Sie kannte die Antwort, aber es schien ihr aufregender, ebenfalls auf den Ofen zu steigen, als Verse ihres Großvaters zu zitieren. Vielleicht ergab sich später dazu eine Gelegenheit.
Später war es dunkel. Sie beschlossen, spazieren zu gehen, nahmen Bellas Wagen und fuhren ans Meer. Sie gingen eine Weile über den vereisten Strand, hielten ihre Gesichter in einen kleinen scharfen Ostwind und sahen einen großen Mond auf dem flachen, weiten, dunklen Wasser. Als sie Hunger bekamen, fanden sie ein Gasthaus. Sie aßen Fisch, rochen die Tannen der vorweihnachtlichen Dekoration auf dem Tisch, und Bella betrachtete die Fischer, die in einer Ecke am Stammtisch saßen, ihre Bärte ins Bier hielten und leise miteinander sprachen. Sie saßen da wie vor hundert Jahren, als sei die Zeit an ihnen vorübergegangen.
Nach dem Essen machten sie einen Spaziergang auf die Mole. Steinplatten waren vom Schnee freigelegt worden. An manchen Stellen hatte sich eine dünne Eisschicht gebildet. Sie hielten sich aneinander fest, um nicht ins Wasser zu rutschen. Am Ende der Mole stand ein Leuchtturm. Um den Molenkopf herum war ein eisernes Geländer angebracht worden. Wenn man sich mit dem Rücken dagegenlehnte und den Kopf hob, konnte man das grüne, dem Meer zugewandte Feuer des Leuchtturms sehen. Geradeaus vor ihnen, weit entfernt, so dass es ihnen vorkam, als seien sie allein, sahen sie die Lichter von Dorflaternen. Da irgendwo musste das Lokal dieses Giese liegen.
Lehn dich nicht so fest gegen das Geländer, sagte Gieses Sohn neben ihr, es ist nicht sicher.
Lass nur, es hält, sagte Bella.
Würd ich mich nicht drauf verlassen, antwortete er, hier hat einiges nicht gehalten, von dem man glaubte, es wäre ewig.
Das Wasser schlug leise an die Mole. Ein Schwarm Gänse zog über sie hinweg, träge, wie schlaftrunken Schreie ausstoßend. Sehr schnell waren sie plötzlich von Nebelschwaden eingehüllt. Als sie zurückgingen, war der Mond verschwunden. Die Mole

lag im Nebel. Sie gingen langsam und vorsichtig, um nicht abzustürzen. Plötzlich verschwand der Nebel, und der Himmel war hoch und sternenklar.
Bella brachte den Maler mit dem Auto bis an den Feldweg, der zu seinem Haus führte. Sie sah ihm nach, als er den Weg einschlug. Aus den Fenstern des Hauses fiel Licht. Sie war sicher, dass er das Licht ausgemacht hatte, bevor sie gegangen waren.

AM MORGEN lag sie im Bett, sah gegen die Eisblumen an den Fensterscheiben und spürte nicht die geringste Lust, aufzustehen. Kein Laut drang von draußen herein. Auch im Haus war es still. Ihr kam der Gedanke, dass die Bewohner des Dorfes, waren es hundert?, um sie herum von der gleichen Stille umgeben waren. Vielleicht lagen sie in ihren Betten und versuchten, einen Laut zu hören, der ihnen bewies, dass sie noch zur Welt gehörten. Vielleicht saßen sie in ihren Küchen, brockten Brot in die Milch – mein Gott, Bella, du lebst nicht in den zwanziger Jahren und die Leute hier auch nicht. Sie rief sich zur Ordnung. Dennoch, wenn sie darüber nachdachte, hatte sie das Gefühl, nicht jetzt zu leben, sondern in der Vergangenheit angekommen zu sein. Die Gesichter der Bauern fielen ihr ein. Sahen Bauern heute so aus? Seit der Geschichte, die sie veranlasst hatte, ihren Beruf als Polizistin aufzugeben, war sie nicht wieder in einem Dorf gewesen. Sie hatte eine Abneigung entwickelt gegen alles, was mit der Natur zusammenhing, die so weit ging, dass sie begann, sich kritisch mit Gedichten auseinanderzusetzen, die sie vorher geliebt hatte. Plötzlich hatte sie es richtig gefunden, wenn man Naturlyrik als »Grashalme besäuseln« bezeichnete. Sie untersuchte die Gedichte ihres Großvaters und war froh darüber, dass sie darin nichts fand, das ihn auch nur in die Nähe von Grashalm-Besäuselern hätte bringen können. Alexander Block – der Maler hatte ihn gekannt. Sie lächelte, ohne es zu spüren. In den Schulen hier ist

eine Zeit lang anderes gelehrt worden, dachte sie. Ob so ein paar Gedichtfetzen der Rest sind, das Übriggebliebene?
Was hatte die alte Frau im Hotel gesagt – die Menschen leben nicht nach der äußeren Zeit, sie leben nach der anderen. Nach welcher Zeit der Maler wohl lebte? Jedenfalls in seinen Bildern lebte er heute. Vielleicht, dachte sie, sind einzig Künstler fähig, den Widerspruch zwischen der äußeren und der anderen Zeit sichtbar zu machen. Wahrscheinlich war es so, wie John Berger geschrieben hatte: Die Malerei ist die Kunst, die uns daran erinnert, dass die Zeit und das Sichtbare miteinander, als Paar, ins Dasein treten. Ihre eigene Arbeit zu Hause fiel ihr ein. Seit einiger Zeit arbeitete sie an einer schlüssigen Interpretation des Pergamonaltars, der ihr die Abbildung eines furchtbaren Geschlechterkampfes zu sein schien. Dieser Altar, was war er anderes, als die geniale Darstellung einer kollektiven Erinnerung.
Der Gedanke an die Abhandlung, mit der sie sich zu Hause beschäftigte, ließ sie plötzlich ihre Anwesenheit in dem hässlichen, fremden Zimmer als vollkommen sinnlos empfinden. Was tat sie eigentlich hier? Was ging sie die verschwundene Frau an und was deren Mutter. Die lebte ganz sicher in anderen Zeiten.
Plötzlich empfand sie Ekel, wenn sie daran dachte, dass ihre nackten Füße den haarigen Teppich berühren würden, der vor dem Bett lag.
Die Stille vor dem Fenster wurde durch das Getucker eines heranfahrenden Treckers unterbrochen. Unten im Haus fiel eine Emailleschüssel auf den Steinfußboden. Es gab ein hässliches Geräusch. Bella kroch aus dem Bett und lief nackt über den eiskalten Flur zur Dusche. Auch hier waren die Fenster zugefroren. Während sie das warme Wasser genoss, betrachtete sie die Eisblumen, deren oberen Rand der Wasserdampf langsam auflöste. Ob es wohl einen Menschen gibt, der sich beim Anblick von Eisblumen nicht in die Kindheit zurückversetzt fühlt?
Während Bella duschte, waren die Bauern, die mit dem Trecker gekommen waren, in die Gaststube gegangen. Die Wirtin trug

Bellas Frühstück vom Stammtisch an einen Tisch unter dem Fenster. Als Bella erschien, war sie damit beschäftigt, heißes Wasser in Gläser zu gießen, die halb mit Rum gefüllt waren. Ein Geruch nach Rum und Schnee schlug ihr entgegen. Sie grüßte und setzte sich zu ihrem Frühstück.
Die Männer musterten sie kurz, einer nickte einen stummen Gruß. Es waren drei, gleich darauf kam ein vierter zur Tür herein. Ein Schwall Schneeluft begleitete ihn. Die Bauern sahen aus, als wären sie lange in der Kälte gewesen. Sie tranken den heißen Grog, ohne etwas zu sagen, wärmten sich die Hände an den Gläsern und schwiegen, bis die Gläser leer waren.
Wenn der wirklich zurückkommt, sagte einer, wenn sie dem wirklich unser Land geben –
Sein Land, meinst du wohl.
Ich sage, wenn sie dem wirklich unser Land geben, dann garantier ich für nichts mehr.
Bella sah zu dem Mann hinüber, der gesprochen hatte. Vielleicht war er fünfzig, vielleicht sechzig Jahre alt, klein und dünn, mit großen kräftigen Händen, in denen das Glas verschwand. Er hatte, wie alle anderen, die Mütze aufbehalten, eine olivfarbene, gefütterte Stoffmütze, deren Ohren- und Nackenklappen eigentlich auf dem Kopf zusammengebunden wurden, jetzt aber, als Schutz vor der Kälte, heruntergeklappt waren. Zusammengedrehte Bänder hingen ihm rechts und links vor der Brust. Niemand sagte etwas.
Noch einen?, fragte die Wirtin vom Tresen her und kam, ohne die Antwort abzuwarten, an den Tisch, um die leeren Gläser zu holen. Einer nach dem anderen reichte es ihr schweigend. Die einfachen Stielgläser wirkten in den Händen der Bauern zart und zerbrechlich. Der gesprochen hatte, nahm mit einer ihm offenbar unbewussten Bewegung die Mütze vom Kopf. Die anderen folgten ihm. Ihre Hände waren rot vom Frost.
Was habt ihr denn eigentlich gemacht, fragte die Wirtin. Sie hielt einen Augenblick inne, im vierten Glas fehlte noch der Rum.

Gemacht, gemacht. Wir haben ihnen unseren Mist vor die Tür gekippt und dabeigestanden, als sie versucht haben, in ihre Büros zu kommen, ohne sich die Füße dreckig zu machen.
Die Erinnerung an ihre Aktion brachte niemanden zum Lachen. Irgendwann auf dem Heimweg, vielleicht schon, als sie dastanden und zusahen, wie die Leute versuchten, dem Mist aus dem Weg zu gehen, musste ihnen klar geworden sein, dass ihr Unternehmen sinnlos gewesen war.
Weshalb schüttet ihr den Mist nicht dem Baron vor die Tür, sagte die Wirtin. In ihrem Rücken begann der Teekessel leise zu pfeifen. Sie nahm ihn vom Kocher, füllte das letzte Glas halb voll mit Rum und verteilte das kochende Wasser. Wieder zog der Duft nach Rum durch die Gaststube. Sie stellte die Gläser auf ein Tablett und kam damit an den Tisch.
Zucker habt ihr ja noch, sagte sie. Wenn man den unter Beschuss nimmt, wird's ihm hier vielleicht ungemütlich, und er will gar nicht mehr zurück.
Der kommt doch hier sowieso nicht her. Oder denkst du, der lässt sich hier nieder, hier in der Einöde? Von denen bleibt hier sowieso keiner. Die holen sich das Land und schicken ihre Verwalter.
Ich mein ja nur, sagte die Wirtin. Sie warf einen prüfenden Blick auf Bellas Tisch.
Noch Kaffee?, fragte sie.
Bella schüttelte den Kopf. Lieber auch einen Grog, sagte sie. Haben Sie ein bisschen Zitronensaft dazu?
Die Wirtin nickte und verschwand in der Küche.
Da kannst du nichts machen, sagte einer der Männer am Stammtisch laut. Nehmen sich die besten Stellen, sitzen in allen Ämtern, holen sich unser Land, und ihre Weiber trinken morgens Rum mit Zitronensaft. Gefällt's Ihnen hier?, fragte er zu Bella hinüber.
Lass sie in Ruhe. Die kann doch nichts dafür. Der Kleine versuchte, seinen Kollegen zu beruhigen.

Woher willst du das wissen, sagte der. Er blickte Bella herausfordernd an. Die Wirtin kam aus der Küche zurück, eine Untertasse mit Zitronenscheiben in der Hand. Bella, die lieber den Saft im Glas gehabt hätte anstatt der Zitronenschale, begann sich zu ärgern. Die Wirtin warf zwei Zitronenscheiben ins Glas und stocherte mit einem gläsernen Stößel darauf herum, bevor sie Rum und Wasser dazugoss. Als sie an den Tisch kam, nahm Bella ihr das Glas aus der Hand und trank den Bauern zu.

Auf die Wende, sagte sie, oder ist hier einer, der sie nicht gewollt hat?

Der Bauer, der sich über ihre Anwesenheit laut geärgert hatte, stand auf und kam auf ihren Tisch zu. Die Wirtin stellte sich ihm in den Weg. Vom Stammtisch herüber kam ein müdes Lachen.

Da hat sie's dir aber gegeben, Karl, sagte der Dünne. Lass sie in Ruhe. Kommen Sie, trinken Sie ein Glas mit uns. Wir haben was übrig für trinkfeste Frauen.

Die Wirtin hatte keine Mühe, Karl zurückzuhalten. Seine Wut war vorüber, es schien so, als hätte er plötzlich keine Kraft mehr für eine größere emotionale Anstrengung. Er wandte sich ab, ging an den Tisch zurück und trank, noch bevor er sich setzte, den Rest Grog aus seinem Glas. Die Stimmung im Raum war verändert. Der Grog begann seine Wirkung zu tun.

Danke, ich hab was vor, sagte Bella. Vielleicht ein andermal. Ich bleib ja noch ein paar Tage.

Sie hat im Voraus bezahlt, sagte die Wirtin, nicht so wie die Banditen vom letzten Sonntag.

Bella stand auf, ohne ihr Glas auszutrinken, winkte zum Stammtisch hinüber und verließ den Raum. Beim Hinausgehen hörte sie, wie die Wirtin damit begann, die Geschichte der Zechprellerei zu erzählen.

DER WIRT war froh, dass er als Erster hinuntergegangen war. Er hatte am Abend zuvor vergessen, den Schlitten in den Keller zurückzubringen. Er sah ihn, als er die Haustür öffnete, um einen Blick in den verschneiten Garten zu werfen. Merkwürdigerweise suchte er Fußspuren. Der Schnee lag unberührt da. Er war erleichtert und wunderte sich darüber. Nach wessen Spuren hatte er gesucht? Er nahm den Schlitten auf und trug ihn in den Keller, bevor er damit begann, das Frühstück zu machen. Es war ihm klar, dass der Anblick des Schlittens seine Frau beunruhigt haben würde.

Später, sie hatte lange gebraucht, um sich zu waschen und anzuziehen, saßen sie in der Veranda der Gaststube, umgeben von Schnee vor den gläsernen Wänden, mit dem Blick auf ein Vogelhaus. Die Frau begnügte sich eine Weile damit, den Vögeln zuzusehen, die sich um das Futter stritten. Auch der Wirt sagte nichts. Eigentlich hatte er vorgehabt, gleich nach dem Frühstück zurück in den Bierkeller zu gehen, um die Tonne an einem unverdächtigen Platz aufzustellen. Aber er wusste nicht, ob er die Frau schon allein lassen konnte.

In der Nacht war ihm, ganz kurz nur, und er hatte den Gedanken sofort wieder fallen gelassen, die Möglichkeit bewusst geworden, dass sie nicht durchhalten könnte. Jetzt, während er ihr gegenübersaß und sie heimlich beobachtete, schienen ihm solche Überlegungen absurd. Im Dunkeln, dachte er, das weiß man doch, im Dunkeln nehmen die Dinge bedrohliche Ausmaße an. Das ist auch bei ihr so. Das ist alles ganz normal.

Wir könnten weiter vorn am Zaun ein zweites Vogelhaus aufstellen, sagte er. Er wusste, dass sie Freude daran haben würde. Es ist noch eins unten. Er hatte »im Keller« sagen wollen, aber das Wort war nicht über seine Lippen gekommen.

Aber erst mal will ich den Weg freischaufeln, damit man sieht, dass hier Betrieb ist. Ist ja sonst, als wären wir eingeschneit. Und dann wird's wohl Zeit, die Weihnachtsdekoration anzubringen.

Die Frau wandte ihm ihr Gesicht zu. Der Schlitten, sagte sie, hast du den Schlitten weggestellt? Er ist nicht mehr da. Als er nickte, sagte sie: Dann hättest du doch die Weihnachtssachen gleich mit hochbringen können. Sie sprach ruhig, beinahe gleichgültig, und er dachte: Gott sei Dank, sie ist in Ordnung.

Ich hol den Schneeschieber und bring schon mal den ersten Karton mit. Soll Karin dir helfen?

Das mach ich allein, sagte sie. Wenn du draußen fertig bist, kannst du ja mit anfassen.

Sie beendeten ihr Frühstück schweigend. Er ging in den Keller, brachte drei flache, große Kartons in das Restaurant, die er auf einen Tisch in der Veranda stellte, und ging mit dem Schneeschieber hinaus.

Beim Abwaschen in der Küche hörte sie das scharrende, gleichmäßige Schaben des Schneeschiebers auf dem Beton des Plattenweges. Als das Geräusch aufhörte, ging sie ans Fenster und sah hinaus. Vorn am Gartentor stand ihr Mann. Er war durch den Schnee bis an den Zaun gegangen. Sie sah seine Fußspuren in dem Schnee, den er noch nicht zur Seite gefegt hatte, und hatte das Bild der Abdrücke vor Augen, das auf dem Weg zurückbleiben würde, nachdem der Schnee zur Seite geschoben sein würde. Ihr Mann stand am Zaun und sprach mit einer Frau. Er stützte sich auf den Schneeschieber. Die Frau lachte und hob die Hand, wie zum Gruß oder zum Dank für eine Auskunft. Es war ein friedliches Bild, das in der Wirtin hinter dem Fenster sehr großes Entsetzen auslöste. Einen Augenblick lang dachte sie, die andere sei zurückgekommen. Sie hielt sich am Fensterbrett fest und starrte hinaus. Ziemlich schnell wurde ihr bewusst, dass die Frau da draußen jemand anders sein musste. Sie sah anders aus, und außerdem war es nicht möglich, dass die andere zurückkam. Die da draußen stapfte zur Dorfstraße zurück, wandte sich noch einmal um und winkte. Da setzte ihr Mann draußen seine Arbeit fort.

Sie trat zurück, um das Geschirr wegzuräumen, und hörte, während sie die Tassen und Teller in den Küchenschrank setzte, wieder das Scharren des Schneeschiebers, gleichmäßig und ruhig, so dass auch sie ruhiger wurde. Später hörte sie ihn den Schneeschieber ein paarmal hart auf den Boden aufstoßen und dann das Klappen der Haustür. Sie war in der Veranda damit beschäftigt, Tischleuchter, glitzernde Tannenzweige und winzige Weihnachtssterne aus den Kartons zu nehmen und auf dem Tisch auszubreiten, als er zur Tür hereinkam.

Na, sagte er, Hilfe gefällig? Herrlich draußen, es wird wohl noch mehr Schnee geben.

Kerzen brauchen wir neu, sagte sie sachlich, am besten rote. Die könntest du holen, dann haben wir heute Nachmittag schon das Wichtigste aufgestellt.

Er sah es ihr an. Die Beschäftigung mit dem Tinnef auf dem Tisch tat ihr gut. Er war froh, dass ihm die Weihnachtskartons eingefallen waren. Wenn sie ihn jetzt zum Kerzenholen schickte, konnte er einen Abstecher zum Bierkeller machen, ohne dass er sie beunruhigte.

Mach ich sofort, sagte er. Sonst noch was?

Sie schüttelte den Kopf, ohne sich zu ihm umzuwenden. Er verließ das Restaurant. Gleich darauf hörte sie ihn aus der Garage fahren. Sie lauschte auf das Geräusch des sich entfernenden Wagens. Erst als es ganz still war, setzte sie sich. Sie sah auf den staubigen Deckel des Kartons, der zuoberst auf dem Regal gestanden hatte, und auf den ausgebreiteten Glitzerkram. Früher, zu Hause, war Weihnachtsdekoration verpönt gewesen. In ihrer Familie war Klassenbewusstsein nicht etwas, das man lernte, sondern etwas, das da war. Ihr Großvater hatte August Bebel gekannt, und ihre Mutter war als junges Mädchen Clara Zetkin begegnet und sehr beeindruckt gewesen. Ihr Vater war nach der Machtübergabe an die Nazis im Land geblieben, untergetaucht und hatte illegal politisch gearbeitet, bis die Nazis ihn eingefangen hatten. Manchmal bekamen sie Nachricht von ihm aus irgendeinem Konzentrationslager. Sie blieb mit ihrer Mutter allein. Es war ihnen nicht schwergefallen, die Politik der Nazis zu durchschauen, besonders als der Krieg gegen die Sowjetunion begann. Von den Jugendorganisationen hatte sie sich ferngehalten, so gut sie konnte. Wegen ihrer Lebensweise war sie im Dorf isoliert, aber sie sah, dass ihre und ihrer Mutter Lebensweise richtiger war als die der meisten anderen. Trotzdem hätte sie gern einen Tannenbaum gehabt wie andere Kinder. Aber es hieß, ihr Vater sei dagegen. Und wir wollen nicht, weil sie ihn eingesperrt haben, seine Wünsche missachten! Nein, das hatte sie nicht gewollt. Aber sie hatte sich trotzdem benachteiligt gefühlt. Es war sehr anstrengend gewesen, ihre Mutter nichts davon merken zu lassen.

Dann, als die Rote Armee gekommen war, kam auch ihr Vater zurück. Sie erinnerte sich genau daran. Sie hatten schon damals hier gewohnt, in dieser Siedlung, nur ein paar Häuser weiter. Damals bestand die Siedlung aus neun Häusern und drei angefangenen, die im Krieg nicht mehr weitergebaut worden waren, weil es an Arbeitern fehlte.

Rund um die Häuser waren nur Wiesen und Felder gewesen, und eines Nachts, sie war von dem Lärm wach geworden und hatte aus dem Fenster gesehen, waren sie da. Pferde, Zelte, Lagerfeuer, auch Musik, ein großes, geheimnisvolles Durcheinander. Sie war am Fenster stehen geblieben und hatte den Soldaten zugesehen, die die Pferde versorgten.

Dann hatte es plötzlich unten an die Tür geklopft. Sie hörte ihre Mutter die Treppe hinunterlaufen und laut schreien. Dann war's still, und plötzlich, sie wusste nicht weshalb, weil sie gar nicht an ihn gedacht hatte, hatte sie verstanden, dass eben ihr Vater zurückgekommen war. Sie hörte ihn mit Mutter die Treppe heraufkommen und die Tür öffnen und die Frau neben ihm sagen: Sie ist ein großes Mädchen geworden. Sein Gesicht war beleuchtet vom unruhigen Schein der Lagerfeuer. Er war dünn, und mit seiner Nase war etwas passiert. Aber sie hatte ihn trotzdem erkannt.

Sie sah auf die Leuchter und Weihnachtssterne und erinnerte sich daran, wie glücklich sie gewesen war, als er sie in seine Arme schloss. Nie wieder hatte sie sich so glücklich gefühlt. Es kam ihr so vor, als habe sie in all den Jahren, bis gestern, nichts anderes getan als versucht, dieses Glücksgefühl wiederzufinden. Das war nun vorbei. Sie stand auf und begann, die Leuchter auf den Tischen zu verteilen.

DER MANN am Zaun war der Besitzer des kleinen Restaurants gewesen, dieser Giese, der die Böhmer vielleicht zuletzt gesprochen hatte. Aber sie verzichtete darauf, ihn durch Fragen zu beunruhigen. Er hatte ihr erklärt, dass sie erst gegen Abend, ab siebzehn Uhr, öffneten. Bella versprach, wiederzukommen und das Wildgulasch zu probieren, das auf der Speisekarte angepriesen wurde. Sie ging durch den Schnee zur Landstraße zurück. Unsympathisch war er nicht, der Giese. Er war ein paar Jahre älter als sie, schlank, eher zäh. Den schweren Schneeschieber hatte er so leicht hin und her bewegt wie ein Junge. Sie fand ihn ein bisschen zu eifrig, als er mit ihr sprach, diensteifrig war das richtige Wort, nicht gerade beflissen, aber doch diensteifrig. Das war auch eine Haltung, die die Menschen hier Leuten aus dem Westen gegenüber einnahmen. Oder war's nur das typische Verhalten eines Wirts, der seine Speisen anpries? Und die Frau hinter dem Fenster? Wahrscheinlich war es selten, dass jemand sich am Vormittag an ihren Zaun verirrte. Wer weiß, ob der Laden überhaupt zu halten war. Leere Gaststätten mit zugenagelten Türen, deren Fenster den Blick in ein mit Gerümpel vollgestelltes Inneres freigaben, hatte sie schon mehrere gesehen.
Sie beschloss, den Wagen stehen zu lassen, zu Fuß ins Dorf zu gehen und eine Post zu suchen. Es würde richtig sein, Willy anzurufen, um ihre Adresse durchzugeben und Grüße an Olga ausrichten zu lassen. Das Dorf war nur ein paar hundert Meter entfernt. Ein Spaziergang durch die verschneite Landschaft war verlockend.
Am Eingang zum Dorf stand eine sehr alte rote Ziegelmauer,

vielleicht die Überreste eines Gebäudes, eines Stalles vielleicht, dessen runde Fensterbögen irgendwann zugemauert worden waren. In einer Nische unter einem der Fenster sah sie zwei kleine Kinder, zwei Mädchen, warm angezogen mit dicken blauen Pullovern und roten Pudelmützen. Die beiden stritten sich. Bella blieb stehen und überlegte, ob sie eingreifen sollte, als die größere der beiden die andere in den Schnee stieß. Die Kleine stützte sich nicht ab, sondern hielt stattdessen beide Hände vor ihrem Bauch aneinandergepresst. Sie fiel rücklings in den Schnee.
Na, ihr beiden. Gibt's Streit?, sagte Bella in dem leicht kindischen Tonfall, den Erwachsene Kindern gegenüber anzunehmen pflegen, und ärgerte sich im gleichen Augenblick über sich selbst. Die beiden sahen sie an, die eine vom Boden her, die andere stehend. Sie hatten den gleichen Blick, überrascht und skeptisch. Bella fand, dass sie sich sehr ähnlich sahen. Die Kleine legte etwas Dunkles neben sich, eine tote Fledermaus, dachte Bella überrascht, und rappelte sich auf.
Wir spielen Beerdigung, sagte die Größere. Sie will sie unter dem Schnee vergraben, aber wenn es taut?
Dann gehen wir eben noch mal her, sagte die Kleine. Zweimal Beerdigung ist sowieso viel schöner. Sie hatte sich endgültig aufgerichtet und nahm das tote Tier vorsichtig aus dem Schnee in ihre Hände.
Meinetwegen, sagte die Große. Wir merken uns die Stelle.
Bella ging weiter. In ihrem Rücken hörte sie die kleinen Mädchen kichern und die nachäffende Stimme der Größeren: Na, ihr beiden, gibt's Streit?
Willy wollte wissen, wie lange sie noch wegbliebe. Olga sei beleidigt, weil Bella sich nicht abgemeldet habe. Und in Hamburg regne es seit zwei Tagen ununterbrochen. Sie habe in der Abseite unter dem Dach einen Eimer aufstellen müssen.
Ich komme zurück, wenn es aufhört zu regnen, sagte Bella. Ich geb Ihnen meine Adresse. Aber geben Sie sie Olga nur im Notfall. Sie ist imstande, jeden Tag anzurufen, nur um mich zu fragen,

ob ich schon die neueste politische Schweinerei in der Zeitung gelesen hätte. Bestellen Sie ihr Grüße und sagen Sie, mir ginge es wunderbar.
Stimmt eigentlich, dachte sie, während sie über die Landstraße zurück zu ihrem Wagen ging. Sie beschloss, die Zeit vor dem Essen zu nutzen und die Kripo in der Kreisstadt aufzusuchen. Es konnte ja sein, dass sie die Polizei irgendwann wirklich brauchen würde. Sie wusste gern vorher, mit wem sie es zu tun hatte.
Die Dienststelle war in einem älteren, gelb verklinkerten Gebäude untergebracht. Korridor und Treppe waren mit Linoleum belegt. Es roch nach Bohnerwachs und Staub und war sehr still – fast so, als gäbe es hier nichts zu tun –, obwohl die Zeitungen davon schrieben, dass die Kriminalität gerade in dieser Gegend überproportional zugenommen habe. Sie klopfte und öffnete die Tür, als niemand auf ihr Klopfen antwortete. Sie stand nicht in einem Dienstraum, sondern vor einer zweiten Tür, die nur angelehnt war. Ein sehr aufgebrachter Mann sprach laut. Sie blieb stehen und hörte zu.
Zustände, hörte sie, und wir sollen das jetzt ausbügeln. Drei von diesen Banditen überfallen auf offener Straße zwei Männer, nehmen ihnen die Brieftasche ab, schlagen den einen zusammen, und was tut die Polizei? Kommt zufällig vorbei, sieht sich die Sache an, sagt »das gehört sich aber nicht« und fährt weiter. Das ist doch nicht zu fassen.
»Das gehört sich aber nicht«, haben wir nicht gesagt, hörte sie eine zweite Männerstimme.
Kannst du dir vorstellen, dass mir das scheißegal ist, was ihr gesagt habt? Habt ihr sie festgenommen? Hä? Habt ihr wenigstens ihre Personalien aufgenommen?
Das war nicht so einfach, begann der zweite Mann, sie haben –
Ach so, das war nicht so einfach. Ja, das verstehe ich natürlich. Wenn es nicht so einfach war. Verdammt nochmal, wofür werdet ihr eigentlich bezahlt?
Der andere antwortete nicht. In die Stille hinein klopfte Bella

an die angelehnte Tür und trat gleich darauf ins Zimmer. Zwei Männer sahen ihr entgegen, einer in Zivil hielt eine Zeitung in den Händen, der andere trug die Uniform des Streifenpolizisten. Entschuldigung, sagte sie, ich hätte nur gern eine Auskunft. Die beiden sahen sie an, als käme sie von einem anderen Stern. Sie schwiegen. Schließlich sprach der Kripomann.

Ja?

Es tut mir leid, wenn ich störe. Ich weiß nicht genau, an wen ich mich wenden soll. Als ich an Ihrer Dienststelle vorbeikam, dachte ich, ich frage einfach mal hier. Es ist nämlich so: Ich mache hier Urlaub. Und ich suche eine Familie, die früher hier gewohnt haben muss.

Wann früher?

Bellas Herz hüpfte. Offenbar schien die harmlose Touristin glaubwürdig.

Bis neunzehnhundertfünfundvierzig, nehme ich an.

Dem Streifenpolizisten war seine Erleichterung anzusehen. Er bekam Zeit, sich Entschuldigungen zurechtzulegen. Der Kripomann wirkte ebenfalls erleichtert. Zur Beantwortung dieser Frage konnte er die Frau an eine andere Dienststelle verweisen.

Versuchen Sie es beim Einwohnermeldeamt, sagte er. Ich nehme an, dass es dort noch ältere Unterlagen gibt. Und sonst im Stadtarchiv. Da gibt's alte Einwohnerverzeichnisse.

Er wollte sich dem Polizisten zuwenden. Als Bella stehen blieb, fragte er ungeduldig: Ist noch was?

Ich dachte – wenn Sie vielleicht für mich anrufen könnten? Oder feststellen, wie dort die Öffnungszeiten sind?

Er antwortete nicht, begann aber, auf seinem Schreibtisch zu suchen.

Bella sah sich um. Im Raum stand noch ein zweiter Schreibtisch, der aber offensichtlich zurzeit nur als Ablage genutzt wurde. Überall türmten sich Akten. Vor den beiden hohen Fenstern standen zwei Zimmerlinden, groß, hellgrün und gut gepflegt. Sie tauchten den Raum in ein ruhiges, grünes Licht, das nicht zu der Szene passte, die sie hinter der Tür mit angehört hatte. Die grüne Uniform des Streifenpolizisten wirkte wie ein Teil des Zimmers.

Hier, sagte der Mann am Schreibtisch. Er blätterte und las. Einwohneramt. Acht bis zwölf, fünfzehn bis sechzehn Uhr.

Danke, sagte Bella. Sie schloss sorgfältig beide Türen hinter sich. Im Gang roch es noch immer nach Bohnerwachs. Zu sehen war niemand.

Die Kripo war unterbesetzt und überlastet. Zumindest die Streife, der der Uniformierte angehörte, war nicht besonders diensteifrig. Sie wusste, dass die Polizisten schlechter bezahlt wurden als ihre Kollegen im Westen. Denkbar, dass einige darunter waren, die sich schon deshalb bei der Arbeit kein Bein ausrissen.

An einem Kiosk kaufte sie eine Zeitung und schlenderte langsam durch die Fußgängerzone, die die Stadt von einem Ende bis zum anderen durchzog. Die Menschen, die an ihr vorbeigingen, hatten die gleichen gierigen Gesichter wie die Westler, wenn sie durch ihre Einkaufsparadiese hetzten, nur waren sie anders gekleidet. Offensichtlich fehlte hier die breite, gutverdienende Mittelschicht, die im Westen in den Stadtzentren das Straßenbild bestimmte. Auch Geschäfte, in denen diese Leute eingekauft hätten, gab es nicht. Es gab auch kein Café, in dem man sitzen und den Strom der Einkaufenden hätte beobachten können. Zweimal kam sie an leeren Räumen vorbei, deren Schaufenster die Aufschrift »Café« trugen. Offensichtlich waren die Aufschriften aus alten Zeiten. Auf einem Platz ohne Dach standen hohe Eisentische, an denen Männer, Frauen und Kinder dicke Würste von Papptellern aßen. Die Kälte schien ihnen nichts auszumachen.

Das eiserne Gitter, von dem der Platz umgeben war, steckte hoch und wackelig in Betonklötzen. Tiefschwarze Krähen und ein paar Möwen hockten auf den Dächern rundherum. Sie warteten auf liegen bleibende Wurstenden.

Bella zählte allein acht Brotläden in der Fußgängerzone, von denen einige nach neuestem westlichen Standard aufgeputzt waren. Zuletzt betrat sie eine altmodische Bäckerei, bestellte einen Kaffee und stellte sich an einen der beiden Stehtische im Hintergrund. Aus der Backstube hinter dem Laden kam der angenehme Geruch von Sauerteig und frischem Brot. Sie trank ihren Kaffee, beobachtete verstohlen die Kundinnen, meist alte Frauen, die die billigste Sorte Brötchen verlangten, und las zwischendurch die Lokalseiten der Zeitung.

Eine aufgebrachte Reporterin verbreitete sich in einem längeren Artikel darüber, dass die Stadt die Unterkünfte für Asylanten direkt neben der Müllkippe aufgestellt hatte. Ein Foto zeigte die trostlosen Baracken, eingezäunt und von Schwärmen von Krähen und Möwen besetzt. Der Müllberg lag im Hintergrund wie eine hohe, bedrohliche Flutwelle. Unter dem Foto stand: ES SIND SCHON RATTEN IN DEN ZIMMERN GESEHEN WORDEN.

Auf der Leserbriefseite fand sie den Brief, der vermutlich den Kripomann so aufgeregt hatte. Jemand beschwerte sich darüber, dass eine Polizeistreife, die zufällig vorbeigekommen war, nachdem ein paar Menschen überfallen und ausgeraubt und einer von ihnen niedergeschlagen worden war, nichts unternommen hatte. Der Briefschreiber zählte noch ein paar ähnliche Vorfälle auf, aus denen Bella schloss, dass es wahrscheinlich besser war, auf die Hilfe der Polizei zu verzichten.

Und dann war da noch der Leserbrief eines gewissen Jochen Giese, den Bella zuerst gelangweilt und dann mit immer größerem Interesse las. Der Brief war bösartig und denunziatorisch und wahrscheinlich sachlich richtig. Er behauptete, dass in der Verwaltung der Stadt, unter den Politikern und in der Polizei, Männer säßen, »deren Hälse vom dreimaligen Wenden schon so verdreht sein müssen, dass es ein Wunder ist, dass sie noch leben«. Er nannte ein paar Namen, den seines Vaters nannte er nicht, obwohl Bella ahnte, dass der Brief als Drohung an den Vater gemeint war. Gegen Ende des Briefes behauptete er, die Polizei verfolge die Untaten einiger rechtsradikaler Jugendlicher deshalb nicht, weil sie mit deren Ideologie übereinstimme. Er nannte die Namen dreier Männer, die »ungehindert ihre ausländerfeindlichen Untaten betreiben und unsere Gäste in Angst und Schrecken versetzen«. Die Namen hatte die Leserbriefredaktion eingeschwärzt. Der Brief war ein Dokument des Hasses und der Verzweiflung. Er war unüberlegt und bedeutete für den Briefschreiber eine Gefahr, wenn sein Inhalt den Tatsachen entsprach. Dass die Zeitung ihn abgedruckt hatte, konnte durchaus damit zusammenhängen, dass sie dem Maler ein paar Rächer auf den Hals schicken wollte.

Bella überlegte, ob sie es als ihre Aufgabe ansehen sollte, Jochen Giese zu warnen, fand, dass er erwachsen genug sei, um die Wirkung seiner Handlungen einschätzen zu können, und verwarf den Gedanken.

Sie fühlte sich so wohl in der duftenden Bäckerei, dass sie einen zweiten Kaffee bestellte und stehen blieb, bis es draußen dunkel wurde.

Es war immer noch zu früh, um das Restaurant der Gieses aufzusuchen. Sie beschloss, vorher einen langen Spaziergang zu machen, suchte ihren Wagen und fuhr zurück ins Dorf. Dort ließ sie das Auto stehen und ging los. Eine weiche, ein wenig melancholische Stimmung hatte sie erfasst. Sie wunderte sich darüber, als sie bemerkte, dass diese Melancholie mit dem Maler zusammenhing. Sie hatte nicht mehr an ihn gedacht, seit sie am Abend vorher in ihr Quartier zurückgekommen war. Sie blieb stehen, um sich zu orientieren, und schlug dann die Richtung zur Mole ein. Das sanft an die Steine schlagende Wasser und die zarten Schreie der Gänse in der Dunkelheit schienen ihr einen zweiten Besuch wert.

Es waren nur noch wenige Menschen unterwegs, und es wurden weniger, je näher sie der Mole kam.

Rechts neben ihr lag der Fluss, links duckten sich alte, strohgedeckte Fischerhäuser vor dem Wind. Manchmal tat sich zwischen den Häusern ein schmaler Gang auf, der zum Fluss führte, selten

von einer Laterne beleuchtet. Es würde eine klare kalte Nacht werden. Der Mond war noch nicht zu sehen.
Sie war schon fast bis zur Mole gegangen, als sie Schritte hörte, Rennen und Keuchen, und stehen blieb. Ein kleiner Mann kam aus einem der schmalen Wege gelaufen, sah nach rechts und links und rannte weiter, auf die Mole zu.
Wenn er verfolgt wird, läuft er in die falsche Richtung, dachte Bella, als sie erneut Schritte hörte. Drei Männer liefen locker hinter dem Kleinen her, so, als ob sie sich Zeit ließen, als ob sie seiner sicher wären. Der Letzte hielt etwas in der Hand, das wie ein Seil aussah. Langsam und vorsichtig, um nicht gesehen zu werden, ging Bella hinter den Männern her.
Der Kleine war am Anfang der Mole stehen geblieben. Er hatte begriffen, dass er in die falsche Richtung gelaufen war. Sein Gesicht, von der Laterne beleuchtet, unter der er stand, war voller Angst. Bis auf ein paar Schritte waren seine Verfolger schon bei ihm. Sie waren so begeistert, ihr Opfer in seiner ausweglosen Lage vor sich zu sehen, dass sie Bella nicht bemerkten. Sie kam näher und verbarg sich unter dem Vordach eines Hauses im Schatten. Auf dem Dach stand eine zerbrochene Leuchtreklame. Neben sich an der Tür entdeckte sie ein handgeschriebenes Schild: Der Utkiek bleibt bis auf weiteres geschlossen.
Die Szene, die sich ein paar Meter von ihr entfernt am Kai entwickelte, blieb völlig lautlos. Zwei der Verfolger hielten den sich Wehrenden fest, während der dritte das Seil unter den Armen des Mannes durchzog und um seine Brust wickelte. Das dauerte eine Weile, denn der Kleine wehrte sich heftig. Schließlich hatten sie das Seil an ihm festgemacht. Jetzt erst sagte einer der Männer etwas zu den beiden anderen. Bella hörte das Wort »schwimmen« und hörte die drei lachen. Sie begannen, ihr Opfer auf die Mole zu zerren. Da der Mann sich noch immer zu wehren versuchte, waren sie zu beschäftigt, um zu bemerken, dass Bella hinter ihnen herging. Sie hatte überhaupt keine Lust dazu, aber es würde ihr nichts anderes übrig bleiben, als einzugreifen,

bevor die Männer an der Spitze der Mole angekommen waren. Auf den schmalen, vereisten Steinen da vorn konnte sie nicht frei agieren.

Sie hielt die Hände in den Jackentaschen, als sie die Gruppe anrief.

So Jungs, es reicht. Lasst den Mann los und verschwindet. Einen Augenblick blieb es still. Die Männer sahen Bella an.

Geh rüber und stopf ihr das Maul, hörte sie einen sagen. Ein bulliger Typ, etwa so groß wie Bella, in Springerstiefeln löste sich aus der Gruppe. Die beiden anderen begannen, den Gefesselten vorwärtszuschieben.

Bella zielte kurz vor die Stiefel und schoss. Kies spritzte hoch. Die Kerle waren beeindruckt. Der, der auf sie zugegangen war, blieb stehen, die anderen ließen von ihrem Opfer ab. Der Mann, dem sie das Seil um die Brust geschlungen hatten, blieb ebenfalls regungslos stehen.

Ihr dürft die Hände hochnehmen, sagte Bella, zu den Sternen, bitte. Hohe Nacht der klaren Sterne, ist doch wunderschön heute.

Sie schoss noch einmal in den Boden, weil sie fand, dass die drei ihrem Befehl nicht schnell genug folgten. Mit einem Ruck gingen die Hände hoch.

So, und nun schön langsam rückwärts gehen, Schritt und Schritt und Schritt –

Da ist Wasser, sagte der mit den Springerstiefeln. Er erkannte als Erster, was ihnen bevorstand. Sie gingen nicht weiter. Der Mann mit dem Seil um die Brust stand da wie angewurzelt und starrte auf die Szene, die sich vor seinen Augen abspielte. Nanu, sagte Bella,

> Was gilt dein Glück und meines?
> Und was gilt unser Leid?
> Wir kennen nur noch eines
> Marschtritt im Ehrenkleid.

Der Vers war der Anfang eines Nazi-Liedes, das ihr im Zusammenhang mit ihren Studien über Männlichkeitswahn in die Hände gekommen war.
Marsch, rückwärts, sagte sie und schoss zum dritten Mal in den Boden. Die drei bewegten sich tatsächlich rückwärts, versuchten, mit kleinen Schritten das Unheil hinauszuzögern und plumpsten einer nach dem anderen ins Wasser. Der kleine Mann begann zu rennen, als der zweite im Wasser gelandet war. Bella zielte, bis auch der dritte von der Mole verschwand. Sie wandte sich um und sah dem Fliehenden nach. Er rannte im Schein einer gelb leuchtenden Laterne auf den dunklen Weg zwischen zwei Fischerhäuschen zu. Das Seil war noch immer um seine Brust geknotet. Er zog das lange Ende hinter sich her wie der Teufel im Märchen seinen Schwanz.
Als er verschwunden war, ging Bella an den Kai und sah ins Wasser. Ruhig, ohne einen Laut von sich zu geben, strampelten drei Gestalten auf eine steinerne Treppe zu. Sie waren noch etwa zehn Meter von der Treppe entfernt.
Heiße Milch mit Honig, rief Bella, das hat schon manchem Hanswurst wieder auf die Beine geholfen.
Sie wandte sich zum Gehen. In der Ferne leuchtete ein Wirtshausschild. Ungefähr da musste das Restaurant liegen, in dem sie gestern mit dem Maler gegessen hatte. Essen wollte sie nicht, aber einen Schnaps konnte sie jetzt vertragen.
Im Restaurant war es angenehm warm. Am Stammtisch saßen die Fischer, die auch am Abend vorher dort gesessen hatten, als seien sie gar nicht weg gewesen. Alle anderen Tische waren noch leer. Bella stellte sich an den Tresen und bestellte einen doppelten Wodka. Sie betrachtete den Tannenbaum, der am Abend zuvor noch nicht zwischen den Tischen gestanden hatte. Er war aus Plastik. Draußen vor den Fenstern beleuchteten gelbe Laternen die Mole. Sie sah zwei Männer über die beleuchtete Brücke laufen, die große Ähnlichkeit mit den Feiglingen hatten, die von ihr ins Wasser befördert worden waren. Die beiden beeilten sich,

auf der gegenüberliegenden Seite in ihr Auto zu steigen. Sie benutzten einen alten Käfer, der schnell davonfuhr.
Sieh an, dachte Bella, Nummer drei ist also in diesem entzückenden Fischerdorf beheimatet. Sie wandte sich zum Tresen, um ihr Glas aufzunehmen. Die Tür hinter dem Tresen stand offen. Dahinter lag ein Treppenhaus. Durch den Hausflur und die Treppe hinauf stürmte gerade Nummer drei.
Sie trank langsam den eiskalten Wodka. Als ihr klar wurde, dass die Szene, die sie gerade erlebt hatte, eine gewisse Ähnlichkeit hatte mit der Geschichte, die die Böhmer in ihrem Tagebuch notiert hatte, bestellte sie ein zweites Glas. Sie hatte plötzlich kein Interesse mehr daran, diesen Giese aufzusuchen. Der Mann lief ihr nicht weg.
Die Fischer am Stammtisch hatten bisher noch nicht miteinander gesprochen. Es waren drei. Einer, mindestens einer, konnte alt genug sein, um den letzten Krieg miterlebt zu haben. Sie betrachtete die Männer und stellte fest, dass sie Lust hatte, sich zu ihnen zu setzen. Sie hörte sich »Darf ich?« sagen, als einer der Männer zu ihr hinübersah, und saß gleich darauf zwischen ihnen am Tisch. Eine Viertelstunde lang sprach niemand. Ein Kellner, die junge Frau, die Bella den Wodka eingeschenkt hatte, war verschwunden, stellte einen halben Liter Bier vor Bella hin, ohne dass sie danach gefragt hatte. Sie trank langsam und in kleinen Schlucken. Wenn sie getrunken hatte, setzte sie das Glas vor sich ab und sah hinein, genauso wie die drei, die mit ihr am Tisch saßen. Eine Art träger Ruhe erfüllte sie. Gleichgültigkeit, die ihr fremd war und die sie genoss. Lass die Finger von dem, Mädchen, sagte irgendwann neben ihr einer der Männer. Er sah dabei in sein Glas. Auch Bella bewegte ihren Kopf nicht.
Er ist in Ordnung, aber er macht nur Unruhe. Er wird Ärger kriegen.
Die anderen nickten über ihren Gläsern.
Der Kellner musste das Nicken als Aufforderung gedeutet haben. Er kam an den Tisch und sammelte die leeren Gläser ein. Als

hätten sie nichts, wohin sie ihren Blick wenden konnten, als die Gläser weg waren, sahen sie jetzt Bella an. Sie spürte die Blicke und hob den Kopf. Wenn ihre Gleichgültigkeit es zugelassen hätte, wäre sie in Lachen ausgebrochen. Ein siebzigjähriger, ein sechzigjähriger und ein fünfzigjähriger Knasterbart sahen sie aus zugewachsenen Gesichtern an. Feiner roter, blonder und dunkler Schimmer ließen auf die frühere Farbe von Bärten und Haupthaar schließen. Jetzt war die vorherrschende Farbe Grau.

Bella versuchte, ihre Aufmerksamkeit auf die Worte der Männer zu konzentrieren. Was hatte der Alte gesagt? Sie hatten den Maler am Abend zuvor mit ihr zusammen gesehen. Sie kannten ihn, obwohl sie gestern so getan hatten, als sähen sie ihn nicht.

Weshalb sollte er Ärger bekommen?

Allgemeines Schweigen war die Antwort.

Der Kellner brachte drei große frisch gefüllte Biergläser, stellte sie auf den Tisch und ging zurück hinter den Tresen. Er bewegte sich wie jemand, der darüber hinwegtäuschen will, dass er lauscht. Vielleicht sprachen die Fischer seinetwegen nicht.

Er ändert die Menschen nicht, sagte der Alte. Jeder entscheidet selbst, wie er leben will. Und so lebt er dann auch, egal, was kommt. Wer was anderes sagt, der macht sich was vor. Er soll aufhören, sich was vorzumachen.

Was denn, was macht er sich vor? Bella fragte gleichzeitig drängend und vorsichtig. Es schien ihr, als könnten diese drei merkwürdigen bärtigen Männer jederzeit beschließen, das Gespräch zu beenden und in ein hundertjähriges Schweigen fallen. Vielleicht würde schon ein einziges falsches Wort dieses Schweigen auslösen. Sie musste dieses Wort vermeiden.

Der Kellner verließ seinen Platz hinter dem Tresen. Er ging in den Hausflur – und schloss die Tür hinter sich. Vielleicht traf er den, der gerade polternd die Treppe herabkam.

Er muss seinen Alten ja nicht lieben, sagte der Fünfzigjährige. Er hatte früher einmal einen dunklen Bart gehabt. Bella sah ihn an und wusste plötzlich, dass der Rothaarige sein Vater war.

Er hat's den Braunen recht gemacht und dann den Roten. Was die Neuen für eine Farbe haben, wird sich erst rausstellen. Recht machen wird er es ihnen auf jeden Fall.
Zum ersten Mal lachten die drei Männer. Jedenfalls nahm Bella an, das Glucksen hinter den Bärten sei eine Art Lachen. Es hörte so unvermittelt auf, wie es begonnen hatte. Der Kellner war noch nicht zurückgekommen. Bella versuchte, die Gelegenheit für eine Frage zu nutzen.
Sein Vater hat im Sommer Besuch gehabt, sagte sie. Eine Frau, so ungefähr mein Alter. Ist sie auch hier gewesen? Haben Sie mit ihr gesprochen? Haben Sie sie gekannt?
Lieber Gott, dachte sie bei sich, lass das nicht die Frage gewesen sein, die die drei zum Schweigen bringt. Die Tür ging auf, und der Kellner kam wieder herein. Die drei Männer am Tisch sahen sich an.
Sie war hier und ist wieder weg, sagte der Alte, das ist alles. Vielleicht haben wir sie gekannt. Vielleicht ist eines Tages, über Mittag, die Kinder waren in der Schule und sind beim Alarm in den Bunker gelaufen, eine Bombe auf den Bunker gefallen. Vielleicht ist der Pilot mit dem Flugzeug ins Meer gestürzt und hat vorher ein paar Bomben ausgeklinkt. Vielleicht hatte er sich eine Chance ausgerechnet, wenn er die Dinger loslässt. Vielleicht ist diese eine Bombe nur zufällig auf den Bunker gefallen, in dem die Kinder mit ihrer Lehrerin saßen und ein paar Frauen aus dem Dorf.
Bella wagte kaum zu atmen. Es schien, als wollte der Alte zu einer längeren Geschichte ausholen, die auf irgendeine, sie wusste noch nicht welche, Weise mit ihrer Suche nach der verschwundenen Christa Böhmer zu tun hatte. Sie sah jetzt nicht mehr in ihr Bierglas, sondern blickte die Fischer an. Flüchtig nahm sie wahr, dass dem jüngsten das rechte Ohr fehlte. Anstelle der Ohrmuschel saß ein knubbeliges Stück Fleisch. Der Mann hatte die Hand gehoben und rieb daran herum. Sie begriff, dass er eins von den Kindern im Bunker gewesen war. Die Bewegung der Hand

zum Ohr war ihm nicht bewusst. Sie war unwillkürlich durch die Erinnerung hervorgerufen worden.
Vielleicht haben einmal Särge da draußen gestanden, sagte der Alte, große und viele kleine weiße Särge, in der Mittagssonne auf der Hafenstraße. Und der Mann, der die schöne Rede gehalten hat von Endsieg und Opfern, die nicht umsonst sind, vielleicht hat er ein Mädchen an der Hand gehabt. Möglich, dass sie ihm geglaubt hat. Es haben ihm ja auch andere geglaubt.
Jedenfalls, sagte der Kellner laut vom Tresen herüber, heißt es, dass er ein sehr guter Redner war. Ein ganz Überzeugter. Wenn du mich fragst, von denen hätten wir damals mehr gebraucht, dann wäre die Sache anders ausgegangen.
Wer fragt dich denn, sagte der Alte. Was kommt, das kommt. Du wirst es nicht ändern.
Und für heute gilt das genauso, sagte der Kellner unbeeindruckt. Wenn heute einer kommt, der gut reden kann, dann werden die Leute schon begreifen, was sie zu tun haben.
Die Fischer schwiegen verächtlich. Der jüngste rieb noch immer das zerstörte Ohr.
Seine Zeit, dachte Bella, hat damals begonnen, und jetzt ist er wieder im Damals. Er hasst den Krieg und die, die ihn verursacht haben. Sie haben sein Ansehen bei den Mädchen geschmälert und ihm Albträume beschert, die wiederkommen, wenn auch inzwischen in großen Abständen. Heute Nacht wird er vermutlich nicht gut schlafen. Als sie begriff, dass sie sich die Theorie der Alten aus der Hotelgarderobe über die andere Zeit zu eigen gemacht hatte, lächelte sie in ihr Glas. Niemand sagte etwas.
Das Gespräch war zu Ende.
Es war ihr daran gelegen, einen Abgang zu haben, der die Möglichkeit zu einem weiteren Gespräch offen ließ. Sie würde jetzt nichts mehr fragen. Sie stand auf, ging an den Tresen und zahlte. Der Kellner bediente sie gleichgültig. Offenbar brachte er sie nicht mit dem kalten Bad in Verbindung, das sein Kumpan unfreiwillig genommen hatte. Zum Stammtisch hinüber sagte sie »gute

Nacht«. Sie war nicht erstaunt darüber, dass sie keine Antwort bekam. In der Tür traf sie mit einer Gruppe lachender, durchfrorener Touristen zusammen. Die ersten Gäste kamen zum Abendessen. Das Restaurant war bekannt für seinen guten Fisch.
Langsam ging sie über die hölzerne Brücke zurück zu ihrem Wagen. Sie hatte noch immer keine Lust, das Lokal aufzusuchen, in dem die Böhmer gewesen war. Vielleicht sollte sie Jochen Giese einen Besuch abstatten, nicht um ihn zu warnen; sie war davon überzeugt, dass er die Gefahren, in die er sich begab, besser abschätzen konnte als sie, die erst wenige Tage hier war und die Verhältnisse nicht besonders gut kannte. Sie hatte einfach keine Lust, allein zu sein, und ein Gespräch mit ihren Wirtsleuten schien ihr nicht besonders verlockend. Sie fuhr eine Viertelstunde am Stadtrand und auf der verschneiten Landstraße entlang. Große Wohnblocks, in Plattenbauweise auf die Felder gesetzt und durch offenliegende Rohre mit Fernwärme versorgt, begleiteten sie eine Zeit lang. Dort, wo eigentlich Bäume, Grünanlagen, Sträucher, Büsche hätten sein sollen, standen jetzt Autos, von Straßenlaternen mit weißem Licht beleuchtet. Auf der Landstraße außerhalb der Stadt war der Schnee zu einer festen Decke gefroren. Es war glatt, und sie fuhr langsam.
Weshalb hatte der Alte die Geschichte von der Bombe erzählt, die auf den Bunker gefallen war? Er wollte damit sagen, dass der Vater der Böhmer irgendein hohes Tier bei den Nazis gewesen war. Das hatte sie eigentlich schon gewusst. Je länger sie überlegte, desto dringender schien es ihr, die Fischer zu weiteren Auskünften zu bewegen. Falls sie überhaupt noch etwas wussten. Weshalb hatte die Böhmer ausgerechnet diesen Giese aufgesucht? Sie hatte doch sicher noch andere Bekannte. Sogar die Fischer hatten sie erkannt, obwohl das Haus der Böhmers nicht im Fischerdorf gelegen hatte, sondern in dem Dorf auf der anderen Seite des Flusses.
Vielleicht konnte Jochen Giese ihr etwas über seinen Vater erzählen, das ihr weiterhalf. Sie lächelte bei dem Gedanken an die

Beschäftigung, die sie gestern davon abgehalten hatte, Fragen zu stellen.

Als sie den Feldweg erreichte, stellte sie den Wagen am Straßenrand ab. Der Weg war verschneit. In den letzten Stunden hatte ihn niemand betreten. Sie hätte das Haus da vorn nicht gesehen, wenn sie nicht um seine Existenz gewusst hätte. Alle Fenster waren dunkel. Auch über der Haustür brannte kein Licht. Die Haustür war nicht abgeschlossen und gab unter ihrer Schulter nach, als sie sich dagegenlehnte, um den Schnee von ihren Schuhen zu wischen. Sie trat ein, schloss die Tür hinter sich und suchte nach einem Lichtschalter. Sie fand keinen. Einzig der Schnee vor den Fenstern leuchtete. Langsam gewöhnten sich ihre Augen an die Dämmerung. Sie begann die Umrisse der Leinwände auf dem Boden zu ahnen und die weißen Mauern des Ofens an der linken Wand. Vorsichtig, um nicht herumstehende Farbtöpfe umzustoßen, ging sie zum Ofen. Dort in der Ecke musste ein Lichtschalter sein. Hinter ihr fiel krachend die Haustür ins Schloss. Bella stand und wartete. Alles blieb still. Ein plötzlicher Windstoß musste die Tür bewegt haben. Vorsichtig ging sie weiter, tastete nach dem Lichtschalter und bewegte ihn. Die Lampe blieb dunkel. Sie setzte sich auf die Ofenbank. Ihre Augen hatten sich an das Schneelicht von draußen gewöhnt. Nichts bewegte sich, niemand war im Haus. Wahrscheinlich war der Strom ausgefallen.

Sie ging zurück zur Haustür, suchte und fand den Schalter für die Außenbeleuchtung. Auch hier brannte die Lampe nicht. Einen Augenblick überlegte sie, ob sie zurückgehen und auf den Maler warten sollte. Sie hätte gern in Ruhe seine Bilder angesehen. Aber sie wusste nicht, wann der Strom wieder funktionieren würde. Und sie hatte keine Lust, in dem dunklen Haus herumzusitzen und darauf zu warten. Sorgfältig schloss sie die Haustür hinter sich und ging zurück zum Wagen. Die eisige Luft war unbewegt. Im Nachhinein kam ihr der plötzliche Windstoß, der die Tür zugeschlagen hatte, ungewöhnlich vor. Aber sie verspürte

keine Lust zurückzugehen und zu prüfen, ob es wirklich der Wind gewesen war, der die Tür bewegt hatte.
Im Auto sah sie auf die Uhr. Es war kurz vor acht und damit zu früh, um schlafen zu gehen. Zurück in die Stadt also. Irgendetwas musste sich auch in dieser Stadt abends unternehmen lassen.

ER WAR INS Dorf gefahren, hatte rote Kerzen gekauft und die Post abgeholt. Auf dem Rückweg ließ er den Wagen am Ausgang des Dorfes stehen. Er hätte direkt zum Bierkeller gehen können, aber es schneite nicht mehr, und er fürchtete die Spuren, die er im Schnee hinterlassen würde. Er musste einen Umweg machen, um vom Feld her den Keller zu erreichen. Das kostete ihn Zeit, für die die Frau vielleicht eine Erklärung verlangte. Er würde sich unterwegs etwas ausdenken. Auf dem Feld krachten die Eisschollen zwischen den Furchen unter seinen Schritten. Das Geräusch erinnerte ihn an seine Kindheit, an den Schulweg im Winter und das Vergnügen, das er und seine Freunde dabei empfunden hatten, durch überschwemmte Wiesen zu laufen und die Eisdecke zwischen den Grasbüscheln zu zerstören. Damals war alles einfach gewesen. Das einzige Problem, an das er sich erinnern konnte, hatte darin bestanden, die Uniform nicht schmutzig zu machen, wenn sie, was manchmal vorkam, um die Wette über die zugefrorenen Wiesen gelaufen und dabei gestolpert und in das moddrige Wasser unter dem zerbrechenden Eis gefallen waren.
Er beeilte sich, um das freie, ungeschützte Feld schnell hinter sich zu bringen. Der Frau würde er sagen, er habe jemanden aus dem Gemeinderat getroffen und sie hätten die Sitzung besprochen, die morgen stattfinden sollte. Er war nicht sicher, wer bei der Abstimmung auf seiner Seite sein würde. Sicher war er bei den Älteren und den beiden aus dem Westen. Die aus dem Westen hätten natürlich auch Konkurrenz sein können. Aber er wusste, dass die größere Pläne hatten. Von denen interessierte sich

keiner für das marode Ausflugslokal. Vielleicht hatten sie auch noch nicht begriffen, was man daraus für eine Goldgrube machen konnte. Aber er, er hatte noch Bilder von früher im Kopf. Heimvorteil, ja, das war's. Kam selten vor. Sonst rissen die sich doch alles unter den Nagel. Die beiden jungen Leute im Gemeinderat waren unsichere Kantonisten. Nicht, weil sie ihm Konkurrenz machen wollten. Der eine war Lehrer, und der andere hatte nach der Wende eine kleine Autoreparaturwerkstatt aufgemacht. Das Problem lag darin, dass er die beiden schon lange kannte. Er hatte sie sozusagen politisch erzogen. Und er wusste nicht, wie ernst sie ihre überholten politischen Ansichten noch immer nahmen. Er hätte sie vorher einladen sollen. Konnte man das nicht heute Abend noch nachholen? Er würde mit der Frau darüber sprechen, wenn er zurück war.

Er hatte den Drahtzaun erreicht, der das Gelände um den Bierkeller vom Feld abgrenzte. Prüfend ging er daran entlang, fand eine hochgebogene Stelle und kroch hindurch. Einen Augenblick überlegte er, ob er den Haupteingang benutzen sollte. Er erinnerte sich daran, dass er das Schloss nur unzureichend wieder befestigt hatte. Er musste es ordentlich anbringen. Aber man würde die Spuren im Schnee sehen können. Besser, er ließe das Schloss vorläufig so, wie es war. Er würde durch einen der Schächte einsteigen.

Um den Hügel herumgehend, fand er den Schacht, von dem er annahm, dass er der Tonne, die dort unten bewegt werden musste, am nächsten lag. Der Schacht war nur am oberen Rand mit Schnee bedeckt, dahinter begann Sand und Müll. Er würde sich schmutzig machen beim Hinabsteigen. Er musste später versuchen, ins Haus zu kommen und sich umzuziehen, bevor er mit der Frau zusammenträfe. Am besten, er würde rückwärts einsteigen, dann käme er unten mit den Füßen zuerst auf.

Wie hoch über dem Boden lag die untere Öffnung? Er wusste es nicht mehr, erinnerte sich dann aber, dass sie als Kinder ohne Schwierigkeiten hineingelangt waren. Langsam rutschend bewegte er sich hinunter. Im Schacht lag mehr Müll, als er von oben gesehen hatte. Gut, der Müll bremste sein Tempo. Schließlich stießen seine Füße gegen Holz. Die verdammten Vogelschützer hatten den Ausgang des Schachts vernagelt. Er konnte sich nicht umwenden, um die Beschaffenheit der Bretter zu prüfen, die ihn daran hinderten, in den Keller zu rutschen. Der Schacht war zu eng. Er konnte nur hoffen, dass sie leicht wegzustoßen waren. Mühsam kroch er ein kleines Stück wieder nach oben, zog die Beine an und schnellte sie mit aller Kraft, die er in der labilen Lage aufbringen konnte, zurück. Das Holz hinter seinen Füßen gab krachend nach. Er fiel auf den Bauch und rutschte bäuchlings nach unten. Einen Augenblick hingen seine Beine im Leeren. Dann fühlte er Boden unter den Füßen, rutschte, stieß sich das Gesicht an der steinernen Kante des Einstiegslochs und stand.

Sehr wenig Licht fiel durch das aufgestoßene Loch um ihn herum auf den Boden. Ein paar Tiere flatterten unruhig. Er blieb stehen, gewöhnte sich an die Dunkelheit und wartete, bis sich die Tiere beruhigt hatten. Schon als Kind hatte er die herumsausenden Fledermäuse ekelhaft gefunden und nicht verstanden, weshalb andere sich für sie interessierten.

Es war beinahe fünfzig Jahre her, dass er, sah er von dem kurzen Aufenthalt gestern ab, hier unten gewesen war. Trotzdem fand er sich schnell wieder zurecht. Die Tonne lag nur wenige Meter entfernt an der Wand. Er begann sie durch den Keller zu rollen, auf der Suche nach einem unverfänglichen Platz. Den fand er im hintersten Raum der sehr großen Kelleranlage. Dort standen zwanzig oder dreißig Fässer, die der Tonne, die er vor sich herschob, ähnlich sahen. Er hatte gewusst, dass sich diese Dinger hier unten befanden. Vielleicht war er doch später noch einmal hier gewesen. Er schob die Fässer auseinander, was einfach war, denn sie waren leer. Leider waren sie deshalb auch oben offen. Er musste einige umdrehen, um zu verhindern, dass die verschlossene Tonne dazwischen auffiel. Das war mühsam und kostete Zeit.

Er arbeitete hastig. Manchmal, wenn die Bleche der Fässer gegeneinanderstießen, fuhr er zusammen. Ein paar Fledermäuse lösten sich jedes Mal von der Decke, flatterten hin und her und hängten sich an einer anderen Stelle wieder an. Schließlich hatte er die neue Tonne so platziert, dass sie, auch wenn er die Oberflächen mit der Taschenlampe ableuchtete, zwischen den anderen nicht auffiel. Er lief fast zurück zum Ausstieg. Unterwegs fiel ihm ein, dass er nicht in der Lage sein würde, die Bretter vor dem Ausstiegsloch wieder anzubringen. Er musste es darauf ankommen lassen. Sollten sie denken, dass spielende Kinder sie entfernt hatten. So was kam bestimmt öfter vor. Er musste den Ausstieg, mühsam auf dem Bauch über Sand und Müll robbend, vornehmen. Der Schacht war zu steil, um auf Händen und Füßen hochkriechen zu können. Als er oben ankam, war er über und über mit Schmutz bedeckt und auf eine merkwürdige, ihn selbst überraschende Weise verstört. Er lief über das Feld, klopfte mit den Händen auf seine verdreckten Hosen und Ärmel und empfand die gleiche Verstörung wie damals, als er dem bewunderten Nachbarn geholfen hatte, die Toten zu begraben.

Es ist alles in Ordnung. Einer hat noch gelebt. Er hat ihn erschossen, mit der Waffe des Nachbarn. In Wachstuch hat er sie eingeschlagen. Sie haben die Leichen ziemlich tief eingegraben, und es ist immer noch alles in Ordnung. Niemand hat sie gesehen. Sie haben die Grasnarbe über das Loch gelegt, sind gegangen, und mit jedem Schritt, den sie sich von dem Grab entfernen, wird seine Angst größer. Bis der Nachbar es bemerkt und ihn beruhigt. Es war richtig, was sie getan haben. Nach dem Endsieg werden sie einen Orden bekommen. Ihre Ehre ist Treue. Ihrer beider Ehre ist Treue. Sein Vater, wenn er noch lebte, wäre stolz auf ihn. Es fiel ihm schwer, die Hand ruhig zu halten, als er sein Auto aufschloss. Er setzte den Wagen in Gang, fuhr an und spürte, dass seine Knie zitterten.

Diese Frau hätte zu Hause bleiben sollen. Die Sache war vergessen gewesen. Ihr Vater war gestorben. Niemand hatte davon

gewusst, außer ihm, und er hatte es vergessen. Und dann kam sie. Die ganze Zeit drüben im Westen gewesen, nichts mitgemacht und jetzt auf der Suche nach der Vergangenheit ihres Vaters.
Er fuhr zu schnell, aber die Straße war leer, so dass er niemanden behinderte, als er die Kurve von der Landstraße in die Siedlung zu schnell nahm und rutschte. Er fing den Wagen ab und fuhr weiter, schnell, als habe er die Absicht, sich hinter den schützenden Wänden der Garage zu verkriechen. Er war tatsächlich froh, als er die Garage erreicht hatte. Einen Augenblick blieb er hinter dem Steuer sitzen, um sich zu beruhigen.
Seine Frau stand vor ihm, als er aufsah. Sie stand da in der weißen Kittelschürze, die sie vormittags trug, wenn sie damit beschäftigt war, die Küche und das Restaurant für den Abend vorzubereiten. Er dachte daran, welche Mühe es ihn gekostet hatte, sie zu überreden, die scheußlichen geblümten Kittel auszuziehen, als sie das Restaurant eröffneten. Zum ersten Mal hasste er sie. Als er nicht ausstieg, kam sie ihm entgegen und öffnete die Wagentür.
Ist dir nicht gut?
Ihre Stimme klang nicht anteilnehmend. Sie hatte dieselbe Frage gestellt, die sie vor ein paar Tagen auch gestellt hätte, nur war ihr der Inhalt gleichgültig geworden.
Alles in Ordnung, sagte er, während er ausstieg. Ich hab gleich die Post mitgebracht.
Er sah ihre Augen über seine verschmutzten Ärmel gleiten, sah, wie sie ihn von oben bis unten musterte, als er ihr die Schachteln mit den roten Kerzen in die Hand drückte. Er wartete darauf, dass sie etwas sagen würde, und überlegte angestrengt, wie er den Zustand seiner Kleidung erklären sollte.
Als sie nichts sagte, ging er erleichtert hinter ihr her. Sollte sie denken, was sie wollte, wenn sie ihm nur keine Szene machte. Er stieg die Treppe zur Wohnung hinauf. Während er sich auszog, um zu duschen, hörte er sie unten im Restaurant hin und her gehen.

Später, als er hinunterging, warf er einen Blick ins Restaurant. Schön sah es da aus, weiße Tischdecken, die Leuchter mit den roten Kerzen und der Glitzerkram drumherum. So hatte er es haben wollen. In den ganzen verdammten vierzig Jahren hatte er nicht ein einziges Restaurant gesehen, das so adrett aussah wie seins hier. Kein Wunder, dass die Leute gern zu ihm kamen.
Er ging in die Küche, klopfte seiner Frau anerkennend auf den Hintern und begann umständlich, eine Geschichte zu erzählen, die seine Verspätung erklären sollte. Er war nicht sicher, ob sie ihm glaubte, aber schließlich war's ihm egal. Hauptsache, sie regte sich nicht wieder auf. Er blieb am Küchentisch sitzen und sah ihr bei der Arbeit zu. Nach einer Weile begann es in der Küche nach Rotkohl zu duften. Er bekam Hunger.
Riecht wieder wunderbar bei dir, sagte er, kann man schon mal probieren?
Gleich, sagte sie, ohne sich umzuwenden. Ich mach dir gleich einen Teller zurecht.
Dass du essen kannst, sagte sie nach einer Pause.
Er tat so, als habe er sie nicht verstanden, aber sie hörten beide, dass seine Stimme krampfhaft lustig war, als er antwortete. Sie schwieg, hantierte am Herd und wandte ihm den Rücken zu. Er hatte das Bedürfnis, aufzustehen und hinauszugehen, zwang sich aber zu bleiben.
Und du, sagte er, als sie den Teller mit Essen vor ihm hinstellte, isst du nichts? Während er sprach, kam ihm seine Frage ungeschickt vor. Sie zuckte die Schultern und verließ die Küche. Er hörte sie am Tresen hantieren. Als sie zurück in die Küche kam, stellte sie ein Glas Bier neben seinen Teller auf den Tisch.
Setz dich doch wenigstens dazu, sagte er. Seine Stimme klang bittender, als er es beabsichtigt hatte. Plötzlich tat er sich unendlich leid. Er war einsam. Er kämpfte für seine Familie. Niemand verstand ihn, nicht einmal die eigene Frau. Als sie sich ihm gegenüber auf die Küchenbank setzte, war er erleichtert.
Wer war das heute Morgen am Zaun, fragte sie.

Schon wieder diese tonlose Stimme. Konnte sie nicht mehr anders reden? Von wem sprach sie überhaupt? Am Zaun?
Ach so, die, sagte er, die wollte bei uns zu Mittag essen. Ich hab ihr gesagt, dass wir erst gegen Abend aufmachen. Irgendjemand hatte ihr gesagt, dass man bei uns Wild bekommt. Ich nehme an, die taucht heute Abend wieder auf.
Also war sie harmlos, sagte sie. Die Erleichterung in ihrer Stimme war deutlich herauszuhören. Endlich nahm sie Vernunft an.
Nun pass mal auf, sagte er, ich hab da eine Sache gemacht, die war nicht ganz in Ordnung. Aber immerhin stand unsere Existenz auf dem Spiel. Ich kann dir das jetzt nicht alles erklären, aber du kannst sicher sein –
Lass, sagte sie und stand auf, du hast es mit Gift gemacht, oder? Hast du das Gift noch im Haus?
In seinem Inneren entstand Panik. Das friedlich begonnene Gespräch hatte keinen Einfluss auf ihren Zustand gehabt. Er konnte ihr nicht sagen, dass das Gift der SS, das der Nachbar ihm damals anvertraut hatte, die ganzen Jahre in ihrem Haus gewesen war. Sie würde nach dem Grund fragen. Sie würde, was damals geschehen war, noch mehr verabscheuen als die Sache jetzt. Er schwieg und wartete darauf, dass ihm etwas einfiele, irgendetwas, das geeignet wäre, sie auf andere Gedanken zu bringen. Sie stand da und sah auf ihn herab. Schließlich wandte sie sich um und verließ die Küche. Er hörte sie die Treppe hinaufgehen.
Verdammt, dachte er, warum hab ich sie da nicht rausgelassen. Sie ist imstande und erzählt den Gästen, wir hätten Gift im Haus. Wie spät ist es überhaupt? Halb vier, in zwei Stunden ist Hochbetrieb und sie mit Leichenbittermiene dazwischen. Das durfte nicht sein.
Er erhob sich und ging auf den Flur hinaus. Dort stand das Telefon. Er wartete ungeduldig, bis sich am anderen Ende jemand meldete.
Karin, sagte er, kannst du etwas früher kommen? Deiner Mutter geht's nicht gut. Sie muss sich eine Weile hinlegen. Dann ging

er die Treppe hinauf, nahm zwei Beruhigungstabletten aus dem Spiegelschrank, füllte ein Zahnputzglas mit Wasser und ging zu ihr. Sie stand am Fenster des Schlafzimmers und sah hinaus. Er stellte sich neben sie. Vor ihnen lagen verschneite Felder. Es begann dunkel zu werden. Der Himmel und die Felder waren von gleichem Blaugrau, nur unterbrochen von der dunkelgrauen Linie des Waldes am Horizont.

Da drüben hat mal die große Strohmiete gestanden, sagte sie. Ich hatte meinen Schuh beim Spielen darin verloren. Als das Stroh abgebrannt wurde, kamst du und hast mir den verkohlten Absatz gebracht. Du hattest HJ-Uniform an. Ich glaube, meine Mutter hat sich nicht getraut, dich rauszuwerfen. Als du weg warst, hat sie schlecht von dir gesprochen. Mich hat das nicht gestört. Ich hab dich sehr bewundert, trotz der Uniform.

Ihre Stimme klang traurig. Er legte seinen Arm um ihre Schultern.

Es wird wieder Sommer, sagte er, das dauert gar nicht mehr so lange. Ich hab dir ein Beruhigungsmittel gebracht. Hier, und trink einen Schluck Wasser. Karin kommt etwas früher heute, du kannst dich ruhig hinlegen.

Sie nahm die Tabletten und trank das Wasser.

Wie schnell es dunkel wird, sagte sie.

Er blieb am Fenster stehen und sah hinaus. In seinem Rücken hörte er, dass sie sich ins Bett legte. Er erinnerte sich nicht an die Geschichte mit dem verbrannten Schuh. Es war eine Geschichte, in der er eine positive Rolle gespielt hatte. Vielleicht war es ein gutes Zeichen, dass sie ihr gerade jetzt eingefallen war. Ein großer Vogel flog über das Feld, so groß, dass es ein Fischadler hätte sein können. Er flog in Richtung Ostsee und verschwand sehr schnell in der Dämmerung.

Ich glaube, ich hab eben einen Fischadler gesehen, sagte er, während er sich umwandte. Im Zimmer war es fast dunkel. Sie hatte die Decke bis unter das Kinn gezogen. Er konnte nicht sehen, ob sie die Augen offen oder geschlossen hielt.

Ich geh dann mal runter, sagte er. Karin wird gleich kommen. Wir schaffen das da unten auch allein. Er strich über ihre Bettdecke, bevor er das Zimmer verließ. Sie hörte ihn die Treppe hinuntergehen.

VORN AUF DER Bühne sang die Schauspielerin »Tapfere kleine Soldatenfrau«.

Die ältere Frau neben Bella schniefte vorsichtig in ihr Taschentuch. Bella sah die Reihe entlang. Ihre Nachbarin war nicht die Einzige, die zu Tränen gerührt war. Bella verfolgte eine Weile die Bewegungen der Schauspielerin. Sie hatte noch nie etwas übrig gehabt für die Sentimentalitäten der Zarah Leander.

Die Idee, ins Theater zu gehen, war ihr spontan gekommen, als sie auf dem Rückweg in die Stadt an dem großen Kasten stehen geblieben war. Die Aussicht, bei welchem Stück auch immer Menschen im Theater beobachten zu können, schien ihr auf jeden Fall verlockender, als in einer trüben Gaststätte zu hocken. Obwohl die Vorstellung schon begonnen hatte, war sie eingelassen worden. Und sie bedauerte es nicht. Sie fand, dass sie einem geradezu einmaligen Schauspiel beiwohnte. Das spielte sich allerdings nicht auf der Bühne ab, sondern im Zuschauerraum. Sie waren wegen Zarah gekommen und wegen ihrer Erinnerungen. Jedes Mal, wenn die Schauspielerin auf der Bühne mit einem der bekannten Lieder begann, konnte Bella an den entzückten Gesichtern erkennen, dass die Frauen und Männer hier in einer anderen Zeit lebten, jedenfalls die älteren, und die meisten Zuschauer waren älter. Sie hätte nicht einmal sagen können, dass das Publikum die Absicht des Regisseurs missverstand. Der größere Teil war offensichtlich gar nicht wegen irgendwelcher dramaturgischen Absichten ins Theater gekommen. Es interessierte die Leute schlicht nicht, was da vorn gesagt werden sollte.

In der Pause sah sie ein paar junge Leute, die das Theater ver-

ließen. Zu wenige, fand sie. Sie trank an der improvisierten Bar ein Glas Wodka und Orangensaft. Neben ihr standen zwei alte Frauen.
Ihre Stimme ist es ja nicht, sagte die eine, die direkt neben Bella stand. Sie trug ein dunkelblaues Kleid mit weißem Kragen und hatte weiß gefärbte Haare.
Aber sonst ist alles so wie früher, antwortete die andere, nicht ganz so weiß, sondern eher lila gefärbt und in Schwarz, mit einer langen Kette aus Jettperlen über der Brust.
Wenn ich daran noch denke. Der Mann im Krieg und ich mit den Kindern allein. Nie bin ich abends weggegangen. Obwohl man das ja hätte tun können. Sichere Straßen hatten wir jedenfalls. Nur das eine Mal war ich mit Nachbarn im Kino. Zarah wollte man sich ja nicht entgehen lassen. Es war Sommer, dreiundvierzig, glaube ich, La Habanera. Irgendwie war sie nach Südamerika gekommen. Und hatte so ein Heimweh. War da wohl sehr schön, mit Luxus und so. Aber sie war eben aus dem Norden. Kein Schnee und das alles. Diese Sehnsucht nach der Heimat. Das hat der nordische Mensch nun mal. Jedenfalls, schon auf dem Rückweg hatte ich so ein komisches Gefühl.
Wieso, war dein Mann inzwischen nach Hause gekommen?
Das wäre schön gewesen. Nein, die Kinder. Sie waren doch nicht gewohnt, allein zu sein. Waren wieder aufgewacht und aus dem Fenster geklettert. Natürlich, die Nachbarn auch nicht da. Sie hatten die Fußbänke aus dem Fenster geworfen, damit sie hinterher wieder einsteigen konnten. Und ich komm nach Hause, das Fenster weit offen, unten stehen Fußbänke. Ob du es glaubst oder nicht –
Bella verzichtete darauf, weiter zuzuhören. Sie drängte sich durch das schwatzende Publikum und blieb mit dem Glas in der Hand ein Stück weiter stehen.
Ich mochte ja die Rökk lieber, hörte sie neben sich. Die hatte einfach mehr Witz. Immer diese traurigen Rollen, na gut, singen konnte die Leander besser. Aber die Zeiten waren doch schon

traurig genug. Wenn ich daran noch denke: Wenn der weiße Flieder wieder blüht. Wie die Rökk da die Revuetreppe runtergesteppt kam …
Ein Jammer, sagte Bella laut, dass sie sich nicht den Hals gebrochen hat.
Ein paar Frauen sahen empört zu ihr hin. Vielleicht hätte es Ärger gegeben, aber das Pausenzeichen war zu hören, und ohne auch nur einen Augenblick zu zögern, drängten die Menschen zurück auf ihre Plätze. Vor den Eingangstüren zum Zuschauerraum standen sie zu Klumpen geballt.
Bella ging an die Bar zurück und ließ ihr Glas wieder füllen.
Im zweiten Teil des Stückes sollte es um die Verantwortung der Künstlerin, um ihre Mitschuld an den Verbrechen der Nazizeit gehen. Jedenfalls war das der Wille des Autors gewesen. Seine Absichten gingen so vollkommen an den Bedürfnissen der Menschen im Zuschauerraum vorbei, dass Bella sich über seine Naivität zu ärgern begann. Um sich herum sah sie bei jeder neuen Schnulze verklärte Gesichter. Hätte er nicht wissen können, für welche Gemütszustände er produzierte?
Sie blätterte laut und ungeniert im Programmheft herum. Natürlich, jung, aus dem Westen, keine Ahnung. Er sollte die Leute hier mal sehen. Es war, als hätten die Menschen fünfzig Jahre lang darauf gewartet, sich ohne Scham und öffentlich in alte Zeiten versetzen zu lassen. Damals waren offenbar alle glücklich gewesen, und jetzt wünschten sie sich in glückliche Zeiten zurück. Das Böse hatte für sie erst begonnen, als der Krieg zu Ende war.
Als vorn »Ich weiß, es wird einmal ein Wunder geschehn, und dann werden alle Märchen wahr«, erklang, stand Bella auf und verließ den Saal. Hinter der Bar standen die Garderobenfrauen. Sie ging zu ihnen und bat um einen Wodka.
Eigentlich ist ja schon Schluss, sagte eine, das nimmt einen ganz schön mit, was? Sie nahm ein Glas von dem Handtuch, auf dem die bereits abgewaschenen Gläser zum Trocknen abgestellt worden waren, und füllte es mit Wodka.

Bella hob das Glas. Ehrlich gesagt, ich finde das alles ziemlich zum Kotzen, sagte sie und trank.
Das verstehn Sie nicht, sagte die, die ihr den Wodka gegeben hatte. Sie sind aus dem Westen. Da war das Leben normal.
Ja, sagte Bella, da ist das Leben normal. Aber keine Angst, ich glaube, hier wird es auch bald normal werden.
Sie legte ein Fünfmarkstück auf den Tisch und ging. Die Dielen im Foyer knarrten unter ihren Füßen. Sie waren so alt, dass wahrscheinlich schon irgendwelche Nazi-Größen auf ihnen gewandelt waren, in Uniform und den rechten Arm ununterbrochen in Bewegung.
In ihrem Rücken spürte sie die misstrauischen Blicke der Garderobenfrauen. Auf der Straße hörte sie die letzten Takte des »Wunder«-Liedes und kräftig einsetzenden, donnernden Beifall.
Sie rannte zum Auto. Auf der Fahrt in die Pension dachte sie über das nach, was sie gesehen und gehört hatte. Die trostlose Fußgängerzone in der Stadt fiel ihr ein, die Läden mit dem Massenangebot an billigen Klamotten, die einfachen Schaufensterdekorationen. Immer warteten die Leute auf ein Wunder. Das hier schien nicht ganz so ausgefallen zu sein, wie die Menschen es sich erhofft hatten.
Als sie das Gasthaus erreichte, in dem sie schlief, waren dort alle Fenster dunkel. Auch in der Gaststube brannte kein Licht mehr. Ihr Auto war das einzige vor der Tür. Sie schloss die Haustür auf und stieg leise die knarrende Treppe empor.
In ihrem Zimmer war es gemütlich warm. Sie verzichtete darauf, Licht anzumachen, um den Blick auf die Einrichtung noch ein Weilchen hinauszuzögern, ging stattdessen ans Fenster und sah hinaus. Schnee, ein paar Dorflaternen, dunkle, niedrige Häuschen. Als sie sich abwenden wollte, sah sie einen Mann langsam näher kommen. Sie blieb stehen und sah ihm zu. Er hatte ein Notizbuch in der Hand und notierte die Nummern einiger Autos, die am Straßenrand standen. Er notierte nicht jede Nummer. Es dauerte eine Weile, bis Bella begriff, was sich

da unten tat. Eigentlich begriff sie es erst, als sie ihren Gastgeber erkannte.
Der Mann ging durchs Dorf und notierte die Nummern der Wagen, die nicht ins Dorf gehörten. Hatte er vor, seine Nachbarn anzuschwärzen, wenn er den begründeten Verdacht hegte, sie vermieteten Zimmer, ohne ein Gewerbe anzumelden? Sie wandte sich ab, verzichtete darauf, ins Bad zu gehen, und kroch ins Bett. Es wäre ihr lieber gewesen, sie hätte mit einem freundlicheren Gedanken einschlafen können als mit dem an ihren Wirt, den sie nicht nur auf einer niedrigen, sondern auch auf einer erniedrigenden Stufe des für ihn noch ungewohnten Konkurrenzkampfs beobachtet hatte.

IN DER NACHT hatte Bella einen wilden Traum, in dem ein Maler, der mit Jochen Giese keine Ähnlichkeit hatte, zum Bürgermeister gewählt worden war. Er fuhr in einem offenen Wagen mit wehenden weißen Haaren durch die Stadt, um den Hals ein blaues Tuch geschlungen. Menschen standen am Straßenrand, klatschten und versicherten sich gegenseitig: Er wird die Sache in Ordnung bringen. Seine Bilder sollen sehr schön sein. Im Halbschlaf hatte sie Verse ihres Großvaters im Kopf, aber nur die Melodie, die Worte fand sie nicht. Der Maler war kein Maler, sondern ein Dichter gewesen. Der Rat der Stadt hatte beschlossen, die Macht an die Poesie abzugeben.
Bella setzte sich auf und versuchte, Ordnung in ihre Gedanken zu bringen. Sie stellte fest, dass sie Lust hatte, abzureisen, und beschloss, die Sache so bald wie möglich hinter sich zu bringen. Der Theaterbesuch gestern Abend war überflüssig gewesen. Sie hätte stattdessen in Gieses Restaurant essen und den Wirt ausfragen sollen. Nun musste sie den Abend abwarten, um, ohne Verdacht zu erregen, dort auftauchen zu können.
Sie fand das Frühstück an seinem üblichen Platz, die Zeitung

neben der Kaffeetasse. Ihre Wirtsleute zogen es vor, sich nicht sehen zu lassen. Bemerkenswerte Neuigkeiten gab es nicht. Ein wichtigtuender CDU-Abgeordneter hatte die Absicht, eine Diskussion über die Einführung von Dienstmädchen-Kleidung für Mädchen im freiwilligen Dienstjahr zu entfesseln. Da Bella annahm, dass alle Beteiligten dafür sein würden, fragte sie sich, wer das Problem diskutieren sollte. – Umfragen hatten ergeben, dass der Hunger nach Westwaren nachgelassen habe, insbesondere bei Sekt, Schnaps und Bier. Vielleicht waren die Säufer hier klüger als woanders. – Auf der Lokalseite wurden Veranstaltungen angekündigt, unter anderem ein Eintopf-Sonntag der Bundeswehr auf dem Gelände des ehemaligen Flugplatzes.

Der Flugplatz hatte in den Aufzeichnungen der Böhmer eine Rolle gespielt.

Sie beschloss, die Gelegenheit zu nutzen und sich das Gelände anzusehen, obwohl sie sich wenig davon versprach. Es wäre ihr recht gewesen, gleich dorthin gehen zu können. Aber es war erst Sonnabend. Sie beschloss, das Haus des Malers aufzusuchen, um zu sehen, ob er zurückgekehrt war. Sicher war es nützlich, ihn zu einem ausführlicheren Gespräch über seinen Vater zu verleiten, bevor sie den aufsuchte. Und was war eigentlich mit der Mutter? Niemand hatte sie bisher erwähnt.

Froh, für die nächsten Stunden ein Programm zu haben, verließ sie das Haus. Die Scheiben ihres Wagens waren vereist. Mühsam begann sie das Eis abzukratzen, hoffend, die Pensionsleute würden erscheinen und ihr ein geeignetes Werkzeug anbieten. Aber niemand zeigte sich.

Grauer Dunst, eine Art lockerer Nebel, lag über den Feldern. Der Himmel hing tiefgrau und niedrig darüber. Es war immer noch kalt, aber trüb und windstill.

Ein Wetter für Melancholiker, dachte Bella. Zur Bestätigung flog eine einzelne schwarze Krähe schwerfällig über den Acker. Erst in der Nähe der Stadt verschwand der Nebel, und der stärker werdende Verkehr zerstörte die Stimmung. Sie ließ die Stadt zu ihrer

Rechten unberührt. Auf dem Feldweg, der zum Haus des Malers führte, waren schon vom Auto aus Fußspuren zu erkennen, nicht nur ihre eigenen vom Abend zuvor. Die Haustür war geschlossen, gab aber unter ihrem Klopfen nach. Sie trat ein und sah sich um. Auf dem Ofen knäulte sich ein Paar. Sonst war der große Raum leer. Sie sah Jochen über den Haufen Decken blinzeln, der ihn und die Frau auf dem Ofen umgab.

Komm her, sagte er, verschwand aber gleich wieder. Bella wandte ihm und dem Gewurstel auf dem Ofen den Rücken zu und begann, Bilder zu betrachten. Der Mann, der zwei Frauen verdiente, war noch nicht geboren.

Später saßen sie auf der Ofenbank, tranken West-Sekt, für Bella ein widerliches Getränk, das sie nur nahm, wenn nichts anderes zu bekommen war, und redeten. Jochens Freundin hieß Marion und war eine Malerin aus dem Nachbardorf. Er hatte sie besucht und bei ihr übernachtet. Sein Haus schlösse er nie ab. Bella fand das leichtsinnig, besonders, seit sein Brief an die Zeitung veröffentlicht worden war. Sie versuchte, der Unterhaltung eine politische Wendung zu geben. Ihre Gesprächspartner aber, das spürte sie schnell, hatten wenig Interesse daran. Wie sie vermutet hatte, war der Leserbrief nichts weiter als eine versteckte Drohung gegen den Vater gewesen. Sie musste das Gespräch vorsichtig auf den Grund ihres Hierseins lenken, ließ den Namen Böhmer fallen, aber es gelang ihr nicht, irgendwelche brauchbaren Informationen zu bekommen.

Die Malerin versuchte Jochen davon zu überzeugen, dass er ausstellen müsse.

Du wirst verkaufen, sagte sie, neuerdings laufen hier überall Leute mit Geld rum. Die meisten haben keine Ahnung von Bildern, aber sie zahlen jeden Preis, wenn du ihnen weismachst, sie bekämen deine Sachen günstig. Auch die Museen in der Umgebung würden dich ausstellen.

Ich denk nicht dran, sagte Jochen. Das eine Mal hat mir gereicht. Ein Kaugummi, eine Zigarette und mehrere zerkratzte Oberflä-

chen. Ich male nicht für Vandalen. Er hatte sich gleich nach der Wende an einer größeren Ausstellung ehemaliger DDR-Künstler beteiligt, in der ein paar aufgehetzte Besucher ihrer Wut freien Lauf gelassen hatten.
Früher haben sie die Kunst, die sie nicht verstanden haben, als entartet bezeichnet. Heute bearbeiten sie Bilder mit Nagelscheren und Kondensmilch. Für solche Leute male ich nicht, lieber will ich verhungern.
Bella fand seine Reaktion übertrieben. Überhaupt, dachte sie, was tue ich eigentlich hier? Laut sagte sie: Die Frau, die ich suche, war eine Böhmer. Die Böhmers waren Nachbarn deiner Eltern. Ich nehme an, sie hat sie besucht. Und jetzt ist sie verschwunden.
Das sieht ihm ähnlich, sagte Jochen, noch immer wütend über die Vandalen, die seine Bilder zerstört hatten. Wahrscheinlich hat er sie umgebracht. Hat sie Geld gehabt? Der Alte ist der raffgierigste Mensch, den ich kenne. Was interessiert dich diese Frau überhaupt? Vielleicht wollte sie ihr Elternhaus wiederhaben. Was glaubst du, wer hier plötzlich alles ankommt und sein beschissenes Elternhaus wiederhaben will. Hast du eigentlich schon gemerkt, dass du zur Besatzungsarmee gehörst? Gestern war ich im Rathaus, nichts als Westvisagen, jedenfalls in den oberen Rängen. Tippen dürfen unsere. Wie viele von euren Luschen wollt ihr uns eigentlich noch rüberschicken? Habt ihr immer noch welche, oder geht euch langsam der Vorrat aus? Glaubt ihr, wir merken nicht, was gespielt wird?
Nein, sagte Bella, ich glaube, ihr merkt tatsächlich nicht, was gespielt wird. Oder wie erklärst du dir sonst, dass deine Landsleute sich das alles gefallen lassen?
Okay, Okay, war ja nur ein Versuch, dich aus der Ruhe zu bringen, sagte Jochen.
Irgendwann erklärte Marion, sie wolle gehen, bevor es dunkel würde. Bella bot ihr an, sie nach Hause zu fahren. Unterwegs fragte sie, weshalb Jochen Giese so wütend auf seinen Vater sei.

Keine Ahnung, sagte Marion. Soviel ich weiß, hat der ihn während der Studienzeit sogar unterstützt. Krach haben sie erst seit der Wende. Jochen fühlt sich manchmal wie der letzte Sozialist. Und sein Vater ist wirklich einer der schnellsten Wendehälse hier gewesen. Irgendwelche konkreten Vorfälle gab's da sicher nicht. Hat er Ihnen auch den Kinderkalender vorgelesen?
Ja, sagte Bella, ich war beeindruckt.
Ich nicht, sagte Marion. Wenn meine Eltern und meine Großeltern nicht, bevor die Russen da waren, ein paar Handwagen voll Nazi-Kram in den Fluss geworfen hätten, was glauben Sie, was dann heute bei uns alles rumliegen würde. Mir wär's trotzdem egal. Meine Bilder werden davon weder besser noch schlechter. Jochen glaubt in Wirklichkeit an so Sachen wie Geschichte und Verantwortung. Er meint, man muss sich »verhalten«. Sehen Sie den einzelnen Baum da drüben?
Bella folgte mit den Augen ihrem ausgestreckten Arm. Auf dem verschneiten Feld zu ihrer Rechten stand auf einer kleinen Anhöhe ein sehr alter, ausladender Baum. Ja, der, sagte Marion. Er soll an die dreihundert Jahre alt sein. In seinem Schatten haben Schweden, Dänen, Russen, Franzosen und wer weiß ich noch gelegen. Eine Zeit lang soll der Hügel als Hinrichtungsstätte gedient haben. Vermutlich haben in seinen Ästen Menschen gehangen. Im letzten Krieg sind dort zweimal standrechtliche Erschießungen vorgenommen worden. Vielleicht würde man Gräber finden, wenn man genauer nachsähe. In diesem Frühling sahen die Wiesen auf dem Hügel und der Baum unglaublich schön aus. Ich hab sie gemalt. Das ist die einzige Wirklichkeit, die zählt. Nichts, was mit Jochens »Geschichte« und »Verantwortung« zu tun hat, ist in der Lage, solche Schönheit zu schaffen. Im Gegenteil, was die Männer anfangen, bringt Zerstörung. Es ist geradezu aberwitzig. Hat er Ihnen von dem Fledermauskeller erzählt?
Bella schüttelte den Kopf.
Halten Sie da vorn, sagte Marion. Ich bin da zu Hause. In dem

Dorf seiner Eltern gibt's dieses Fledermaus-Schutzgebiet, eins der letzten in Europa, die Tiere sind ja vom Aussterben bedroht. Ich hab mich mal eine Weile dafür interessiert. Wissenschaft – wissen Sie, was im Namen der Wissenschaft mit ihnen gemacht worden ist? Angeblich, um herauszufinden, wie sie sich orientieren. Die Männer haben ihnen Maulklappen verpasst, sie geblendet, ihnen die Ohren abgeschnitten, die Flügel unempfindlich gemacht – jede Quälerei, die Sie sich vorstellen können, alles im Namen der Wissenschaft. Und der Erfolg? In wenigen Jahren werden sie verschwunden sein, zumindest in Europa.
Bella hielt vor Marions Haus.
Männer, sagte sie, das ist wahr. Und jeder hat ein Weibchen an seiner Seite gehabt, das ihn für seine Arbeit fit gehalten hat.
Sie ließ Marion aussteigen, wendete und fuhr zurück in die Stadt. Sie hatte Kopfschmerzen vom Sekt und schlechte Laune. Die bekam sie immer, wenn sie ihre Zeit vertrödelte. Morgen früh, nach dem Gespräch mit Giese, würde sie Willy anrufen und ihre Rückkehr ankündigen.

IHR ZUSTAND war so, dass er annahm, die Gäste würden sie zumindest sonderbar finden. Der Tag war einigermaßen normal verlaufen. Dann, nach dem Essen, das sie immer spät einnahmen, weil sie vorher die notwendigen Vorbereitungen für die Abendküche traf, hatte er sie gebeten, in den Keller zu gehen, um nach dem Ständer für den Weihnachtsbaum zu sehen. Sie hatte sich geweigert, so dass er selbst hinuntergegangen war. Er nahm an, dass sie das Geräusch durcheinandergebracht hatte, das entstand, als er mit dem Eisenständer gegen die zweite Tonne stieß, die dort unten stand. Sie musste es gehört haben, denn die Kellertür war offen, und als er zurück in die Küche kam, stand sie in der Ecke neben dem Herd und starrte ihm so entsetzt entgegen, dass er erschrak.

Er brachte sie nach oben, sprach beruhigend auf sie ein und gab ihr noch einmal zwei von den weißen Tabletten aus dem Badezimmerschrank. Sie legte sich ins Bett wie am Abend zuvor. Er sagte der Tochter Bescheid. Sie würde wieder früher kommen und ihm helfen. Dann blieb er an ihrem Bett sitzen, bis es zu dämmern begann. Sie schlief nicht. Hin und wieder sah sie ihn an, schweigend, und schloss wieder die Augen. Einmal klingelte unten im Restaurant das Telefon. Sie zuckte zusammen, blieb dann aber still liegen. Er ging nicht hinunter, sondern blieb neben ihrem Bett sitzen. Das Klingeln schien endlos, und die Stille danach war noch unangenehmer. Als er später das Zimmer verließ, spürte er, dass sie ihm nachsah. Unten schaltete er die Außenbeleuchtung ein und kontrollierte noch einmal im Restaurant die gedeckten Tische. Er machte sich nichts aus Musik, aber er wusste, dass manche Gäste das Gedudel im Hintergrund gern hatten. Deshalb schaltete er die Anlage ein, die sie vor ein paar Monaten angeschafft hatten.
Nicht direkt klassisch, hatte der Verkäufer gesagt, aber auch nicht zu banal. So was mögen die Leute.
Er hätte gern »Heimat, deine Sterne« auf dem Band gehabt, aber der Verkäufer, einer von diesen jungen Leuten, die alles wissen, aber von nichts Ahnung haben, kannte das Lied nicht. Als sie den Laden verließen, hatte seine Frau zu ihm gesagt: Dann hätte ich ihn ja auch fragen können, ob er den Linken Marsch dazunehmen könnte. Es war einer ihrer misslungenen Witze gewesen. Sie konnte nicht witzig sein.
Als die ersten Gäste kamen, zwei junge Männer aus dem Dorf, die sich an den Tresen setzten und Bier bestellten, war er damit beschäftigt, nach den Kassetten mit Weihnachtsmusik zu suchen, von denen er wusste, dass er sie in eine der Schubladen hinter dem Tresen gelegt hatte. Eigentlich liebte er solche Gäste wie die beiden nicht. Sein Restaurant sollte nicht zu den Dorfkneipen gehören, an deren Theken die Einheimischen herumstanden und sich den ganzen Abend an einem Bier festhielten. Aber es war

noch früh, und er würde schon einen Weg finden, die beiden wegzuschicken, wenn sie den Betrieb störten.
Wenig später kam eine Gruppe von Gästen, wie er sie gern hatte: drei Männer und drei Frauen, alle, zumindest die Männer und eine von den Frauen, aus dem Westen. Die beiden anderen Frauen waren Einheimische, die ältere kannte er vom Sehen. Sie hatte irgendetwas im Rathaus zu tun. Kurz nachdem die Leute gekommen waren, erschien noch ein verliebtes Pärchen, nicht mehr ganz frisch, aber teuer. Er schätzte, sie würden nach trockenem Wein fragen, was sie auch taten, und er war froh, sich inzwischen auf den Geschmack der Westler eingestellt zu haben. Die beiden würden es nicht bei einer Flasche bewenden lassen.
Schließlich kam auch noch die Frau, die vorgestern schon vormittags am Zaun gestanden und sich nach Wildgerichten erkundigt hatte. Wenn er mehr Zeit dazu gehabt hätte, wäre er ihr mit Misstrauen begegnet und hätte sie schärfer beobachtet. Aber er kam nicht dazu. Es war zu viel zu tun, Gelächter und laute Reden erfüllten das kleine Restaurant. Die Männer aus dem Westen gaben eine Menge komischer Geschichten zum Besten, die ihnen bei ihrer Fahrt durchs Land passiert waren. Es wurde nicht ganz klar, was sie eigentlich taten. Manchmal war von Krankenhäusern die Rede. Auf jeden Fall hatten sie reichlich Geld.
Bella saß allein an einem Tisch in der Veranda des Restaurants. Zuerst hatte sie dem Schnee zugesehen, der ruhig und dicht zur Erde fiel. Irgendwann spürte sie das, was sie bei sich »Moskauer Stimmung« nannte, und wandte den Blick ab. Sie nahm den roten Dünndruck-Band mit Brecht-Gedichten in die Hand. Willy hatte die Möglichkeit angedeutet, dass die Gedichte Brechts, jedenfalls die, deren Inhalt politisch-sozialer Natur war, überholt sein könnten. Sie hatte sich daraufhin vorgenommen, die Angelegenheit zu überprüfen. Zumindest bis zur Hälfte des Buches konnte von »überholt« keine Rede sein.
Mit dem Wirt war jetzt kein Gespräch möglich. Sie wusste, dass

sie warten musste, bis die Gäste gegangen waren, um mit ihm zu sprechen. Deshalb ließ sie sich mit dem Essen Zeit, bestellte einen Wodka mit Orangensaft und einen zweiten und hörte zwischendurch den Besatzern zu.
Nacheinander erfuhr sie, dass die Leute im Osten nicht arbeiten konnten, keine Führungsqualitäten besaßen, unterwürfig waren, nur zu Handlangerdiensten taugten und sich allesamt wie Spießbürger aufführten. Ihre Frauen verstanden es nicht, sich anzuziehen, die Studenten konnten nicht diskutieren, und die Ingenieure waren nur eine Art bessere Arbeiter. Jede dieser Erkenntnisse und noch ein paar andere dazu wurden von den beiden Ostfrauen mit Nicken, Quietschen und Lachen bestätigt. Es dauerte beinahe drei Stunden, bis die Bande von Dummköpfen aufbrach, um eine Nachtbar zu suchen. Selbst der Wirt, der sich bemüht hatte, seinen Gästen jeden Wunsch so schnell wie möglich zu erfüllen, schien froh zu sein, als sie verschwunden waren. Er ging an den Tisch der Verliebten, um sie nach ihren Wünschen zu fragen. Vielleicht fürchtete er, er habe ihnen zu wenig Beachtung geschenkt. Die beiden sahen ihn mit so abwesenden Blicken an, dass er beruhigt hinter den Tresen zurückging.
Erst als er von dort einen prüfenden Blick in den Raum warf, erinnerte er sich an die Frau auf der Veranda. Er kam sofort an Bellas Tisch. Gemeinsam besprachen sie das Essen. Sie entschied sich für Hirschkeule, und Giese empfahl ihr einen besonderen Rotwein.
Wenn Sie ein Glas mit mir trinken, sagte Bella. Sie sah seinem Gesicht an, dass er wenig Lust dazu hatte, aber er nickte und kam bald darauf mit dem Wein und zwei Gläsern zurück. Bella fand, dass er angespannt wirkte, und zwar nicht nur, weil er bis vor zehn Minuten anstrengende Gäste gehabt hatte.
Sie tranken sich zu. Der Wein war sehr dunkel und sehr schwer, Lot-Wein, wie Giese erklärte. Er begann eine umständlich angelegte Rede über die wunderbaren Möglichkeiten des Wein-Einkaufs nach der Wende, die Bella langweilte, noch bevor er die

ersten Sätze formuliert hatte. Irgendetwas war mit dem Mann nicht in Ordnung. Während er sprach, schien es, als horche er auf ein Geräusch, das nicht zu hören war.
Bella mochte den Rotwein nicht. Sie hatte auch keine Lust, ihm länger zuzuhören. Sie hatte die Suche nach der Böhmer freiwillig aufgenommen und wurde dafür nicht bezahlt. Die Welt, in die sie dabei geraten war, war ihr fremd. Sie hielt sich nicht für fehlerfrei genug, um über die Menschen hier ein abfälliges Urteil sprechen zu können. Sie hatte nur kein Interesse an ihnen, das war alles. Sie wollte zurück in ihr Arbeitszimmer und zu ihren Büchern und nicht mehr bedrängt werden von ungenauen Wünschen und Sehnsüchten und Erwartungen. Sie interessierte sich nicht für Wenden irgendwelcher Art. Und wenn die, deren Glück von so einer Wende abgehangen hatte, sich jetzt plötzlich im Unglück wiederfanden und zwischen den grölenden Horden der Besatzungsarmee, dann war ihr das egal. Sie schätzte die Kontinuität.
Es hatte sie Mühe gekostet, in ihrem Leben Kontinuität herzustellen. Olga, die Revolutionärin, die gesamten Umstände ihrer Kindheit und Jugend, ein großer Teil ihres Lebens bisher waren nicht dazu angetan gewesen, ein ruhiges, konzentriertes Leben zu führen. Was hatte sie verleitet, dieses Leben, das sie so schätzte, zu unterbrechen? Was ging sie die verschwundene Tochter einer Nazisse an? Was ging sie dieser Hanswurst an, der vor ihr saß und über Weine redete, sich mit Dingen spreizte, die er wahrscheinlich ein paar Tage zuvor von einem westdeutschen Wein-Vertreter zum ersten Mal gehört hatte.
Departement Lot – hörte sie ihn gerade sagen, als sie ihn unterbrach, ungeduldig und leicht betrunken, aber sie war sicher, er würde davon nichts bemerken.
Sagt Ihnen der Name Böhmer etwas?
Sie war durchaus noch in der Lage, scharf zu beobachten. Der Mann vor ihr war vielleicht ein wenig überrascht, aber er war auf gar keinen Fall erschrocken oder beunruhigt.

Interessiert Sie nicht, mein Vortrag, was?, sagte er freundlich. Natürlich sagt mir der Name etwas. Eine Familie Böhmer hat mal hier in der Nähe gewohnt. Aber das können Sie ja nicht wissen.
Ich weiß es trotzdem, sagte Bella. Ich such die Tochter.
Das ist komisch, sagte Giese. Die ist vor ein paar Monaten hier gewesen. Jetzt, nach der Wende, tauchen die alle wieder auf. Ehrlich gesagt, wenn man die Leute wiedersieht, merkt man erst, wie alt man ist. Mit Christa Böhmer hab ich ja beinahe noch gespielt.
Beinahe?
Na ja, ich bin ein paar Jahre älter. Wahrscheinlich fand ich es damals schon unter meiner Würde, mit Mädchen zu spielen. Sie hat mir erzählt, dass sie mich heimlich angehimmelt hat. Ich hab nichts davon bemerkt, leider.
Er lachte und schenkte noch einmal Rotwein ein, nur in sein Glas, denn Bella hielt die Hand über das ihre. Sein Gesicht war freundlich und unbefangen. Seine Hand zitterte nicht.
Ist Christa öfter bei Ihnen gewesen?
Sie sagte Christa, weil sie die Absicht gehabt hatte, sich als die Freundin der Verschwundenen auszugeben. Es war ihr inzwischen egal, wofür Giese sie hielt. Der Vorname gehörte zur Strategie von gestern.
Zwei- oder dreimal, antwortete er. Sie konnte nicht genug über die alten Zeiten reden. Manchmal kam sie mir ein bisschen merkwürdig vor, aber dann hab ich gedacht, es war ja auch nicht ganz leicht für die Leute, und ich hab ihr den Gefallen getan. Sie haben die Heimat verloren, aber die Zukunft gewonnen, sage ich immer. Wir haben die Heimat behalten. Das soll man nicht unterschätzen. Aber die Zukunft – das wird noch ein schönes Stück Arbeit kosten. – Wenn es überhaupt einer schafft, ergänzte er nach einer kleinen Pause.
Herr, was habe ich getan, um mir diesen Schwachsinn anhören zu müssen, dachte Bella. Laut sagte sie: Ich hab in ihrem Hotel

nachgefragt. Sie ist einfach nicht wiedergekommen. Irgendwann hat man ihr die Sachen nachgeschickt. Wo kann sie geblieben sein?

Im Hotel? Versteh ich nicht, sagte Giese. Die Sachen waren noch im Hotel? Sie wollte von hier weiter nach Osten, wir haben noch gemeinsam überlegt, ob's in dem Ort – er nannte ein kleines Seebad an der Ostsee – überhaupt schon wieder ein Hotel gibt. Ich bin eigentlich sicher, dass sie dorthin gefahren ist. Ihre Eltern müssen da ein Ferienhaus gehabt haben. Das wollte sie suchen. Hier hat sie sich jedenfalls verabschiedet.

Er sprach noch immer völlig unbefangen. Bella war plötzlich davon überzeugt, dass er mit dem Verschwinden der Böhmer nichts zu tun hatte.

Sie ließ sich den Namen des Seebads buchstabieren, eher aus Gewohnheit als in der Absicht, dorthin zu fahren. Das Essen brachte ihr die junge Frau, die schon die anderen Gäste bedient hatte. Giese entschuldigte sich und stand auf. Während sie lustlos aß, wusch er Gläser ab. Er hielt jedes einzelne gegen das Licht, wenn er es abgetrocknet hatte. Der obere Teil der Schwingtür bewegte sich, aber nicht zum Raum hin, sondern nach innen, zum Flur. Die Tür wurde langsam nach innen gezogen. Da der Hintergrund nicht beleuchtet war, sah Bella das Gesicht der Frau erst ziemlich spät. Es war ein großflächiges Gesicht mit weit aufgerissenen Augen und einer aufgerissenen, dunklen Mundhöhle. Als hätte Edvard Munch sie in die Tür gemalt, dachte Bella.

Wie schmeckt Ihnen das Essen, fragte Giese von der Theke her. Er stand mit dem Rücken zur Schwingtür und sah das Gesicht nicht.

Danke, ich bin fertig, mein Appetit war kleiner, als ich gedacht habe, antwortete Bella.

Wie ist es mit einem kleinen Apricot Brandy zum Nachtisch?

Die Hand der Frau in der Tür fuhr zum Mund. Die Tür schwang zurück. Das Gesicht verschwand.

Danke, nein, ich kann das Zeug nicht ausstehen, antwortete Bella. Ich würde gern zahlen.

Die junge Frau kam aus der Küche und sprach leise mit ihrem Vater. Ist nicht nötig, hörte sie Giese sagen, sie schläft. Komm morgen früh, dann weiß ich, ob es ihr wieder besser geht. Gute Nacht.

Die Frau ging hinaus. Sie benutzte dafür die Schwingtür. Soweit Bella sehen konnte, war der Raum dahinter leer. Giese kam mit der Rechnung an ihren Tisch.

Grüßen Sie Christa von mir, sagte er. Sie soll sich mal wieder melden, wenn sie in der Nähe ist. Er war vollkommen unbefangen.

Seien Sie draußen vorsichtig, sagte er, während er sie an die Tür begleitete, der Weg ist nicht besonders gut beleuchtet, und es liegt ziemlich viel Schnee.

Bella ging über den sorgfältig gefegten Plattenweg. Als sie sich umsah, sah sie durch die beleuchtete Veranda in das Innere des Restaurants. Giese stand neben dem Tisch, an dem die Verliebten saßen, und sprach mit ihnen. Ein friedliches Bild. Die übrigen Fenster im Haus waren dunkel.

Die kalte Luft trug dazu bei, dass ihr Kopf wieder klar wurde. Wenn sie den Kopf der Frau in der Schwingtür nicht gesehen hätte, wäre ihr seine Unbefangenheit natürlich vorgekommen. Sie hätte darüber vergessen, wie unruhig er am Beginn ihres Gesprächs nach hinten gelauscht hatte. Vielleicht hatte er gefürchtet, seine Frau würde sich sehen lassen. Eigentlich war er erst ruhig geworden, als sie den Namen Christa Böhmer erwähnt hatte. Erst da gab er sich plötzlich als der souveräne Mann, der über sein Älterwerden philosophierte und über der Deutschen Lieblingswort: HEIMAT.

Ihr wurde klar, dass die Angabe, die Böhmer sei weitergereist, sehr wohl ein Ablenkungsmanöver sein konnte. Sollte sie ihm den Gefallen tun, in den Ort zu fahren, den er genannt hatte?

Diesmal war die Gaststube noch beleuchtet, als sie ihre Pension erreichte. Sie würde die Gelegenheit nutzen, den Wirtsleuten zu sagen, dass sie vorhatte, am nächsten Tag abzureisen.
Verwandte, hörte sie den Wirt sagen, als sie die Tür öffnete, Verwandte sind das nicht. Die vermieten, sag ich dir. Er unterbrach seine Rede, als Bella eintrat, und sah ihr entgegen. Auch seine Frau wandte sich um. Es gab kein anderes Wort als »misstrauisch« für die Blicke der beiden. Bella war unangenehm berührt. Hoffentlich hatte nicht schon wieder jemand die Zeche geprellt, und sie musste den Ärger der Wirtsleute ausbaden. Sie bat um ein Bier, was sie eigentlich gar nicht beabsichtigt hatte, und setzte sich zu den beiden. Die Zeche geprellt hatte niemand, um Geld ging's trotzdem. Das Gasthaus war schon seit zwei Generationen in der Familie. Am Haus waren größere Reparaturen vorzunehmen. Eine Zentralheizung musste eingebaut werden.
Jeden Morgen muss die Frau um fünf raus, um den Ofen im Keller anzumachen, sagte der Wirt. Seine Stimme war so weinerlich, als hätte er selbst jeden Morgen die Mühen des Feueranmachens in dem eiskalten, feuchten Haus auf sich genommen.
In der DDR war das Gasthaus gesellschaftlicher Mittelpunkt des Dorfes gewesen. Der Gemeinderat hatte hier getagt, Taufen, Jugendweihen, Beerdigungsessen, Tanz, hin und wieder sogar ein wissenschaftlicher Vortrag, organisiert von den LPG-Bauern, hatten dafür gesorgt, dass die Wirtsleute gut verdienten und geachtet waren. Jetzt kamen die Dorfbewohner nicht mehr. Die Jugend fuhr in die Kreisstadt. Jeder hatte ein Auto. Viele hatten keine Arbeit mehr. Für Gäste von weiter her war der Komfort nicht ausreichend. Die Bank gab keinen Kredit, weil kein Geld zu erwarten war, um ihn zurückzuzahlen. Sie waren am Ende. Es brauchte sicher noch ein paar Tage oder Wochen, bis sie es sich selbst eingestehen würden, aber sie waren am Ende.
Bella war davon überzeugt, dass am Tag, als die Mauer fiel, in diesem Gasthaus das Bier in Strömen geflossen war. Sie unter-

drückte den Impuls, danach zu fragen, und gab stattdessen ihre Absicht bekannt, am nächsten Tag abreisen zu wollen. In das erschrockene Gesicht der Wirtin hinein versicherte sie, sie wolle selbstverständlich kein Geld zurückhaben.

Der Wirt bot an, ein Bier auszugeben, »auf Kosten des Hauses«, und schien gekränkt, als Bella sagte, lassen Sie mal, das Haus hat schon genug Kosten. Sie hatte einfach keine Lust mehr, in der trostlosen Gaststube zu sitzen, zusammen mit zwei Verzweifelten, die ein ungeliebtes politisches System vierzig Jahre lang vor dem Schicksal, heruntergekommene Kleinbürger zu werden, bewahrt hatte. Noch weigerten sie sich, zu begreifen, dass das System, das sie mit aller Kraft herbeigesehnt hatten, sie auf den Platz zurückstoßen würde, den es für Menschen ihrer Art vorsah: nach unten.

Sie stand auf, versicherte, dass sie am nächsten Tag sehr gern lange schlafen würde, um der Wirtin anzudeuten, sie brauche nicht schon um fünf den Ofen anzuheizen, und ging. Oben stellte sie sich, wie an den vorangegangenen Abenden, eine Weile im Dunkeln ans Fenster. Kein Mond, keine Sterne, aus irgendeinem Grund brannte nur jede zweite Laterne an der Dorfstraße. Hinter der Gardine im Fenster der alten Frau gegenüber war ein dünner rosa Lichtschein zu erkennen. Alle anderen Fenster waren dunkel. Das Dorf war wohl wirklich vergessen.

Bella war fest entschlossen, am nächsten Tag abzureisen. Je länger sie darüber nachdachte, desto sinnloser schien ihr der Aufenthalt hier. Es kam ihr vor, als hätte sie die Absicht gehabt, Schicksal zu spielen in einer vollkommen aussichtslosen Situation. Was die Menschen taten, die Leiden, die sie sich und anderen zufügten, war nicht losgelöst von der geschichtlichen Situation, in der sie sich befanden. Wenn dieser Giese etwas mit dem Verschwinden der Böhmer zu tun hatte, dann hatte er einen Grund gehabt, sie verschwinden zu lassen. Dieser Grund konnte darin liegen, dass ihre Anwesenheit die Regeln verletzt hatte, nach denen er lebte, und er lebte nach den gleichen Regeln wie alle anderen: Geld verdienen, Ansehen erwerben, Familie haben, sich etwas leisten, keine Moral. Sie war sicher, auch die Böhmer hatte so gelebt. Es gab einen kleinen Teil Menschen mit besonderen Bedürfnissen: Macht, zum Beispiel, oder Kunst. Zu denen gehörte Giese nicht. Was hatte die Böhmer gewusst, das ausgereicht hätte, die einfachen und allgemeinen Regeln zu bedrohen, nach denen er sich richtete?

Nach denen er jetzt endlich leben konnte, dachte Bella, so würde er selbst sagen. Kann es sein, dass er sie gefürchtet hat, obwohl von ihr keine Gefahr ausging? Konnte es sein, dass der Opportunist Giese, noch nicht wirklich vertraut mit den Regeln des neuen Systems, ein schlechtes Gewissen gehabt hatte, ohne dass es nötig gewesen wäre?

Bella lag lange wach, schlief spät ein und schlief tatsächlich so lange, wie sie der Wirtin angekündigt hatte. Sie wurde erst wach, als an ihre Tür geklopft und sie ans Telefon gerufen wurde. Willy teilte ihr mit, die Böhmer habe angerufen. Ihre Tochter sei wieder da. Bella möge die Suche einstellen. Außerdem ließe Olga grüßen und fragen, wann Bella zurückkäme.

Und ich frage auch, sagte Willy, ohne Sie ist das Haus hier leer und langweilig.

Bella brauchte einen Augenblick, um die Mitteilung zu begreifen.

Hat sie wirklich gesagt, ihre Tochter sei wieder da?

Also, genau gesagt hat sie, sie habe von der Tochter gehört, sagte Willy. Am Telefon, glaube ich.

Wann? Von einem Mann oder von einer Frau?

Gestern Abend, von wem, hat sie nicht gesagt, sagte Willy. Ich kann nachfragen, wenn Sie wollen, und Sie noch einmal anrufen.

Hat sie selbst mit ihrer Tochter gesprochen?

Das nicht, sagte Willy. Soll ich nachfragen, wer sie angerufen hat?

Nein, sagte Bella, das ist nicht nötig. Ich werde noch ein oder zwei Tage brauchen, höchstens zwei. Bitte rufen Sie Olga an und bestellen Sie Grüße. Und sie möchte darüber nachdenken – ach nein, lassen Sie nur, sagte Bella, weshalb sollen wir sie beunruhigen.

Sprechen wir darüber, wenn Sie zurück sind?, wollte Willy wissen.

Natürlich, sagte Bella, sobald ich mich erholt habe. Ich nehme an, dass die Tochter der Böhmer tot ist. Und dann wird es ihr irgendjemand sagen müssen.

Sie legte auf, lief die Treppe hinauf, um sich zu waschen und anzuziehen, und erschien eine Viertelstunde später zum Frühstück. Vorher ging sie hinaus, um die Reisetasche in den Wagen zu stellen. Der Wirt stand vor der Tür und beobachtete sie dabei. Als sie ihn nach einem Schaber fragte, mit dem sie das Eis von den Fenstern kratzen könnte, erbot er sich, die Sache zu erledigen, während sie frühstückte. Bella hatte den Eindruck, er wollte sie so schnell wie möglich abreisen sehen.

Wenig später war sie auf dem Weg in das Ostseebad, das Giese ihr genannt hatte. Sie wollte sichergehen, dass die Böhmer dort nicht gewesen war. Das Hotel war leicht zu finden, ein ehemaliges Kinderferienlager, etwas außerhalb des Ortes und direkt am Strand. Eine ältere Frau war damit beschäftigt, den Raum zu säubern, der früher vermutlich als Essraum gedient hatte. Bella fragte nach dem Besitzer und wartete, während sie es vermied, die Gewehrattrappen an den Wänden anzusehen. Der Blick aus den Fenstern auf die vereiste Ostsee und den hellen Sandstrand war sehr schön.

Der Mann kam, offenbar ein ehemaliger Zuhälter, der gleich nach der Wende die einfachen Baracken für wenig Geld erworben hatte. Seine Bemühungen, einen wohlsituierten und ehrbaren Hotelbesitzer darzustellen, wirkten sehr komisch. Zuvorkommend ging er mit Bella die Anmeldungen vom Sommer durch. Sie glaubte ihm aufs Wort, dass sich bei ihm alle Gäste anmelden mussten.

Nicht, dass mir hier einer mit der Sore durchgeht, sagte er, ich meine, ein Kollege von der Côte d'Azur, mit dem ich vor Kurzem telefonierte, hat mir unglaubliche Sachen erzählt.
Ja, sagte Bella, das hab ich auch schon gehört. An der Côte d'Azur geschehen unglaubliche Dinge.
Sie stellten fest, dass die Böhmer nicht hier gewesen war. Sie können jederzeit ein Appartement haben, sagte der Mann neben ihr. Wir haben auch im Winter geöffnet. Bella fand, dass er zwei Zentimeter zu dicht neben ihr stand.
Alles renoviert, eigenes Bad, hundertsechzig Mark die Nacht.
Ja, sagte Bella, so ändern sich die Zeiten. Die Tochter meiner Freundin ist mal für dreißig Mark vierzehn Tage in diesem Kinderferienlager gewesen. Und der Ausblick war der gleiche.
Sie bedankte sich für die Auskunft und ging. Sie hatte keine Ahnung, ob sie noch eine Nacht in der Gegend bleiben musste, aber wenn, dann bestimmt nicht in diesem Etablissement.

ES SCHIEN IHR, als habe sie ihr ganzes Leben in einem dumpfen, unklaren Zustand verbracht und als sei die große Klarheit erst seit ein paar Stunden über sie gekommen. Die ganze Nacht lang, während sie neben ihm lag und darauf wartete, dass er einschlief, hatte sie versucht, sich zu erinnern. Sie ist nur acht Jahre zur Schule gegangen, aber weshalb?
Wegen der Träume, hat ihr Vater gesagt, du träumst so schwer. Ja, sie träumte schwer, immer von der Pistole und der großen, schwarzen Schlucht. Aber verließ man die Schule wegen schwerer Träume? Sie hat gearbeitet, zuerst in einem Laden, dann in einer Fischfabrik. Qualifizieren sollte sie sich. Aber warum? Wie lange ist das her? Bis der Junge geboren wurde, hat sie dort gearbeitet. Er hat sie gefragt, ob sie ihn heiraten will. Weshalb sie und keine andere? Ihr Vater und ihre Mutter haben ihn nicht gemocht. Der Fischgeruch ist erst nach Monaten aus ihren Haaren

verschwunden. Weshalb hat er eine genommen, die nach Fisch riecht, wo er doch jede andere haben konnte.
Der Vater ist gestorben. Wie lange ist das her? Im Sommer ist es gewesen, in irgendeinem Sommer. Vielleicht ist es schön, im Sommer zu sterben. Da war die Tochter schon groß. Sie ist im Sommer geboren. Lange zur Schule gegangen, länger als acht Jahre. Weshalb arbeitet sie jetzt hier. Sie hat doch etwas anderes gelernt, oder sie hat studiert. Sie wollte immer studieren. Der Sohn nicht. Er ist ihr böse. Aber warum? Das muss er verstehen, dass eine Frau zu ihrem Mann gehört, in guten und in schlechten Zeiten. Bis der Tod euch scheidet.
Ganz deutlich sieht sie sich die Treppe hinuntergehen. Sie sieht die Socken an ihren Füßen, die sie im Bett anbehalten hat, und den Saum des Nachthemds darüber. Dieses Haus kennt sie im Schlaf. Wie sicher die Frau mit den dicken Socken an den Füßen sich im Haus bewegt, ohne das Licht anzumachen. Das Seil ist nicht mehr steif. Die Treppe hinauf? Weshalb soll sie ihn noch einmal ansehen. Er würde aufwachen und sie fragen. Was soll die Frau antworten, die dann vor seinem Bett steht, im Nachthemd, den Schlitten in der Hand. Die Frau geht zur Tür hinaus, über den Plattenweg. Auf dem wird sie keine Abdrücke hinterlassen. Wie der Besen über die Steine geschurrt ist. Diese Kinder sind nicht ihre Kinder. Sie sind Erwachsene. Sie werden nicht weinen. Wann sind sie Fremde geworden?
Der Frau, die da geht, ist nicht kalt. Sie zieht den Schlitten hinter sich her, den sie brauchen wird, um sich zu töten. Sie wird auf dem hochgestellten Schlitten stehen, das Seil über einen Ast werfen, eine Schlinge knoten, die Schlinge um ihren Hals legen und dann den Schlitten umstoßen. Sie wird das Bild der Frau im Baum auf dem Hügel über dem Bierkeller nicht sehen, obwohl es das Einzige ist, das sie seit Tagen vor ihren Augen hat.
Sie nimmt den Weg, den sie geht, nicht wahr. Sie hat kaum noch Zeit, sich zu erinnern. Die große Klarheit in ihrem Kopf lässt sie den Weg sehen, wie er gewesen ist: im Frühling die gel-

ben Sumpfdotterblumen am Rand des Grabens, im Sommer die schwarzen Kirschen im Staub, im Herbst die geflügelten Samen der Ahornbäume. Einmal, als Kinder, bleiben sie im Schnee stecken, der höher ist als sie selbst, und sie haben Mühe, die Milchkannen in ihren Händen vor dem Auslaufen zu bewahren. In den Sommern sind Erdbeeren in den Gräben gewachsen. Stundenlang bleiben sie vor einem Hornissennest sitzen. Sieben Stiche töten ein Pferd. Der Weg führt an den Strand. Ohne Sandalen im Sand, und das Mark der Binsen können sie essen. Der Rhabarbersaft in den Glasflaschen hat eine zartlila Farbe, wie die Sterne in den durchsichtigen, schwebenden Quallen. Erdbeersaft – wie lange kann man warten, bis endlich das Verlangen zu trinken zu groß wird, bis der Verschluss der Flasche geöffnet, die Flasche an den Mund gesetzt wird? Kleiner Geruch von Gummi neben dem Nasenloch, roter Gummiring. Wir haben eine Decke auf den schrägen Sand gelegt. Nichts ist über uns, nur die silbernen Blätter der Pappeln, der blaue Himmel. Die kleine Wolke dahinten – wir wissen, wie lange wir brauchen, um vor dem Gewitter zu Hause zu sein. Wir laufen durch den dunklen Himmel, vorbei an den alten Bäumen des Bierkellers. Da hängt eine Frau im Wind.

ALS MAN die alte Frau gefragt hat, ob sie am Abend beim Fest des Rates der Stadt im Theater-Restaurant die Garderobe betreuen will, hat sie ja gesagt. Sie ist müde, die Knochen tun ihr weh, das Kreuz ist nicht in Ordnung. Aber ihre Rente ist nicht hoch. Das Hotel soll geschlossen werden. Die Zimmer entsprechen nicht den Wünschen der Herren mit den steifen Aktentaschen. Wenn es umgebaut wird, kann das Jahre dauern. Sie werden für die Garderobe eine Junge einstellen. Neue Zeit – neue Zimmer – neue Frau, das ist klar. Sie wird das Geld brauchen, das sie bis dahin noch verdienen kann. Der Rat der Stadt hat das Restaurant des

Theaters für seine Feier genommen. Der Weg dorthin ist für die alte Frau doppelt so weit wie der zum Hotel. Sie wird mit dem Bus hinfahren. Für das Fahrrad liegt zu viel Schnee. Vielleicht findet sie jemanden, der sie nach Hause mitnimmt, wenn die Arbeit beendet ist.

Als sie eine Stunde vor Dienstbeginn aus dem Bus klettert und zum Theater hinübergeht, sieht sie Licht im Restaurant. Schön, dass sie nicht warten muss, bis die Kellner kommen, der Koch oder die Mädchen, die bedienen. Im Theater-Restaurant sind bestimmt zehn oder zwanzig Menschen beschäftigt. Sie wird nicht allein sein an diesem Abend. Sie freut sich, denn sie kennt ein paar von den Mädchen, die dort arbeiten, und auch die Leiterin, eine tüchtige Person.

Als sie den Vorraum des Restaurants betritt, bleibt sie stehen. Rechts, etwas weiter hinten, liegt ihr Arbeitsplatz. Sie kennt sich aus, denn sie hat hier hin und wieder auch früher schon ausgeholfen. Die roten Samtvorhänge sind noch zugezogen. Das dunkle Holz der Tischplatte glänzt. Links ist das Zimmer der Leiterin, dahinter liegen die Türen zur Küche und zum Restaurant. Sie hat erwartet, die Türen offen zu finden, Geräusche aus der Küche und aus dem Restaurant zu hören. Es ist alles ruhig. Nur die Tür zum Zimmer der Leiterin steht halb offen. Es sind Menschen hinter der Tür. Die Alte macht ein paar Schritte und stößt die Tür ganz auf. Die ganze Belegschaft ist versammelt. Die Leiterin steht hinter dem Schreibtisch und hält ein Stück Papier in der Hand. Vielleicht hat sie gerade daraus vorgelesen. Niemand sagt ein Wort. Die Leiterin sieht ihr entgegen.

Komm rein, Oma Günther, sagt sie, freundlich wie immer, aber mit einer anderen Stimme als sonst, nehmen Sie sich einen Stuhl.

Was ist los, fragt die alte Frau.

Niemand antwortet. Schließlich sagt der Koch, er ist mit ihrem Enkel zur Schule gegangen, frech war der Bengel, soll aber jetzt sehr tüchtig sein: Der Rat der Stadt teilt uns mit, dass wir entlas-

sen sind. Ob und wann man woanders für uns eine Verwendung hat, wird später entschieden.
Was für ein Quatsch, sagt die Alte, sie können euch doch nicht entlassen. Wer soll denn dann das Restaurant betreuen.
Das Restaurant wird geschlossen, sagt die Leiterin. Und jetzt wird es Zeit, dass wir anfangen. Geht an die Arbeit, bitte.
Ohne ein Wort der Erwiderung verlassen sie das Zimmer. Die Alte bleibt noch einen Augenblick sitzen, bevor sie geht. In der Garderobe zieht sie die Samtvorhänge auf, kontrolliert die Nummernschilder an den Haken der Garderobenständer, stellt eine kleine Schale für das Trinkgeld auf die Tischplatte, räumt im Hintergrund einen Stuhl frei und trägt ihn nach vorn. (Früher hat sie ihren Ehrgeiz dareingelegt, den Abend ohne Stuhl zu bewältigen. Das tut sie jetzt nicht mehr.) Sie verrichtet ihre Arbeit anders als sonst, mechanisch. Obwohl sie von der Entlassung nicht betroffen ist, sie hilft ja nur aus, ist eine Bedrohung von den Worten der Leiterin ausgegangen, die ihr zu schaffen macht. Wenn sie so viele Leute entlassen, die alle noch jung sind, gut, die Leiterin ist vielleicht schon fünfzig, aber wie tüchtig ist sie, und die Mädchen, das sind doch alles noch Lehrlinge, der Koch wird vielleicht eine andere Arbeit finden, aber wer soll denn noch essen gehen, wenn sie kein Geld mehr verdienen, wenn sie so viele junge Leute entlassen, dann haben sie sie bestimmt nur vergessen. Oder sie kommt morgen Vormittag ins Hotel, und dieses dumme Ding vom Empfang gibt ihr den Brief. Oder sie liest ihn ihr vor.
Sie sieht sich ganz deutlich im Foyer des Hotels stehen, an der Rezeption lümmelt sich ein Haufen von diesen Kofferträgern, und sie steht da – nein, sie wird sich in einen Sessel setzen, wenn sie kommt. Sie wird sich nicht still in ihrer Garderobe verkriechen. Sie wird sich in einen der Ledersessel setzen und warten. Man wird sehen, was geschieht. Sie hat in diesem Hotel zwanzig Jahre gearbeitet. Morgen wird sie sich in den dicksten Ledersessel setzen und sehen, was passiert.

Auf dem Stuhl in der Garderobe sitzend, malt sie sich den kleinen Aufstand aus, der entstehen wird, wenn sie auf dem Sessel sitzt, auf den sie nicht gehört. Sie ist so in Gedanken versunken, dass sie vergisst, aufzustehen, als die ersten Gäste kommen. Sie entschuldigt sich und beginnt ihre Arbeit beinahe fröhlich.

Als der erste Ansturm der Gäste vorüber ist, sitzt sie auf ihrem Stuhl und ärgert sich darüber, dass die Leute, die sie von früher kennt, plötzlich so getan haben, als wäre sie gar nicht vorhanden. Trotzdem: Die alten und die neuen Mitglieder des Rats sind leicht auseinanderzuhalten, schon an den Frauen. Die von hier bringen ihre feinen Schuhe im Beutel mit und geben die Straßenschuhe an der Garderobe ab. Die anderen fahren vor, oder sie erfrieren sich die Füße, je nachdem.

Manchmal kommt eins der Mädchen aus dem Restaurant zu ihr in die Garderobe, später, als der Lärm drinnen zunimmt, weil viel getrunken wird. Dann versucht sie, zu trösten und Mut zu machen. Die Mädchen sind jung, sie werden etwas Neues finden, auch wenn sie die Lehre noch nicht beendet haben. Ihre eigene Angst kommt ihr dann kleinlich vor. Sie ist alt, sie hat ihr Leben gelebt, aber die hier? Sie tröstet und baut Luftschlösser, aber manchmal legt sie plötzlich die Hände in den Schoß und sagt: Ach, Kind, ich weiß auch nicht.

Gegen Mitternacht wird es im Saal so laut, dass sie hinter der Garderobe hervorkommt und durch einen Spalt der angelehnten Tür in den Saal sieht. Die da drinnen sind dabei, sich zu einer Polonaise zu formieren. Die ersten Paare haben sich die Hände auf die Schultern gelegt und steigen über Tische und Stühle, belacht und angefeuert.

Die Kette wird schnell länger, Stühle fallen um, es wird gesungen und geklatscht von denen, die noch beiseite stehen und zusehen. Die Alte lehnt die Tür wieder an und geht zurück in die Garderobe. Die Leiterin kommt aus ihrem Büro, vielleicht ebenfalls vom Lärm da drinnen angelockt. Sie bleibt neben der Garderobe stehen.

Was ist denn da los, sagt sie, als die Tür zum Saal auffliegt und der Kopf der Polonaise erscheint, grölend und trampelnd eine Runde durch den Vorraum macht und, einen endlosen Schwanz von kreischenden Menschen hinter sich herziehend, wieder im Saal verschwindet. Die Alte ist aufgestanden und sieht zu.
Auf der Heide steht ein kleines Blümelein und im Westerwald schwarzbraun ist die Haselnuss vom Polenmädchen.
Das war's dann wohl, sagt die Leiterin, als die letzten Paare hinter der Saaltür verschwunden sind. Wenn Sie viel Zeit haben, Oma Günther, dann machen Sie sich doch den Spaß, bei denen von uns mal die Revers nachzusehen. Es sind einige dabei, die müssten noch Löcher drin haben.
Sie geht in ihr Büro und schließt die Tür hinter sich. Die Alte überlegt einen Augenblick, bevor sie sich zurück auf ihren Stuhl setzt. Soll sie gehen? Sie hat keine Lust mehr, diesen Leuten ihre Mäntel zu geben und den Frauen die Schuhe.
Plötzlich fühlt sie sich fremd, sogar ein wenig beschämt, als wäre sie bei einem unkorrekten Verhalten erwischt worden. Es geschieht etwas, das sie nicht versteht und das sie auch nicht verstehen will. Sie sieht auf die Uhr an ihrem Handgelenk. Wenn sie sich beeilt, erreicht sie den letzten Bus noch. Aus dem Saal kommt ein betrunkener Mann an die Garderobe getorkelt. Sie steht auf, nimmt ihre Tasche unter dem Tisch hervor und verschwindet im Hintergrund. Der Mann bleibt einen Augenblick stehen und torkelt dann zur Tür hinaus. Sie findet ihren Mantel, zieht ihn an und verlässt die Garderobe. Die Tür zum Büro der Leiterin ist noch immer verschlossen. Sie klopft und öffnet die Tür.
Ich gehe, sagt sie. Die Frau hinter dem Schreibtisch nickt. Gehen Sie nur, sagt sie. Sie hat rote Ränder um die Augen, aber ihre Stimme ist freundlich und vollkommen beherrscht. Ich lass eins von den Mädchen die Mäntel ausgeben. Gute Nacht.
Die Alte schließt die Tür und wendet sich zum Gehen. Draußen steht der Betrunkene und kotzt in den Schnee.

GIESE HAT einen Fehler gemacht, dachte Bella, mehrere wahrscheinlich, aber einen entscheidenden: Er hat geglaubt, er kann mich täuschen. Sie verspürte noch immer wenig Lust, ihm den Mord nachzuweisen. Aber er sollte nicht glauben, dass er sie an der Nase herumführen könnte. Fast tat er ihr ein wenig leid, als sie daran dachte, dass er nicht gewusst hatte, mit wem er es zu tun bekam. Jedenfalls hat er begriffen, dass ich nicht so harmlos bin, wie ich aussehe, dachte sie, sah in den Rückspiegel und fand sich absolut nicht harmlos aussehend. Sie grinste sich zu. Vielleicht hatten ihn die weißen Haare getäuscht. Sie beschloss, wenn sie zu Hause war, ihre Haare rot färben zu lassen. Es war unfair, andere Menschen zu täuschen. Einen Augenblick lang überlegte sie, ob sie den Maler noch einmal besuchen sollte. In gewisser Weise hatte sie auch ihn getäuscht. Er würde, trotz seiner Wut auf den Vater, nicht erfreut darüber sein, wenn er erführe, was geschehen war.

Was ist denn eigentlich geschehen, Bella Block, fragte sie sich. Wenn sie aufrichtig war, hatte sie auch jetzt noch nur Vermutungen. Aber sie spürte jenes zuversichtliche Gefühl, das sie kannte, das sich immer dann einstellte, wenn sie der Lösung eines Falles nahe war. Merkwürdigerweise empfand sie diesmal keine Trauer, die sich sonst gleichzeitig einstellte. Nicht Trauer, sondern Neugierde spürte sie; Neugierde auf eine merkwürdige Weise, so, als erhoffte sie sich von der Aufklärung des Mordes an der Böhmer gleichzeitig Aufklärung über Beweggründe für Taten ganz anderer Art. Darüber war sie erstaunt, aber auch erfreut.

Die alte Erregung, die mit ihrem Beruf verbunden gewesen war, deretwegen sie ihn gewählt und die sie im Laufe der Jahre verloren hatte, war zurückgekehrt. Sie hatte immer wissen wollen, weshalb die Menschen so lebten, wie sie lebten, leidend an sich selbst und an anderen. Was war besser geeignet, als die Motive kennenzulernen, mit denen sie sich gegenseitig umbrachten, um herauszufinden, woran sie litten.

Manche Männer gaben sich wie Sieger, ohne zu wissen, dass der

Tod derer, die sie besiegt hatten, ihre größte Niederlage war. Zu denen würde Giese nicht gehören. Bella hatte das sichere Gefühl, dass er sich im Augenblick des Erkanntwerdens in einen jammernden Haufen Unglück verwandeln würde. Sie ekelte sich schon jetzt vor dieser Situation.

Sie versuchte, sich an das Verhalten der Frauen zu erinnern, die sie als Mörderinnen überführt hatte. Es waren wenige, statistisch machte ihr Anteil etwa zwölf Prozent aus, sie selbst hatte vier Frauen erlebt, die getötet hatten. Das waren auf jeden Fall weniger als zwölf Prozent gewesen. Sie waren ihr jedes Mal wie versteinert erschienen, selbst die, die geredet hatten, waren wie Steine gewesen. Sie fühlten sich schuldig, erstarrt unter der Last ihrer Schuld. Man konnte zusehen, wie sie unter der Last ihrer Schuld in sich zusammenkrochen, bis nichts mehr übrig war als ein versteinerter Klumpen Mensch. Manchmal hatte sie sich gewünscht, die Frauen würden sich anders verhalten, aggressiv, anklagend. Wozu sie allen Grund gehabt hätten. Das war nie geschehen.

Auch einer der Gründe, weshalb ich's in dem Beruf nicht mehr ausgehalten habe, dachte Bella, erinnere dich daran, bevor du anfängst, wieder Gefallen am Detektivspielen zu finden.

Sie hatte inzwischen die Stadt umfahren. Unterwegs waren ihr nur wenige Fahrzeuge begegnet, jetzt, nachdem sie über eine Brücke gefahren war und auf der anderen Seite des Flusses den Weg in Richtung Flugplatz eingeschlagen hatte, wurden es mehr. Sie war froh darüber. Wäre sie allein gewesen, hätte sie angenommen, sie habe den falschen Weg eingeschlagen. Wassergefüllte Schlaglöcher mit den Ausmaßen kleiner Seen machten die Straße beinahe unpassierbar. Hinter einem hohen Drahtzaun erkannte sie das Lager, das die Stadt ihren ausländischen Gästen gebaut hatte. Pfützen umgaben die Baracken. Niemand zeigte sich an den Fenstern oder vor den Türen. Gleich daneben begann der Müllberg, den sie auch aus der Zeitung kannte. Die Wirklichkeit war beklemmender als das Foto. Aasgeier in Gestalt von Möwen und Raben zu Zehntausenden hielten den Platz besetzt.

Bella versuchte, sich die Situation im Sommer vorzustellen, wenn der Müllberg nicht wie jetzt erfroren und mit Schnee bedeckt dalag, sondern in der Hitze vor sich hin stank, wurde aber abgelenkt durch einen Mann auf einem klapprigen Fahrrad, der in Schlangenlinien am Rand der durchlöcherten Straße dahinfuhr. Sie versuchte, so langsam zu fahren, dass er nicht nass wurde, jedenfalls nicht durch sie.

Der Platz, auf dem die Soldaten ihre Essensausgabe eingerichtet hatten, war leicht gefunden; sie brauchte nur den vor ihr fahrenden Wagen nachzufahren und anzuhalten, als die anderen anhielten. Sie stieg aus und ging ihnen nach.

Früher war hier der Eingang, hörte sie einen alten Mann neben sich sagen, als sie angekommen war. Die Reste eines gemauerten Portals waren zu erkennen, dahinter verwahrlostes Gelände, Hügel über ein paar unterirdischen Bunkern, in der Ferne unordentlich abgestellte, vielleicht schrottreife Militärlastwagen.

Wird das hier noch genutzt?, fragte sie den Mann, der neben ihr stehen geblieben war.

Ist ein Rest Bundeswehr drauf, sagte er, davor war hier die NVA, na ja, und davor Adolf seine. Ach ja, und zwischendurch die Russen, natürlich. Die haben als Erstes das Portal weggesprengt. Steinerner Reichsadler mit Hakenkreuz. Hat da drüben noch 'ne ganze Weile im Dreck gelegen. Genauso wie die Hangars, die sind auch weg.

Ich finde, es sind wenig Leute hier, sagte Bella. Es waren viel weniger Menschen gekommen, als sie angenommen hatte. Sie zählte dreißig, zu denen hin und wieder noch jemand dazukam, allerdings niemand aus den verwahrlosten Häusern, die außerhalb des Flugplatzgeländes standen. Vielleicht hatten hier früher die Familien gewohnt, deren Männer auf dem Flugplatz beschäftigt gewesen waren.

Nee, sagte der alte Mann, die haben hier auch ihren Stolz. Vielleicht haben sie's ja auch nicht nötig.
Und Sie?, fragte Bella, was ist mit Ihrem Stolz? Sie fand ihre Frage indiskret und ärgerte sich darüber, aber der Alte war nicht beleidigt.
Nee, sagte er, so was hab ich nicht. Nur Lust auf 'ne warme Suppe. Er sagte es in abschließendem Ton und entfernte sich ein paar Schritte von Bella, hin zu dem großen Suppentopf. Von der anderen Seite der Straße her kam eine alte Frau auf einem Fahrrad angeradelt. Bella erkannte die Alte, die sie vor ein paar Tagen in der Garderobe des Hotels nach Christa Böhmer gefragt hatte. Ein Kochgeschirr hing am Lenker des Fahrrads. Bella ging durch das gesprengte Portal, vorbei an den Suppe austeilenden Soldaten. Niemand hinderte sie daran, auf den am nächsten gelegenen Hügel zu klettern. Keines der Bilder des Flugplatzes, das sie im Archiv gesehen hatte, entsprach der Wirklichkeit. Vor ihr lag ein großes, verwahrlostes Gelände, sie konnte sich nicht vorstellen und würde auch nie wissen, was die Böhmer dort gesucht hatte. Sie konnte den Besuch auf dem Flugplatz beenden. Vorsichtig rutschte sie den schneebedeckten Hügel hinab und verließ das Gelände. Sie ging zurück zu ihrem Wagen, ohne das kleine Häufchen Essender noch einmal anzusehen. In der Luft hing der Geruch von Erbsensuppe.
Sie hatte die Wagentür aufgeschlossen und wollte einsteigen, als sie angerufen wurde. Die Alte war hinter ihr her geradelt. Das Kochgeschirr klapperte leer gegen die Lenkstange.
Ja?, sagte Bella.
Die Frau war mindestens achtzig, sprang aber so behände vom Rad, dass Bella sie dafür bewunderte.
Waren Sie das nicht, die neulich nach dem Giese gefragt hat?, sagte sie. Sie hätte eigentlich ein freundliches Gesicht gehabt, nach der Anordnung der Runzeln zu schließen, jetzt sah sie ernst aus. Und entschlossen, dachte Bella, anders jedenfalls als vor ein paar Tagen.

Seine Frau hat sich aufgehängt, sagte die Alte, drüben auf dem Bierkeller. Ich bin eben daran vorbeigekommen. Ich hab der Polizei Bescheid gesagt, da vorn von der Telefonzelle.
Danke, sagte Bella, wo kann ich Sie treffen, im Hotel?
Schon möglich. Sie können es auf jeden Fall dort versuchen.
Bierkeller, dachte Bella, während sie schneller fuhr, als die schlechte Straße es zuließ, auch so ein Wort aus der Vergangenheit. Es ist, als ob ich irgendwelchen Kürzeln nachlaufe, deren Bedeutung ich nicht verstehe, die mich aber trotzdem voranbringen.
Die Frau trug Socken und ein Nachthemd. Zwischen dem Saum und den Socken waren eine Handbreit ihre wächsernen Beine zu sehen. Sie schwang ganz leicht im Wind hin und her, so als gebe sich der Wind Mühe, ihre Blöße unter dem Hemd bedeckt zu halten, oder als schützten sie die dicken Baumstämme und die dichten Sträucher rundherum. Am anderen Ende des Seils lag ein Schlitten. Nirgendwo war ein Werkzeug zu sehen, mit dem sie das Schloss am Tor des Zauns hätte aufgebrochen haben können. Das Schloss musste schon offen gewesen sein, als die Frau kam. Oder war sie über den Zaun gestiegen?
Bella ging durch das halb offen stehende Tor auf die Tür des Kellers zu. Auch dort war ein Schloss. Es hing an einem eisernen Riegel, dessen Schrauben locker in der Wand steckten. Sie konnte den Riegel herausnehmen und die Tür öffnen.
Die Sirene eines Polizeiwagens kam näher. Bella steckte die Schrauben zurück in die Wand und ging zum Weg vor dem Zaun. Sie hatte keine Lust auf Polizei. Auf dem Weg zu ihrem Wagen kam sie an dem Schild vorbei, auf dem erklärt wurde, hinter dem Zaun befinde sich eines der letzten Fledermaus-Schutzgebiete.
Natürlich, die Fledermaus, die das kleine Mädchen in den Händen gehalten hatte. Fledermäuse schliefen im Winter, besonders wenn sie in Ruhe gelassen wurden.
Sie erreichte ihren Wagen, bevor die Polizei von der anderen Seite her in den Weg zum Bierkeller einbog. Einen Augenblick

blieb sie in sicherer Entfernung stehen und beobachtete das aufgeregt blinkende Blaulicht.
Sie würde mit Giese reden und dann verschwinden. Der Rest war Sache der Polizei. Sie wendete ihren Wagen, erreichte die Landstraße und fuhr bis an den Weg, der zu Gieses Gasthaus führte. Unterwegs kam ihr ein Feuerwehrwagen mit eingeschalteter Sirene entgegen.
Den Wagen ließ sie am Straßenrand stehen. Auf dem Weg zu Gieses Restaurant sah sie Fußspuren im Schnee, die eine Frau in Socken hinterlassen hatte, einen Schlitten hinter sich herziehend. Niemand begegnete ihr. Ohne die Sirene der Polizei und das Bild der Frau im Baum, das sie im Kopf hatte, hätte die Landschaft eine verschneite Bilderbuchlandschaft sein können.
Das Gartentor war angelehnt. Bella ging auf die Tür des Gasthauses zu. Auch diese Tür war nicht geschlossen. Stimmen waren zu hören. Sie bemühte sich, leise einzutreten. Die Stimmen kamen aus dem Restaurant.
Ich hab keine Ahnung, wo Mutter ist, sagte Giese, und ihr werdet sie gefälligst mit eurer Idee in Ruhe lassen. Sie hat so schon genug Sorgen.
Weil du sie genauso ausnutzt wie uns.
Das war eine Männerstimme. Bella blieb stehen und wartete. Giese brauchte anscheinend ein wenig Zeit, um Luft zu holen.
Vater, versteh doch. Wir wollen hier weg. Du und Mutter, ihr seid jung genug, um das Geschäft noch ein paar Jahre allein zu führen. Euch macht es nichts aus, wenn die Gäste ihre Witze machen. Ossi – das ist doch wie Ochse. Drüben gibt es Arbeit genug. Ich hab doch hier was gelernt –
Der jungen Frau kippte die Stimme, sie begann zu schluchzen.
Jawohl, hier hast du was gelernt, hier und nicht drüben. Und jetzt einfach abhauen. Von Verantwortung wollt ihr nichts wissen. Ihr seid hier aufgewachsen, dies ist euer Land, eure Geschichte, Mutter hat immer gesagt –
Komm, Karin, es hat keinen Zweck. Jetzt macht uns dein Vater

noch für die Geschichte verantwortlich. Jochen hat recht. Er ist nichts weiter als ein Opportunist. Soll er doch die Geschichte aufarbeiten, mir reicht's. Und dass du's weißt: Karin und ich, wir haben uns beworben, bei VW, und eine Zusage bekommen. Am Ersten ist hier der Letzte. Mit Mutter reden wir allein.
Den letzten Satz sagte er leiser, seine Schritte kamen auf die Tür zu. Bella hatte keine Zeit mehr zu verschwinden. Die beiden jungen Leute standen plötzlich vor ihr, sahen sie an und gingen weiter, ohne sich um sie zu kümmern. Die Pendeltür schwang hinter ihnen hin und her.
Kurz sah sie Giese im Restaurant stehen. Er blickte den beiden nicht nach, sondern starrte vor sich hin auf den Fußboden. Bella blieb stehen und überlegte.
Ein geschlagener Mann, dachte sie, vielleicht ein günstiger Augenblick, um ihn zum Reden zu bringen. Dann fiel ihr ein, dass seine Frau tot war. Sie würde es ihm sagen müssen. Musste sie wirklich? Es dauerte eine Weile, bis sie sich entschloss, hineinzugehen.

ER HATTE keine Zeit mehr gehabt, nachzusehen, wann die Frau eingeschlafen war. Die Gäste hielten ihn in Bewegung. Und dann, als er schon dachte, es wäre gleich Feierabend, war diese Frau noch aufgetaucht; das heißt, aufgetaucht war sie schon vorher, sie war ihm bloß nicht mehr aufgefallen. Hatte die ganze Zeit in der halbdunklen Veranda gesessen und gelesen. Jedenfalls lag ein Buch neben ihrem Glas, als er an ihren Tisch kam. Vielleicht hatte sie ja gar nicht gelesen, sondern ihn beobachtet. Das war ihm egal. Als sie dann wirklich von der Böhmer anfing, war er gewarnt. Außerdem hatte er seine Vorsichtsmaßnahme schon längst getroffen. Sollten sie die doch woanders suchen, wenn sie nicht nach Hause kam. Von hier war sie abgereist. Als die Frau ging, war er sicher, sie beruhigt zu haben. Beruhigt – dabei wusste er nicht einmal, ob sie überhaupt gefährlich war. Als die Verliebten davonschwankten, hatte er im Restaurant schon aufgeräumt. Er musste nur noch die Haustür abschließen und nach oben gehen. Die Frau lag da und schlief. Er konnte lange nicht schlafen.

Je mehr er darüber nachdachte, desto sicherer war er, dass die ganze Sache noch nicht ausgestanden war. Irgendwann würden sie die Polizei zu ihm schicken. Er musste sich darauf vorbereiten. Sie würden nach Spuren suchen. Es gab keine Spuren im Haus. Er hatte die Leiche über den Fußboden gezogen und die Kellertreppe hinunter. Blutspuren konnten sie wieder sichtbar machen, das wusste er. Da war eine Geschichte im Fernsehen gewesen. Ein junger Mann hatte seine Eltern und seinen Bruder geschlachtet und in Säure aufgelöst. Danach hatte er sich vier Wochen Zeit gelassen, um das Haus zu säubern. Vier Wochen hatte er geputzt. Dann war er sicher gewesen, dass keine Spuren mehr da waren, und er war zur Polizei gegangen. Um seine Leute als vermisst zu melden. Hätte er auch zur Polizei gehen sollen? Quatsch, er vermisste die Böhmer ja nicht. Jedenfalls hatte die Polizei irgendeinen Verdacht geschöpft und das Haus durchsucht. Gefunden worden war nichts. Erst beim dritten Mal waren sie dann mit irgendeinem chemischen Zeug gekommen, das sie überall verstrichen hatten. Und dann war plötzlich das ganze Haus voller Blut gewesen.

An seinem Fußboden konnten höchstens Fusseln hängen geblieben sein. Inzwischen war hundertmal aufgewischt worden, auch die Kellertreppe. Außerdem wussten sie ja gar nicht, was die Böhmer angehabt hatte.

Sie wussten nicht, wonach sie suchen sollten. Der Gedanke beruhigte ihn ein wenig.

Plötzlich fiel ihm das aufgebrochene Schloss des Bierkellers ein. Er hatte es nicht in Ordnung gebracht. Am liebsten wäre er sofort aufgestanden, um nachzusehen, ob es noch nicht verrutscht war. Er musste sich zusammennehmen, um ruhig liegen zu bleiben. Im

Bierkeller gab es Spuren, das war klar. Sie würden mit der Zeit verschwinden. Es durfte nur niemand vorher auf die Idee kommen, dort nachzusehen. Der einzige Grund, der sie auf die Idee bringen könnte, den Bierkeller zu durchsuchen, war das Schloss. Wenn das Schloss in Ordnung war, gab es keinen Grund, Verdacht zu schöpfen. Er musste das prüfen.

Nur der Frau nichts davon sagen. Sie schlief jetzt fest. Vielleicht würde es ihr morgen schon besser gehen. Er hätte es ihr nicht sagen sollen. Sie tat ihm leid. Er hätte gern seine Hand nach ihr ausgestreckt und sie getröstet. Aber er fürchtete, sie aufzuwecken. Er lag da, dachte an den warmen Körper seiner Frau und begriff plötzlich, dass er selbst Trost brauchte. Der Gedanke erschreckte ihn.

Er begann sich einzureden, das alles in Ordnung sei, ganz einfach, mit Sätzen, die er wiederholte: Alles in Ordnung, alles in Ordnung, keine Leiche im Keller, so, wie andere Schäfchen zählen, wenn sie nicht einschlafen können. Aber dachte er »Leichen« anstatt »Leiche«. Und plötzlich war das andere wieder da gewesen, und er hatte sich gefürchtet.

Irgendwann, als er begriff, dass er nicht einschlafen würde, war er aufgestanden und hatte sich eins dieser weißen Dinger aus dem Bad geholt. Es dauerte trotzdem noch eine Weile, bis er sich beruhigte.

Und dann hatte er verschlafen. Es war zehn Uhr gewesen, als er aufwachte. Die Frau war schon aufgestanden. Er blieb noch eine Weile liegen. Erst als es noch immer nicht nach Kaffee roch und von unten kein Laut zu hören war, war er aufgestanden, hatte sich angezogen und war hinuntergegangen. Sie war nicht in der Küche gewesen.

Plötzlich hatte er die Idee gehabt, sie könnte zur Polizei gegangen sein. Er war in den Flur gelaufen und hatte erleichtert festgestellt, dass der Mantel dort hing, wo er hingehörte. Und gerade da waren die Kinder gekommen.

Er stand im Restaurant und sah sich um. Die Einrichtung schien ihm seltsam fremd, so als hätte sie ein anderer ausgesucht. Aber er selbst hatte sie bestellt, nach Bildern, die der Brauereivertreter ihnen gezeigt hatte. Es schien, als sei der Abstand zwischen ihm und den Möbeln weiter als sonst, als stünden die Dinge ein wenig schräg und er in einer Senke in der Mitte. Es war nur eine winzige Schräge, aber er spürte sie so deutlich, dass er fürchtete, die Möbel und die schwere Theke könnten auf ihn zurutschen und ihn einschließen. Er schüttelte den Kopf. Was für ein Unsinn, dachte er, das sind die Nachwirkungen der Tablette, ich will einen Schnaps trinken.

Er stand hinter der Theke, als die Schwingtür geöffnet wurde und Bella eintrat.

Geben Sie mir auch einen, sagte sie und hörte, wie das Glas gegen die Flasche schlug, das er in der Hand hielt.

DIE ALTE FRAU Günther hatte ihr Fahrrad gegen die Mauer gelehnt, bevor sie sich in die Schlange einreihte, die vor dem Suppentopf stand. Ein scharfer Ostwind war aufgekommen. Sie hatte ihn auf der Herfahrt im Rücken gespürt, und jetzt pfiff er ihr um die Ohren. Auf dem Heimweg würde sie Mühe haben, gegen ihn anzukommen. Am Bierkeller fuhr sie nicht noch einmal vorbei. Das stand fest. Obwohl sie die Frau dann wahrscheinlich schon abgenommen hatten.

Das war eine Idee: im Nachthemd dahin gehen und sich aufhängen. Vielleicht wollte sie zu Hause keine Umstände machen. Ging ja wohl auch kaum einer in ein Restaurant, wenn da ein paar Tage vorher jemand gehangen hatte. Aber warum? Die waren doch fein raus. Das Restaurant lief gut. Das Haus gehörte ihnen. Ihr Mann war im Gemeinderat. Nur weil der sich um hundertachtzig Grad gedreht hat, bringt man sich doch nicht um.

Geht's da vorn nicht ein bisschen schneller, rief der Mann vor ihr. Uns ist kalt.

Das sind alles junge Kerle. Haben Sie gesehen, wie die mit der Kelle umgehen? Tollpatschiger kann man sich gar nicht anstellen.
Früher haben sie wenigstens Musik dabei gehabt, erwiderte der Mann, immer noch unzufrieden darüber, dass er warten musste, aber schon ein wenig ruhiger.
Früher, früher, sagte die Alte, früher, mein Lieber, hätte man dich in deinem Alter noch zum Volkssturm geholt. Oder, wer weiß, vielleicht hättest du mit einem Holzbein vor mir gestanden. Na ja, das wär dir dann wenigstens nicht kalt geworden.
Der Mann vor ihr sagte nichts mehr. Die Schlange rückte langsam vor.
Der Wind war wirklich kalt. Wenigstens würde sie das Dicke von unten kriegen. In diesen großen Töpfen war das Dicke immer unten.
Der Dienst im Hotel begann erst um fünf. Wenn sie sie sowieso rauswerfen würden, könnte sie auch gleich hingehen. Der Gedanke daran, dass sie in der warmen Hotelhalle im Sessel sitzen und ihre Suppe löffeln würde, stimmte sie fröhlich. Eigentlich hatte sie vorgehabt, nach Hause zu fahren und dort zu essen. Aber bei dem Wind. Einen Löffel würden sie ihr in der Küche wohl geben.
Na, Oma, sagte der Soldat, dem sie das Kochgeschirr hinhielt, dein Kochgeschirr ist wohl auch noch von damals? Hat schon 'ne Menge mitgemacht, was?
Jawohl, sagte die Alte, Sachen, die du hoffentlich nicht mitmachen musst. Mach richtig voll, mein Junge.
Der Soldat lachte und füllte das verbeulte Geschirr vorsichtig bis zum Rand mit Suppe. Die Alte trat zur Seite und klappte den Deckel darüber. Sie sah sich suchend um, entdeckte das Rad an der Mauer, ging hin und hängte den Essnapf an den Lenker. Sie wendete das Rad, schob es auf die Straße und stieg auf.
Schon nach ein paar Metern spürte sie, wie schwer es war, gegen den Wind zu fahren. Eine kleine Strecke lang versuchte sie es

trotzdem. Dann gab sie auf, stieg ab und schob das Rad neben sich her. Sie beugte sich vor, so dass ihr Kopf auf gleicher Höhe mit dem Lenker war, und versuchte, ein wenig schneller zu gehen. Sie brauchte Zeit, um den richtigen Rhythmus beim Gehen zu finden, aber dann ging es ganz gut.
Ihre Gedanken kehrten zurück zu der Frau im Baum. Manche Bilder vergisst man nicht, dachte sie, vielleicht, weil ich sie schon als Kind gekannt hab. Komisch, dass man nie weiß, was aus den Kindern wird, wenn sie erwachsen werden. Obwohl, zu dem Giese hat sie nicht gepasst. Jeder hat sich gewundert, als die Hochzeit bekannt wurde. Waren ja Zeiten, wo man keine großen Hochzeitsfeiern machte, damals. Besonders, wo die Familie zu denen gehört hat, die verfolgt worden waren. Was man ja von seiner Familie nicht gerade sagen kann. Sie blieb stehen, richtete sich auf und sah nach vorn. Wenn ich die Straße erreicht habe, wird es leichter gehen, dachte sie, dann kann ich wieder aufsteigen.
Die alte Frau brauchte fast eine Stunde, bis sie das Hotel erreicht hatte. Als sie abstieg und ihr Rad in den Fahrradständer neben dem Eingang schob, spürte sie, dass ihr die Knie wehtaten. Die Suppe in dem Blechgeschirr war kalt geworden. Sie ging quer durch das Foyer, durch einen Seitenkorridor in die Küche und bat den Koch, die Suppe aufzuwärmen. Als sie zurückkam, hielt sie einen Löffel in der Hand und trug das Kochgeschirr vor sich her. An der Rezeption standen zwei Kofferträger und schäkerten mit dem Mädchen in der durchsichtigen Bluse. Die Alte suchte sich einen bequemen Sessel, ließ sich nieder und begann zu essen. Niemand kümmerte sich um sie.

GIESE STELLTE die Flasche ab und sah Bella an. Unter seinen Augen entwickelten sich langsam zwei rote Dreiecke, rechts und links begrenzt von den Wangenknochen und den Falten neben seinen Nasenflügeln. Die Hand, die das Schnapsglas hielt, zitterte immer noch. Das lautlose Zittern wirkte auf Bella erschreckender als das Klappern der Flasche am Glas. Es fiel ihr schwer, den Blick von der Hand abzuwenden. Sie starrte darauf, bis Giese sich mit einer plötzlichen Anstrengung zusammennahm, das Glas zum Mund führte und das leere Glas mit einem lauten Schlag auf den Tresen setzte.

Was wollen Sie hier? Wir haben geschlossen, sagte er, hörbar bemüht, seiner Stimme einen forschen Klang zu geben.

Erst mal möchte ich einen Schnaps. Und dann will ich mit Ihnen reden.

Bella blieb ruhig und freundlich. Der Mann vor ihr war am Ende, aber er wollte es nicht zugeben, vielleicht nicht einmal vor sich selbst. Er würde versuchen zu kämpfen. Sie hatte keine Ahnung, ob er ein guter Kämpfer war. Sie nahm eher an, er würde schnell aufgeben. So oder so, er war ihr nicht gewachsen, und sie hatte keine Lust, auf einem am Boden Liegenden herumzutrampeln.

Setzen Sie sich hin, sagte sie, den Schnaps kann ich mir selbst einschenken. Ich nehme an, Sie können auch noch einen gebrauchen. Giese antwortete nicht. Sie ging an ihm vorbei, um ein Glas zu suchen.

Raus hier, sagte er leise. Bella kümmerte sich nicht um ihn, nahm ein Schnapsglas aus dem Regal hinter der Theke, griff an Giese vorbei nach dessen Glas und stellte beide Gläser nebeneinander. Als sie die Flasche in die Hand nahm, stieß er sie so unvermittelt zur Seite, dass sie das Gleichgewicht verlor. Sie wäre gefallen, wenn das Querbrett des Tresens sie nicht aufgehalten hätte.

Das ist immer noch mein Laden, hörte sie Giese sagen, während sie sich aufrichtete und die schmerzenden Rippen hielt. Seine Hand zitterte nicht mehr, als er die Gläser bis zum Rand füllte. Seine Stimme war fester als vorher.

Sieh an, dachte Bella, was so eine kleine aggressive Handlung alles bewirken kann. Nur nicht mit mir, Freundchen.

Ich hoffe für Sie, dass Sie Rücklagen haben, sagte sie. Ihr Vertei-

diger wird Sie eine Menge Geld kosten. Nützen wird es übrigens nichts. Deshalb glaube ich, Sie werden nicht mehr viel Freude an dem Laden hier haben, wenn Sie ihn nicht sowieso verkaufen müssen. Wegen der Kosten für die Verteidigung, meine ich.
Jetzt trinken Sie Ihren Schnaps, und dann machen Sie, dass Sie rauskommen, sagte Giese, während er den Platz hinter der Theke verließ und sich so an den Stammtisch setzte, dass er Bella im Auge behalten konnte. Bella sah hinter ihm die Wand mit den Rehgeweihen und auf den Tischen die Weihnachtssterne. Plötzlich empfand sie einen großen Widerwillen gegen den Mann, der da vor ihr saß und versuchte, überlegen zu wirken. Sie hatte keine Lust mehr, auch nur eine Minute länger als nötig zu bleiben.
Sie haben Christa Böhmer getötet, sagte sie. Ich weiß noch nicht, wie. Aber ich weiß, wo Sie die Leiche versteckt haben. Und in weniger als ein paar Stunden wird die Polizei es ebenfalls wissen.
Giese starrte sie an. Die Dreiecke unter seinen Augen wurden wieder stärker.
Sie sind von der Polizei, sagte er. Bella ließ seine Feststellung unbeantwortet.
Sagen Sie mir, weshalb, antwortete sie. Die Frau ist über vierzig Jahre nicht hier gewesen. Dann kommt sie ein paarmal zu Ihnen, und Sie bringen sie um. Was war der Grund? Was hatten Sie von ihr zu befürchten?
Giese antwortete nicht. Wenn sie ihm jetzt Zeit ließe, wenn sie vorsichtig mit ihm umginge, würde er nichts sagen.
Na gut, dachte sie, du hast es nicht anders gewollt. Sie nahm die Flasche, ging zu Giese an den Stammtisch und füllte sein Glas. In ihrem Rücken knackte die Kuckucksuhr. Sie stellte die Flasche auf dem Tisch ab und setzte sich Giese gegenüber. Das Knacken hörte auf. Einen Augenblick lang war es sehr still. Vor dem Fenster begann es wieder zu schneien. Es roch nach verbrannten Tannenzweigen. Neben dem Messingschild mit der Aufschrift STAMMTISCH stand eine kleine weiße Porzellanschale, in der

zwei Herzen lagen. Die Herzen waren in rotes Stanniolpapier eingewickelt.
Giese starrte mit gesenktem Kopf auf sein volles Glas.
Ihre Tochter und Ihr Schwiegersohn gehen in den Westen, sagte Bella.
Er hob den Kopf und sah sie an.
Was Jochen von Ihnen hält, wissen Sie ja.
Er nahm den Kopf ein wenig zurück. Er sah aus, als wolle er einer Ohrfeige ausweichen.
Gestern Abend hat Ihre Frau dort durch die Tür gesehen. Sie hatte Angst. Ihre Frau ist tot, sagte Bella. Sie hat sich erhängt.
Er hätte es überwunden. Die Sache mit den Kindern hätte er überwunden. Vielleicht hätte er sich damit getröstet, dass sie eines Tages zurückgekommen wären. Mancher war schon zurückgekommen. Jochen war ein Spinner. Den musste man nicht ernst nehmen. Den nahm niemand mehr ernst. Der verkaufte nicht mal seine Bilder. Aber die Frau. Wie viele Jahre hatten sie nachts nebeneinander gelegen? Ja, sie war dumm gewesen. Aber das war gleich. Sie hatte zu ihm gehalten. Sie war sogar jetzt nicht zur Polizei gegangen. Mit ihrem Körper hatte sie ihn getröstet. Zusammen hätten sie es geschafft. Er hatte ihr die Reise versprochen. Sie wären in den Süden gefahren. Wein probieren. Eine neue Dauerwelle.
Wir wollten in den Süden, sagte er leise. Ich hatte es ihr versprochen. Sie hat nicht durchgehalten.
Sie hat es gewusst, sagte Bella. Hat sie Ihnen geholfen?
Im Sommer ist sie gekommen, sagte Giese. Sie wollte wissen, was mit ihrem Vater war. Ich hab ihr gesagt, ihr Vater war in Ordnung. Aber sie ist immer wieder gekommen, mit Fotos, auf denen war er in Uniform. SS. Die hätte nicht lockergelassen. Die Vergangenheit wollte sie aufarbeiten. Ich hab ihm geholfen, damals. Er machte eine Pause. Als er weitersprach, war seine Stimme so leise, dass Bella sich Mühe geben musste, um ihn zu verstehen.

Januar 1945. Ich bin Briefträger. Die HJ-Jungen sind jetzt Briefträger. Das Haus nebenan ist schon leer. Die Leute sind vor den Russen abgehauen. Sie bekamen noch Post. Ich ging hin, und da war er drin. Er hat sie gefunden.
Giese schwieg.
Wen hatte er gefunden, fragte Bella.
Es sind zwei Männer und eine Frau. Sie sehen schrecklich aus, verhungert. Er sagt, die Schweine sind aus dem KZ abgehauen. Aber sie sind nicht schlau genug. Sieh dir doch ihre Visagen an, da siehst du gleich, was mit ihnen los ist. Die Jüdlein haben gedacht, sie können sich hier verstecken. Wir haben sie in den Garten gebracht. Sie waren ganz leicht. Einer –
Giese sprach nicht weiter. Bella drängte ihn nicht. Sie saß da und sah den Mann in der schwarzen Uniform, der die Flüchtigen umbrachte, und den Jungen, der ihm dabei half. Ihr wurde übel.
Sie stand auf.
Ich gehe jetzt, sagte sie. Ich nehme an, die Polizei wird bald hier sein. Erzählen Sie denen Ihre Geschichte.
Giese rührte sich nicht. An der Tür sah sie sich noch einmal um. Er saß da, inmitten der weißgedeckten, weihnachtlich geschmückten Tische, seine Hände lagen ruhig auf der Tischplatte. Er sah ihr nicht nach. Bella glaubte zu wissen, was er sah.
Draußen holte sie tief Luft. Ein paar Schneeflocken fielen auf ihre Lippen. Sie hielt ihr Gesicht einen Augenblick dem Schnee entgegen, bevor sie zurück zum Wagen ging. Es war immer noch Sonntag. Aus den Schornsteinen der Siedlungshäuser stieg der Rauch gerade in die Höhe. In den Backöfen schmorten die Sonntagsbraten. Die Gärten waren verschneit. In einem der Gärten lagen Tote unter dem Schnee. Sie war froh, als sie ihr Auto erreicht hatte.
Sehr langsam fuhr sie zurück. Sie würde das Auto abgeben und in der Billardkneipe sitzen bleiben, bis ihr Zug fuhr.
Die Böhmer hatte Giese mit ihren Fragen Angst gemacht. Er

musste glauben, sie würde nicht lockerlassen. Irgendwann wäre sie auf eine Spur des Verbrechens gestoßen. Man hätte Nachforschungen angestellt. Er musste gefürchtet haben, mit der Geschichte konfrontiert zu werden. Das hätte seine Pläne zunichte gemacht. Er konnte ja nicht wissen, dass die Böhmer wahrscheinlich gar nicht daran interessiert gewesen war, die üble Vergangenheit ihres Vaters an die große Glocke zu hängen. Wenn sie so dachte wie ihre Mutter, würde sie wahrscheinlich eher Entschuldigungen für ihn gefunden haben; ganz davon abgesehen, dass der Staat nicht besonders daran interessiert war, Verbrechen dieser Art aufzuklären. Wahrscheinlich hatte Giese auch das falsch eingeschätzt.

Die Feuerwehr und die Polizei waren abgezogen. Der Hohlweg, der zum Bierkeller führte, lag verlassen da. Die Polizei war nicht aus dem Dorf, sondern aus der Stadt gekommen. Es würde also noch eine Weile dauern, bis sie herausgefunden hatten, wer die Tote war.

Einen Augenblick überlegte Bella, ob sie anrufen und den Namen der Frau sagen sollte. Dann entschied sie sich dagegen. Wenn sie ihren Namen angab, würde sie aufgefordert werden zu warten.

Wahrscheinlich würde sie ihren Zug nicht mehr bekommen. Der Gedanke, noch eine Nacht in der Gegend zu verbringen, gefiel ihr nicht. Vielleicht hätte sie anrufen und ihren Namen verschweigen sollen. Aber sie ließ es sein, fuhr langsam auf die Stadt zu, durch eine Wand von Schnee, die nur hin und wieder zur Seite geblasen wurde. Dann sah sie einen hohen, schlanken und einen fast so hohen, breiten Kirchturm, ein seltsam altmodisch anmutendes Bild, wie von Caspar David Friedrich gemalt.

Als sie auf der linken Seite der Straße das Hotel erkannte, in dem sie am Anfang ihres Aufenthalts die Garderobenfrau nach der Böhmer gefragt hatte, bog sie kurz entschlossen von der Straße ab. Die alte Frau hatte ihr gefallen. Sie wollte sich von ihr verabschieden. Auf dem Parkplatz vor dem Hotel standen nur wenig

Autos. Sie stieg aus, warf die Tür ins Schloss und ging zum Eingang. Den Wagen, der von der Straße abbog und ebenfalls auf den Hotelparkplatz zusteuerte, beachtete sie nicht.

ALS BELLA das Restaurant verließ, sah Giese ihr nach. Er sah, wie sie ihr Gesicht dem Schnee entgegenhielt. Sie sah aus, als genieße sie den Schnee auf ihrer Haut. Sie sah so lebendig aus. Sie sah aus, als ginge es ihr gut, weil sie ihn reingelegt hatte. Er konnte fühlen, während er dasaß und wartete, dass sie vor den Fenstern verschwand, wie die Wut in ihm entstand. Es war ein schönes Gefühl, anders als alles, was er bisher empfunden hatte. Als die Frau am letzten Fenster vorbeigegangen war, sie ging langsam, mein Gott, weshalb geht sie so langsam, stand er auf und ging in den Keller.

Er hatte die Pistole nicht weggeworfen, wie der Nachbar ihm geraten hatte. Sie lag, in Ölpapier eingeschlagen und hin und wieder sorgfältig gereinigt, unter dem Angelzeug. Er hatte ja auch das Gift nicht weggeworfen, das der Nachbar ihm damals gegeben hatte.

Für alle Fälle, wir von der SS werden denen nicht in die Hände fallen. Und du gehörst jetzt zu uns.

Natürlich lag die Pistole noch da. Für alle Fälle. Für jetzt. Er verließ das Haus durch die Vordertür, setzte sich in seinen Wagen und fuhr langsam an der Vorderseite der Siedlungshäuser entlang. Kurz bevor er die Straße erreichte, hielt er an. Er konnte sehen, wie die Frau, die dafür verantwortlich war, dass seine Frau nicht durchgehalten hatte, ruhig in ihr Auto stieg und davonfuhr.

Sie würde nicht weit kommen. Sie kamen hierher, zerstörten das Leben anderer und gingen wieder. So, als sei nichts geschehen. Sie hatten kein Recht dazu. Er war nicht anders als sie. Auf ihm konnte niemand herumtrampeln.

Als er durch die Hoteltür ging, hielt er die Pistole in der Hand. Das Mädchen an der Rezeption sagte leise »huch«. Die alte Frau im Sessel blickte ihm entgegen. Bella sah die Veränderung in ihrem Gesicht und wandte sich um. Giese gab zwei Schüsse ab, traf die Alte zweimal in die Brust und drückte ein drittes Mal ab. Diesmal versagte die Pistole. Bella lief auf ihn zu. Er machte keine Anstalten, zu fliehen. Sie nahm ihm die Pistole aus der Hand, zog ihre eigene Waffe und richtete sie auf Giese.
Rufen Sie die Polizei und einen Krankenwagen, sagte sie laut. Schneller, als sie erwartet hatte, drückte das Mädchen die Telefontasten.

BELLA SASS in der Billardkneipe und wartete auf ihren Zug.
Es war das übliche Theater gewesen. Die Polizei kam, aufgeregter, als sie hätte sein sollen. Der Kripomann, den sie schon kannte, sprach mit den wenigen Menschen, die sich zur Zeit der Tat in der Halle des Hotels aufgehalten hatten. Die alte Frau war sofort tot gewesen. Die Leiche wurde untersucht, fotografiert und später abtransportiert. Giese war nicht ansprechbar. Man brachte ihn weg. Bella war sicher, er würde auch in den kommenden Tagen nicht reden. Vielleicht später, wenn er einen guten Anwalt bekam. Aber Anwälte, wie er einen gebraucht hätte, gab es nicht viele.
Sie bezeichnete sich als Touristin, die zufällig mit der alten Frau gesprochen hatte, als der Mann die Hotelhalle betrat. Sie erzählte wahrheitsgemäß, dass sie über deren plötzlich veränderten Gesichtsausdruck erstaunt gewesen sei und sich umgewandt habe.
In dem Augenblick hat der Kerl geschossen, sagte sie. Sie sagte nicht, dass die Schüsse ihr gegolten hatten, und niemand fragte danach. Es gab zwei kritische Augenblicke während der Vernehmung. Der Kripomann hatte zuerst mit der Frau an der Rezeption

gesprochen. Bella wusste nicht, ob die Frau den Revolver erwähnt hatte, den sie, völlig überflüssig, wie sie inzwischen fand, einen Augenblick auf Giese gerichtet hatte. Aber die Frau erwähnte den Revolver nicht. Sie litt an der üblichen Zeugenverwirrung und versuchte immer wieder darzustellen, wie Oma Günther sich aus dem Sessel aufgerichtet und ein ums andere Mal gerufen hatte: Nein, nicht. Nichts davon war wirklich geschehen.

Das zweite Problem ergab sich, als der Polizist fragte, ob sie Giese kannte.

Darauf hatte sie sich eine Antwort zurechtgelegt, während sie auf die Polizei warteten. Die Frage war, ob sie ausreichte.

Sie sagte, sie habe vor ein paar Tagen in seinem Restaurant zu Abend gegessen, jedenfalls glaube sie, dass es der Mann gewesen sei, der ihr die Hirschkeule serviert habe. Er habe heute anders ausgesehen, aber sie glaube trotzdem, dass er es sei. Alle Anwesenden und auch die Polizisten waren so fest der Meinung, Giese habe die Absicht gehabt, die alte Frau zu treffen, dass niemand auf die Idee kam, Bella, die Fremde, genauer zu befragen. Sie hatte ihre Adresse hinterlassen müssen. Vielleicht würde sie als Zeugin gebraucht werden.

Jetzt, während sie in der Kneipe saß, dachte sie, dass eine Ladung als Zeugin davon abhängig war, ob es einem Anwalt gelang, Giese davon zu überzeugen, dass er reinen Tisch machen sollte. Sie hielt es für unwahrscheinlich. Am Nebentisch saßen vier Männer und eine Frau. Hin und wieder hörte sie Bruchstücke ihrer Unterhaltung. Es ging um den Verkauf von Grundstücken, später um Autos und Urlaubsreisen. Der Billardtisch stand ungenutzt im Halbdunkel.

Irgendetwas ist falsch hier, dachte Bella, ich weiß noch nicht, was, aber ich bin ganz dicht dran. Sie sah auf die Uhr. Es war Zeit zu gehen. Sie stand auf und zahlte vorn an der Theke. Die Wirtin nahm das Geld entgegen. Hat's Ihnen bei uns gefallen?, sagte sie. Ihre Stimme war so gleichgültig-freundlich wie an dem Tag, als Bella angekommen war. Sie passte zu den Decken

vor den Fenstern, dem Filzvorhang vor der Tür und dem toten Billardtisch.
Bella hängte sich ihre Tasche über die Schulter und trat vor die Tür. Es war kalt, die Straße war leer, in der Ferne war das weiße Licht der Bahnhofslaternen zu erkennen.

BELLA WAR bei Frau Böhmer gewesen und hatte ihr mitgeteilt, dass ihre Tochter ermordet worden war.
Die alte Frau war nicht zusammengebrochen, sondern hatte genickt, als sie hörte, dass die Polizei sich in den nächsten Stunden bei ihr melden würde. Einen kurzen Augenblick dachte sie, Frau Böhmer wisse schon Bescheid, so beherrscht hatte sie gewirkt. Aus den wenigen Fragen, die sie stellte, konnte Bella dann entnehmen, dass noch niemand mit ihr gesprochen hatte. Vielleicht würde sie weinen, wenn sie allein war.
Anschließend war Bella zu Olga gegangen, die voller Neugierde darauf wartete, was ihre Tochter über die Menschen im Osten zu sagen hatte. Bella erzählte wahrheitsgemäß, Olga glaubte ihr kein Wort. Einzig das Wort »Besatzungsarmee«, das Bella gebrauchte, um das Verhalten einiger Westler zu charakterisieren, fand ihre Zustimmung. Bella hatte nicht die geringste Lust verspürt, eine Diskussion über politische Scheuklappen anzufangen. Sie schützte Müdigkeit vor und verabschiedete sich.
Geh ruhig, mein Kind, sagte Olga. Ich bin nur froh, dass du diesen scheußlichen Beruf nicht mehr ausübst.
Bella widersprach ihr nicht – warum sollte sie die alte Frau beunruhigen.
Zu Hause im Arbeitszimmer saß Willy. Sie hatte Kaffee gekocht, vorsichtshalber aber auch Orangensaft und zwei Gläser auf das Tablett neben dem Sessel am Fenster gestellt.
Und?, sagte Bella, kein Wodka?
Willy holte die Flasche aus dem Kühlfach. Als sie aus der Küche

zurückkam, sah sie Bella so neugierig an, dass die lachen musste.
Ich fang mal mit dem Ende an, sagte sie, während sie Willy ihr Glas hinhielt. Ich habe begriffen, dass man, wenn man die Freiheit, das Leben will, in seinen Überlegungen von dem Höchsten ausgehen muss, von etwas Wichtigerem, als es Bananen oder ein Auto, Reisen oder gute Geschäfte im landläufigen Sinn sind, oder man braucht überhaupt nicht zu überlegen.
Und?, fragte Willy, die Leute da drüben? Haben die das auch begriffen?
Eben nicht, antwortete Bella, weder die da drüben noch die bei uns.
Schamlos, sagte Willy, nachdem sie einen Augenblick geschwiegen hatte.
Was meinen Sie?
Mir ist gerade aufgefallen, dass vor Ihnen schon einmal jemand etwas sehr Ähnliches gesagt hat. Sie lachte.
Ja, sagte Bella, Tschechow über die Liebe. Vielleicht ist es doch nicht so verkehrt, dass Sie inzwischen bei den Slawisten zuhören.
Macht es Ihnen etwas aus, fragte Willy, mir das Tschechow-Zitat zu sagen? Ich hör Sie so gern reden. Bella trank einen Schluck Wodka mit Orangensaft, bevor sie sagte:
Ich begriff, dass man, wenn man liebt, in seinen Überlegungen von dem Höchsten ausgehen muss, von etwas Wichtigerem, als es Glück oder Unglück, Sünde oder Tugend im landläufigen Sinn sind, oder man braucht überhaupt nicht zu überlegen.
Willy dachte eine Weile nach. Dann sagte sie: Weshalb haben wir eigentlich nie einen Fall mit Liebe, ich meine, so mit richtiger echter Liebe –
Warten Sie ab, antwortete Bella, vielleicht kommt ja auch Liebe vor in dem Fall, von dem ich Ihnen gleich ausführlich erzählen werde. Aber vorher, und bevor es zu spät ist, lassen Sie uns einen Augenblick aus dem Fenster schauen. Haben Sie schon einmal

einen so schönen Sonnenuntergang gesehen? Und sie zeigte auf die Elbe, die dalag wie ein Lavastrom, rot glühend und flussaufwärts in ein blaues Grau übergehend, das jedem hanseatischen Kammgarnanzug alle Ehre gemacht hätte.